下丸子文化集団とその時代

一九五〇年代サークル文化運動の光芒

道場親信

みすず書房

下丸子文化集団とその時代

一九五〇年代サークル文化運動の光芒

目次

下丸子文化集団とその時代

一九五〇年代サークル文化運動の光芒

『詩集下丸子』第一集

はじめに

ゼロ年代以来、日本の一九五〇年代に対する関心が深まってきている。アメリカによる占領、隣国朝鮮での戦争と東アジアにおける冷戦体制の構築、高度経済成長の始動、という広く了解された「戦後史」の物語は、しばしば結果としての「高度経済成長」という視点から振り返られ、日本社会のあり方をめぐるさまざまな議論や社会運動、人びとの多様な自発的な動きなどは「混乱期」「激動期」などのことばで片づけられて、一九五〇年代という時代固有の可能性や、その後継承されなかった人びとの意識に対しては関心が向けられてこなかった。

だが、一九五〇年代という時代は、サークル文化運動が空前の盛り上がりを見せた時代であり、サークル文化運動に関わることで、無数の無名の人びとが自分たち自身の手で「文化」を創り出し、社会の担い手としての意識を獲得し、職場や地域をより人間的なものに変えていこうとする社会活動に携わっていったのである。ラジオやテレビの普及、映画の隆盛、流行歌と芸能界の形成といったマス・カルチャーの動向と並行して、自分たち自身で詩や小説を書き、生活記録を綴り、印刷・製本をし、演劇を作り、コーラスを繰り広げていったサークル文化運動が広範に存在した。人びとの文化への渇望を満たす文化産業は未発達で、そして人びとは貧しかった。サークル文化運動の中で模索された多様な表現や、「集団」としての活動のスタイルを掘りおこすことで、戦後の民衆が生み出した文化のダイナミズムを垣間見ることができる。

当時文化運動の中で使われたことばに「(文化) 工作者」ということばがある。五〇年代末、サークル文化運動が全体として下火になった時代にあえて詩人の谷川雁はこのことばを復権させる批評活動を行なったが、人びとの中にくすぶっている文化への渇望を刺激し、サークルという集団の場に結びつけて個人ではできない表現活動、また活動を通じた意識の変革を仕掛けていく仕掛け人たちをこのように呼んだのである。五〇年代、全国に無数の「工作者」が存在した。

また、この時代のサークル文化運動には独自の政治的刻印が記されている。とくに五〇年代前半のサークル文化運動についていえば、共産党の政治方針や文化活動方針の影響を陰に陽に受けた活動が展開された。それはたとえば文学運動における『新日本文学』と『人民文学』の対立のように、党内の政治的党派闘争がそのまま文学上の路線問題と重ね合わされて政治化するという形であらわれることもあったが、無数のサークルを指導し方向づけるような政治力を党も持ちえているはずもなく、多くのサークルの現場では、政治のことばを借りて自らの社会的な意識を表出する、という一種の「テンプレート」として政治言語が機能していた。とくに「詩」という表現のスタイルが大きな影響を持ち、労働運動の場でも、青年団活動の場でも、職場でも、無数の人びとが自らの生活や思索を「詩」

として表現し、メッセージを発していった。その意味で、この時代は全国津々浦々に「詩があった」（井之川巨《きょ》：下丸子文化集団メンバー・詩人）時代であるといえる。

だが結果として、同じような詩や言語表現が続出したり、わざと粗雑なことばづかいをするスタイルが広がったり、政治的なスローガンを並べるだけの表現作品が蔓延したりなどの問題が生じ、「スローガン詩」「へたくそ詩」の評価をめぐる論争が文学雑誌等の誌上をにぎわせるにまで至った。やがて党が「極左」的な方針を清算すると、これらの言語表現は一気に衰退することになるが、テンプレートがないと書けない、という問題は単に政治問題なのではなく、人びとが慣れない手つきで言語表現を獲得するときにはいつでも問題になる普遍的問題でもあった。この時代のサークル文化運動においては、表現をめぐる未解決の問題が多数埋もれているのである。

サークル文化運動に携わった人びとは、二転三転する党の政治方針に翻弄もされながら、自分たちの現場で生き生きとした活動を作り出し、やがては思想的に自立していった。戦後の思想史においてこの「自立」のプロセスはしばしば、スターリン批判・ハンガリー事件以後の「ニューレフト」の誕生、吉本隆明らの「文学者の戦争責任」論争などによって特徴づけられるが、学生運動やプロの文学者においてのみこの思想史的なプロセスが進行したのではなく、五〇年代において政治活動や文化運動に熱心に取り組んだ無数の人びとの間にも生じた大きな変動なのであった。こうした思想史・文化史上の転換もまたサークル文化運動の軌跡の中から読み取ることができる。こうした視点はこれまでに提示されたことのなかったものであると考える。その意味で、サークル文化運動の研究は、思想史・文化史・運動史それに政治史の交わる領域の研究となる。

サークル文化運動の軌跡は、わら半紙にガリ版の印刷物や、その場限りの上演・公演活動ゆえに多くの場合わずかな痕跡しか残し得ずに歴史の中に半ば埋もれかけてきたが、それに抗して自らの記録を残し、証言をしてきた人びともまた存在する。そこから見えてくるのは、無数の人びとの活動の軌跡であり、「もう一つの戦後史」である。これまで資料等の制約があってこの時代のサークル文化運動の姿を再現することは困難であったし、研究上の関心が向けられることも少なかったが、ゼロ年代以降、いくつかの偶然も重なって研究が進んできた。本書の研究もまたこの流れの中で取り組まれたものである。

本書においては、一九五〇年代の東京南部（大田区・品川区・港区）で持続的なサークル文化運動を展開した「下丸子文化集団」をとりあげ、この時代の人びとの活動の可能性を明らかにしたい。

東京南部という地域の特徴は、五〇年代にサークル文化運動に関わった人びとがその後も連絡を保っただけでなく、資料の保存、自分たちの活動の記録、さらにはそれらをまとめて自分たち自身の歴史を記述し残そうという意思をもった人びとが多数存在し、結果として奇跡的に資料が残っているばかりでなく、当事者による試論的なこの時代についての考察も残されていることである。

この豊富な蓄積を生かして、当事者へのインタビューや保存された資料の読解などを進め、以後の研究の深まりや、他地域におけるサークル文化運動研究の広がりなどにも目配りをしながら、これまでの著者の研究を集大成するものである。

第一章　工場街に詩があった

一　サークル詩運動の時代――社会運動の現場に詩があった

一九五〇年代前半は、サークル詩運動全盛の時代であった。この時代、詩が大量に書かれた、つまり量的にたくさん生産されたというだけでなく、多数の人びとがその生産に関与したという意味でも大衆的現象であった。そして、人びとが詩を書く、ということが文学雑誌や総合雑誌などでとりあげられ、さまざまな社会運動の現場には詩があった。

おびただしく生み出された詩は、「サークル」という集団の場で書かれ、読まれ、批評された。「プロ」をめざす創作家たちが集い作品の向上をめざす「同人」集団とは趣を異にし、サークルは誰でも参加でき、「誰でも詩が書ける」ことを掲げながら、いままで「詩」など書いたことのない人びとに詩を書かせ、顔の見える関係の中でそれを面白がったりこきおろしたり、声に出して愛唱したりした。

このような時代は、第二次世界大戦後の日本において、後にも先にもこのとき限りのものであった。おそらく、日本の近代史上においてもそうだろう。

この運動の高揚は、この時代特有のいくつかの力の絡みあいによって生みだされたものである。まずは、レッドパージによって職場を追われたサークル活動家が地域での活動を継続したこと。[1]第二に、パージによって職場に拠点を失った共産党の運動においては、大衆運動の拠点としてサークルが重要な意味をもっていたこと。この二つの要因は相重なりあっている。つまり、党は職場に拠点を失った活動家たちに地域でのサークルの組織化を求めることで、運動の「大衆化」と拠点づくりの双方を追求しようとしたのである。しかし同時に党は、パージ組の労働者をより危険な任務、「中核自衛隊」や「山村工作隊」あるいは手当の少ない地区常任などに活用しようとしたため、[2]多くの活動家の疲弊や、ときに離脱を生み出していった。さらに第三の要素として、サークル文化運動に積極的に誌面を提供した雑誌があったことがあげられる。共産党の党内闘争を背景として創刊された文学雑誌『人民文学』では、党主流派に批判的な文学者が集まった新日本文学会と『新日本文学』に対抗する必要からも、職業作家ではなく「労働者作家」や各地の文学サークルの書き手たちを積極的に誌面に登場させた。一九五〇年一一月に創刊された同誌では、とくに五一年秋以降各地の「詩人集団」をサークル文化運動のモデル的存在として紹介しはじめる。そこでサークルの書き手たちがサークル誌を寄せ、作品を投稿するというサイクルが生まれた。一九五〇年代のサークル詩運動の高揚は、このような形で「中央誌」たる『人民文学』（さらにはそこから派生した『詩運動』）を媒介に生み出された。

「書く」ことを通じた民衆の主体化

しかし、この時代のサークル詩運動の高揚は、以上のような政治的な配置と仕掛け――「文化工作」――のみによって生まれたわけではないだろう。人びとの側にも「書く」ことへの欲求が高まっていたのである。北河賢三は次のように述べている。「生活者である民衆のレベルにおいて、コミュニケーションが活性化したのが五〇年代でした。戦後初期、知識人の間で「主体性」をめぐって議論が闘わされましたが、民衆レベルでの「主体形成」は五〇年代です。コミュニケーションの広がりと深まりの中で、多くの人が自ら書くことによって、いわばセルフ・コミュニケーションを行ない、自分を見つめ、社会を見つめるという動きが顕著になった。その作業を通じて、人間関係、社会を開かれたものにしていくという動きが広汎に見られたわけで、それは日本の近現代史上初めてのことだったと思いますね[3]」。

人びとが「書く」という行為を通じて自己を獲得していこうとした広汎な動きは、政治党派の「文芸工作」路線からのみ生み出されていたわけではない。むしろ、「書く」ことを通じて解放されたエネルギーから政治運動が鼓舞される面もあったのではないか。人びとの「書く」行為の広がりに介入することでこれを水路づけ、「民族解放」のエネルギー源にしようとした、それが文化運動の組織者の側のねらいであったわけだが、サークル詩運動に参加した人びとは、この政治的に開かれた機会をもひとつの「チャンス」としながら、表現の場を手に入れていったのである。サークルには「自然発生的」なものと「目的意識的」なものがあり、ひとつのサークルの中にもこの二つの要素が混在しているのであって、これをいずれか一方のみで理解しようとすれば誤ることになる。レッドパージ以後新たに生まれた職場サークルは、この時代のサークル詩運動に参加していった。けれどもたとえば名古屋市役所の職場サークル誌であった『とけいだい』は、一九五一年一〇月に生まれているが多分に自然発生的なものであったし、コミュニストの影響が大きいサークルとは言い難かった。[4] その一方で『人民文学』にサークル誌を送ってしばしば紹介されただけでなく、『詩運動』の全国詩活動家会議にも代表を参加させ、全国のサークル詩運動の有力な担い手となっていたのである。多様性を前提にしなければ、サークル文化運動を理解することは困難であるし、当時においてもメンバーの多様性を前提にしなければ、個々のサークルは運営することも困難であっただろう。

人びとの表現や文化への欲求は、文化的なものを求めてもそれに十分に応答しえない当時の日本の文化産業の現実への不満によっても刺激されていたであろうし、そうであればなおさら、自分たち自身の手で何かを作り出すことへの喜びに向かうものであった。ガリ刷りの文芸誌、自分たち自身による芝居、コーラス、ダンスやスポーツまで、働く人びとが自主的に場をつくり出していった。しかしこれらのものの一部はより資金の潤沢な企業側に吸いあげられ、他方でマスプロダクトな「大衆文化」に吸い寄せられていくことで、解体を余儀なくされていった。この過程が進行するのが五〇年代後半である。

五〇年代のサークル文化運動は、レッドパージによって以前の時代と切断され、また企業社会化と大衆社会化によって掘り崩されていくという二つの契機によって、発端と終わりを枠取られている。とくに詩の運動については、「サークル」という枠を越えて社会的な注目を集め、専門の文学雑誌等でも「現代詩」の新しいトピックスとしてとりあげられたが、[5] それはこの時代にのみ生じた現象であった。五〇年代のサークル文化運動は、運動に積極的に関わろうとした政治党派がその路線を清算してしまったことによって歴史的な断絶を生み出したばかりでなく、その後の人びとの「文化」に対する感覚の変容もあって、長らく関心をもたれないでいた。[6] だが、近年に至って、急速にこの時代と運動への関心が高まってきている。[7]

サークルには、職場を基盤とした職場サークルのほか、地域のメンバーを糾合した地域サークルがあった。女性の参加は詩運動の場合は少なかったが（女性の多い電話局や銀行、役所などではサークルへの参加も比較的多かった）、生活記録のサークルには主婦をはじめとして女性が多く参加した。この一九五〇年代に東京南部で活躍し、全国的な注目も集めたのが、「下丸子文化集団」である。

二　一九五一年春・東京南部・下丸子――東京南部の都市化・工業化の進展

軍需工場とレッドパージ

下丸子文化集団は一九五一年春、安部公房・勅使河原宏・桂川寛の三人の若きアヴァンギャルド芸術家が自ら文化オルグとなって東京都大田区下丸子の労働者街に入り込み、文化サークルの結成を援助したことが発足の機縁となっていた。だがそれだけでなく、安部たちを受け入れた労働者の側にも新しい文化運動を始める基盤が作られていたという点は見逃すことができない。一九五一年の「下丸子」という場所はどのようなところであったのだろうか。

「東京南部」、すなわち、大田区・品川区・港区は、第一次世界大戦以後工業化が進み、「京浜工業地帯」の東京側を占める部分として、沿岸部に大中小の工場と労働者の住宅街を発展させてきた地域である。また、大田区にしても品川区にしても港区にしても、中産階級以上の高級住宅街も形成されており、都心のベッドタウンでもあった。南部の都市空間は鉄道と道路の発達によって開かれていったといえるが、第一第二の京浜国道、それに南部に網の目のように張りめぐらされた国鉄と私鉄路線が都市化と開発のあり方を規定していた。

とくに三区のうちでは港区と品川区が大田区に先行して工業地帯となっていた。港区のうちの旧芝区では、明治末年の芝浦埋立地の開発とともに大規模な工業地帯が形成され、日清・日露戦争の後、第一次世界大戦と関東大震災を経て大工業地化を遂げていくとともに、古川流域にも工業地帯が形成された。「区内の主要工場として、震災後自他ともに許すほどの大工場としては、芝浦製作所、沖電気、池貝鉄工所、森永製菓、日本電気株式会社とその芝浦分工場などがあった」[8]。

品川区でも日清・日露戦争以後、都市化・工業化が進み、第一次世界大戦後顕著な伸びを見せる。とくに大井町と大崎町は純農村から第一次大戦後続々と重工業・精密機械工業の工場（日本理化、日本光学、朝日衡器、三菱航空大井工場など）が建てられていった。立会川の水と東海道線大井町駅という二つの有利な条件が、この地域の工業化を後押しした。一九一五年には鉄道院大井工場も新橋から移転し、これにともなって住宅地や商店街が形成されていった[9]。関東大震災により打撃を受けた品川区工業は、戦時期にはふたたび急激な発展を始める。「品川区は当時の三五区のなかでも最も工業の発展した地域の一つであった」が、「従業員三〇人未満の小企業ないし家族で従事する零細な家族工場が、各業種にわたって八割から九割を占めていた」という[10]。

この両区に対し、大田区は「工場地へと足速やに歩む現品川区域と、一大工業地となりつつある川崎・横浜の間にあって、産業化の動きに乗りきれない、一種の空白地として立ち遅れていた」という。[11]第一次世界大戦に前後して東海道線の電化、京浜電鉄（現京浜急行）、池上電鉄（現東急池上線）、目黒蒲田電鉄（現東急目黒線）などの開通により宅地開発と工業化が進んでいった。[12]大田区の工業地帯は、とくに戦時期における軍需工場の進出によって発展を遂げた。人口も増加し、一九三八年には約四二万人、四二年には約六一万人に達する。[13]

米軍による爆撃の被害は、それゆえ軍需工場の集中した大田区域において大きなものとなった（隣接する旧荏原区も被害が甚大であった）。敗戦時、大田区域の人口は二〇万人にまで減少していた。

京浜工業地帯の東京側という性格をもつ東京南部地域は、戦前から労働運動が盛んな地域であり、戦後も早くから運動の立ちあがりを見せていた。とくに地域の主要業種である金属関係の労働者は、一九四六年一月に城南労働組合協議会、関東地方労働組合協議会を経て産別会議の結成に連なってい く太い線を形成した。[14]そして、労働組合の組織化に少し遅れて四六年暮れから四七年にかけて、文学、演劇、美術、音楽などの職場サークルが続々と生まれ、ジャンル別のサークル協議会に組織されていった。これらの協議会に参加していったのは、職場を基盤としたサークルであり、その点で労働組合の組織化と並行関係にあった。地域でも青年団などを基盤にサークルが作られつつあったが、四〇年代におけるサークルの組織化という場面に即して考える限り、東京南部での動向はつかみがたい。[15]城戸昇によれば、「サークルの組織化と、サークル運動の先駆的役割を果したのは、国鉄の詩運動と日立亀有工場、大日本印刷などの職場演劇サークル（当時は自立演劇・自立劇団と称していた）の活動であった」が、「東京南部でも、三菱下丸子、日本電気三田、沖電気、日本光学、日立大森本社、池貝鉄工三田工場、国鉄新橋、国鉄大井工機部、全逓東京簡易保険局支部、明電舎、日本ビクター、関東配電、日本精工などの職場で、さまざまなサークルが生まれ、サークル協議会の中核として労働者文化運動を広げていくことになる」という[16]。

この時期、文学運動におけるサークルの組織化という点では、多摩川をはさんだ神奈川県側のほうが進んでいた。一九四六年八月に結成された「京浜労働文化同盟」は、岩藤雪夫、山田今次、熱田五郎、舟方一ら戦前以来の書き手たちを糾合したものであるが、事務局は川崎市役所に置かれ、幹事長は東芝鶴見の岩藤、副幹事長は横浜市従の山田と東芝の呉隆が選ばれている。このグループは新日本文学会横浜支部とも重なり、新日本文学会発行の『勤労文学』誌や東京文学サークル協議会の機関誌『文学サークル』の編集にも関わり、『人民文学』にもしばしば登場する書き手となっていった[17]。

こうした職場サークル運動の盛り上がりは、一九四九―五〇年のレッドパージによって大きな打撃を受ける。職場のサークル活動家は、単にサークル活動だけをしていたわけではなく、しばしば組合の文化部や教宣部に属しながら、争議や日常的な組合活動の場面で人びとにうけるスローガンを作ったり、会社の姿勢に笑いを浴びせかける詩や芝居、川柳などを発表していた。そのため、会社側から目の敵にされ、役職者でなかったり、ましてや「共産党員」でなかった場合でも、整理対象者に入れられることがしばしば起こったという。職場に拠点を失ったこれらサークル活動家たちは、地域での活動を模索するようになる。そうした動きが活性化したのが、五〇年から五一年にかけてのことであった。

「下丸子」が象徴したもの

レッドパージとは、思想的・政治的理由により労働者が働く権利を否定され職場を追われることを意味していた。占領軍は、中国・朝鮮で緊張を高める東アジアの情勢をにらみながら、労働運動に対する共産党の影響力をそぎ落とすことに関心をもっていた。一九五〇年六月の朝鮮戦争勃発以後、共産党の活動は半非合法状態に置かれていく。レッドパージに抗する運動は、よりいっそう困難となっていった。

この困難な課題への取り組みとして当時脚光を浴びたのが、東日本重工下丸子工場での闘争であった。東日本重工とは、財閥解体で三菱から分離された企業のひとつで、戦前は三菱重工下丸子工場と呼ばれていた（のち、再度三菱に合併される）。三菱重工が大田区下丸子に工場を建設したのは日中戦争を目前とした一九三七年二月のことであった。[18] 三菱はここでトラックやバスを生産した。この工場は四八年四月に米軍戦車を修理する軍管理工場となった。[19] 当時こうした軍管理工場は「PD工場」と呼ばれていた。三菱下丸子工場の「通用門にはカービン銃を持った米兵と、米軍直轄のガードマンが通行の従業員の所持品検査をし」、「従業員は、指紋を登録し、写真をとられ、常にバッジをつけなければ通行を許されなかった」という。[20] ここで修理されていたのは、第二次世界大戦中に米軍がアジア太平洋地域に放置した軍用車両であり、各地の米軍や同盟軍が使用できるよう再生することが作業の目的となっていた。[21] この下丸子工場で一九五〇年一〇月二一日（土曜）、四五人のレッドパージ通告があった。日曜をはさんだ二三日（月曜）に、パージされた労働者らが実力入門闘争を行なったことから、下丸子の名は一躍有名になった。

「下丸子」は、たんに占領下での労働運動の弾圧――レッドパージ――への抵抗を象徴する地名ではなかった。同時に、朝鮮戦争下の日本がアメリカの占領のもとで軍事化を進め、その先兵とさせられている軍需工場における抵抗、すなわち「反戦平和」の闘いを象徴する地名でもあった。労働者が自らの主体的な闘争において「戦争」と「植民地化」への抵抗を展開していく。それはコミンフォルム批判以後のコミュニズムの運動にとっても模範的なイメージを提供した。そのことはたんにイメージであるにとどまらず、東京南部においては日常的な現実なのであった。米軍管理下の軍需工場や米軍基地といった場所は、朝鮮戦争下においてはまさに現実の戦争機械の一部だった。そして講和条約が発効して後も、これらの場所――「特殊管理地帯」（江口寛）――は一般法とは異なる規範によって管理された。その意味でコミュニストたちが「占領体制の継続」であると批判したことには現実的な根拠がある。と同時に、「特殊管理地帯」がはらむ矛盾はやがて〝それ以外〟の地域から分断されることで、東アジアを覆う「特殊管理地帯」のネットワークが支える日米安保体制を生活の場で実感する回路を失っていった。

さかのぼれば、敗戦後占領軍は羽田飛行場を接収するとともに、周辺の住民に対し立ち退きを命じて飛行場の拡張をしていた。羽田飛行場は、朝鮮戦争時には米軍の輸送機や爆撃機が飛び立つ実戦基地となっていた。また、軍需工場が集中していた大田区では、いくつかの工場が接収され、また米軍への調達業務を担った特殊工場となった。一九五〇年六月に朝鮮戦争が勃発すると、米軍は東京湾に防潜網を張りめぐらした。これにより漁業が妨げられた千葉・神奈川・東京の漁民たちは二万八〇〇〇名の署名を集めて即時撤去を要請する事態に至っている。[22]

東京南部、とりわけ大田区の工業地帯は、こうした米占領下の軍事的緊張が可視化しやすい場所であった。そのことが、この地域をひとつの象徴性を帯びた場所として浮かび上がらせることになったのである。とはいえ、「朝鮮特需」によって東京南部の工業地帯が好況を呈したこともまた否定できない事実である。「特需が直接的にせよ間接的にせよ大田区工業界に与えた刺激ははかりしれないものがある」と『大田区史』では述べている。(23) この明暗が境を接する場所、それが東京南部であった。

三　工場街の工作者たち——多層的なネットワークと文化集団の展開

一九五一年春、この下丸子の街に安部公房・勅使河原宏・桂川寛の三人が文化オルグとして関わりをもったことはすでに述べた。彼らが「下丸子」を選んだことは偶然ではなく、前年秋以来のこの地域での闘争が彼らの目を引いたためである。鳥羽耕史がすでに詳細に明らかにしているように、(24) 彼らは四〇年代末からの芸術運動で行動をともにしてきた仲間であり、同じくこの芸術運動において指導的役割にあった野間宏と深い関係にあった。野間はすでに文京区の学生や労働者による「文京詩人集団」の結成を援助しており、三人も文京詩人集団によるガリ刷りの『文京解放詩集』制作に協力していた。『『文京解放詩集』をガリ版で刊行、〈世紀の会〉の仲間であった詩人・評論家の瀬木慎一にそれを届けた桂川は、「今、こういう地域闘争をやっていて、次は京浜工場地帯の下丸子地区へ入るんだ」と説明した」という。(25) このあと四月から三人は下丸子に入り、九月まで関わっていた、と桂川は回想している。(26) 下丸子に入った頃、彼らは揃って日本共産党への入党を申請していた。安部は労働者とともに新たな文学運動を作りたいという意欲をもっていたようである。彼らは労働者に文学の講義をし、スケッチやデッサン、版画の彫り方を教えた。その成果として『詩集下丸子』が刊行されたのは七月七日のことであった。下丸子文化集団の結成にあたって、この地域に介入した三人の若手芸術家たちの痕跡は明瞭なのだが、彼らを受け入れた下丸子の労働者たちの姿は、無名の存在であるだけに、今日おぼろげなかたちでしか浮かび上がってこない。しかし、三人を受け入れる人びとがなければ彼らの意気込みは空振りに終わる可能性だってありえたと考えるならば、若き芸術家の英雄譚にとどまらない、受け入れ側の労働者たちについての物語が必要である。

その下丸子文化集団前史の第一の要素をなすのは、東京地方文学サークル協議会（東京文サ協）である。同協議会は神奈川のサークル運動ともつながりをもちながら、京浜工業地帯を中心に首都圏一円から加盟サークルを得て一九四七年六月に発足している。この戦後第一の盛り上がりを示した時期のサークル運動は、先に見たようにレッドパージによって大きく後退することになった。文サ協の機関誌『文学サークル』の刊行も途絶したが、パージを受けたサークル活動家の一部は地域に入り、新しいサークルの組織化に携わっていくことになる。

東京南部におけるサークル活動家のもうひとつの結節点となったのは、新日本文学会東京支部京浜班である。一九四九年三月に東京支部の総会が開かれ、支部を一三の班に分けることが決まると、「京浜線を連ねる地域」（品川区・大田区）を「京浜班」と名づけ、地域・職場のサークルの組織化と「地域の文学活動を推進すること」が決まった（同京浜班機関紙『京浜文学ニュース』第一号、一九四九年一一月）。ここにはのちに下丸子文化集団に寄り添いながら『京浜文学新聞』を発行してこの地域の文化工作者の活動を続けた入江光太郎と、京浜労働者文化同盟の副幹事長も務めていた呉隆が参加していた。入江は国文学者・吉野裕に私淑し文学を学ぶ一方で共産党の政治活動にも携わっていた。呉は東芝の労働者であったがのちにパージに遭い、パージ後に復刊した第二期『文学サークル』の編集長や、次に見る海岸文学サークルの組織者として、レッドパージ後の南部文学サークル運動を支える役割を担っていく。

「海岸文学サークル」とは、一九五〇年一二月中頃から品川区大井地域の工場地帯で活動を始めた文学サークルである。当初「創造活動と共に、自分で自分たちの作品を拡める普及活動を活発に展開すること」(27)を目的に活動を始めたが、東日下丸子の争議支援で逮捕された仲間への激励や、松川事件被告の支援など、この時期の政治的課題を前面に出した機関誌編集を行ない、各メンバーが南部各地域の文化活動へ積極的に関わっていった。まず、呉隆は失業中にもかかわらず（それゆえに）前記『文学サークル』編集長ほかの文化活動を引き受け、『詩集下丸子』にも作品を発表していった。(28)阿形宗宏は五二年春には港区古川橋周辺に拠点を置いて、非合法詩誌『石ツブテ』の主要なメンバーとなった。志木尭《たかし》は東日重工の労働者で、『詩集下丸子』にも詩を発表している。同じく犬塚真行は自営業に転じながら下丸子文化集団のメンバーとなった。

呉の述べるところによれば、海岸文学サークルのメンバーはこのほかにも次のような形で南部各地に散り、新たな文化サークルを組織していったという。

数カ月の後、サークル員のK君は、自分の勤務地である三田方面に腰を下して、日電三田などに働きかけて三田文学懇話会をおこし、銀座に進出したT君、O君は中央文学サークルを結成して、銀座文学を発行し、デパートの従業員たちにえらく人気をかっている。S君は大井工機方面、H君は、大崎、荏原方面、Y君、K君は蒲田糀谷方面で活動し、H君は下丸子方面で、北辰サークルと手を組み、二十数人が詩を書き、版画を作って、ベルリン平和祭参加作品として、美しい詩集を編みだし、大きな反響を生みだしている。(29)

ここに示されているのは、海岸文学サークルが下丸子文化集団の結成を促した、という関係である。下丸子文化集団結成後は、東京南部のサークル文化運動は「海岸」と「下丸子」を二つの焦点としてサークル詩運動のブームのような状況を呈していくことになる。

呉のいう「北辰サークル」とは、下丸子にあった精密機械企業・北辰電機の労働者文学サークル「人民文学サークル」のことである。これは下丸子文化集団に直接つながる母体ともいうべきサークルであった。北辰電機は「PD工場」ではなかったが、東日本重工下丸子工場に隣接し、東日重工の反レッドパージ闘争の際には、同社労組は地域における支援の中心となった。一九四八年、この北辰電機に結成されたのが人民文学サークルであり、レッドパージよりも前のことであった。サークルの中心となったのは当時労組の書記長であった高橋元弘、高橋のパートナーで北辰の労働者であった高橋須磨子、中島三郎らであった。高橋は短歌を得意とし、組合活動家としても頭角をあらわしていた。詩人であり労組の文化部長を務めた高島青鐘(本名・高島清勝)ものちに加わった。人民文学サークルは肉筆回覧誌『人民』を四八年三月に創刊、のち五一年八月の第一三号まで発行した。同誌は詩あり創作あり短歌あり、さらに絵や「らくがき」、替え歌など多様な表現を含み、原稿用紙、わら半紙、社用罫紙、裏紙などありあわせの用紙にそれぞれが書いた作品を綴じあわせた雑誌であった。原稿が多いときは三〇〇頁近くに達したが、主要メンバーがパージに遭い、復職闘争や生活維持のための労働に忙殺されるようになると、書き手の数は減少していった。

下丸子文化集団の結成

下丸子文化集団の結成は、以上のような東京南部のサークル文化運動の状況を抜きには考えることはできない。下丸子は東日重工の反レッドパージ闘争において注目されていただけでなく、そこにはすでに三年の活動歴をもつ文学サークルと、これを包み込むサークル活動家のネットワークが存在していた。つまり「民族解放」の政治運動にとってばかりでなく、新たな「文化工作」の場としても、下丸子は好条件を備えていたということである。

結成の経過は次のようなものであったと考えられる。すなわち、文京詩人集団の詩集発刊に野間宏とともに協力した安部公房・勅使河原宏・桂川寛の三人は、次なる活動の場所として下丸子に目をつけた。事前にどのような形で情報を集めたかについては資料も証言も遺されていないが、彼らが下丸子に入ってみたところ、新しい詩人集団の母体となるサークルが見つかった。三人の側からも地域の文化活動家を探す努力をしたであろうし、すでに存在していた海岸文学サークルなどのネットワークとも接触したであろう。反レッドパージ闘争を支援する労組の活動家たちにも声をかけただろう。そこで下丸子を拠点として労働者大衆による新しい文化運動を担う「下丸子文化集団」が生み出された。

安部たちは労働者に文学の講義をし、詩作を勧め、スケッチや版画制作の手ほどきをした。『詩集下丸子』はそうした交流の中から生み出されたものだが、これが一九五一年七月に発刊されていることには安部の意図が大きくはたらいている。安部は五一年八月にベルリンで開催された「世界青年学生平和友好祭」に労働者による詩集を出品し、代表を派遣しようと考えていた[30]。結果的に代表の派遣はかなわなかったが、詩集は郵便で送られたようである[31]。七月の刊行は、ベルリン平和祭に〝間に合わせる〟ためにはこれ以上遅らせることのできない日程であった。同じ月の末、安部は「壁」で芥川賞を受賞する。受賞の連絡は下丸子の工場街で受けたという[32]。

詩集の刊行には、このように安部公房らオルガナイザーの側の工作意図が大きくはたらいてはいたが、しかしそこに詩を寄せた人びとにとって、ただ受動的にこれに従ったわけではなかった。先の呉隆の報告にもあるように、海岸文学サークルのメンバーであった「H」は下丸子文化集団の結成に積極的に関わり、彼の努力によるものか、より集団的な協力があったのかはわからないが、『かいがん』の書き手たちや、呉・志木・犬塚らも『詩集下丸子』に作品を寄せていったのである。犬塚に至っては文化集団のメンバーとなり、毎号の詩集に作品を寄せていくことになった。この「H」について、下丸子文化集団の若きメンバーであった浅田石二（当時一九歳）は、自分を文化集団に誘った友人、星野秀樹（ペンネーム「江口寛」「中川修一」「江島寛」ほか）ではないかと考えている[33]。この推測はかなりの程度正しいものと思われる。文化集団には同じく星野の友人の丸山照雄が参加しているが、丸山は『詩集下丸子』第一集刊行後に制作された『人民』第一三号（一九五一年八月）にも詩を寄せている（ペンネーム「あいかわ・ひでみ」）。自らの友人を積極的に文化集団に誘い、書き手を増やしていた星野は、すでに五〇年から地域の労働運動に関わりをもっていた。小山台高校夜間部を卒業して大田区の郵便局員となった星野は、以前山梨県の身延高校を政治活動のかどで退学になり、東京に出てきていたのだった。浅田は身延高校で一級上、丸山は同級生であった。星野を中心に彼らは東京南部で活動を再開するが、その舞台となったのが下丸子文化集団なのであった。

文化集団には、すでに二〇代以上の労働者でレッドパージに遭った「大人」たちと、若き工作者として頭角をあらわす星野秀樹が集めたまだ一〇代の彼の友人たち――「青年」たち――が共存していた。一〇代のメンバーには、星野・浅田・丸山のほか、星野と小山台高校で友人であった望月新三郎（ペンネーム「望月三郎」「いしかわ・みつお」「いしかわ・さぶろー」など）や、井之川巨（第三号から参加）らがいた。「大人」たちの中でも重要な役割を果たしたのは、集団のリーダーであった高橋元弘と高島青鐘である。高島は組合の書記長まで務めた熟練工であったが、同時に文学に対する深い関心をもち、自由律の短歌、詩、そして創作にも取り組んでいた。『人民』は彼のリーダーシップがなければ持続できなかっただろうし、高橋を中心とする北辰のサークルが持続していたからこそ文化集団へと発展解消できた。文化集団の会議等も主として北辰電機社員寮の彼の部屋で行なわれていた（やがてパージによりこの部屋から追われることになる）。高島は『人民』には途中から加わるが、独自に詩作を続ける一方、組合の演劇部を主催したり、自ら絵や版画も制作できる多芸な人物であった。戦時期は中国戦線へ動員され、文化集団発足当時すでに三〇代であった。パージ後身体を壊し、入退院を繰り返した。「大人」たちはやがて共産党の政治方針への疑問や長期にわたる生活苦の中で文化集団の活動から離脱していくが（長期療養中であった高島だけは残留する）、二〇歳前後の「青年」たちが集団を再建し、五〇年代末までの息の長い活動を継続していくことになる。彼ら「青年」たちは、新制中学・高校を卒業した純戦後世代ともいうべき層をなし、高い知的欲求をもっていた。知的欲求そのものについていえば、文化サークルに関わる人びと全般にいえることかもしれないが、思春期から〝層〟として「戦後」後的空気を吸い（同時に少年期の終わりに帝国の崩壊を経験している）、戦後の言論自由の中で噴出した多様な思想や文学に関心をもって、自らも表現への強い欲望を抱いていた。その表現はまた、出版や放送、映画などのマスメディアによって刺激されたものでもあり、五〇年代前半の、いまだ本格的に始動する前の大衆社会、大衆文化に接しながら、「書き手」「作り手」となる憧れと欲望の中で文化サークルに足を踏み入れていったのである。サークル文化運動は、自前で文化を生み出す創造的活動ではあるが、同時に文化生産への欲望はマスメディアを通じて提示される作品群によって刺激されたものでもあった。ここにサークル運動が当初から大衆社会状況とのせめぎあいを孕んで展開される根拠がある。

文化集団の展開

海岸文学サークルもそうだが、下丸子文化集団は地域サークルであった。職場サークルは企業の職場単位で組織されたサークルで、労働組合の支援を受けているか、労組と友好な関係にあるものが多い。これに対し地域サークルとは、職場に関わりなく広く地域からメンバーを集めたサークルである。たとえば農村社会においては農協青年部や青年団を基盤とした地域サークルが多かったし、都市においては職場にサークルがない労働者や、サークルとともに労働組合の結成も困難な中小企業の労働者などが地域サークルに参加した。レッドパージに遭った労働者たちは、好条件に恵まれればかつての職場のサークルに参加することもできただろうが[34]、多くは職場を去り、新たな活動の拠点を地域に求めることになった。やむをえず、という側面も大いにあったが、地域サークルの組織化により、中小企業の労働者たちにも文化サークルに参加する機会が生まれることになった。また、ここで組織された「海岸」「下丸子」などの地域サークルは単体で自己完結したものではなく、「東京南部」の地域活動家のネットワークに連なるものであった。まさに、街のそこかしこに点在するサークル活動家を結んで違う地図を描いていく、街を自分たちの地図で所有し直す、そうした開かれた実践であったのだ。

こうして生まれた下丸子文化集団は、その活動の時期を三つに区分することができる。第一の時期は、下丸子を拠点として『詩集下丸子』全四集を発行した一九五一年春から五三年五月までの時期である。第二期は朝鮮戦争が休戦を迎える五三年七月から五五年末までの時期で、文化集団は「南部文化集団」と名称を変更し、『下丸子通信』『南部文学通信』を発行しながら地域のサークルを結んで組織化する活動に取り組んでいった。第三期は、二期の途中でこの時期のリーダーであった星野が亡くなり、これに共産党の政治路線の転換が重なって方向性を見失った集団が「南部文学集団」と改称して文学創作に軸足を置いた文学同人集団に転じ、比較的コンスタントに機関誌『突堤』を発刊しつづけた五六年から五九年までの時期である。

以下ではこのうち第一期をとりあげるが、この時期に関しては、集団の発足と活動の展開に大きな役割を果たしたリーダー、高橋元弘が五二年に離脱した時期を中間点として、以後二〇歳前の星野秀樹（＝江口寛・江島寛）とその友人たちが集団を再建していく後半のプロセスも重要である。その間、生活詩集『くらしのうた』（一九五二年一月、これは『詩集下丸子』の姉妹編で、『詩集下丸子』第二・五集と位置づけることもできる）と工作理論誌『文学南部』（一九五二年一一月）各一冊を発行。五二年春から秋にかけて、非合法詩誌『石ツブテ』を発行した「民族解放東京南部文学戦線」に星野、井之川などが参加、文学戦線の中心的メンバー佐藤ひろし（松居りゅうじ）が文化集団に加わる、という流れをたどる。(35)

この第一期の前半は、冷戦の激化と朝鮮戦争下で共産党が半非合法化され、アメリカ占領軍に対する「国民総抵抗」を党が呼びかけていた時期である。メンバーの多くが共産党員とシンパであった下丸子文化集団の活動は、占領軍への抵抗と「民族解放」を掲げる共産党の呼びかけに応答する詩を書き発表するだけでなく、地域における反レッドパージ闘争に「詩のビラ」をもって参加したり、宵闇にまぎれて反戦ステッカーを塀や電柱に張りめぐらしたり、詩や替え歌の掲載された壁新聞等を通じて大衆的なプロパガンダを行なう、そうした行動の一環として展開されていた。半非合法的という意識は、文化集団結成を援助した安部・勅使河原・桂川の名前を詩集から「墨塗り」で抹消するという配慮をもたらした。(36)

下丸子文化集団の若きメンバーであり、のちに「原爆を許すまじ」を作詩する詩人・浅田石二は「ぼくらの活動はもっぱら夜であった。［…］人に会うのも、集まるのも、ビラを貼るのもすべてが夜だった」と回想している。(37) 彼らは工場の前で労働者たちにレッドパージに反対する詩のビラもまいた。そのほとんどは今日残っていないが、たとえば星野秀樹が書いた「五人を工場へ」は次のようなものである。

五人を
工場へスクラムでおくりこもう。
「平和」と「自由」を
スクラムの足なみ
たかまる胸のこどうとともに送りこもう。

爆音におびえ
監視の目におびえる
息苦しい工場にしてはならない。

バスケットかかえて働きにくる
少女が　歌いやめ
口ごもる工場にしてはならない。

おい　兄弟！
五人を工場へスクラムでおくりこもう。
日々に新たな力をましながら
どとうのように送りこもう。(38)

「五人」とは、北辰電機でパージに遭った労働者のことを指し、文化集団のメンバーも二人含まれていた。このビラをまいていた文化集団メンバーによるルポが残っている。「飯島安男」というペンネームで書かれた「ルポ、ビラくばり」という短文がそれである[39]（『詩集下丸子』第二集、一九五一年一〇月）。始業前の北辰電機前で、ビラまきは初めてという筆者が三〇〇枚のビラを労働者に手渡している。途中、日本人の運転するジープに乗ったアメリカ兵が近寄ってきて緊張するが、彼らは気に留めずに走り去っていった。そのあと警官がやってきてビラを見せろ、という。

ビラを見せろといふから無雑作にみせる。「三百の怒り」。ポリ公は少しの間よんで裏返し、また裏返して、「なんだ詩か」と、一人ごとのように言葉をはき出しそのまま行つてしまつた。

（『詩集下丸子』第二集、七八頁）

「なんだ詩か」といわれて拍子抜けするが、警官の眼には詩は「政治」とは映っていないかのようだ。これに対し、労働者たちは「おお詩か」「めずらしいなあ」「えがかいてあるよ」「文化集団だつて、いつ出来たんだい」と好意的に受けとめる（同）。詩を通じた抵抗に携わる文化集団と官憲、労働者の反応のそれぞれがずれていて面白い。もちろんこのような牧歌的な場面ばかりではなかった。パージを批判し朝鮮戦争への反戦を呼びかけるこれらのビラは、米占領下では「占領目的違反」として逮捕・処罰される危険性をもっていたのである。文化集団第二期に発行された『下丸子通信』第一号（一九五三年七月）には、不審尋問にかかった少年がたまたま『平和新聞』（日本平和委員会機関紙）

や『詩集下丸子』を所持していたために二日間留置され、詩集入手のルートや関係者について取り調べられ、家宅捜索まで受けたとの記事が掲載されている。飯島が緊張するのは当然のことであった[40]。

こうした活動以外にも、文化集団では『白い槍』という新聞を発刊したり、松川事件被告救援のための版画はがきの制作、海岸文学サークル・千代田詩人集団・文京詩人集団などとともに京浜文化活動家懇談会の開催[41]、松川被告・千代田・文京詩人集団との叙事詩「松川事件」の共同制作[42]、小林多喜二虐殺二〇周年を記念する多喜二祭やスト規制法・破防法など「悪法反対の集い」の開催[43]（五二年二月）、石川啄木四〇年祭の開催[44]（五二年四月）など、多彩な活動を展開している。これらの活動は、新日本文学会京浜班以来この地域で活動をしてきた入江光太郎が南部各地のサークルや労組を歩き回りながら編集を続けた『京浜文学新聞』に記録されている。この『文学新聞』と『詩集下丸子』には、ほぼ同時に同じ記事が掲載されたり、文化集団の動向を詳しく伝えるなど、両者は密接な関係のもとに編集されていた。両者をつないでいたのが入江であった。入江自身は、下丸子の労働者を中心とした文化集団には、労働者ではない自分は入っていくことはできなかったと回想している。入っていくことができなかったというのは、北辰・東日の労働者仲間の輪に迎え入れられなかったということだろう。「彼らには自分が党から来たと思われたから歓迎されなかった」というのである[45]。しかし、今日復刻された『京浜文学新聞』を読むと、積極的に各地のサークルの動向を伝え、同時に新しいサークルを育てていこうという「工作」の視点が貫かれている。入江たちは海岸、下丸子のほかに糀谷にも新しい地域サークルを育てようとしていた。入江は戦時期に中国東北部の熱河省で「文化工作者」の任務に就いていたというが、戦後の東京南部でも彼は「「文化工作」を自覚的にやっていた」と証言している。海岸・下丸子・糀谷と拠点をおいて、これをネットワークしていくことで南部を「面」としてカバーしていこうという文化工作の軌跡は、入江が五二年五月のメーデー事件で逮捕されると挫折を余儀なくされる。

四　工場街に詩があった時代——表現としての「詩」

この時代の労働者・大衆の文化表現としてなぜ「詩」が選ばれたのか。小説においては、作品構成に時間がかかる上、どうしてもストーリーと作品世界を維持する上で作家個人の構成力に負うところが大きく、書き手の「個」を相対化する契機は弱くならざるをえない。これに対し、「詩」は短いものなら誰でもそれらしいものが書ける上、ちょっとしたフレーズやアイデアがあれば〝気の利いた〟言語表現になりうる。その分テーマやレトリックにおいて定型性が浸透しやすいリスクも負うが、それを「リスク」と考えないのであれば、「自分にも書けた」という体験はさほど苦労せずとも手に入れることができる。労働時間に緊縛され、まとまった表現のための時間がとれない労働者にとって、「詩」という領域は、取り組みやすい「文学」であった。そして、狭義の「詩」にこだわらず、短歌や俳句、川柳といった短詩形文学や替え歌、「らくがき」のようなものも含めた、〝詩周辺〟的表現を生み出し愉しむことで、人びとに「書く」ことを通じた意識変容、主体の形成につながる活動を組織化していこうとしたのが、この時代の「文化工作者」たちの運動論であった。[47]井之川巨は次のように述べている。

昨日あった一人の体験が作品になると、それは周囲の何人もの人たちの〝書きたい〟意欲を刺激した。そして、ものを書くという作業は、すぐれて〝認識〟の作業であった。極端にいえば、労働者は書くまえと書いたあとでは確かに事物に対する意識が変わっていた。文化工作者の仕事は、詩人専門家を育成する作業ではなく、まさにそのような意識変革のための作業であったのだ。(48)

だが、仕掛ける側の思惑がいかなるものであれ、それが実際に受けとめられることがなければ空回りに終わる。工作者たちにとって幸福なことに、この時代の社会運動において、「詩」は、広範にポピュラーな表現形式として普及したのだった。たとえば戦後一九五〇年代初頭まで日産の労働者として働き、同社を追われてのちは大田区で労働しながら文学同人誌を発行していた浜賀知彦は、「組合の団体交渉に行くじゃない。オルグが外でまってんだよ。まってて、報告を聞くといきなりそれ詩に書かないかって言うんだよ」というようなことがしばしばあったと証言している。(49) この時代の詩運動において大きな比重を占めた松川事件被告による詩表現——「松川詩」——もまた、そもそも「詩」として書こうとしたわけではなく、被告たちが書いた手紙が「詩」と受けとめられ、次々と雑誌に載せられ、さらに書くことを求められていったものであった。(50)「勝手に「詩」だとかいって雑誌に載せちゃうんだよ」(51)というのだが、その強引ともいうべき「工作」が、全国の松川被告救援運動の活動家たちにひとつの〝感動〟を与え、続々と詩が寄せられることになる。詩を介した当該と支援のつながり、運動の広がりが実現していくという稀有な展開がここにはあったが、そのことが逆に「詩運動の時代」としての五〇年代の特異性を浮かびあがらせているといえるだろう。つまり、「詩」が一文学ジャンルであることを超えたメディアとして流通していたのがこの時代であったのである。

この時代の「詩」は、したがって紙の上に印刷されたものばかりではなかった。街角の塀や建物の壁にチョークで書かれたり貼り出された「詩」があった。これらは「辻詩」「カベ詩」と呼ばれた。[52] 紙の上に印刷されてはいるが、「ビラ」として街頭でまかれた「詩」があった。これらは「ビラ詩」と呼ばれ、下丸子文化集団でも何度も作成・配布された。当時のメディア状況からすれば、ビラとして配布される印刷物はガリ版で印刷された。ガリ版印刷によらずに不特定多数に「詩」を読ませようとすれば、「辻詩」「カベ詩」しか方法はなかった。「壁新聞」もしばしば街頭に貼り出され、詩が掲載されていた。

下丸子文化集団においてカベ詩を得意としたのは高島青鐘である。[53] 高島は文化集団の前身の人民文学サークルの時代から、回覧誌『人民』に長短の詩や替え歌、「らくがき」などを積極的に掲載し、この編集方針は『詩集下丸子』にも引き継がれていた。

『詩集下丸子』第一集の作品は、おそらく文化集団周辺の活動家ネットワークを通じて集められたものだろう。書き手(ペンネームが多かったと思われる)の多くには、職業や職場などが肩書きとして付されている。高島青鐘は「嶺町、失業者」、犬塚真行(「信行」と表記されているが、第二集以降は「真行」)は「民主商工会」、しき・たかし(志木尭)は「東日」、たかはし・もとひろ(高橋元弘)は「北辰、仕上工」、江口寛(=星野秀樹)は「公務員」と、それぞれ記されている。このほか荒木桂太郎(新興機械)、永瀬八郎(宇野沢鉄工)、よしだ・むつを(夜学生)、岡田安男(木工機械工)、小谷部かず子(交換手)、望月三郎(=望月新三郎、仕上工)、対馬幸光(北辰、『人民』メンバー)、外米えり子(=高橋須磨子、主婦）が、さらに職業のないものとしてあいかわ・ひでみ（＝丸山照雄）、林清、片桐幸人、東日E・E、北辰E・Sが作品を寄せている。

第二集以降は、実際に発行された詩集をもとに作品を求めたり、『京浜文学新聞』その他のサークル関係のメディアに募集記事を載せたり、さらには作品募集のビラを配布したりなどの方法をとったようである。第四集への作品を求めるビラが現存しており、(54) 次のように述べられている。

このガリ版ずりの詩集は多くの人びとによまれ、予想もしなかった反響をよび起しました。掌から掌へ、下丸子から糀谷、糀谷から芝浦へと次々に拡がってゆき、知らぬ間に「読書新聞」とか「詩学」「近代文学」などの雑誌にもかゝれていたのです。かき手はぐんとふえました。へたくそでしたがみんな本当のことをかきました。だが、本当のことをいえるのはぼくらだけではないことを信じています。

今、辛い冬の入口にたって、ぼくらはみなさんに訴えます。この詩集を下丸子のみなさんの詩集にして下さい。

全然かいたことのなかった人も、職場の苦しみや怒りを、腹のなかにためておかないで下さい。ノートになぐさめの詩をかいている人もその詩を送って下さい。

ガリのサークル誌、詩、短歌、俳句、通信、手記、スケッチ、替歌、落書き、たった一行のことばでもいい、十二月末までに

大田区下丸子町七　下丸子書房気付

詩集編集部　へ

送って下さい。

それはビラや広告や鉄屑や電線や煙突などが下丸子の町をうづめているように、すばらしい詩集下丸子をつくるのです。それは、この町をおそう不けいきなからつ風、昏のこゞえに対するみんなの「**反対！**」です。誰にでもよめ、誰にでもかける詩や歌なのです。

みなさん、この詩集の編集に参加して下さい。サークル、個人をとわず、両の手をあげて歓迎します。

（太字は原文）

ここには地域の労働者・大衆が参加し、大衆を巻き込んで詩の運動を展開していこうという文化集団の活動のイメージが明確に示されている。このようにして集められた「詩」の群は、文学への志向をもち活動家としてその名を知られている人びとを除けば、今日その足跡をたどることも困難な〝無名〟の人びとによって書かれたものである。

『詩集下丸子』を読む

さて、詩集の背景や運動史的展開ばかりでなく、実際にどのような詩が書かれていたのかについても見ておかなければ、この運動の内容面を理解することはできないだろう。いくつかの作品を見ながら、その特徴を考えていくことにしたい。

この詩集を構成する作品群をいくつかのテーマに分けてみると、大きくいって①反米抵抗詩、②生活をうたった詩（とくにその苦境を描いた詩）、③労働を表現した詩、の三つを取りだすことができる。他に松川事件に関わる詩やスターリン追悼詩、旅行やふるさと、戦争体験をうたった詩などがある。

最初の二集には、これまで「詩」を書いたことのなかった労働者たちに「詩」を書くことを呼びかける詩が掲載されている。高橋元弘「まづかきたまえ」（第一集）と、呉隆「おれたちはものを云おう」（第二集）である。高橋も呉もサークル文化運動のオルガナイザーであり、まずは詩集そのものを通じて「詩」を書くことを人びとに呼びかけていった。高橋の「まづかきたまえ」を見てみよう。

えらそうなことを言う前に
まずかきたまえ
百万べん基本的に正しい方針を
しやべりまくる前に
一つのことでよい
まず実行したまえ
方針は実行するためにたてられ
詩は　書かれてはじめて詩になる

原爆や水爆でなく

そんなものをつくる（おとす）頭を
ふつとばす爆弾が必要なように
もう一つ、新らしい会議
毎日の会議、会議をなくす
会議が必要なように
百万べんしやべりまくる
基本的に正しい方針でなく
そいつをどう実行するかという方針が
必要なように
今
詩をかく必要がある

平和擁護を斗つている
同志、
詩をかきたまえ！

（『詩集下丸子』第一集、三四—三五頁）

詩をどう書くかという議論以前にまず書くことから始めよう、論じるよりも先に書いてみよう、そのことから運動が始まる、と呼びかけている。会議をなくすための会議が必要であるのと同じ意味で、詩論よりもまず詩の実作が必要だというプラクティカルな呼びかけは、人びとの「書く」ことへのおそれをほぐし、運動のスタイルを提示する。高橋のこの詩に対する「相聞」のように、呉隆は「ものを言おう」と呼びかける。

おれたちはものを言おう……
おれたちはものを書こう……

まともな人は
　まともにしかものが言えないし
ひがんだものは
　ひがんだようにしかものが言えない

さびしい人は
　さびしいようにしかものが言えないし
うれしい人は
　うれしいようにしかものが言えない

腹に一物あるものは

腹に一物あるようにしかものが言えないし
いきり立つている人は
いきり立つているようにしかものが言えない

これは素晴しいことではないか！
おれたちはものを言おう……

（『詩集下丸子』第二集、四―五頁）

誰だってものを言うときには何かに規定されている。上手にバランスよくものを言おうとしても意味はない。むしろ、自分がいまある状態の中で自らを表現すること、「これは素晴らしいことではないか」というのである。ものを言えば、そこから自己発見があるし、そこから認識を深め、新たな主体性への手がかりも手に入る。口に出すことによって主体の変容の第一歩を踏み出す、そこに彼らがめざす文化運動と社会運動の身体性、主体のあり方が示されている。

この詩運動、文化運動の中で彼らが認識を深めようとしていた現実とは何であったのか。それが米占領下の労働と生活であった。

『詩集下丸子』第一集の巻頭には、高橋元弘による巻頭詩が掲げられている。ここにはこの詩集と文化集団が示そうとした「下丸子」の像がコンパクトにまとめられているので、まずこれを見ることにしたい。

夜も静寂をよびもどさぬ
三本煙突の工場と
空をかける威嚇の爆音と

屑鉄ひろいに掘りかえされる埋立地と
焼夷弾にくづれたまゝの瓦礫と
その上にたてられたバラックと

税金におのゝく大売出しの旗と
ギャングごつこの子供と
生活にうちひしがれるおかみさんと

下丸子は日本の縮図
平和のねがいは
大型自動車の轍にふみつけられ
民族の誇りは
散弾銃とカンゴクバッチに汚される

おれたち
涙を湛え、拳をにぎり
愛するおれたちの町の
明日を準備するもの
おれたちの幸福のためにのみ
煙突の煙あげんとするもの
おれたち、下丸子のわかもの
耳をすまし目をみはり
どつかと足を大地につけ
嵐にむかつてうたいつゞけ
嵐の中に歌をひゞかせる

（『詩集下丸子』第一集、頁番号なし）

「煙突」は工場街を象徴し、「大型自動車」「散弾銃」「カンゴクバッチ」は占領軍の存在を暗示している。「下丸子は日本の縮図」とうたわれ、この詩集が表現しようとする世界がはっきりと示されているといえよう。反米抵抗詩には占領下の下丸子における労働の現実や「戦時下」にある東京南部をうたい込んだ作品が多く含まれ、緊張感のみなぎった作品は今日読んでもインパクトのあるものが多い。たとえば第一集に掲載された江口寛（星野秀樹）の「特殊管理地帯」は次のようなものである。

1

クレインは、夜も
音をたてゝ、うごいているが
その
ENGINE.BOX の山が崩れて
一人が、にげおくれて殺されたのも
つい（最近）のことだ
あくるあさ
例のごとく
番号札をつけて就労したとき
労仂者は
ころされたものゝ
顔がみえず
みしらぬ顔がふえたことを知つた
おちくぼんだ青い目の光り
毛のはえた（ウエスタン風の掌）
が。

2

今日も
鎖をつなぎあわせて
日本生れの
（アフリカ風の）顔が
棍棒をもち
ヘルメットをかぶり
お前の工場をみはつている

恥ぢしらずのみはりと
　裏切りに守られ
地ひびきと
おびたゞしい土埃りをあげて
奴ら……外国の火つけ人の　暗緑色の
車が出入りするのを
お前の汗
お前の苦しみで
おなじ仲間の血が流されているのを

お前の心臓は赤すぎるのだ！
黙りとおすには
奴らからうけた恥づかしめを
拳を固めて憤るがいゝ
——労仂者よ！

（『詩集下丸子』第一集、二七―二九頁）

「煙突」と並んで「クレイン」が工場街を象徴している。工場を管理するアメリカ兵が「おちくぼんだ青い目の光り」とか「毛のはえた（ウエスタン風の掌）」といった表現で示されているのは、直接「アメリカ兵（軍）」と名指すことがこの時期しばしば「占領目的阻害行為」とされたからである。ステレオタイプな人種表象は、そのあからさまな「言い換え」が感知されることにより占領下の緊張をそのまま伝える表現の一手段であった。とはいえ、これが常態化してしまうと、安易で陳腐な表現があたかも「抵抗」しているかのような身ぶりと化して、政治的にも表現的にも沈滞におちいるだろう。占領下におけるステレオタイプの使用には、〝本当はここに別なことばが代入される〟という、書き手と読み手の共通コードが前提されている。占領が解除され、「占領目的阻害」なる〝犯罪〟が無効と化したとき、同じステレオタイプに頼ることは、もはや江藤淳が批判するような意味での占領下の「自己検閲」が内面化されてしまっていることを意味する。(55) 同様の表現は、たとえば第一集掲載のしき・たかし「泣声」においても「赤い毛がもしや〳〵と生えた手」（四二頁）という形であらわれているが、この時期の反米抵抗詩一般に用いられたものであった。江口寛の詩は「日本生れの／（アフリカ風の）顔が／棍棒をもち／ヘルメットをかぶり／お前の工場をみはつている」という形で、おそらくは「日本人」のガードマンにも「（アフリカ風の）」という形容をかぶせてステレオタイプを回避しようとしているが、とすれば「青い目」の兵士に従うガードマンが「アフリカ風」と表現されることには、問題なしとはしない。

軍管理工場の労働の実態に関しては、東日重工の労働者てらだ・たかし「石の門」（第二集）がまとまった作品にしている。労働の実態と朝鮮戦争に労働者として加担してしまっている現実の自覚、そこから自分自身を取り戻す過程が描かれている。

三菱下丸子工場には石の門がある
それがあつたとて
いまのところ、別に不思議はない
だが
そこにいる日本人守衛が
両足をふんまえ
黄色い鉄帽をかぶり
散弾銃をもち
右、左、そのうしろ、散開している

となると
朝
「お早う」そんな挨拶は出なかつた
俺は黄色い鉄帽をにらみつけ
ぐーっと番号札を出す
　　俺の手であろうか
　こんな手は俺の手ではない
いや、やつぱり俺の手なんだ
おれの手は
やせこけた俺の写眞のついた
三百三十三号　黄色の番号札
黄色の番号札を
黄色い影の男　守衛につきつけ
工場の正門を通りぬける

俺は仂きたい
人々に喜ばれる機械を作りたい
戦争に使われるものは作りたくない

だが
拳銃を下げて海を渡つてきた大男
そいつが俺をみはつている
兵器や兵隊をはこぶ自動車《クルマ》を作る
俺の手でつくる
作るのは俺の手であろうか
俺の手は罪人の手であろうか
　　こんな手は俺のものではない
　いや、やつぱり俺の手なんだ
俺は俺の手で自動車をつくる
俺の手は重い
午前十五分、午后十五分
昼休の四十五分にはタバコが吸える
だが
食事のための外出にも課長の印鑑がいる
俺はだまりつこくなり、はつきり人
をえらぶようになつてゆく
それでも

たつた一つあるもの
それは
どんな話でも話し合える仲間を
コツコツとさがすことなんだ
聞きおぼえのある声を求めて歩く
おれの足であるく
　　歩いてゆくのは俺だろうか
　俺の足だ
たしかに俺の足なんだ
俺の足は軽い
ぐーっと日が傾くころ
どこからともなく集つた
蟻のような列は
ひとつ　ひとつ
両手をあげ
黒い頑丈な手で裸にされてゆく
やつとの思いで
石の正門を通りすぎたとき

ほんのちよつぴり
いきを吸い
俺の生活がはじまる
一九五一・一〇

（『詩集下丸子』第二集、一九―二一頁）

「黒い頑丈な手」は、米兵を示しているのかもしれない。「俺の生活」は工場を出たところにある、という詩である。しかし、てらだが工場の門を出て「俺の生活」を過ごしている間にも、朝鮮では戦争が続いている。彼の生活の矛盾は工場の中だけにあるのか、矛盾が「ＰＤ工場」に集約されすぎていないかという疑問も否定できないが、同時に彼の生活感は表現されている。てらだは片手間に運動をやっていたわけではなく、このあと一九五二年の北京メーデーに参加すべく自主渡海――いわゆる「密航」――のために下関まで行ったところで逮捕されるという経験をした。『詩集下丸子』の第三集には彼が「荻田修」名で拘置所から寄せた手紙が掲載されている。

「占領下」の意識は、街区の中にあらわれる「接収」継続中の施設や空間によって絶えず喚起され、強化される。川村庸雄「祖国の中に異国がある」（第二集）は、そうした風景を素描した詩である。

そこで足は止められる
麦畑に棒材がうたれ
県道にバラ線がさえぎる

目抜きのビルに看板が下げられ
公園に立札がたち
夕方の散歩はとめられる
そのまえできみも
ぼくもたちどまつてみる
あふれる瞳でじつと見る
はらわたをあつくしてそれをみつめる
その文字は唇のなかでふるえる
　うばわれた麦畑
　うばわれた県道
　うばわれた建物
　うばわれた公園
　うばわれた処女と労仂
祖国の中に異国が立ち
祖国の大地に異国がひろがつてゆく
しゆう雨の前のあふれる瞳で
まざまざとその文字をみる
うばわれた祖国をみる

はらわたをあつくして
その文字をじっとみつめる
日本人立入禁止
日本人立入禁止
日本人立入禁止

（『詩集下丸子』第二集、二三―二四頁）

例によって決して「うまい詩」ではないのだが、この時期の各地の接収地に遭遇した人びとにとって共通の感情が表現されている。その「うばわれた」ものが「祖国」と総括される点は、この時代特有の左派ナショナリズムの用語系に大きく規定されているが、外国軍の基地として接収された場所への思いは、それが局所化され分断されてしまった今日、改めてこの定型的な表現を通じても浮かび上がってくる。東京南部のそこかしこにも、こうした接収地が点在していた。

このように、抜きがたい定型性を帯びながらも、インパクトのある詩が書かれていたのが反米抵抗詩の分野であるが、それに対して生活をうたった詩、とくにその苦境を描いた詩を見ると、実はあまり〝いい作品〟がないように思われる。というのは、ひたすら生活の苦境を訴えていたり、具体的な事実の羅列であったりというものが多く、読む側も息継ぎができない、そういう作品になりやすかった。一例のみ見ておくことにしたい。第二集に掲載されたきよし・あきもと「眠られぬ夜の労仂者のために」である。

俺の親父のそのおやぢ
又その親父は労仂者
親父のその子の又その子
その子のおいらも労仂者

亭主で親父の労仂者
力み返つちや見るけれど
すつからかんの空つけつ
おらあすつかりヘタヘタだ

全くいやだよ、いやですよ
明日のお米がないと言う
女房のやつれた顔を見て
俺わなんだか泣けてくる

［…］

どこのどいつが悪いのだ

誰でもないてば誰でもない
この世の組織《しくみ》が悪いのさ
誰がそんなに悪くした

うつかりそいつは言えぬこと
犬がうろうろ、うろついて
そやつにかまれちやお手あがり
おれは明日から首つつり

お金お金と泣くな女房
おやつ、おやつと泣くせがれ
女房かなしや夜がふける
せがれ可愛やいじらしや

（以下略、『詩集下丸子』第二集、一六―一七頁）

まだ倍以上あるのだが、このくらいにしておこう。七五調で書かれているので口ずさみやすい詩だが、語調を整える節々に流行歌や唱歌のような定型化された表現があらわれている。井之川巨は「詩を書いたことのない労働者が、はじめて詩を書くとき、しばしば七五調の形を借りる。それをぼくらは〝封建的韻律〟と呼んだりした。桑原武夫の俳句批判『第二芸術論』が記憶に新しいころだった。

それでもぼくらは、この種の詩を正当に評価すべきだと考えた」と回想している。[56]「もちろん、この詩が秀れているとか、芸術的であるとか言うのではない。それどころか五・七・五と連なる〝囚われたリズム〟に、ついぼくは焦ら立ちすら感じてしまう。しかし、社会のしくみのなかに、日常の生活のなかに、古い時代の体系が生きているとき、精神のリズムだけを変革しようとするのは、たいへん困難なことだ[57]」。

後でも触れるが、当時のサークル詩にはこうした作品が多く、「文学性」を重視する詩人やサークル詩人たちからも「へたくそな詩」でいいのか、という問いが投げかけられた。しかし井之川がいうごとく、一作一作「文学的」な詩になるまで推敲していくことよりも、「まづかきたまえ」という呼びかけ、つまりは語りの世界へ誘いだすことにこそ彼らのサークル詩運動の本領があったことを考えれば、外的な表現のリズムを技術的に変更することよりも、現実にあらわれてきた表現を評価し向きあうことからしか、表現を通じた現実の変革もありえないのではないか、という彼らの問題意識は、運動をつくっていく立場としては無視できない意味をもっている。

職場での労働を表現した詩では、軍管理工場における反米抵抗詩を除くと、やはり生活詩と同じように韻律の問題やメリハリの問題などでこれといった印象深い作品が寄せられているとはいいがたいのだが、たとえばあづま・たかし「俺はプレートの曲り直し」(『くらしのうた』)ではこのような感じである。

一、カン、カン、カン、カン

俺はプレートの曲り直し
　やつと十一時をまわつたか
お昼までまだ一時間
　後六時間で帰れるか
時間よ早くたつとくれ
　まつたくお前はのろまだよ

二、カン、カン、カン、カン
　俺はプレートの曲り直し
　今日は十一月十五日
給料日まで後五日
　今月いくらになるのやら
二、六の十二、一、六の六の七
お袋が毎日まつている

（以下略、『くらしのうた』、七頁）

日々反復される労働をうたいながら、そこに「講和が終つたと云ひながら／散弾銃に鉄かぶと／門を出るにもホールド、アップ／独立日本　どこにある」（第九連）といった占領状況もうたい込まれている。このような作品状況を総合していくと、やはりアメリカの占領体制の継続という問題意識が明確に押し出され、そこでのふだん口にできない批判を詩に込めてうたった作品に緊張感があり、五一

―五二年の東京南部・下丸子という時空間を切り取る作品性があったといえるだろう。と同時に、〝書かせる〟ことをもうひとつの運動的な課題としたこの詩集において、多くは一作限りで消えていった書き手たちが、その後どういう人生の軌跡を描いていったのかについて知りえないのは残念なことである。

詩集の反響

『詩集下丸子』の反響はとても大きかった。第一集は四〇〇部を作成したが、あっという間に完売してしまったと『京浜文学新聞』第一号は報じている。同号では松田解子の「詩集〝下丸子〟をよんで」が掲載され、「詩の一つ一つについていえば、気魄が独善になつていることや、すなおな良さが説明的に流れていること〔、〕感傷に対する詩人自身の批判の不足などが感じられるけれど、それを、これから集団が地道に大衆のなかへ入つてゆき、そこから相互に批判をまきおこしていることで克服もされるし、発展もするだろうと思われた。／そうは云うものの、この詩集には、すでに立派な詩が幾篇となくあり全体として民族独立と平和のためのゆるぎない武器としての詩運動の一歩を刻んでいることは確かだ」と評されている(『京浜文学新聞』第一号、一頁)。また、下丸子に刺激を受け、渋谷や目黒でも「平和詩集」を発刊しようという動きがあることや(同、三頁)、鷺ノ宮の文学サークル「煙突」で『詩集下丸子』を回覧したとの記事が載せられている(同)。九月には「海岸」や「下丸子」も参加して京浜文化活動家懇談会が行なわれたとの記事もあり、『詩集下丸子』発刊以後、下丸子を震源地としてサークル運動の波紋が広がっていることが記録されている。『京浜文学新聞』自体、『詩集下丸子』発行のインパクトの中で新たな運動展開をめざして創刊されたと考えることもでき、それ自身運動メディアであることから波紋の広がりを好意的かつ積極的に意味づけ大きくしようという意図があることは否定できないが、それでも各地のサークルを刺激したことは間違いない。以後も『京浜文学新聞』では「下丸子」と「海岸」を二つの拠点として東京南部のサークル運動の相互連携を——約半年ではあるが——伝えていく。

詩集の発刊をインパクトをもって受けとめたのは東京南部ローカルに限られなかった。下丸子文化集団の活動は、当時サークル文化運動、とりわけサークル詩運動に誌面を開放し全国的な運動のメディアとなっていた文学雑誌『人民文学』にも紹介され、同誌上で積極的な評価を受けるとともに、サークル詩運動のモデル的存在として繰り返し取りあげられていった。[58]『人民文学』を通じて下丸子文化集団がいわば〝全国区〟の存在となると、その後『文学』や『列島』『詩学』などの雑誌でも文化集団とその発行雑誌が取りあげられ論じられるとともに、作品が転載された。また、雑誌だけでなく、この時代に多数編まれたサークル詩のアンソロジーにも、『詩集下丸子』の詩は収録・転載されていった。『列島』第四号(一九五三年三月)の「サークル詩の現状分析と批判」特集で、鶴見俊輔は、『詩集下丸子』第三集に掲載された「一主婦」の「検挙にきたら」を高く評価している(一三頁)。

検挙に来たら
私は先づ洗面器をたゝいて
「皆さん又パクリに来たんですよ」

つてどなるわ

そして近所の皆さんに
理由をきいてもらう

「お前らになんか
大切な夫を渡してなるものか」
つてがんばるわ

そして
「みなさん
よーくこの人達の顔を
おぼえていて頂戴」
つていうわ

そして
つれてつたら
「私を食はしてくれ」

つて警察えゆくわ
「私らの苦しい税金が
こんなものに使はれるんだつたら
払はないつもりよ」
つてその人はいつていた(59)

(『詩集下丸子』第三集、一五頁)

この詩は、一九五二年九月に刊行されこの時代を代表するサークル詩アンソロジーであった『京浜の虹』(理論社編集部編、一九五二)にも「私はいう」と改題して収録されている。京浜地区のサークル詩を集めた同書は、書き手と作品とを丁寧に見ていくと基本的には「京浜」といっても神奈川の書き手、とりわけ京浜労働文化同盟以来の詩人たちとそのネットワークから集められた詩が大半なのであるが、逆に例外的に東京側を一手に代表する形で『詩集下丸子』第一集〜第三集の詩が多数収録されているのである。『詩集下丸子』の表紙が写真で紹介されているばかりでなく、同誌に掲載の高島青鐘による版画(勅使河原宏との合作と推定される)、高橋須磨子の小説「スケッチ、朝」も転載され、詩作品では高島青鐘「母をみつめて」、川村庸雄「祖国の中に異国がある」、外米えり子(=高橋須磨子)「日給百七十五円」、たかはし・もとひろ「おやじさんの話」、しき・たかし(「しま・たかし」と誤記)「泣声」、きよし・あきもと「眠られぬ夜の労働者のために」(部分)、栗屋一歩「暑い」(部分)ほかが掲載されている。『京浜の虹』以外にも、野間宏編『日本抵抗詩集』(三一書房、一九五三年二月)、壺井繁治・赤木健介『日本のうたごえ』（淡路書房、一九五五年八月）に詩が転載されている。下丸子文化集団の知名度は、同時代のサークル詩の世界においてきわめて高いものがあった。

この時代のサークル詩運動にとって、各地の情報を伝え運動の方向性を学ぶ「中央誌[60]」としての役割を果たしたのが『人民文学』および『詩運動』（さらには『列島』）であったが、運動の盛り上がりとともに商業出版社から『京浜の虹』や『祖国の砂』（筑摩書房編集部編、一九五二）などが出版されはじめると、一連のサークル詩をどのように評価するべきなのかについて論争が行なわれるようになった。たとえば『京浜の虹』では、発行元である理論社編集部が読者を挑発するかのように「これは、詩集とよばれるねうちが、あるものだろうか？　うまい詩、りっぱにととのった詩……そういう詩をあつめるものを詩集とよぶのならば、これは、詩集とはいわれまい。へたくそは、へたくそなりに、おこりっぽいやつは、そのおこったまんまに、げんきのいいやつはおもいきりげんきよく……たたきつけるように、しるされた文字。ひょっとすると、これは、これまで日本にうまれた、いちばんへたくそな詩集であるかもしれない」と記していた[61]。すでにこの文章自体、呉隆の詩「おれたちはものを云おう」をふまえた書き方になっているが、これを開き直りと受けとめ、文学はそうあってはいけないと反発した人びとから「へたくそ詩論争」が惹起された[62]。

しかし、ここにはひとつのずれがある。「へたくそ詩」に開き直ってはいけないと批判する側にとって、「文学」や「詩」は自明のものであった。そして、理論社編集部が挑発しているのは、そうした文学観の正統性信仰なのであった[63]。「文学」の規範をそのままにして、その中で「よい詩／だめな詩」を論じるなら結論は明白である。「へたくそ詩」は「へたくそ」に決まっている。だが、その

「へたくそ」な詩がなぜ人びとに受けていくのか。なぜそのような詩を人びとは書こうとしているのか。そこに問いを向けたときに、言語表現の別な可能性があらわれてくるのではないか。この時代のサークル詩に賭けた人びとは異口同音にそのことを訴えていたのである。その代表的な論者が赤木健介であり、赤木の盟友であったサカイ・トクゾーであり、野間宏であった。後世のわれわれにとって大変残念なことには、赤木やサカイも野間も、この「へたくそ」な詩の群れから新しい言語表現の可能性や表現経験の論理、文化生産／消費の論理をつかみ出すことに成功しなかった。議論がおそらく最も深められたのは、『人民文学』誌上において一九五二年末から五三年前半にかけて展開された「実践と創作」論争であろうが（この論争については第四章参照）、結論的にいえば、下丸子文化集団の江口寛（＝星野秀樹）が論じていたように、社会運動のなかで言語表現がもつ固有の可能性を、多様な表現形態——ビラ詩、カベ詩、辻詩、構成詩、その他——を通じて高め、大衆自身が言語表現の主体となることで生活の中に異化作用や情動の組織化に関わる技法を持ち込み、鋭いことばの使い手となっていくことで、社会変革につなげていく、そうした「文化工作」の運動的ビジョンの中に、制度的「文学」とは異なる言語表現のダイナミズムを実現しようというのが、この時代の表現／運動論のひとつの頂点であったのではないか。

もちろんこの程度の抽象レベルで課題を示すことはそんなに難しいことではなく、難しいのはむしろ現実の活動を通じてその可能性の尖端を示してみせることであった。星野秀樹は文化集団のリーダー高橋元弘が運動に疲弊して離脱したあと、「文学」と「政治」が分断されたまま、個々の活動家や表現者たちにその接合作業をバラバラに模索させているコミュニズムのあり方にも批判を投げかけながら、「文学」と「政治」を二分して、これをつなぐ繋辞「と」をどう思想化するかというふうに論じられてきた従来の「政治と文学」論に対し、「政治」であり「文学」でもあるようなもの、両者の境界を侵し再定義を迫る文化工作活動として、「詩」を書き、「詩」を撒く活動を定義していたのであった。[64] それは、工場街にたえず「詩」を露出させる文化闘争であった。

一九五八年頃、大森の城戸昇宅で（写真提供、撮影：望月新三郎）。左上から、浅田石二、城戸昇、竹内昭雄、中央上に大窪昭吾、河野満、一人おいて右上から、城戸昇の父、与倉哲、城戸昇の母、井之川けい子、井之川巨。

第二章　下丸子文化集団とその時代　五〇年代東京南部サークル運動研究序説

一　一九五〇年代という時代

近年、一九五〇年代の文化運動に対する関心が文学研究や思想史研究の中で浮上してきている。一九六〇年代以降の社会史が、高度経済成長とその矛盾、さらには低成長と生活保守主義化というストーリーの中で比較的わかりやすく記述されてきたのに対し、五〇年代の社会史は単純なビルドゥングスロマンでは記述できないような多様な文脈の錯綜が見られる。とくにコミュニストの提示した「政治」のインパクトや消費社会に包摂される以前の大衆の多様な欲望、敗戦後のシステム転換によって生じた空隙を衝く自律的な生活営為——「生活者」の多くは生きようとすればごく当たり前に「違法行為」に手を染めた——などが重層しながら、この時代の社会空間を規定していたといえるだろう。

だが、文化運動の多くは同時代の左翼、とりわけコミュニストの政治性と何らかの関わりをもっていたがゆえに、これまで「戦後革命」とその挫折の物語や、労働運動・「革新」政党を軸とした「戦後民主主義」の普及と深化の表徴として解読される以上のものではなかったように思われる。近年現われてきている研究は、このような政治史の「素材」として文化運動を位置づけるのではなく、むしろ文化運動固有の生命原理に着目しつつ、その運動の生命と「政治」とのせめぎあいの中で「創造」の意味を考えるものが基本となっている。たとえば成田龍一は、この時代を「「サークル運動」の時代」ととらえ、社会問題との関わりとともに大衆社会化という文脈を合わせて考えることを提起している。

サークル運動では、主体が強調される。書く主体、読む主体、演ずる主体、歌う主体。そしてその主体は同時に、社会と歴史の主体となることであった。大衆文化が創り出すのはマスの文化であり、大量のメディアとともにある共通の感情である。[…]両者が併存し、しばしば入れ子のようにしてサークルが存在するところに五〇年代の社会と主体がある。(1)

一九五〇年代という時代はいくつかの理由により社会運動史的に解読困難な時代となってきた。(2)とくに五〇年代前半に革命運動に身を投じたコミュニスト——共産党「主流派」「国際派」の双方——およびこれと提携した在日朝鮮人左派の民族運動家たちはいずれも、自らが主要に関わってきた運動の路線転換によりそこでの経験の意味を「誤った」路線の産物として封印され——あるいは自ら封印し——、長らく検討されることがなかった。五〇年代の文学運動を含むサークル運動を考えるとき、このような大文字の「政治」を抜きに文脈づけることは困難である。他方、大文字の「政治」にすべてを還元することは、これまでこの時代をとらえがたく「封印」してきた物語を反復することにもなりかねない。

この五〇年代前半の文化運動に大きな規定力をもったのが日本共産党の政治方針である。一九五〇年三月に出された「民族の独立のために全人民諸君に訴う」では、「わが国の軍事基地化は恒久的性質をもって進行し、産業は軍事用との立場から再編成されつつある」との認識のもとに「労働者を先頭として、農民、漁民、中小商工業者、民族資本家、その他あらゆる愛国的人びとに、その政治的見解や政党所属や信教の差別いかんにかかわらず、日本民族の光栄ある共通の目的のために、一切の行きがかりを捨て、民族の独立をおかす帝国主義勢力と、これに結合する国内の売国勢力にたいして、ともにたたかわれんことを呼びかけ」ていた。(3) 五一年二月の党第四回全国協議会では軍事方針が決定され、続いて一九五一年八月に決定された「綱領——日本共産党の当面の要求」(「五一年綱領」)では、「民族解放民主革命」が掲げられた。軍事方針のもとでは武装闘争を担う「軍事委員会」が設けられ、「山村工作隊」「中核自衛隊」が組織されていった。

この間、コミンフォルムの批判に弁明を試みた党中央に対し、さまざまな異論が党内で噴出、徳田球一・野坂参三を中心とした党「主流派」と、宮本顕治・志賀義雄らの非主流諸派(総称して通常「国際派」と呼ばれる)とが熾烈な党内闘争を繰り広げることになる。党内闘争は五一年夏にはコミンフォルムが「主流派」を支持する声明を出すに至り、非主流諸派は解体に向かう形で収束していく。同年夏以降の五一年綱領体制のもとで軍事路線が進められ、五二年に入って大衆的実力闘争とともにゲリラ的闘争が行なわれることになる。大衆的実力闘争のメルクマールとなったのは五二年二月二一日の「反植民地闘争デー」であり、全国二一箇所で闘争が組まれた[4]。占領が終結してまもない五月一日には「血のメーデー」事件、五月三〇日の新宿事件や六月二四・二五日の吹田・枚方事件、七月七日の大須事件、七月三〇日の曙村事件など、主な激化事件は春から夏にかけて集中的に起きている。この一連の事件を〞追い風〟として七月四日には破防法が成立、同じ日に徳田球一は論文「日本共産党創立三十周年にさいして」を発表して、早くも武装闘争方針の転換が準備される。五二年秋の総選挙では共産党は議席を三五から一挙にゼロへと後退させた。直後に開かれた第二二回中央委員会総会で「武装闘争の思想と行動の統一のために」を決定、軍事組織は存続しつつも「その活動は自活を基礎にした工作活動」へと穏健化され、六全協における〞武装放棄〟へと至る[5]。

では、その共産党主流派の文化方針はどのようなものであったか[6]。一九五一年一月の「文化闘争における当面の任務：全国文化工作者会議の報告と結語」（日本共産党臨時中央指導部）では、六全協に至る文化運動の基本的な路線が定められている。ここでは「文化活動は党の戦略戦術に従属するという原則を具体化し、実践に移さなければならない」ということ、また「文化活動における大衆路線の確立」を柱とし、「地域人民闘争を発展させるという観点にたたぬ文化活動は、無意味である」と規定して、次のようにサークル運動の方針を明らかにしている。

大衆路線の確立のためには、大衆の中での文化活動の基本組織としての文化サークルを、真に大衆的な基礎の上に再組織しなければならない。それと同時に、サークルの自主性とサークル指導の目的意識性との統一を確立し、サークルの極端な専門化をふせぎ経済的政治的闘争と密接に結びついた綜合的運営を実現しなければならない。さらに、サークル活動を一経営・一居住に閉じこめておくのではなく、地域人民闘争を発展させるための文化工作活動に出動するよう指導することが必要である。(7)

ここには相互に両立の難しいさまざまな課題が詰め込まれており、誠実に実践しようと思えば矛盾に引き裂かれ、最終的に判断停止と党の指示への服従になだれ込む——そして政治的引き回しの——方向へインセンティブが働く論理構成が抜き難く刻印されているが、党の指示を待ちこれに黙従する待機主義に立たないのだとすれば、自立した小集団——工作者集団——の多様な文化／政治運動を斉放させるGOサインともなる。(8)実際、ここから多様な文化運動の実践が各地で展開されていくことになるのであるし、共産党にシンパシーをもつ芸術家や作家、知識人たちも、民衆の文化的欲求・エネルギーと「民族解放」の政治力結集の課題とを結びつけることを夢想しながら、この時代の多様な文化運動に介入し、意味づけを行なっていったのである。

かくして翌一九五二年五月、党の名前で発表された「当面の文化斗争《ママ》と文化戦線統一のためのわが党の任務」では、「サークル協議会の結集と確立」「文化活動家集団」の「確立」(9)を語りながら、この一年半の「文化斗争」の動向を次のように評価するに至る。

このように広汎な文化人が、国民の熱望する平和のためにたち上がったことは、高く評価されなければならないが、われわれは同時に京大の学生、研究者が一体となって成果をおさめた原爆展、「山びこ学校」「原爆の子」「父さんを生かしたい」「屍の町」（太田洋子氏）「桜島」（梅崎春生氏）「俘虜記」

（大岡昇平氏）「蛙昇天」（木下順二氏）などに代表される反戦平和の諸作品、吉村公三郎、関川秀雄氏らの作品に代表される反戦平和の映画、「世界」10月号「講和問題特集号」の発行、文京詩人集団、新岩手詩人集団、松江の「うんなん詩の会」、新潟の「詩の仲間」、その他全国各地で発行された平和詩集、パンフレット、平和講座の開催、日教組の日光における教育研究大会、記念碑「わだつみの像」、絵画「原爆の図」、油絵「犠牲者」、「広島群像」（新制作派）、平和リクリエーション平和盆おどり、その他多数の中央、地方の文化工作隊、サークル活動の中に示された平和のための斗争の、創意ある斗いの形式は、高く評価されなければならない。［…］合作運動の一つの形式として、松川事件の被告と文京、下丸子、千代田詩人集団との共同作品「松川事件」をあげることもできるであろう。(10)

五一年綱領路線とそれに基づく「文化斗争」方針は、狭い意味での「文学」にとどまらず、歴史学運動——「国民の歴史学」——、学問運動——「国民の科学」——、そして演劇や芸術、映画などにも波及する大きなムーブメントを巻き起こした。「進歩的」たらんとする人士たちの間に共産党の政治方針は強い知的道徳的ヘゲモニーを有していた。だが同時に、この時代の多様な「書く」行為は、たんに共産党の政治・文化方針からのみ流出したものではない。人びとの表現への欲望やその具体化は、共産党の人びとが考えるような「植民地化」と「軍事化」という閉塞的な社会イメージとは反対に、戦後憲法下での「開放」、主体の自由と自己実現の機会の拡大、それに経済復興・成長を予感した「進歩」への希望に支えられていたのではないかと考えられる。共産党の「武装闘争」方針の転換とだいたい軌を一にして、五三—五四年ごろから「うたごえ」運動が高揚を示していく。共産党の文化運動方針が「うたごえ」拡大に力を入れる方向を選択したことは当然としても、そこに参加した人びとの「うた」や「文化」への欲望は、党の政治路線の支持とはおそらく無縁なものであったろう。

この「うたごえ」運動の高揚とともに、総評系大単産を中心に、サークル運動の全国的な結集体が構想されていく。国民文化会議である。文化会議の具体的な構想を立てていったのは単産の文化部長クラスと、南博ら「日本文化人会議」に集う社共共闘志向の知識人たちであった。[11] 谷川雁の「全国サークル交流誌」は文化会議に集うサークル活動家をターゲットに呼びかけられた。だが、一九六〇年の安保闘争以降、サークル運動の結集体としての組織化は頓挫し、「交流誌」も発刊されないままに終わった。六〇年代以降、文化会議とつながるサークル運動としては、総評系大単産——全逓、全電通、国労など——の産別文化組織が主なものとなり、このサークル運動の結集体という目標に関していえば、総評労働運動と同一の構造が文化運動において縮小再生産された形に終わった。[12] だが、五〇年代後半は大衆社会化と経済成長の中でサークル運動もまた成長をつづける構造があった。

この時代、「東京南部」には数百の労働者サークルが存在したという。それはどのようなところだったのか。城戸昇『東京南部戦後サークル運動の記録』に寄せた序文の中で、井之川巨は「東京南部」について次のように概括している。

ぼくらが「南部」というとき、そこに「労働者の故郷」といった言外の意味を感じとってくれる人は、どのくらいいるだろうか。行政区としては港区、品川区、大田区が南部であり、これに目黒区を加えることもある。JR京浜東北線の新橋駅から浜松町、田町、品川、大井町、大森、蒲田をつなぐ幹線と、山手線で大崎、五反田、目黒へと分岐する地帯。私鉄では、品川駅から京浜急行線、大井町駅から大井町線、蒲田駅と五反田を結ぶ池上線、蒲田駅と目黒駅を結ぶ目蒲線。京浜蒲田駅からは羽田線。これらの沿線地域が、本書の記録対象とする主要なエリアだ。この地で労働者たちの闘いがあり、さまざまな出会いがあり、たくさんの詩が書かれ、サークルが誕生した。[13]

この地域には大小さまざまな工場が存在し、隣接する川崎・横浜とともに京浜工業地帯を形成している。また同時に多数の労働者層が居住し、労働運動の先進地帯でもあった。そして、労働者が密集し、労働運動が盛んであったこの地域では、当然のごとく労働者の文化運動も活発であった。井之川は「この頃、東京南部に誕生したサークルの数が、ぼくらの推定ではほぼ二百ぐらいあっただろう」と述べている。[14] 一九五〇年代、とりわけ中盤まで「五一年綱領」的世界観ともマッチしてよく歌われた「民族独立行動隊の歌」は、この「東京南部」で生まれた歌である。

民族の自由を守れ
決起せよ祖国の労働者
栄えある革命の伝統を守れ
血潮には正義の血潮もて叩き出せ
民族の敵　国を売る犬どもを

進め　進め　団結固く
民族独立行動隊　前へ　前へ　進め

民族独立かちとれ
ふるさと南部工業地帯
ふたたび焼け土の原と化すな

進め　進め　団結固く
民族独立行動隊　前へ　前へ　進め

この歌は、一九五〇年、国鉄大井工場でのレッドパージに反対して煙突に昇った労働者山岸一章（のちに作家）が、下で見守る同僚たちに投げて寄こした歌詞に、中央合唱団の音楽家岡田和夫が一晩で作曲してできたという歌である。(15) この歌で「民族の自由」「民族独立」とあるのは、アメリカの占領政策によって行なわれたレッドパージがこれらを損なっているという認識を示したものであろう。「民族の敵　国を売る犬ども」というのは、このアメリカに従属する政府と資本家を指したことばである。歌ができたのは五〇年であるが、ここには「五一年綱領」的世界像が簡潔に歌い込まれている。それに加えて曲としての完成度もよかったという。(16) そのことがこの歌の普及を促したものと思われる。「栄えある革命の伝統を守れ」とは、東京南部地域が戦前から労働運動の強い伝統をもつ地域であることを示している。また、二番の歌詞にある「ふるさと南部工業地帯」というのは、国鉄大井工場(大田区)が位置する場所——東京南部——を歌ったものであり、彼はそこを「ふるさと」と表象している。城戸昇によれば、一番の歌詞の「決起せよ祖国の労働者」ももとは「決起せよ南部の労働者」であったが、全国で歌われるうちに変化していったという(17)。

この「ふるさと南部工業地帯」は中小工業地帯であり、町工場の密集地帯であった。このような「町工場」の世界は、のちにこの地域の〈旋盤工・作家〉小関智弘が描き出した世界でもある。小関はやはりこの時代から地域での文学サークルに参加し、『なかま』(民主青年団入新井班、一九五三)、『入新井文学』(入新井文学会、一九五四)、『塩分』(塩分の会、一九五八)、『文学地図』(大田文学談話会、一九六〇)などで文学活動をしてきた。小関の『粋な旋盤工』が発刊されるのは一九七五年である(18)。

中小工場地帯である南部には、たくさんの青年労働者がいた。彼らの賃金は安かったし、その彼らの娯楽欲求を満たす安価な大衆娯楽は存在していなかった。当時の暮らしを下丸子文化集団の一員であり、のちに童話作家として活躍した望月新三郎は「当時、食生活も貧しく、コッペパンにジャム、バターを混ぜ合わせてぬってもらい、牛乳があればいい方でした」と語っている(19)。彼らは会社の寮、安下宿、あるいは友人兄弟の下宿に同宿しながら通勤した。その生活圏は、しばしば徒歩圏内であった。ここに〝職住接近〟の生活‐労働の場があり、「地域サークル」の立脚点があった。

「地域サークル」という形態が広がったのには、「職場サークル」が困難であったという事情もある。中小企業では会社単位での労働組合結成も容易ではなく、労働者の自主的なサークル結成もしばしば警戒された。組合はしばしば地域合同労組の形をとることになるが、のちに総評全国一般南部支部の運動は、一九七〇年代において注目を集める労働運動となった。

こうした中小工場地帯という特徴のほかに、五〇年代初頭においては、東京南部、とくに「下丸子」といえば、米軍管理下の軍需工場――「PD工場」――とそこでの労働者の抵抗運動の場として知られていた。「PD工場」とは、米軍の調達業務を担う特殊工場の分類のひとつである。より正確には、次の三種類があったとされている。①「連合軍最高司令官指令第二号（四五・九・三）にもとづいて日本政府に発せられた労務徴用（Labor Requisition）によって、軍直傭労働者を使用するいわゆるL・R工場」、②「アメリカ軍施設内の工場・機械等を国内業者が借受け、アメリカ軍との間に請負契約を締結して、軍需資材の生産や修理を行ういわゆるP・D（Procurement Demand）工場。（日本製鋼赤羽工場、富士自動車追浜工場等）」、③「アメリカ軍施設外にはあるが、アメリカ軍と特別契約を結んで軍の管理下に生産・修理を行う工場。（三菱重工業下丸子工場等）」[20]の三種類である。下丸子にはこの③のタイプの工場があった。より正確には、この当時財閥解体により東日本重工業という別会社にされていたこの工場では、戦車の修理などが行なわれていたという。工場には米兵が銃をもって駐留し、作業を監視した。

「下丸子」の名が広く知られるようになったのは、一九五〇年一〇月二一日、東日本重工下丸子工場で四五人のレッドパージ通告があり、日曜をはさんで二三日に実力入門闘争を行なったことによる。大原社会問題研究所編集の『日本労働年鑑』一九五二年版には次のような記述がある。

PD工場の東日本重工下丸子（東京大田区・四、〇〇〇人）では、一〇月二一日（土曜）、四五名の

「レッド・パージ」が発表されたが、二三日朝、被解雇者は都南部地区各労働組合の代表など約三〇〇名の応援を得て入門を強行しようとしたところ、武装警官隊など約二〇〇名と大乱闘になり、双方とも負傷者数名をだした。けっきょく、労働者側は附近の北辰電機工場にひきあげ、警官隊の包囲のなかで工場代表者会議をひらき、「日本の産業を日本人の手で守れ」のスローガンのもとに大田区労連を中核として共同闘争の体制をかためた。(21)

この闘争が注目されたこともあり、「下丸子」は「植民地化」(占領の継続)と「軍事化」に抵抗する日本労働者の象徴的な地名となった。そしてまた、「五一年綱領」的世界像を集約的に表現する特権的な名ともなったのである。都内に軍需工場が集中したのは、もともと旧日本軍の基地が「帝都防衛」のために集中されており、それを米軍が継承したばかりでなく、大量の補給と兵士たちのライフラインを支えるためにも、駐軍基地は都市に隣接して設置されやすいという条件(22)によっている。東京(南埼玉を含む)と神奈川には、当時の日本「本土」に存在した米軍基地の過半が集中した。先に見た軍管理工場は、これらの基地の稼働を支えるためのものであった。当時これらの基地、軍管理工場は朝鮮戦争のさなかにあって「戦時」状態であった。立川基地や横田基地からは朝鮮へ向けて爆撃機や輸送機が飛び立っていた。東京南部に即していえば、羽田は軍事基地であり、東京湾には防潜網が張られていた。

当時の政治的左翼は、こうした状況を「植民地化」と「軍事化」による従属の深まりととらえたのであった。そうした認識が、「五一年綱領」的世界像の影響下にある人びとに現実解釈の〝鍵〟を与えたことは否定できないだろう。下丸子文化集団の立ち上げにも、そのことは影を落としている。だがそのことは逆に、朝鮮戦争休戦に伴って「戦時」体制が解かれ、経済成長によって「窮乏化」のリアリティが失われていくとともに、現実解釈の〝鍵〟を失っていくということでもあった。ＰＤ工場、軍事基地、あるいは経済成長と経済開放の中で現実に窮乏化していく戦後開拓地、産業構造転換のなかで淘汰されていく中小炭鉱、こういった場所では「五一年綱領」的世界像による世界解釈が一定のリアリティをもち、しかも外部世界がそのリアリティへの共感を失っていくなかで、一定の〝時差〟をもってこの世界解釈を持続することになった。『人民文学』誌上では、そのような場所が文学の素材として繰り返し取り上げられることになる。

二　労働者が「書く」

先に見たような共産党の政治路線の中で生じた党派闘争は、文化運動に対しても大きな影響を与えた。とりわけ文学運動において『新日本文学』と『人民文学』との対立としてあらわれたことはよく知られている。非主流派である「国際派」党員が多くを占めた新日本文学会機関誌『新日本文学』に「主流派」に批判的な論説が掲載されたり、非主流派党員の発言の場所として『新日本文学』誌が機能していることに対し、党主流に近い文学者たちは『人民文学』誌を創刊して、文学運動における党派闘争を展開した。断片的にこの時代のことが記された数々の回想を読むと、両誌の対立はそれ以前からの文学運動の路線をめぐる対立に党内の政治闘争が重層することで——より正確には、文学運動上の対立に党主流派が政治的意図をもって介入したことで——一面単純な対立に見えながらも『新日本文学』『人民文学』双方にまたがる複雑な論争・対立状況を生み出したことが見えてくるのだが[23]、『人民文学』にはしばしば『新日本文学』の主導的メンバーである中野重治・宮本百合子・蔵原惟人・窪川鶴次郎らに対する主要打撃的な人格攻撃の論文が掲載された。返す刀で中野らは『人民文学』の主導的論者である江馬修や島田政雄らに対する主要打撃的反撃で応えた。このような事実が「『人民文学』の動きは、あきらかに政党内部における意見の対立を文学運動にもち込んだものであった」（本多秋五）という評価[24]を生み出しているのであるし、そのこと自体は間違いではないのだが、しかし先に見た井之川巨の述懐に見られるように、『人民文学』という雑誌はそのような政治構図の中で処理しきれない、この時代固有の可能性と意味をもっていたと考えられる。

近年、長らく埋もれてきたこの雑誌に対する本格的な研究が開始されてきているが[25]、ここでは成田龍一の研究に従い、そのいくつかの特徴を確認しておくことにしたい。成田は、『人民文学』の特徴として、①「文壇のなかに閉じるのではなく、社会的な出来事に積極的に関心を寄せること」、②「既成作家の寄稿以上に新たな書き手を積極的に登用すること」、③「サークルの活動と交流を把握しようとし、そこに集う人びとの動きと存在に着目している」こと、の三点を挙げている[26]。また同時にその限界として、①政治路線優先のサークル活動のヒエラルヒー化、②「「政治と文学」が切り詰められて把握されたうえで単純に重ねあわされていること」、③「提供される作品の多くは類型的で、型通りの労働者や闘争が登場し、描き出される階級と民族の像は貧しい」ことを挙げている[27]。いずれもその通りであると思われる。そして、以上のような限界を孕みつつも、『人民文学』が「書く主体」を想定し、これまでに「書く」ことのなかった労働者・民衆が「書く主体」として新たに「変革する主体」へと転成することへの志向を強くもっていた点に、成田はこの雑誌の積極性を見ている。[28] 重要な指摘である。この「書く主体」への注目は、同時代における——生活記録や歴史を「書く」運動、ノン・コミュニストの詩や創作などの——多様な「書く」行為への接続を可能にしてくれる。成田の分析によれば、『人民文学』の後継誌である『文学の友』(一九五四年一月〜五五年二月)『生活と文学』(一九五五年一一月〜五七年三月)では生活記録とサークル運動に主軸を置いたとのことであるが、大文字の「政治」が路線の転換によりフェイドアウトしていく中で、行為としての「書く」ことと、その場としてのサークルへの関心が持続していることは、五〇年代の前半と後半をつなげて考えていく上で重要な意味をもっている。

「書く」ということの多様な解放は、先に見た共産党の文化方針の中でも「民族解放」に水路づけられながら高く評価されていた。だが、この時代の「書く」ことの解放は、そのような政治路線に回収できるものでもなかった——逆に、「書く」ことを通じて解放されたエネルギーから政治運動が鼓舞されることは大いにあったであろう。とりわけこの時代、女性たちが「書く」主体として登場したことは社会運動史的にも重要な意味をもっている。一九五五年六月に結成された「草の実会」は、「朝日新聞」に前年から設けられた投稿欄「ひととき」への投稿者——多くは「主婦」——によって結成された市民団体であり、その後五〇年にわたって平和運動を中心とした多様な市民運動に取り組んだ。[29] また、「母親大会」の運動もまた都内の一生活記録グループから始まったものである。さらに、原水爆禁止運動が立ち上げられていく上で重要な役割を果たした杉並区の「杉の子会」も、主婦を中心とした学習・生活記録サークルであった。女性たちは「書く」ことを通じて新たな公共圏を作り出すハビトゥスを獲得していった。五〇年代以降の平和運動を、いわば無党派的な「市民運動」的作風で開いていったのは、このようにして生み出された新たな女性の主体であり、そこに新たな公共圏の可能性が宿っていたのである。(30)

この時代の「書く」という行為の中には、①民族解放民主革命的「書く」＝「抵抗」としての文学、②戦後民主主義的「書く」＝生活記録を通じた主体の創出、③高度成長的欲望としての「書く」＝新聞投書、メディア・イベントとしての「書く」、という三層の行為が重層していたと考えられ、五三―五四年、決定的には五五年以降①の要素が消滅していくと、②と③の要素が前景化してくることになる。おそらく、「へたな詩」や類型的な「抵抗詩」の登場も、単なる「専門家」的文学創造の文脈から見ればナンセンスなものでしかないかもしれないが、「書く」という行為を通じた民衆の主体獲得と欲望の表出であったととらえるならば、五五年という政治的「断層」――六全協――をこえてサークル運動の意味をふたたびとらえることを可能にするだろう。それらはときには「専門家」的「文学」のコードにおいても評価されうる「作品」となるだろうが、「文学」のコードそのままに層としてのサークル詩に向き合うとき、これを位置づける言説は貧しいものとならざるをえない。

たとえば、野間宏は詩誌『列島』の発刊宣言において、次のような理念を高らかに掲げていた。

詩が日本の全土を蔽おうとする時代が来ている。現在日本のどのようなところへ行つても、詩の雑誌、詩のリーフレット、詩集、詩のビラの廻されていないところはない。詩は工場のなかでよまれ、職場でよまれ、山のなかでよまれ家庭でよまれ、いたるところでよまれて、多くの日本人の生活のなかにはつきりと位置をもつようになつてきた。[…]これまで詩といえば詩人という名前をもつた専門の人たちだけがつくり、その人たちだけがよみ、そのせまい仲間のうちだけで取扱われるにすぎなかつた。[…]しかし日本人はいま日本の危機をはつきりと感じとりあらゆる困難や圧迫や苦しみをはらいのけ、日本の独立をつくりだして行くたたかいをして行くにあたつて、何より詩が必要であると知つたのである。なぜと言つて詩は日本の直面している危機の姿、戦争、前進する平和、増大する貧乏、死、労働の圧迫、迫害される恋愛と青春、奪い取られる日本の姿をはつきり描きだし、つたえるだけではなくその危機を打破するためにつきすすむ未来の力を生みだすものであるからである。(31)

この野間の主張はこの時代のコミュニストとしてとりたててユニークなものではない。赤木健介やサカイ・トクゾーの詩論も、同様に詩の運動の高揚を称え、この運動を通じて「民族解放」を実現していくという期待を明らかにしていた。ただ、野間、赤木、サカイらは、単なる政治方針を公式的に反復するにとどまらず、この時代の詩運動の高揚に自ら共振し、これに自らの政治的/文学的実践を投企している点で共通しているとともに、それだけに多く責任を負っている点でも共通している。結論的にいえば、この高揚の時代が去り、政治主義的に「清算」が行なわれていく中で彼らは詩運動を理論化することもできなくなり、なし崩し的に撤退していくことになる。

その理由は、専門家/アマチュアという区分を捨てることができず、アマチュアに対するパターナリスティックな関わり方をその活動の基軸に置いていたからではなかっただろうか。吉本隆明は次のように述べている。

サークル文学（芸術）運動は、はっきりと大衆によって推進される文学（芸術）運動とかんがえるべきであって、それ以外の機能（たとえば反体制的な抵抗素）をもたせようとするのは誤謬である。もちろんいわゆる専門家とサークル芸術家との差別などは本質的には何も存在しないのは当然である。そこに存在する差別は、社会的な制約、すなわち、日本の近代文学（芸術）が、歴史的にギルド社会的な純文学（芸術）界と、大衆社会的な通俗文学（芸術）界とにわかれて発達してきたという制約だけであり、芸術意識上の制約とは、おのずから別途のものであることは論をまたない。(32)

「作品」としての一貫性と完成度が文学創造の柱であると仮に考えるとしても、「作品」外の文脈に依存することなく単体で自己完結することは、難しいばかりかときにナンセンスでもある。「芸術」の諸分野ではしばしば先行する諸作品に対する「教養」を前提としたパロディやオマージュが評価のポイントとなることがあるが、むしろこのようなものはコードが先在して初めて成り立つ営為といえる。ものごとを創造するということは、このようなコードへの参入を通じて初めて手がかりを得るものであり、そうした経験を通じて新たなコードを創出していくことになるのだろう。そこでは専門家／アマチュアという制度的区分は相対的なものでしかない。むしろ重要な問いは、新たなコードを創出する「場」をどのようにして作り出すか、ということである。そこから専門家／アマチュアという区分ではとらえられない「工作者」というカテゴリーが浮上してくることになる。この時代数多くあらわれた「詩人集団」という主体に賭けられたものは、新たなコード創出の可能性だったのではないのだろうか。

いずれにしろ、このような意味での「集団」への問いは、詩、そして文学を集団的に追求するサークル運動――「詩人集団」――の噴出とともに生じてきたものであるといえる。そして、その内容を問わないとすれば、このような集団的な試みに同伴し、火をつけ、解放したのは雑誌『人民文学』であった。『人民文学』誌は各地のサークル、集団の「文学」実践に誌面を開放し、そのエネルギーを呼び込むことで、文学運動のヘゲモニーを握ろうとした。同誌に投稿した詩人たち、詩人集団たちは、ヘゲモニー掌握という編集部の政治的意図を超えて、アナーキーなまでに誌面に増殖していく。『人民文学』に可能性があるとしたら、その解放の側面を第一に注目しなければならない。

サークルの文学運動について、『人民文学』誌上で最初に具体的な方針を示したのは、第二号(一九五〇年一二月)の、増山太助「サークル活動における普及と達成の統一」である。増山は当時共産党主流派の東京都委員会ビューロー・キャップであった。彼は、「文学の普及活動はサークルがやり、達成は職業文学者が担う栄誉であるかのごとき理論と実践指導」を批判し(それを新日本文学会がやってきた、としながら)、「普及」と「達成」の「統一的把握」を説く。「われわれの普及活動は、闘う労働者、農民、広汎な大衆に、積極的に組織的にあらゆる形で、作品を持ち込むことである」とし、「人民文学にたずさわるすべてのものは、自らの周囲に、それぞれの条件に応じた文学サークル運動を起こすべきである。そして、まず広汎な遅れた労働者、農民のための活動、その次に進んだ分子のための作品を普及し、達成しなければならない」とアジテーションを展開している。(33)

ここでいう「統一的把握」とは、「まず広汎な遅れた労働者、農民のための活動、その次に進んだ分子のための作品を普及し、達成しなければならない」という順序の問題でしかなく、そこには「遅れた」分子と「進んだ」分子との間のヒエラルキーが抜きがたく前提されてはいるが、大衆の中に「作品を持ち込むこと」、その回路として「それぞれの条件に応じたサークル運動を起こすべき」ことは、この時代特有の「解放」と「文学」との結びつきの可能性を垣間見させるものであった。それは、これまで文学実践と解放運動を別々に考え、運動の余白の時間に個的営為として「文学」を実践していた労働者の書き手たちに対して、文学実践を通じた解放、という新たな実践の形態を提示したのであった。

『人民文学』の呼びかけに対する読者からの反響は大きかったようで、三号目の五一年一月号では、「読者諸君の熱愛にこたえて」読者欄が二頁から四頁へと倍増した。[34] 同年三月号の読者欄では、「一つの提案」と題して帯広市の松本良雄から次のような提案が出されている。

今、全国あらゆる街や村で、労働者や農民の人達が中心になつて発行している、いわゆるガリ版刷りの文学誌（紙）が激しい闘いの中で大きな役割を果しつつあります。／で、こういう大衆の中に闘つている人達の文学活動（機関誌・紙が含まれています）から、学ぶべき点や、欠陥等を「人民文学」の片隅ででもよろしいですから紹介して頂きたいのです。／そうする事によつて、此の面からの「人民文学」と「地方誌（紙）」とのつながりも可能であり、更には、人民文学自身これ等の活動に対する指導並に学ぶ事も出来ると思うのです。／また、これは支部活動で欠陥となつていた一つである、横のつながりを密にする事も可能になつてくると思うのです。／そのためには各支部や友の会、サークル等が常に「人民文学」に結集するために通信を送り、文学誌（紙）を送る積極的な活動をしなけれ

ばならない訳です。(35)

この提案を受けて、誌上ではサークル誌の紹介が行なわれ、サークルの育成が課題として掲げられるようになっていく。さらに同年六月号の読者欄では、新潟県の園部芳子が「読者欄をわたしたちの手で」という提案を行なっている。

> サークルの横のつながりを強化するための提案が前号でされていますが、私は更に提案したいと思います。わたしたちはサークルで或は、個人でどういう活動をしているか報告しあうことがもっともっと必要ではないでしょうか。／「人民文学」の読者欄をわたしたちの手で編集しようではありませんか。わたしは今まで文学を何か特殊な考えで見てきました、《ママ》それは文学を生活に役立たせなかったためだということがわかりました。多くの人に、自分たちの斗いを知らせること、伝えることの大きな力を持つていることを知つたとき、これ程必要なものはないことに気がつきました。(36)

このようにして、読者が書き手となり、横につながって、自分たちの政治と文学を作り出していく、というアクティブな「運動」が生まれ出している。共産党の運動では、細胞を超えた横のつながりを作ってはならないという「民主集中制」の組織原理が貫徹されている。これに対し、大衆団体にはこの原理は適用されない。各地で孤立していたコミュニストが、サークルを手がかりに民主集中制の桎梏を超え、交流の場を〝自主管理〟しようという要求にまで高まっているのである。翌五二年一月号では、浜松の藤井護から「全国各地のサークルが直接交流できるように指導してほしい。各地のサークルの所在地、責任者などをガリ版刷ででも出していただければと思います」という要望が寄せられ、「サークル」という形態をとった自主的な運動——ヒエラルキー型の「サークル協議会」ではないネットワーク——づくりの提案も寄せられている。(37)『人民文学』が解放したエネルギーとは、このような非集権型のアナーキーな形態をとっていたということを見落としてはならない。

三　「サークル」という集団性

この時代にあらわれてきた詩人たちが、自ら「詩人集団」を名乗ったのも興味深い事実である。その中には、たんに詩人の集まりという意味での「集団」という名もあっただろうが、創作の場としての集団、あるいは集団的な創作の主体、といった「集団」固有の意味を探求していったグループも存在した。下丸子文化集団も「集団」の意味を追求していったグループのひとつである。野間にはこの「集団」に積極的な意味を与えるための理論が欠けていた。彼は「たたかいの詩」を書き行動する詩人の集まりという以上に、「詩人集団」を意味づけることができなかった。(38)だが、「さらに深く集団の意味を」（谷川雁）考えるべきではなかったのか。それゆえ彼は、「たたかいの詩」を支える政治方針が崩れたとき、「集団」の意味を語ることばを持ちえなかったのである。

かくして、この時代のサークル運動、文学運動において問われていたのは、「詩」「文学」「運動」という名で呼ばれていたものの新たな意味であった。だがその問いは、あまりにも性急に政治的な形で答えを出そうとしたために、あまりにも性急に放棄されてしまうことにもなった。佐藤泉は次のように重要な指摘を行なっている。

五〇年代の人々は、生活を記録し、詩を創り、ガリ版文化を創出することによって、たえまなく自分たち自身と自分たちの世界を再創造しようとしていた。それらは現在の社会理論にも、のみならず文学にも数え入れられるものではないが、その理由は五〇年代の集団的な文学運動が、結局、「文学」それじたいを定義する定義権を獲得しなかったためだともいえる。現代文学の定義に従えばそれは文学ではない。が、逆にいえば運動体としての文学という、かつて夢みられた可能性を周縁化することによって現代の文学概念と文学的リアリティの質が成立しているのかもしれない。(39)

「文学」の異なる定義を可能にする場、それがサークルであった。

この「サークル」という集団性はどのように論じられてきたのか。仮に「サークル論」という議論が成立するとすれば、そこではサークルの類型と運動の時期区分、他の社会集団・組織とは異なる固有の機能などが語られることになるだろう。一九五〇年代という同時代に書かれた数々のサークル論では、これまで見てきたような労働者のサークルが「政治」のサイクルとの関係で論じられたものが多いのに対し、五〇年代終わり、より確実には六〇年代以降に書かれたサークル論では、左派系の「政治」の刻印のない——あるいは希薄な——サークルや企業の経営側がバックアップしたサークル——とりわけHR、QCサークル——なども射程に入れた議論が展開されるようになっていく。(40)

多くの研究が引用するように、岩上順一の整理によれば、「サークル」ということばは蔵原惟人がプロレタリア文学運動の中で一九三一年八月『ナップ』に発表した論文「芸術運動の組織問題再論」において初めて登場したものであり、運動の単位グループを指すものとして国際共産主義運動から持ち込まれた概念であった。(41) 岩上は戦後日本の文学サークル運動において、一九五〇年以降画期的な変化があったと概括している。

一九四九年のころまでの文学サークル〔…〕の中心的な働き手となっていたのは共産主義者であり、それに近い人たちであったといえよう。一九四九年から一九五〇年にかけて文学サークルがほとんど活動しなくなり、協議会やその機関誌がつぶれたのは、文学サークルの組織運用の欠陥や文学サークル理論の欠陥からだけ生じたのではなくて、サークルの思想的文学的中心となっていたこれらの働き手たちが、いわゆる「レッド・パージ」でその職場とサークルから追いだされたところにもっとも大きな原因があったのである。

このことがまた、一九五〇年以後ふたたび全国各地でサークルがよみがえり、組織の形態や文学活動の内容でそれまでとちがうものを生みだすことができたおもな理由である。というのは、追放されたサークルの働き手は居住地にかえってそこであたらしい文学サークルをつくりだし、またのこっていたサークル員もこれまでとはちがう形で活動しなければならなくなったからである。(42)

実際のところ、どのくらい〝職場から居住へ〟という散種が生じたのか、これを追跡する資料は皆無に近いのであるが、これは失業した活動家を軸にサークル運動を組織するという方針なりが存在したことの投影であるかもしれない。(43) 文京、千代田の詩人集団は野間宏が指導的な立場で関わっていたグループである。岩上は「この種の文学集団」の例として、すでに紹介したような各地の動向を数え上げているが、他にないほどに網羅的に各地の集団・雑誌名を列挙した――二頁半にわたって改行もなく列挙が続く——この論文において、「大阪朝鮮詩人集団の「ヂンダレ」」(金時鐘・梁石日ら)や「九州高松炭坑の「地下戦線」」(上野英信ら)などを挙げているのは興味深い。各地のサークル運動と東京とが、放射状にコミュニケーション回路をもっていたことだけは確認できる資料である。

ともあれ、左派の(コミュニスト系の)サークル運動史においては、このレッドパージ以前/以後というのが重要な分界線になっている。語られている時期に応じて「現在」の設定や時期区分の段階数が異なることはあっても、この点には変わりはない。五〇年代中盤(より正確には五五年)以後、おそらく国民文化会議の設立がひとつの引き金になって、メディアでも「サークル」をめぐる議論が活性化していたが、たとえば河出書房から出ていた総合雑誌『知性』では、一九五五年一一月に「新しい日本をつくるサークル運動」と題した五五頁にわたる特集を組み、そこで清水幾太郎がサークルを次のように位置づけていた。

サークルは、組合とは違う。政党とはもっと違う。そういう集団に比べると、ひとりびとりの個人の直ぐ近くの、個人の姿がまだ消えぬ、そういう集団である。人間の全体性が完全に回復されるのは、私たちの前方にある新しい社会においてであろうが、サークルは、不完全ながら、現代社会のうちで人間の全体性の回復を可能にしながら、新しい社会におけるその究極的な回復を用意するものである。(44)

ここには五〇年代後半以降の「サークル」のとらえ方のひとつの典型があらわれているといえるだろう。五〇年代前半のような政治との固有の絆はもはや失われており、「集団」よりも「個」に焦点を当てた疎外の克服が課題となっている。清水はこの発言を含む自らの論文のサブタイトルを「小集団の論理」としているが、組合や政党とは異なるボランタリーな集まりが数々登場してきたときに、これを社会学流に「小集団」と括ることで可能性を探ろうとした、というところであろうか。同じ時代、経営論の側でも「小集団」への注目とそれによる労務管理の質的飛躍が試みられていたが、このような用語を採用することで、サークル論は運動論としてよりも、「小集団」内部のグループ・ダイナミクスへと関心を限定していってしまうことは否めない。そこからは運動論的視点や、歴史的視点は失われていってしまうのである（もちろん、過剰な運動への水路づけや歴史主義的正当化は論外であるとしても）(45)。

同じころ、思想の科学研究会でもサークルに注目しはじめていた。各地のサークルやサークル誌を紹介する「日本の地下水」は、はじめ『中央公論』（一九五六年四月～五九年五月）に、次いで『思想の科学』本誌（一九六〇年一月～）に掲載された(46)。思想の科学研究会の「集団」研究は雑誌の特集で追う限り、五九年七月号「集団の組み方について」、五九年九月号「実践運動の記録と思索」、七一年四月増刊号「集団の戦後思想史」、七一年一〇月号「現代の組織論」、七四年一一月増刊号「組織論の思想史」、七七年二月号「集団の想像力」、八六年三月増刊号「ネットワーキング」、八八年六月増刊号「集団の想像力」と続いている（そのほかに、市民運動や学生運動、反戦平和運動などの特集においても「集団」のあり方が中心的に論じられていることはいうまでもない）。この間、六〇年一月号から「日本の地下水」と題したサークル、サークル誌紹介のコーナーが始まり、七六年六月に『共同研究　集団——サークルの戦後思想史』が平凡社から刊行されている。

サークル研究のために結成されたサークル「集団の会」の研究成果である、『共同研究　集団』に書かれた大沢真一郎による総論「サークルの戦後史」は、当時戦後三〇年のサークル運動の歩みを、共同研究で扱われた豊富な事例をもとに総括した浩瀚な論文であり、のちに天野正子『「つきあい」の戦後史』にまで継承されていく枠組みを提示している。思想の科学研究会系のサークル研究を代表する歴史像であるといってよいだろう。大沢はここで一九四五年から五四年、五五年から六四年、六五年から「現在」（七六年）というおよそ一〇年刻みの時期区分を採用している[47]。大沢はサークルを「戦後的な現象」と規定し、多様な人びとの小集団の形成を「サークル」と呼んで、それぞれの「つきあい」の質、集団のもつ可能性について考察した。第一期は六全協までの時期で、五〇年代前半にレッドパージがあり、以後労働者のサークルができていったことや生活記録サークル、うたごえ運動が広がっていったことなども取り上げられている。五五年以降は国民文化会議の結成や原水禁運動・反基地運動の盛り上がり、経済の高度成長という時代背景の中で、非政党系の自主的なサークルが多種多様に生まれた時代として記述されている。そして六五年以降、ベトナム反戦運動の高揚もあり、「市民」の行動サークル」が生まれていったことに注目して、市民運動・住民運動の広がりをこの枠組みでとらえている。

ここではサークルは「お互いが顔見知りであるような小さな集団であって、何か大きな組織の一部として、上からの命令によって動かされているのではない自発的な集団」と定義されているが[48]、こうした多様な現象として「サークル」をとらえようとする試みの困難について、鶴見俊輔は「サークルをとおして思想史を記すということを考えると、その方法は、大衆個々人の思想史を書くという、さらに漠然とした計画ほどに困難ではないが、論壇史、学問史、運動史にくらべてはるかに手がかりを見つけにくい」と述べている。[49] それは、労働者の文化サークルについても同じことがいえる。

四　下丸子文化集団とその時代

下丸子文化集団とは、東京南部に一九五一年から五九年まで存続した労働者サークルである。その誕生には、作家の安部公房、芸術家の勅使河原宏、桂川寛らの文化オルグ的働きかけがあり、彼ら三人は労働者による詩集の発刊を支援しともに活動した。この集団は、初期のうちに中心的な活動家を失い、中途で再編されることにより、「文化工作集団」としてのアイデンティティを明確にしていく。のち、さらにこの路線を牽引した活動家を病気で失い、その後の六全協決議もあって活動の形態を根本的に転換させていくことになる。この間、『詩集下丸子』『くらしのうた』『文学南部』『下丸子通信』『南部文学通信』『突堤』と次々に雑誌を出し、それとともに南部文化集団、南部文学集団と名前を変え、その都度新たなメンバーを加えながら五九年まで活動を持続した。

この集団からは、詩人としては高島青鐘、江島寛、井之川巨、浅田石二らを生み出したばかりでなく、評論家の丸山照雄、作家の松居りゅうじ、童話作家の望月新三郎、サークル史研究家の城戸昇らを輩出した。このように数多くの書き手たちを生み出し、それればかりか自らの歴史化をも積極的に行なうことによって、この時代のサークル詩を理解する基本的な視点をわれわれに与えてくれている、きわめて特徴的な集団であるということができる。

下丸子文化集団は、一九五〇年代前半のサークル詩運動の盛り上がりの中で全国的にもその活動が注目された集団であった。すでに見てきたいくつかの同時代の文書、論文においてこの集団の名前が繰り返し出てきていたことは確認できるだろうし、同集団の作品は『人民文学』『列島』『文学』『詩運動』などの文学雑誌、『京浜の虹』をはじめとしたサークル詩アンソロジーに多数収録されている。とくに『詩集下丸子』と『石ツブテ』は広く注目を集め、この時代のサークル詩のあり方のモデルともなった。『列島』第四号（一九五三年三月）の「サークル詩の現状分析と批判」特集で『たかなり』（千代田詩人集団）、『氷河期』（新岩手詩人集団）、『海峡』（福岡人民文学サークル）、『風車』（名古屋風車文学の会）、『浜工詩人』（国鉄浜松工場浜工詩話会）、『民芸通信』（埼玉県民芸通信の会）、『口笛』（愛知口笛同人社）、『熔岩』（彦根熔岩詩人集団）と並んで両誌は共通の検討対象として関根弘・大久保忠利・鶴見俊輔・安東次男に論じられている。[50] また、『文学』一九五三年一月号（特集「現代詩」）において、林尚男「サークル詩の諸問題」が『石ツブテ』を「新しい詩論」を考える手がかりとして位置づけている。[51] また、この時代を代表するサークル詩アンソロジーである『京浜の虹』には、『詩集下丸子』（第一集・第二集）から多数の詩が転載されている。下丸子文化集団の知名度は、同時代のサークル詩の世界においてきわめて高かったものと考えられる。

彼らは同時代の他の詩人グループと同じく、「集団」と名乗った。ただこの集団の場合には、他とは異なり「文化集団」という名称が選ばれた。その理由を明らかにすることはできなかったが、当初から作家や芸術家が工作に入り、版画技術の伝授とともにスタートしたこの集団が、単なる「詩人集団」ではなく、より綜合性をもった「文化集団」と名乗ったことには、マルチメディア的な志向性が働いていたと推測できるかもしれない。そして、一九五二年春から江島寛を中心に集団が再編されたとき、「文化工作者集団」との自己規定を選択したことにより、この「文化集団」という名称は積極的な意味を付与されることになった。そのようにして選ばれた意味は、繰り返しそれが想起されることにより、いわば後づけ的に集団のアイデンティティを強く規定していくことになった。そのような地点から井之川巨は、集団の特性を次のように語っている。

ぼくらのサークル運動の砦となっていた「下丸子文化集団」は、自ら文化工作集団と名乗り、文化工作の活動家集団と自ら認定していたわけですが、これはいわゆる日共直属の文工隊とは基本的に違う。日共中央指導部が直接手をくだしてつくり、指令していた文工隊というのは、たとえば、今でも秋田の方に残っている民族歌舞団「わらび座」とか、人形劇団「プーク」とか、「中央合唱団」とか、こういう歌と踊りを中心としたものであった。ぼくらの「下丸子文化集団」は、もっと労働者が自主的、自立的に創っていった集団である。[52]

事実、聞き取りをしたすべての関係者から、同集団は党からの指導を一切受けていない、自分たちで動いていた集団であったという証言を得ている。オルグに入った安部公房らもまた、自発的に下丸子に入ったのだったし、当時は東京の文化サークル協議会も事実上崩壊状態にあり、これらの小集団を個別に指導するほどの力は当時の共産党にはなかったのではないかと考えられる。丸山照雄によれば、集団は地域のサークルであり、メンバーの党員個々の所属細胞はバラバラであったが、サークルであったから党は介入してこなかったとのことである。[53]だが、六全協以降のサークル運動では、これら勝手に動いていたサークルも含め、過去の活動は否定されていった。井之川はこの点について、次のように問題提起をしている。

日共の軍事方針とか極左主義とかいわれる上からの指導、日共中央部の指導による路線とまったく異質な、人民自らが自らの表現を創りだしていく、創造していく、自らの言語でしゃべり、ものを書いていくという運動が、未曽有の形で台頭してきたわけなんですが、この部分を全部否定していくということに、この総括の欺瞞性というものがあるとぼくは思うわけです。(54)

井之川はこのことを一九七〇年代からずっと主張し続けた。ここから五〇年代をとらえ直すという課題が導き出されてくる。

ぼくの規定によれば、この一九五〇年のコミンフォルム批判から、一九五七年の平和革命論への先祖帰りまでの期間に提起されたもろもろの問題が、いわゆる「五〇年問題」なのである。[…] ここにはさまざまな問題、革命の問題、党の問題、政治と文化の問題などが内包されている。ここに七〇年代の今を解き明かす鍵がある。いっこうに古くならないテクストがある。(55)

彼の『人民文学』への関心も、この「古くならないテクスト」へのそれであるといえる。

ぼくはなぜ人民文学にこだわりつづけるかというとそこに本当の文学の闘いがあったと思うからなのだ。五〇年という状況の中で、労働者文化を創出しようとする闘い。サークルを組織し育成しようとする闘い。それは、新日本文学がやろうとしてできなかった運動である。(56)

「五〇年問題」「人民文学」「六全協」そして「工作者集団」「サークル」、これらのキーワードからなる歴史性の場を再審に付すこと、これが集団の経験を掘り起こして以後の井之川の関心であったわけだが、そのことによって、彼は五〇年代サークル運動、労働者文化運動の可能性の中心を指し示そうとしているのである。

そこで媒介となっていたメディア『人民文学』は、特別な位置づけをもった雑誌であった。同誌は下丸子の彼らにとって「俺たちの雑誌、という感じ」だったと浅田石二は語っている。「『新日本文学』は、それで勉強する雑誌、『人民文学』はそれに対して俺たちの雑誌という感じでしたね。編集部にもよく遊びに行ってましたし、編集長の柴崎〔公三郎〕さんとはその後もずっとつきあいがありました(57)」。

同様の出入りは、他のメンバーにおいてもあったようである。ただ読者として読むだけでなく、自分たちの原稿が載り、自分たちの詩や運動が論じられ、編集部にも気軽に遊びに行ける雑誌、それが彼らにとっての『人民文学』＝「俺たちの雑誌」だったのである。誌面の開放が彼らを書き手として解放した。そうした文学／運動の場に彼らはいたのである。

五〇年以上前、青年であった彼らが開始した文化活動は、集団解体以後もそれぞれの場所で持続された。七〇年代には、井之川巨が集団出身の詩人で早くに亡くなっていた江島寛と高島青鐘の詩集と自らの詩集を出版し、ここに五〇年代のサークル運動のドキュメントを多数収録したことで、この編集に協力したり出版を記念して集まったかつての仲間たちが再会する機会となった。そこから五〇年代の南部の運動を振り返る研究会が立ち上がり、経験の再文脈化が共同作業で行なわれるようになり、しばらくの間をおいて九〇年からかつての『突堤』のメンバーを同人とする文学誌『眼』を発行するに至って、活動が再開する、という他にはない長期的な関係で結ばれた人びとでもある。また、資料の発掘と保存を早くから心がけてきた人びと——城戸昇、井之川巨、浜賀知彦の各氏——の努力により、当時発行された量からすれば一部にすぎないとはいえ、一定の概観を得る上で必須の資料は保守されてきた。そのおかげもあって、経験は何度も掘り起こされ、再文脈化が繰り返されることで、五〇年代東京南部サークル運動を理解する歴史像を豊かに作り出してきた。

以下では、各時期の集団の活動を検証していくことになるが、この作業に取り組む前に、活動の時期区分を行なっておきたい。

第一期は、集団の誕生、『詩集下丸子』の発行から理論誌『文学南部』の発刊をはさんで『詩集下丸子』第四集（最終号）までの時期である（一九五一年春〜五三年五月）。第二期は、『下丸子通信』の発刊から、集団名を「南部文化集団」と変更して『南部文学通信』を発行した時期である（一九五三年七月〜五五年七月）。第三期は「南部文学集団」と改称して『突堤』を発刊し、六〇年安保を目前にして集団を解散した五九年秋までの時期である（一九五五年秋〜五九年秋？）。

五　第一期　誕生——『詩集下丸子』

「下丸子」前史

下丸子文化集団は、何もなかったところからバラバラに書き手・活動家を集めて成立した集団ではない。ここには二つのグループの出会いが大きく関わっている。第一には、先にも触れたように安部公房・勅使河原宏・桂川寛の三人が、下丸子にオルグとして入ったことがあげられる。彼らの工作がなければ、下丸子文化集団が下丸子文化集団として成立することはありえなかったであろう。だが、安部らもそのカウンターパートと出会うことによって初めて具体的な文化活動の場を見つけた、というもうひとつの契機も無視することはできない。それが、下丸子の北辰電機に成立していた雑誌『人民』とその同人たち、人民文学グループである。

人民文学グループは、一九四八年に成立した北辰電機の職場サークルである。労組の書記長であった高橋元弘、中島三郎（この人物については未詳である）、高橋須磨子らによって結成された。すでに北辰では戦時期にも『帆船』という文学同人誌が存在しており、これは「反戦」をもじったものだという。(58) この雑誌は戦後登場した『水車』に引き継がれ、さらに左派が『人民』を創刊したという事情があるようである。人民文学グループは肉筆回覧誌『人民』を四八年三月に作成し、北辰電機鵜ノ木寮を中心に回覧していった。メンバーの多くは共産党員かシンパであったと考えられる。同誌は詩あり創作あり短歌あり、さらに絵や「らくがき」、替え歌など多様な表現を含み、原稿用紙、わら半紙、社用罫紙、裏紙などまちまちの用紙に書かれて綴じ合わされていた。「編集兼発行責任者」である中島は、編集後記で次のように述べている。

私は、こゝに我々の斗争の一翼として、〝人民〟が誕生した事は、我々にとって無上のよろこびであり、又、編集者として、諸氏の深甚なる、御協力に対して、厚く感謝するものである。

私は、過去に於て、文学又は、文化活動即ち、この面からの、斗争がかならずしも充分では、なかったと思ふ。この様な、重要な問題がともすれば忘れがちになってゐたのだ。
こゝに〝人民〟の誕生の意義があり、今後の〝人民〟の発展は、実は重大な、意味をもつものであると思ふ。(59)

創刊に関わったメンバーは、高橋(元)、高橋(須)、中島のほか、宮田徳三、脇田秀、大宮春人、鈴木栄一、下斗米義弥、七海五郎らであった。高橋須磨子は元弘のパートナーで、戦前から文学を志し『三田文学』にも文章が掲載されたことがある書き手であった。(60) いずれも北辰の労働者で、書き手はほぼ実名で書いていると推測される。この『人民』に、有力な書き手として高島青鐘が加わってくるのが第五号(一九四九年二月)である。「青鐘」は号で、本名を清正といった。高島は高橋よりも約一〇歳年上で、このときすでに三四歳だった。前年労組の教宣部長に選出され、『人民』参加後間もない五月にレッドパージで首を切られる。高島は共産党員ではなかった。労組演劇部のリーダーとして活躍し、社外へも出張公演をしばしば行なったという。(61) その後『人民』は第一三号まで発行された。原稿が多いときは三〇〇頁近い厚みに達していた。だが、主要メンバーがパージに遭い、復職闘争や生活維持のための労働に忙殺されていくと、書き手の数は減少していく。安部公房らがオルグに入った五一年春にはそのような状況にあった。最後の号となった五一年八月の第一三号の時点ではすでに『詩集下丸子』第一集が発刊されており、下丸子文化集団のメンバーであったあいかわ・ひでみ(丸山照雄)やおやべ・かずこが詩を寄せている。同号の編集後記には「人民十二号回覧中、下丸子文化集団が結成された。「人民」は僅かな小グループのものであつて頗る意にみたないものだつた。/集団が結成されて色々な企画の面でこの「人民」をもっと幅の広い姿にとりもどす為十三号で打きり「どんぐり」という誌名で通巻十四号として新発足することにきめた。／人民にかわるこの「どんぐり」は文化集団の仕事の中で大きな貯蔵庫としてそだて上げ有効にその材料を活用するのだ。」とあって、(62)『人民』の文化集団への移行、『詩集下丸子』とは別に『どんぐり』という詩集を出していくことが謳われている。この彼らの転進について浜賀知彦は「『人民』の同人たちは、前記したように四九年、五〇年とつづくパージを体験し、寄稿者も減る状況下で、小人数の回覧同人誌では闘えないという危機感が、経営外に活路を求めたと云えるだろう」と分析している。(63)これが北辰グループの主体的条件であった。安部らがやってきたのはそのときだったのである。

「文化集団」の誕生

下丸子に入ったころ、ちょうど安部公房・勅使河原宏・桂川寛は揃って日本共産党への入党を申請していた。安部は労働者とともに新たな文学運動を作りたいという意欲をもっていたようで、綜合芸術運動団体「世紀の会」以来の仲間である勅使河原・桂川とともに入党を選択していた。鳥羽耕史によれば、「三月二五日には『文京解放詩集』をガリ版で刊行、〈世紀の会〉の仲間であった詩人・評論家の瀬木慎一にそれを届けた桂川は、「今、こういう地域闘争をやっていて、次は京浜工場地帯の下丸子地区へ入るんだ」と説明した」という。(64)『文京解放詩集』は野間宏が指導した文京詩人集団によるものであり、彼らはこれに協力したのであった。そして、自分たちの主体的な活動の〝現場〟として選ばれたのが、かの「下丸子」であった。「野間宏さんが文京区のサークル運動を担当していたこともあって［文京区は野間宏が担当していたので：引用者注］、当時東京南部には、米軍管理下の三菱P・D工場や劣悪な労働条件と闘う北辰電機などではサークル運動が活発だったので、その闘いの現場へ行こうと、ぼくらが希望して行ったわけです」と桂川は回想しているが、(65) 下丸子地域における反レッドパージ闘争が朝鮮戦争下での反戦・反植民地闘争として受けとめられていたことと、サークル活動が盛んで工作のカウンターパートが期待できることなどが下丸子入りの動機であったと考えられる。(66)

この年五月に「世紀の会」が解散、安部の提唱で「人民芸術集団」が結成されている。「芸術集団」の目標は、この年夏にベルリンで行なわれることになっていた世界青年学生平和友好祭に代表を送ることであったが、それが挫折するとともにわずか二、三ヵ月で解体した。(67) 高橋元弘は、『詩集下丸子』の「一号の表紙に「ベルリン平和祭参加」って書いてあるんですが、［…］安部さんはそれをやりたくて、あの詩集に協力したんだと、私は思ってるんだけど」と回想している。(68)『詩集下丸子』が発行されたのは七月七日のことである。その月の終わり、七月三〇日に安部は『壁』で芥川賞を受賞する。

安部公房は芥川賞受賞後も、下丸子との関係は断ち切ったわけではなかった。柾木恭介は、一九五二年三月に安部らが結成した「現在の会」(69) の関係で、下丸子駅前で文化集団とともにビラまきをしたり、研究会を開いたことがあると回想しているし、(70) 一九五三年九月に発刊された高島青鐘詩集『埋火』（下丸子文化集団叢書II）に安部は序文を寄せている。(71) 直接下丸子に足を運んだ時期はさほど長くなかったとしても、(72) 人と人の関係はその後もしばらくは続いたようである。

安部ら文化オルグは、毎週のように下丸子に足を運び、文学について講義したり、文章を添削したり、版画を教えたり、労働者の似顔絵会を開いたり、といった活動を行なった。それは昼休みの工場で、また夜は高橋らが住んでいた北辰電機の寮（鵜ノ木寮）で行なわれた。[73] 鵜ノ木寮は、高橋によれば「木造で急な階段がついていて、廊下の両側に四畳半の部屋がならんでいました。［…］水を流すところがなくて、ひどい寮だった」という。[74] この寮を発行所として『詩集下丸子』は誕生したのであった。

地元、下丸子で文化集団に加わったのは、まずは先に見た北辰電機の『人民』グループ（高橋元弘、高橋須磨子、高島青鐘、鈴木栄一・対馬幸光（ともに第一集のみ））であり、これに東日本重工のE・E（てらだ・たかし?）、しき・たかし、地域の労働者、それに江島寛につながる身延グループ、小山台高校グループが参加していた。東日本重工との関係は、先に見たレッドパージ闘争の際の共闘に見られるように、地域労働運動でのつながりがすでにあったようだ。その他の労働者については、ペンネームも含まれていて人物を特定することは難しいが、いくつか肩書きの付された人びとを挙げていくと、新興機械、宇野沢鉄鋼、民主商工会、木工機械工、交換手といったものが並んでいる。これら年長者に混じって、文化集団には一〇代の若い労働者・勤労学生が参加していた。その結節点となっていたのは、当時小山台高校夜間部を卒業して田園調布郵便局に就職したばかりの江島寛（当時のペンネームは江口寛）であった。

江島寛は朝鮮半島で育ち、敗戦とともに父の故郷、山梨県曙村に引き揚げてきた。文学・思想・政治に早熟な関心を持ち、山梨県の身延高校で共産主義青年同盟の活動がもとで放校処分に遭い、上京して小山台高校に転入していたのであった。身延時代に江島と政治・文学活動をした仲間に浅田石二、丸山照雄がいる。浅田は江島の一学年上、丸山は同学年であった。集団結成時、丸山は立正大学の学生として南部にいた。丸山は「江島がいたから加わった」とその動機を語っている。[75] 浅田は『詩集下丸子』第二集から参加するが、彼は江島が放校処分に遭ったとき、ともにまた活動をしようと約束をし、南部でふたたび出会ったのであった。他方、江島は小山台高校で民主青年団を結成するとともに、文芸部で活動をした。このときに同僚であったのが、望月新三郎、岡安政和、井之川巨、玉田信義らであった（井之川は三号から参加）。江島自身は、下宿が下丸子にあり、東日の争議や朝鮮戦争への反戦闘争に北辰労働者や市民とともに参加したことが、集団結成への参加につながっているものと考えられる。[76]

彼ら江島を結節点とした一〇代のグループは、集団結成当初は大人の労働者の中では頼りない存在と見られていたようだ。下丸子で労働運動に取り組み、互いの共闘の中で信頼関係を作り出していた労働者たちにとって、一〇代の青年たちは根の生えた存在と見られなかったというのである。[77] 同じことは、職場の労働者ではない〝外部者〟にも向けられた、という。

自分たちが共産党員であっても、自然発生的なサークルは共産党を嫌うものです。安部さんたちは党を背負わないでやってきたから歓迎されたのだと思います。そして、自然発生的なサークルに安部さんたちが入ることによって火がついたのです。[78]

その「甘いと思われていた」[79] 彼らが、のちに集団を再建し、五九年まで続く活動を担っていくのである。そこには質的な転換もあったが、オルガナイザーとしての江島の才能の開花もあっただろう。集団には、『石ツブテ』の活動を経て松居りゅうじ（佐藤ひろし、川上竜二）が、そして少し後には『南部文学通信』でのサークル交流活動を通じて城戸昇が加入して書き手／活動家の層が厚くなり、そのつど新たな活力を得ていった（ちなみに松居と城戸は、上京する以前の福井県での党活動で行動をともにしていた[80]）。

発足当初の集団の雰囲気は、高橋元弘と高島青鐘が主導的であり、高橋は組織者、高島が詩作の中心的役割を果たして、あとはその意見に従っているという様子であったと入江光太郎は証言している[81]。この時期入江は南部地域で文芸工作者的活動に携わっていたが、同地域の文学運動の重鎮的存在であった吉野裕の示唆に従い、下丸子との連絡をつけ、支援するべく接触したという。だが、「職場の労働者ではない自分は下丸子に入っていくことはできなかった。彼らには自分が党から来たと思われたから歓迎されなかった」という形になり、ならば、と、これも吉野の示唆によりあちこちの組合文化部やサークルを歩いて新聞を作って連絡をつけていく「工作者」の役割を引き受けたということである[82]。それゆえ彼は下丸子の会議に出席し、数々の書き手たちと行動をともにした。こうしてできたのが『京浜文学新聞』（京浜文学新聞社、発行人入江）であり、一九五一年一〇月から五二年四月までに六号を発行した（途中、五一年一二月に同じ入江発行人で『東京文学新聞』創刊準備号の発刊が確認されている）。

こうして創刊された『詩集下丸子』であるが、この雑誌の特徴を述べるならば、街頭行動の中での「詩」、という点が指摘できる。創刊時、一九五一年七月という時期は、いまだ占領時代であるとともに朝鮮戦争のさなかであり、戦争と軍需工場の管理体制を批判し「解放」をうたうこの詩集は、「占領目的違反」として処罰される危険性をもっていた。後の話になるが、不審尋問にかかった一七歳の少年がたまたま『平和新聞』（日本平和委員会機関紙）や『詩集下丸子』をもっていたために二日間留置され、詩集入手のルートや関係者について取り調べられ、家宅捜索も受けたという記事が『下丸子通信』第一号（一九五三年七月）に掲載されている。[83] それゆえペンネームで書いている人も多かった、と浅田石二は語る。

下丸子詩集にも半非合法性がありました。会議のときなども、こっそり連絡を取って、こっそり集まるような感じでした。あとで大っぴらにやれるようになりましたが。当初は反戦のビラ貼りなどもやりました。これはつかまるとあぶないので、身分を証明するものを持たず、二人一組で行動しました。[84]

このような活動にはどのような考えで取り組んでいたのか。浅田の場合は、当初政治運動を志したわけではなく、文学運動をしたい、作品を書いていきたいという思いをもっていた。身延高校時代から『人間』誌や中国文学、フランス文学などに親しんでいた浅田は、東日の労働者らの話を聞くうちに、占領・戦争という現実にどうしても入らなければいけない、入って生きていくことが重要だという情熱が湧いてきたという。

生活的な危機感はありませんでしたね。ものを書くことを通じて精神的な満足感が得られる。社会の状況が自分に切実にはね返ってきて、生きることと考えること書くことがほとんど同じ意味をもっていました。[85]

『詩集下丸子』第一集には、桂川寛の版画による表紙、勅使河原宏の版画、安部公房の詩「たかだか一本のあるいは二本の腕は」のほかに高島青鐘の詩「西の空」、江島寛の詩「特殊管理地帯」、高橋元弘の詩「まづかきたまえ」、「替唄集」などが掲載されている。掲載された詩の基本トーンは、占領と軍事支配を批判し、戦争に反対する内容のものである。たとえば、永井哲也「東日重工の兄弟に」は、次のようなものである。

1

兄弟たちよ
君らはあの声を聞かなかつたか
硝煙くすぶり砲声とゞろく北鮮《ママ》
ピョンヤンからの声を
深夜ラヂオのダイヤルを廻してみろ
肚にぐつとくるぞ
朝鮮の仲間たちが精一ぱいの憎しみを
絞りあげた叫びが
「日本は再び新たな侵略者の朝鮮強奪
に積極的な協力を行つている。もし
侵略者が日本に軍事基地を持たなか
つたならば、我が朝鮮は骨肉相喰み

町や村を灰じんに帰したこの悲惨事
を生ずる事はなかつたであろう」

2

過ぎし日の三菱重工業下丸子工場
天皇ヒロヒトの命令一下
アヂアの兄弟たちを地獄に突落す
殺人兵器の製造場、そして……
偽りの自由、偽りの民主々義
兄弟たちの工場は擬装した
東日本重工業東京製作所と(86)　（以下略）

また、ＰＤ工場を描いた江口寛（江島寛）の「特殊管理地帯」では、労務管理と米兵の監視とを描き出している。(87)その一方で、高橋の「まづかきたまえ」は、この詩誌が新たな書き手を掘り起こす工作雑誌としての性質をもっていることを示している。(88)このほかに掲載されている「替唄集」は、『人民』末期に原型があり、これを踏襲したものである。同じ歌もいくつかあるが、高島青鐘の手になるものと考えられる。

詩集の発行は、地域の労働者サークルに大きな反響を呼んだ。(89)一〇月には詩集の第二集が発刊されている。今度も桂川が表紙の版画を彫った。この号から浅田が参加（作品名は不明）、第一集と同じように下丸子の労働者による詩が多数掲載されている。巻頭の詩、呉隆「おれたちはものを云おう」は、前号の「まづかきたまえ」同様、「書く」ことが呼びかけられている。[90] 呉は東芝労働者で、同時に『人民文学』や日本文学協会でも活躍した文学者でもある。のち北朝鮮へ「帰国」した。[91] てらだ・たかしの「石の門」はＰＤ工場東日本重工の労働をうたったもので、[92] この時期あちこちに転載された。このほか、松川被告の斎藤千の詩「パタンコの詩」と、これへの応答として高島の「私はすまないと思つてる」が掲載されている。

このようにして夏から秋にかけ二冊の詩集を立て続けに出した下丸子文化集団は、積極的に地域での活動を開始している。『京浜文学新聞』第一号（五一年一〇月）によれば、集団は新聞『白い鳩』（未発見）を出している。また、城戸昇による年表『東京南部戦後サークル運動史年表』[93] によれば、九月九日に第一回京浜文化活動家会議が開かれ、下丸子文化集団（大田区）、海岸文学サークル（品川区）、糀谷のサークル（大田区）、千代田詩人集団（千代田区）、文京トロイカ（文京区）、新日本文学会東京支部京浜班などが出席、一〇月一一日の東大駒場祭では全国サークル誌展に詩集を出品、同じ一〇月に文京・千代田の詩人集団とともに松川事件の長編叙事詩共同制作、一二月には同じく仙台訪問、と続いていった。この間、アンソロジー『平和のうたごえ』第一集に高橋元弘、しき・たかしの詩が、松川被告の手記『真実は壁を透して』（月曜書房、一九五一年一二月）に高橋元弘の詩が収録されている。

下丸子文化集団を〝台風の目〟として、南部の、そして各地のサークル運動が活性化していった。

一九五一年一月には、『人民』第一三号において予告されていた『どんぐり』が、『くらしのうた』

として発刊、「どんぐり」の名称は発行主体「下丸子どんぐり会」に継承されている。どのような理由で『詩集下丸子』とは別に『くらしのうた』を発刊しようということになったのかは明らかでないが、浜賀知彦は「下丸子文化集団が、文化工作活動の一環として」出したものと推測している。(94)『人民』あとがきを見る限り、「文化工作」に傾斜した『詩集下丸子』とは別に、生活の詩を中心とした詩誌を『人民』の延長で同人誌的に作っていきたい、というニュアンスも感じられるのだが、でき上がったものは、『詩集下丸子』と同じ書き手が「くらし」を軸に詩を書いてみた、という印象の強い

『詩集下丸子』第二集

ものになっている。一号限りで終わったこの『くらしのうた』に、あいかわ・ひでみ（丸山照雄）が詩「曙村」を書いている。まだ「事件」の起こる前のことである。曙村は江島の故郷であった。

「民族解放闘争」の激化と『石ツブテ』

ここまで順調に成長してきた下丸子文化集団であったが、一九五二年春以降、政治運動の激化によって大きな動揺を経験することになる。下丸子での文化運動が高揚を迎え始めていた五一年一〇月、日本共産党は第五回全国協議会を開き、「新綱領」を採択する。運動の目標は「民族解放民主革命」となった。各地のコミュニストは「武装の準備を始めなければならない」と呼びかけられていくことになる。南部で大規模な大衆的実力闘争が闘われたのは五二年二月二一日の「反植民地闘争デー」であった。

この日、南部では蒲田で決起集会が行なわれ、七〇〇名のデモ隊が警官隊と衝突、派出所が襲撃されるなどの事件が起きた。この、通称「蒲田事件」ないし「糀谷事件」と呼ばれる実力闘争は、その後のメーデー事件の前哨戦ともなる闘争であった。そしてこの日の反植闘争は、下丸子文化集団とは別に新たな工作者集団を生み出した。「民族解放東京南部文学戦線」である。同戦線は非合法ビラ誌『石ツブテ』を発刊、占領下の――そして彼らが「占領体制の継続」と考えた五月以降も――抵抗闘争を呼びかけた。同戦線と『石ツブテ』については入江公康に詳しいが(95)、その性格については、入江光太郎が端的に規定しているので見ておくことにしたい。

『石ツブテ』は反植デーの中でできた一つの秘密結社のようなものでした。『下丸子』のような開かれたサークルとは違います。それはどこにも属さない秘密結社です。共産党にも属さないし、女こどもも入れない秘密結社で、自然発生的なサークルとは違うものです。メーデー事件以後『石ツブテ』的なものは解放され、広がっていきましたが、そのことで歴史的使命を終えたともいえます。私自身はメーデーで逮捕されましたが、最後は秋の魯迅祭で公然化することで、『石ツブテ』は終わります。(96)

この『石ツブテ』を担ったのは、入江光太郎、松居りゅうじ(さとうひろし)、俳人の前田吐実男、画家の田中岑、海岸文学サークルの阿形宗宏(ペンネーム古川宏)、そして後に江島寛が加わった。発端となったのは、先に見たように反植民地闘争デーへの参加であった。前年秋に福井から上京した松居は、文学活動を志し仲間を求めて『人民文学』に次のような投書をした。「ぜひ私もなにか組織に加わり、新しい文学活動をやりたいと思うのでペンをとつたわけです。特に人民文学の九・十月合併号のサークルを作ろう、育てようという文を読んで自信が持てたのです。俺もやれるという――。でも私、こちらでサークルを作るにもまだ何の手がかりもないので、私の居住地の近く(少しくらい遠くてもかまわないのです)のサークルに加わり、それに協力するなかで、新しい芽を作るキッカケができると信じています。近くのサークルなり人文友の会なりに入つてる人の住所をおしらせねがえれば幸と思います。なお私は昼は、食うための仕事でぜんぜんヒマがないのですが、夜はヒマなので、精一パイ「新しい文学活動に専念しようという決意」を持つています(97)」。

党分裂では「国際派」を選択した松居が、『人民文学』に仲間を求めたのは興味深いが、そこから次の回路が開けたのはさらに興味深い事実である。松居は当時、新橋の牛乳店に住み込みで働いていた。彼に声をかけたのは入江であった。ゲタ履きで牛乳店にやってきて、港区のサークル協議会を紹介されたという。会議は中央労働学院などで行なわれた。その後松居は芝浦の職安で日雇労働者となった。サークル協議会でできた仲間である前田とともに、彼は反植デーに参加し、闘争の興奮冷めやらぬ中、前田と二人でガリを切った。こうしてできたのが『石ツブテ』である。入江も加わって編集委員会が作られた。これが南部文学戦線の実体である[98]。入江は品川労連からカンパを受け、紙を調達して部数を一気に三〇〇〇部へと増やし、同郷の友人である田中に絵を描かせて色刷りのデザインもすぐれた誌面を創りだした[99]。配布は手から手へと行なわれ、足りなくなって受け取った側が新たにガリを切り直して増刷することもあったという[100]。

非合法誌という位置づけもあって、『石ツブテ』には一切書き手の名前はない。反植民地闘争デーの闘争報告を詩の形で記し、実力闘争を高らかに謳っている。その精神が端的にあらわれている詩「法は暴徒によつてまもられている!」を見ておきたい。

裁判官!
君たちは俺達を暴徒だと云う
俺たちがめつぶしを持ち
交番のガラスをたゝきわり

電話をこわし
ピストルを奪い
警官に目かくしした上で
手錠まではめこんだと
わめきちらす

だが君たちは知つているか
日本国民がうけているはづかしめを
まるはだかの俺たちが
たゝかうためのたゞ一つの武器
団　結
を　最もおそれるものが
君たちの主人占領軍であり
君たちのなかま売国奴であることを！

二月二十一日
反植民地斗争デー
全世界のしいたげられた民族が

共にたちあがることを誓いあつた日[101]（以下略）

第三号・第四号（五二年五〜六月？）では、メーデー事件の興奮の中で事件をテーマに誌面が構成されている。第三号の「手に持たなかつた石」は松居りゅうじの詩である。第六号（八・九月？）では、井之川巨の「殺される前に」が掲載されている（井之川がメンバーであったかどうかは不明）。第四号掲載の「パクリに来たら」のように『詩集下丸子』第三集（五一年五月）と同時掲載（『詩集下丸子』では「検挙にきたら」の題）されているものもあることを考えれば、両者にまたがって活動していた入江光太郎や江島寛の関与が推測される。第六号掲載の「ドレイ食　軍事基地　羽田」（江島作と推定される）は、二頁見開きでパノラマ的な風景図も美しく、詩も完成度が高い。この詩は『人民文学』一九五二年一一月号に転載された。この詩とあわせ、「現地報告　軍事基地〝羽田〟」が掲載されているが、これは基地内の配置図入りで当時の軍事基地羽田の様子を詳しくルポした貴重な報告である。そして、第七号は『石ツブテ』最後の号である。この号は、一〇月二〇日の魯迅祭でシュプレヒコール劇として上演される長篇詩「怒れ、高浜」に全誌面が充てられている。劇は菅井幸雄の指導によって実際に上演された[102]。米兵による少女暴行事件への怒りをうたったものである[103]。ここで民族解放東京南部文学戦線は公然化するとともに、公然化したことで「秘密結社」としての同グループの役割は終焉し、解散した。松居はその後、五合化学に就職し、ここを拠点に前田、井之川らと「町工場文芸友の会」を結成し、『油さし』を発行する。『油さし』を経由して、松居は集団に参加する。他方、メーデー事件以後入江は郷里へ帰り、別の人生を歩むことになる[104]。

激化する闘争、そして同じ南部での『石ツブテ』の活躍は、下丸子文化集団にも影響を与えないはずがなかった。『詩集下丸子』第三集は一九五二年五月に発行されているが、ここで浅田石二は詩「お前らけだものに」を書き、メーデーの警官隊への怒りをぶつけた。

いつも武器を身につけて歩むお前ら
人間の心があると云ふのか
お前ら、妻があり、子があり
愛するふた親があるというのか。

ポリス。お前達あるというのか。
その妻も人間で、その子も人間で、その親たちの愛がけだものでないと云うのか。

お前たち身につけた武器。
機関銃では胸板をつらぬき、
ピストルでは体に穴をあけ、
コン棒では頭蓋骨を割り、
血が、血が、到る所
お前ら、武器と共に勇んで歩む所

流れ、土にしみ、アスファルトを汚しつくすのを。(105)(以下略)

また、それまで参加を渋っていた井之川巨が、メーデー事件を機に集団への参加を決め、積極的な書き手になっていった。(106)井之川はこのときすでにガリ刷りの詩集『黄色いこうろぎ』を出版していた。(107)このころ、井之川は丸山照雄や上原一夫とともに詩誌『プゥフゥ』を創刊している(五三年五月まで)。大人の労働者の詩誌『詩集下丸子』とは別の、若者の雑誌ということであろうか。だが『詩集下丸子』第三集ではそれまでいた大人の労働者詩人が減り、高橋元弘・高島青鐘・てらだたかし以外は、浅田石二、あいかわひでみ(丸山照雄)、江口寛、井之川といった一〇代詩人のグループの比重が上昇している。江島はここで江口寛と中川修一という二つのペンネームを使い分けて、詩・創作などを発表している。

この時期の『詩集下丸子』と『石ツブテ』に共通する「植民地化」と「軍事化」への抵抗、というモチーフは、もちろん両誌のみの特徴ではなく、同時代の「抵抗詩」一般に共通するモチーフであるが、PD工場や「軍事基地〝羽田〟」を抱える東京南部は、このリアリティを可視的な「現場」によって確認できた分、サンフランシスコ講和以後の政治的経済的変化を感得する上ではタイムラグを経験せざるをえなかったものと思われる。南部では朝鮮戦争の休戦まで、この「戦時」の意識が引き続いて表現されていくことになる(やがてそれは、なし崩し的に消失していく)。

高橋元弘の脱退と集団の再編

こうして政治運動が急進化していくと、政治活動と文化運動の間のバランスに変動が生じてくることになる。レッドパージ組を党の政治活動に動員しようとする共産党の方針は、高橋元弘にひとつの決断を迫ることになった。離党である。高橋は「すでにレッドパージで北辰を追われていた私は、配置問題がきっかけの形で離党した」とだけ記しているが、[108]「配置問題」とは、闘いながら文学を続けたい高橋の意に反して、より行動的な〝現場〟への配置を指示されたものと思われる。高橋は遅くとも秋までに、日本共産党を離党した。

「遅くとも秋までに」とはどういうことか。『人民文学』一九五二年一一月号に江島寛（江口寛）が書いた論文「集団と個人」において、高橋の離党と集団からの脱退が論じられているからである。一一月一日発行の同号が店頭に並ぶのが一〇月終わりごろとすれば、原稿を書いたのは九月末か遅くとも一〇月はじめである。それ以前に高橋がやめていて、そのことを集団で議論していたのだとすれば、八月か九月はじめには脱退・離党していたのだろうと推測される。高橋の脱退は、集団設立以来の「下丸子労働者」の核を失うということであり、「下丸子文化集団」を名乗り続けるかぎり、それはアイデンティティに関わる危機なのであった。「一九五二年頃から、下丸子文化集団のメンバーは、ほとんどが二十歳前後の若者で構成されるようになった。江島寛、丸山照雄、浅田石二、上原一夫、玉田信義、井之川巨等がよく集まった」と井之川巨は記しているが、[109]高島青鐘は胃潰瘍で入退院を繰返しながらも集団に残留し、彼ら若者と行動を共にすることを選択した。

江島論文が『人民文学』に掲載された同じ一一月、下丸子文化集団は理論雑誌『文学南部』第一号を発刊しているが、そこでの主な内容は、高橋脱退以後の集団の方向性を打ち出すための総括作業であった。同誌は一号で終わったものと思われるが、[110] ここでは江島と丸山が理論的な主導性を発揮し、集団のアイデンティティを再画定するのに成功した。『文学南部』で確定された運動の路線は、そのまま『詩集下丸子』以後の『下丸子通信』に継承されていくことになる。

『文学南部』では、「下丸子」から「南部」へと地域名が拡大している。この背景には、「下丸子労働者」の多数がメンバーから抜けたことにより「下丸子」の地名が使用しにくくなったという消極面と、「南部」への運動の地域的拡大という積極面との双方の理由が含まれているように思われる。実際、『下丸子通信』以降、地域サークルの協議会形成をひとつの目標とし、集団名も南部文化集団と変更していくことを考えれば、ここでの「南部」名の採用は、その後の運動の動向を先取りしていたといえる。その意味でもこの中間総括は重要な意味をもっていた。そしてここで選びとられた「文化工作者集団」という自己アイデンティティは、のちに何度も立ち返るこの集団の新たな「原点」を形成する。

「労働者作家、文化工作者の活仂の「成果」「討議」の場」であるとされる『文学南部』では、「何故ツブレルのか、何故大衆が参加できないか」という問題設定から、これまでの実践を自己批判的に検討する記事が多数掲載されている。[111] 沼田伸一（江島寛か?）「怒れ高浜（シュプレヒコール）」を公演するまでの中で」では、この作品が制作されるまでの集団作業の過程が綴られている。ここでは下丸子文化集団と『石ツブテ』とが共同の作業として総括を行なっている。志賀智之（井之川巨）「幻燈による寮工作」は、コミカルな調子である会社の寮に選挙宣伝に行ったときの失敗を書きとめている。はじめマンガの幻燈を始めたら見物人が集まってきたが、伊井彌四郎の演説レコードを流したら「潮のひくように散つていつてしまつた」というのである。[112] 江口寛「おじいさんも立つて見る壁新聞」では、壁新聞の「共同制作」の方法――ことばの選び方、題材、説明の仕方など――を、詩の添削例まで示して語ったものである。問題作は、秋山駿一（誰のペンネームかは不明）「ある文学グループでの問題」である。ここでは、ある文学グループの会合に下丸子文化集団のメンバーも顔を出し、雑誌を出すことになったところ、下丸子と共産主義者の作品ばかりが載っていて、グループがシラケてしまった結果、下丸子のメンバーがそこから脱退することが求められたというエピソードが紹介されている。過剰な方向づけはサークルを潰すという認識を共有するための提起であろうが、かなり厳しい自己批判である。増田純雄（井之川巨？）「私の体験と反省――大衆路線の立場から」でも「共産主義者特有の匂ひ」の払拭を語っている。

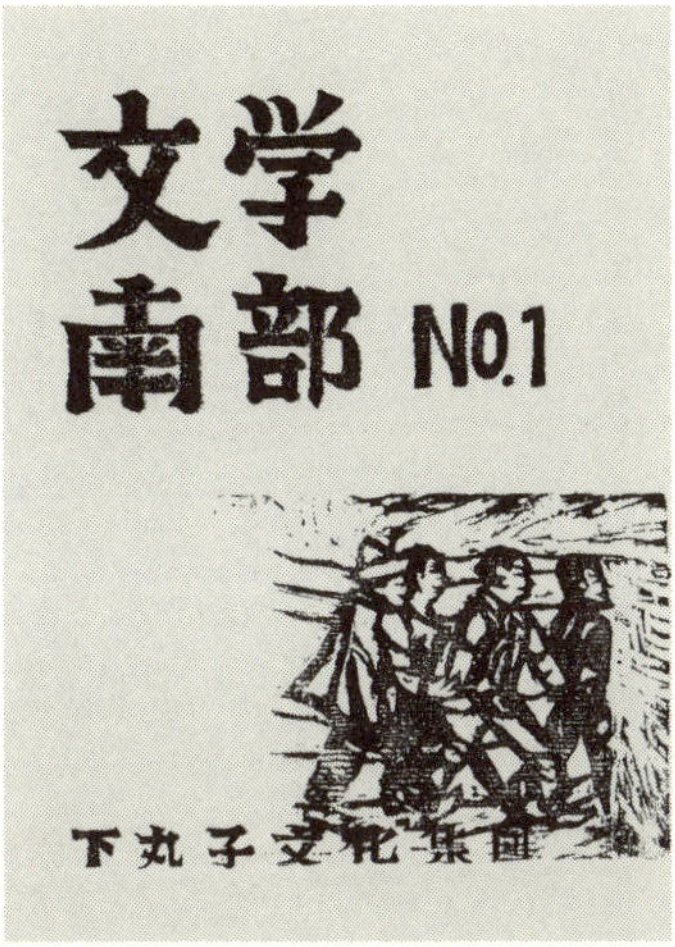

『文学南部』第一号

これらの問題を通じて、江島寛は「集団と個人」（前掲）の中で「文化工作を形式化した「いい詩」によって……という考えは、集団をせまい同好会的な集りにし、それを、地域の闘いからきりはなされた文化活動にした」と自己批判している。高橋元弘が直面した党の要求と表現活動の矛盾の問題や、作品向上に活動が収斂してしまうことによる運動性と大衆性の喪失、といった「文化運動」上の重大問題を受けとめながら、次のような方向性を打ち出している。これは「文化工作者集団」としての集団の活動を明確に指し示すものだといえる。

集団（サークル）それ自体は特定の作家育成のためにあるのではない。集団（サークル）は大衆の文化的要求を組織し、解放のための戦線を結びつける一形態である。そして大衆じしんのうみだした文学を、闘いの武器としてひろげてゆくことである。ここではまずいものは、まずいものなりに力をもつ。

壁新聞、便所の落書、ルポ、通信記事にまで及ぶ広範に把握された形式を、現に大衆がいきいきと活用しているのに、S文化集団はただ漠然と「すぐれた詩」「すぐれた小説」をかくための一部の同好者の集りになつていた。現実が提供した大衆が求めている形式を、大衆じしんによって存分に生かしながら、文学活動の新しい目や腕をつくってゆくことが必要であった。(113)

入江光太郎、高橋元弘という二人の工作者を喪失し、もとより安部公房ら文化オルグはもはやいないなかで下丸子文化集団を理論的にも活動的にも担った江島寛は、このようにして新たな「文学」と「運動」との統一的実践の可能性を摑みはじめていた。この作業は、『下丸子通信』に引き継がれるが、ここで摑まれた活動のイメージを、井之川巨はのちに次のように語っている。「昨日あった一人の体験が作品になると、それは周囲の何人もの人たちの〝書きたい〟意欲を刺激した。そして、ものを書くという作業は、すぐれて〝認識〟の作業であった。極端にいえば、労働者は書くまえと書いたあとでは確かに事物に対する意識が変わっていた。文化工作者の仕事は、詩人専門家を育成する作業ではなく、まさにそのような意識変革のための作業であったのだ[114]」。

そのような見地からするとき、『詩集下丸子』は「書かせる」場としての意味をもつ場として再定義されるだろう。同詩集の最終号（第四集、一九五三年五月）は、見るべき特徴的な詩はないが、スターリン追悼詩の小特集（浅田石二、丸山照雄）が時代を表現している。また、三菱下丸子の「落書」掲載は、「下丸子労働者」の欠落を補う窮余の策か、「便所の落書」でも工作に使えるという江島理論の反映であるのか——江口寛の「便所通信」という短詩が数篇掲載されてもいる——判断しかねるが、これとてらだ・たかしの詩のみが「下丸子」性を支えているという苦しい状況であった。この号を最後に『詩集下丸子』は終刊となり、以後集団は『下丸子通信』に活動の場を移す。

六　第二期　展開／転回——『下丸子通信』から『南部文学通信』へ

『下丸子通信』

『詩集下丸子』の終刊から二ヵ月後の一九五三年七月、下丸子文化集団は新たな雑誌『下丸子通信』の発行を始めた。『下丸子通信』では、『文学南部』において理論武装した新たな活動方針に従い、詩を通じた工作、多様な表現を通じた大衆の獲得、「南部」への広がり、という方針が明確に示されていた。だが、同じ一九五三年七月には朝鮮戦争が終結し、「下丸子」という地名は反戦闘争の象徴としての意味を失うことにもなった。このような情勢の変化もふまえ、集団は「南部文化集団」へと名称を変更（五三年一〇月）、雑誌も『南部文学通信』と改題されて、誌面は各サークルの動向紹介を中心としたサークル協議会誌的性格へと変貌していく。『南部文学通信』に至るまでの『下丸子通信』第三号ないし第四号の活動(115)（五三年七〜九月ないし一〇月）は、「工作者」方針の共有、「南部」への地域展開のためのいわば「助走期間」であったと位置づけることができる。毎月刊行、六頁立て、という機動的スタイルは、以前の『詩集下丸子』とは異なる性格のものであり、第一号には江島によるいくつかの指針的論文が掲載されている（ガリ切りもおそらく江島である）。

まず、この雑誌の「発刊のことば」である。

下丸子は全国のどんな場所ともきりはなせない。とりわけ東京南部とは。ぼくらの仕事もそうだ。ぼくらの生みだす「ことば」が下丸子を鼓舞することばになり、闘いに向うむすうのことばを生みだすためには、掌の大きさにあったここだけのつながりでは足りない。今までぼくらは手さぐりで歩いてきたが、革命の速度はすでに手さぐりの速度をおいこしている。革命の速度にふさわしい軌条を敷設するために、至るところにぼくらの三角点をつくろう。「通信」を、だから恒常的な討議と発表と連絡に役だててほしい。さいしょは小さい（今のぼくらの背丈にふさわしく）が、小さなこと——よんだひとりひとりが紙代をきちんとあげ、注文をつけ、通信をおくり、日をまもってだせるようにすることでもっといいものになる。もっとコンパスをひろげることができる。それはまた毎日の集団の速度を示すメーターでもあるから、先づ廻転はとめないようにしよう。[116]

ここには「下丸子」と「南部」の結びつけがあり、集団がもっていることばとつながりだけでは「足りない」と、運動の広がりを求めている。この雑誌は詩集のような「書かせる」場所ではなく、「恒常的な討議と発表と連絡」の場として、機動性をもって発行されることが構想されている。雑誌のスタイルはこのような方針に基づくものである。そして「壁詩について」では、「ぼくらが壁新聞の製作にのりだしたのは雑誌や詩集のわくからぬけでて、大衆に直接、作品を発表するそういう形式を通じ、一方でぼくら自身の機動性とゆたかな声量をもつためであった」と述べ、『文学南部』で検討した壁新聞の方法が実践されていることがわかる。[117] 同誌一面では「街頭へ詩を…壁詩をつくろぉ」という記事が掲げられ、「西品川の某壁新聞に集団員のK・Iが連続して壁詩をかいている」ことという。[118]（「K・I」は井之川巨であろうか）、「大田区のK町では、絵やマンガとあわせて壁詩がつくられている」という。[118] そのほか、高島青鐘の詩「君の手」、三菱川崎の労働者谷川進の詩「十一時の思い」が掲載されるとともに、集団の方針がいくつか示されている。ひとつは『詩集下丸子』の誌代回収の呼びかけ、もうひとつは集団のメンバーシップを明確にしていることである。「組織された団員制をとり集団費（収入の〇・五％）の納入、各々の部署、当面することなどを決定した」という。[119] 今後の誌面作りとしては、「サークルの連携、相互批判を強めるために次から毎号各サークル（文学、映画、演劇、歌う会、社研その他）の報告をのせることにします」という予告がなされ、これは少しずつ実行されていく。[120]

続く第二号（五三年八月）では、理論的な文章はほとんどなく、詩が中心となった。版型は横型となり、無記名の詩「ぼろぼろの国が流れる」、さやま・おさむの詩「病床にて」、無記名の詩「M・S・A」「原爆をうばいとれ・禁止せよ!!」「すべてが八年目である　八月十五日終戦記念日に」、高島青鐘の詩「西の空」（再録）のほか、無記名の職場報告「ギザギザの話」、「〝私のサークルでは〟」が掲載されている。「編集あとがき」では、研究会を隔週で行なっていることとともに、原稿の集まりが悪いこと、月刊ペースを崩さないためにやや無理に出したこと、今後は「どうしても集団的な編集体制をとゝのえる必要」があることを訴えている。[121]

第三号（五三年九月）では、巻頭に江島寛の長篇詩「突堤のうた」が掲載されている（一―三頁）ことと並んで、自分たちの文化運動の系譜化が行なわれていることが注目される。相川（丸山照雄）「伝統を守り二歩前進へ！」では次のように述べられている。

> 太平洋戦争のただなかに、北辰電機の労働者は文学グループ『帆船』につどい、それを守り育てていった。勿論「反戦」とゆう言葉を「帆船」に置きかえたのである。［…］下丸子文化集団は、『帆船』の伝統を受けついだ北辰労仂者のサークル『水車』更にそれの発展した『人民文学サークル』を母体として生れた。［…］三菱下丸子を環として、下丸子地域の全経営内に深く根を下し、居住と経営の密着した共同の橋頭ホを築き、東京南部の斗いの先頭に立たなければならない。三菱をかこむ下丸子地域の斗いは、全日本の解放革命の拠点なのだ。[122]

戦時期の『帆船』、戦後の『人民』、そして彼らが下丸子、東京南部の闘いの「伝統」を継承する存在であることが主張されている。同じ系譜については、すでに『京浜文学新聞』第三号（一九五一年一二月）にも同様の記述があるから[123]、彼ら青年たちが発明したものではなく、下丸子労働者たちとともに活動する中ですでに共有されていたものであろう。だが労働者の大半を失ったこのとき、集団の出発点である「三菱をかこむ下丸子地域の斗い」に固執することには、いささか焦りのようなものがあらわれているように思われる。活動は軌道に乗っていなかったのだろう。「編集後記」は、井之川

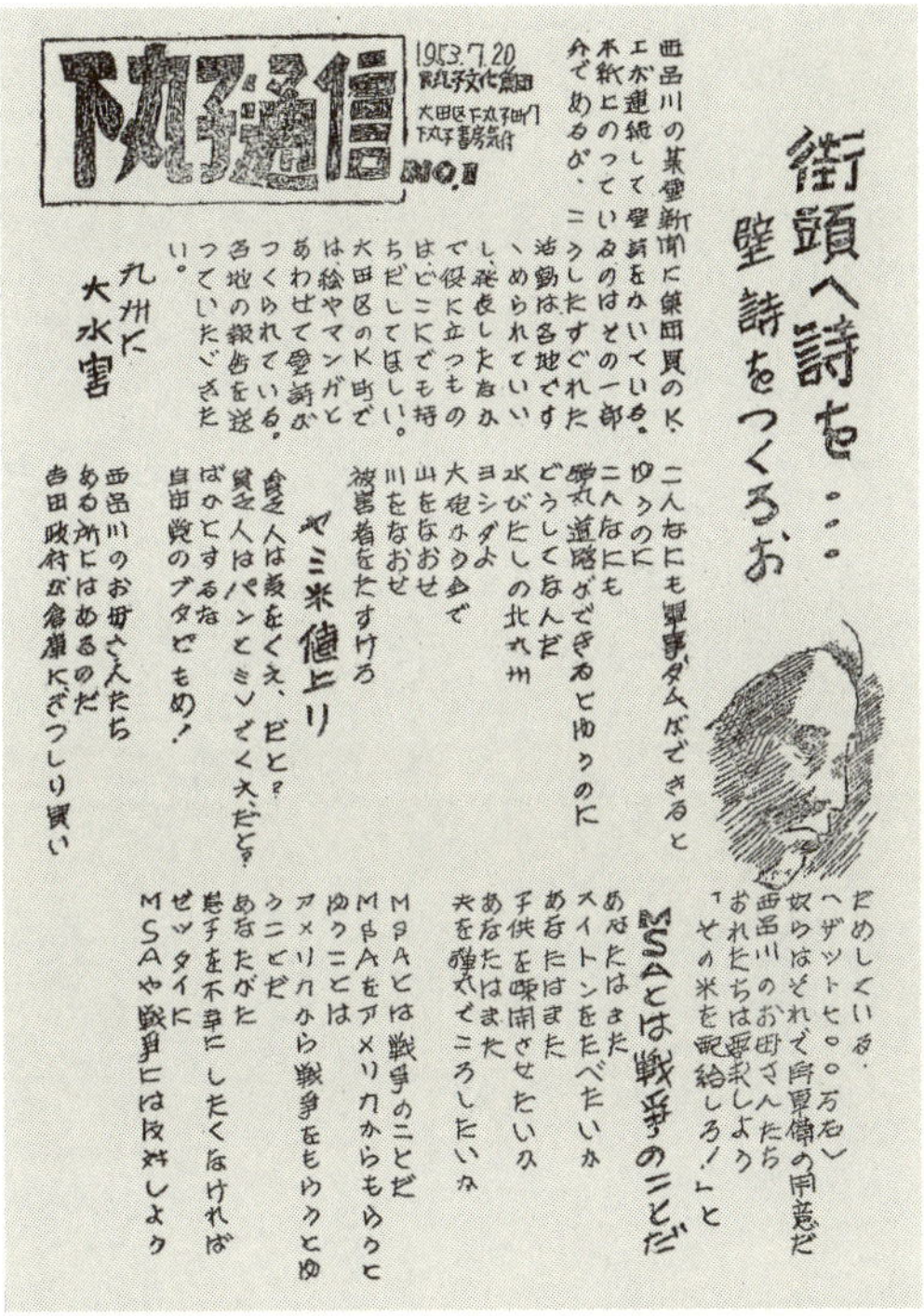
下丸子通信
1953.7.20
下丸子文化集団
大田区下丸子町
下丸子書房気付
NO.1

街頭へ詩を…
壁詩をつくろお

西品川の某電新聞に集団員のK.エが連続して壁新をかいている。本紙上にのっているのはその一部分であるが、こうしたすぐれた活動は各地ですゝめられていいし、発表したなかで役に立つものはどこにでも持ちだしてほしい。大田区のK町では絵やマンガとあわせて壁新がつくられている。各地の報告を送っていただきたい。

九州に大水害

こんなにも軍事ダムができるとゆうのに
こんなにも弾丸道路ができたとゆうのに
どうしてなんだ
水びたしの北九州
ヨシダよ
大砲かう金で
山をなおせ
川をなおせ
被害者をたすけろ

ヤミ米値上り

貧乏人は麦をくえ、だと？
貧乏人はパンとミソでくえ、だと？
ばかにするな
自由党のブタどもめ！

西品川のお母さんたち
あるところにはあるのだ
吉田政府が倉庫にぎっしり買いだめしている。
（ザット七〇〇万石）
奴らはそれで再軍備の用意だ
西品川のお母さんたち
おれたちは要求しよう
「その米を配給しろ！」と

MSAとは戦争のことだ

あなたはまた
スイトンをたべたいか
あなたはまた
子供を疎開させたいか
あなたはまた
夫を弾丸でころしたいか
MSAとは戦争のことだ
MSAをアメリカからもらうとゆうことは
アメリカから戦争をもらうとゆうことだ
あなたがた
息子を不幸にしたくなければ
ゼッタイに
MSAや戦争には反対しよう

『下丸子通信』第一号

巨によって次のように書かれている。

この前の号では「下丸子通信の発行の意図が判らない」といった批判があった。これも集団的な編集の体制が確立されていないことによると思われる。東京南部のわれわれの文化運動を、この通信に反映させていこう。今度の号では、やゝ計画的に通信を集めたが、まだまだ工場や、われわれがじかに手にふれるような生活が反映されていない。みなさんの職場の中からこそ、われわれのうたごえがおこり、詩論が生れ、奴レイ的な文化を追いはらい、新しい日本の文化が形成されてゆかれるものと思う。(124)

こうした行き詰まりと焦りの意識は、より深く地域へ、「南部」へ入っていくことを彼らに決意させる。集団は「南部文化集団」と改称し、南部地域のさまざまなサークルと交流を深め、これを誌面に反映させていくだけでなく、集団員個々が各サークルに加入し、新たなサークルを組織して、ネットワークを形成していくという活動方針をとっていくのである。

『南部文学通信』

こうしてこのあとの一年半は、サークル協議会方式の時代と呼ぶことができる。城戸昇の「東京南部戦後サークル運動史年表」によれば、一九五三年から五四年にかけて南部では多数のサークルが生まれている。この時代のピークの時期であるということができる。集団はこの上げ潮に乗りながら、独自の思惑をもって組織化に関わっていった。現存する『南部文学通信』第五号では、各サークルからの報告、サークル誌からの転載記事が誌面いっぱいに載せられている。刊行ペースは隔月に近いものとなり、第六号までは八〜一二頁と少なかったが、第七号からは二〇頁前後と増頁していく。だがここでは、「書く」「書かせる」ことによる意識の変容、という意味での「工作」はほとんどあらわれてこない。それらの具体的な作業は、個々のサークルの組織化、サークル誌の製作の中で果たされていくことになる。『南部文学通信』はその成果を集約する場となった。

『下丸子通信』以来の一連の転換について、浅田石二は次のような証言を行なっている。

朝鮮戦争が終わり、［反戦・反植民地闘争のために：引用者注］下丸子に拠点を置く必要がなくなりました。詩運動も挫折した。そこで江島の呼びかけで協議会を名乗って地域に入ることにしました。「南部」という地域を根付かせようという運動の形で手づくりの協議会を作っていきました。小関智弘にも呼びかけたりしましたね。オルグではなく、交流として、各地域のサークルをたずねていきました。こうした志向は江島のもので、自分にはそういうものはなかったですね。(125)

組織を拡大するのではなく、地域を拡大したい、という気持がありました。雑誌を一〇〇部ぐらい余分に作って、それを名刺代わりに渡すということをしました。下丸子時代は非合法の活動で、誰がやっているかは外から見えないようにして、成果だけが影響を与えていくという感じでした。(126)

共産党の「文化斗争」方針でも、サークル協議会の組織化は重要な課題として挙がっていた。しかし彼らが取り組んだ「協議会」は、ヒエラルキー的なものではなく、サークル相互が活性化するためのネットワーク的なものであった。江島はコミュニストとして党の文化方針を知っていたのではないかと思うが、彼はあくまで集団とその運動を自立したものとして方向づけ続けた。この間、一九五三年九月に江島は二〇歳で『詩運動』の全国編集委員になり、一一月に開かれた全国詩活動者会議（人民文学社・詩運動社共催）には、南部代表の一人として参加している。[127] 江島は「全国」の中の「南部」を強く意識したのではないか。メンバーそれぞれの動きをみると、立正大学を中心に丸山照雄が『大崎文学』を創刊（五三年八月）、これに井之川や江島も参加しているし、松居りゅうじや前田吐実男の『油さし』（町工場文芸友の会、一九五二年末創刊〜五四年六月）にも井之川は加入している。五四年三月創刊の『戸越』（戸越文学友の会、〜五五年四月）は、井之川の地元の戸越で生まれた文学サークルで、黒木貞治を中心に井之川、望月新三郎も参加した。五四年八月には『はまの子』（大井文学友の会、〜五五年三月）に浅田石二が参加している。[128] 浅田は木下航二が指導していたコーラスグループ「わかけ青年会」に入り、同会の会誌『めばえ』にも参加する。このような一連の「加入」について、浅田は「それは意識的に入っていきました。あのころはみんな書きたいという気持ちをもっていましたので、雑誌を出すことができたのです」と述べている。[129]「文芸友の会」「文学友の会」という一連の名称も、偶然とは思えないものがある。

このようにして、集団の活動は面的には大きく広がったが、メンバーの各方面への展開――「ソロ」活動――が忙しくなり、凝集力が低下していくという問題も孕まれていたように思われる。それを「集団」の形に持ちこたえさせていたのは、江島の指導によるところが大きかった。一九五四年八月の江島の死後、誌面は急速に「寄せ集め」の色を濃くしていく。

『南部文学通信』第五号では、「三菱下丸子からのルポルタージュ」と記された「〝ぼろぼろに使い果し雑布のようにすてる〟――ここにはアメリカ製の人形が立っている」に如実なように、書きものの路線としては「民族解放」路線であり、他の記事も生活苦や労働現場をうたったものが多い。第六号（五四年一月）は松川事件特集で、集団メンバーと松川被告の詩が多数掲載されている。この二号は以前からの政治路線が継承されているように思われる。こうした「民族解放」のトーンは、第八号（五四年五月）に掲載された河守猛「これが国際空港です」まで弱まりながらも続く。

ごらんなさい！
これが国際空港です！

『戸越』第五号

ごらんなさい　あの巨大な輸送機の群を
あのタワーもこの格納庫も外国軍隊が占拠しています
ごらんなさいあの我がもの顔に飛び上るジェット機を（中略）
ごらんなさい！　これが日本に返還された筈の東京国際空港です(130)

羽田空港の返還は一九五二年七月に行なわれたが、管制権は五八年六月まで米軍が握り(131)、以後もベトナム戦争期まで軍民共用が続いた。「植民地化」と「軍事化」のリアリティはこうしたところに集約的にあらわれていると受けとめられていた。翌五五年に始まる砂川闘争でも、支援者たちは「民族独立行動隊の歌」を歌い、日本農民から土地を取り上げ米軍に差し出す官憲に向かって「民族の敵国を売る犬ども」と非難した(132)。その意味で軍事基地はこの時代最後の「民族解放」の〝現場〟となっていたということができる。だが江島の死後、このような調子での「民族解放」詩は誌面から消えていく。松川事件詩やビキニ原爆詩は松川運動や原水禁運動の高まりとともに誌面にも登場するのだが、〝総路線〟としての「民族解放」詩は江島の死とともに終焉していった。

『南部文学通信』では、集団外の労組、サークルからの情報通信や転載記事を積極的に誌面に取り入れていった。第五号では、前掲の三菱下丸子のルポ、「下丸子ニュース」記事、『油さし』からの佐藤ひろしの詩、「東光労連」記事、「久ヶ原新聞」記事などが掲載・転載され、集団メンバーは、筆者名の前に（下丸子文化集団）と書き入れられた。第六号では武蔵野事件被告長沢正行の詩、「東洋製缶労組東京婦人部ニュース」掲載の生活記録と詩、東貨労築地のサークル誌『歯車』掲載のエッセイと詩、江島寛の詩「夜学生のうた」、高島青鐘の詩「一九五四年の憂うつ」とともに、受贈誌一覧が掲載されている。第七号（五四年三月）では久しぶりに詩が多数載せられるとともに、『油さし』第三号でのサークル論の影響を受けて、集団のあり方が議論になっている。第八号（五四年五月）は江島が生前に編集した最後の号であるが、ここでも詩がたくさん載せられるとともに、「たえず活動内容の検討を――三月総会の報告」の中で、集団のあり方が引き続いて議論されている。同号には江島寛作詞・木下航二作曲の「煙突の下で」が楽譜入りで掲載されている。

この江島生前最後の号までに、集団のあり方としてはいくつかの動きを確認できる。まず第六号の「編集メモ」では、「〝かつての三千部〟をふたたび達成することが、当面の集団の目標である。みんなにとって必要な〝通信〟を！　みんなが気楽にかいたり、よんだりできる通信を！　今までのとっつきの悪さ、狭さを一つ一つなくし、タタキの上の車座にも、すなおに持ってゆける内容をつくり上げてゆきたい。各労組のサークルとのつながりもだんだん、できてきた」と述べられている。[133] 通信の普及、という目標は『文学南部』以来のものである。「かつての三千部」とは、『石ツブテ』のことであろうか。第六号にはかつての『石ツブテ』の工作者、佐藤ひろし（松居りゅうじ）が詩を載せていたし、佐藤が発行していた『油さし』は、第七号から第八号にかけて、集団のあり方をめぐる論議に大きな影響を与えていく。

『油さし』は、『石ツブテ』が終わったあと、芝浦職安の日雇労働者から五合化学に入社した松居りゅうじ、『石ツブテ』の仲間の前田吐実男、まつだ・あきららが一九五二年末に創刊した雑誌であり、井之川巨も参加していた。活発な活動と誌面の活性化により、いくつかの商業誌などで取り上げられている雑誌である。[134]『油さし』は港区の町工場に読者の輪を広げ、その刺激から『いろり』『ひろば』といった雑誌が生まれていったという。[135]また、芝浦職安の日雇労働者の間でも『油さし』は読まれ、その刺激から『いぶき』が生まれた。[136]『いぶき』を主導したのは、かつて松居と福井で党活動をともにした城戸昇であった。雑誌が雑誌を生み、相互に刺激し合い、新たな集団が生まれていく。こうした生きたプロセスの結節点にいたのが、松居や城戸らの「工作者」であった。

南部文化集団が注目した『油さし』の議論とは、『南部文学通信』第七号に載った「油さし当面の問題」である。内容としては、低賃金労働者の多い地域では、誌代二〇円でも普及しなかったこと、アルバイト学生や見習工など書き手の層が広がってきていること、初めて詩を書いた見習工が参加してきたことなどが述べられたあと、その見習工が「工場の上役」からとがめられて意欲が低下したこと、松川被告の詩が掲載されていることで引いてしまっている人びとがいることなどを語っている。そして、「これらに従うことが大衆追随主義だ、サークルの経験主義脱却不能などと考へるべきではない。詩など読んだこともない多くの労仂者が町工場に居ることを識れば、生活体験すら言葉で表わせない人びとのためには、その人達に読み、書く意欲を与える様な作品だけでよいのだ。この線に沿つて油さしは今後発展して行く積りである」と述べるのだが、ここにはサークル永久の問いである、いかに未経験の人びとの文化経験を開くか、という問いと、経験の共有が可能にする共通の目標の追求、という課題との二重性の問題があらわれている。両者を一つの実践において統一する、というのが江島寛と下丸子文化集団の選んだ道であったはずだが、現に路線は行き詰まりを見せていた。そこへ現われたのが『油さし』の問いなのであった。『油さし』の背後には港区で広がりつつある運動の実在があり、そのことは集団のメンバーたちにとっても重い現実であっただろう。『南部文学通信』第八号では『学習の友』に掲載された『油さし』の記事に言及があり、第七号刊行とともに開かれた総会では、この問題が大きく取り上げられたのである。

三月（第五回）の集団総会は、二十七日開かれ通信七号にのっている「油さし当面の問題」を中心に討論した。［…］常任委員会がこの報告をとりあげることに決めたのは、この報告ではまだ整理されていない高揚と普及、経験と文学形象、政治と文学の問題について統一した正しい考えをもつためである。(137)

ここでは「ひろげるために、作品活動の思想性を低くするという考えはどうみてもまちがい」だと述べ、「経験のなかから経験の表現をとおしてみんながたかまつてゆく、ということがサークル活動の内容である」とし、次のように述べている。

詩をかくときも、ものごとをわかりやすくしたしめるようにかくことが必要だと考えて一つのものごとをくどくど説明したり、じごえでわめきちらしたりというのが、ぼくらのかき方の殆どだが、詩形式の力はたしかに、分散されたいろいろなものごとの特徴を全体に統一し、かつ一つのものごとを一般化するためにことばを選びだし、ことばの打撃力をめんみつに組織してゆくという意識的なしごとによつて生れる。はじめてかいた人の作品のなかにも、ぼくらは意識されていないこのような詩の力（詩が本来かねそなえている抽象の力）をむすうにみつけだすことができる。そしてこのような詩の力によって現実からことの本質をみつけだすことが出来る。大切なことは、感動をもたらした「ものごとの間のつながり」を、「ことばの間のつながり」「ことばとじぶんとのつながり」にかえて示すために、ぼくらが、見方と表し方を統一するどのような方法をしつているのかということである。[138]

これを書いたのは江島であろうか。同じ号の「編集者の発言」(苦地雄)では「僕たちはいつも《いままでの同人誌のようなものでないもの》を作つて行こうと云つている。しかし、実際には同人誌みたいなものになつてしまつているのだ。──何故だろうか」と語っていて、[139]この理論的達成は実作には必ずしも及んでいないのではあるが、総会報告の文章には、『文学南部』以来の文学／運動論がブレることなく展開されている。これが南部文化集団のひとつの理論的到達点であろう。

そして紫斑病による江島寛の死は、集団にとって理論的・運動的支柱を失う大事件であった。ちょうど江島の死と前後して、集団では新たな展開が始まりかけていた。「うた」の運動である。[140]この運動が始まる起点に江島がいたことはとても重要である。『詩運動』第七号(一九五四年一月)に、「うたごえ」運動の指導者関鑑子が論文「詩に音楽の翼を」を書き、「歌う詩」の創作協力を詩人たちに呼びかけたのがそもそもの始まりであるが、南部文化集団でこれに即応したのが江島であり、その第一作が「煙突の下で」なのであった。

煙突の下で　おれたちの
青春は　いきずいている

とりもどそう　みんなで
吹き上げよう　煙突の煙
おれたちの胸は　もえる炎だ

クレインの下に　おれたちの
力は　みなぎつている
とりもどそう　みんなで
解放のために
うちあげよう　鋼鉄の火花
おれたちの肩は固いとりでだ

どんな時にも　おれたちの
心は　結ばれている
とりもどそう　みんなで
働くもののため
つくり上げよう　美しい祖国
おれたちの歌は不屈の誓だ(141)

浅田石二はこのころ江島寛の紹介で木下航二に会った。木下は日比谷高校の社会科教員で、中央合唱団の音楽研修生として作曲を学んでいた。一九五三年秋から木下は大井立会川の青年会「わかたけ会」のコーラス指導に当たっていた。[142]浅田はこの「わかたけ会」に参加するが、そこで「原爆を許すまじ」が生まれることになる。

それは一九五四年の春さきであった。そのころ、まだ健康だった江島寛の紹介で、わたしは木下航二さんに会った。ところは「若竹会」という品川区にあったコーラスの会場であったと思う。そのとき、いまでも不思議に思うことは、木下さんと随分いろいろ話合ったはずなのに、思い出すことのできるのが一つしかないことだ。

「どんな歌が、いま歌声運動で求められていますか」というわたしの質問に、木下さんは「それは原水爆反対のうたです」と、即座に返事された。そのことだけが、三十年余り経ったいまも鮮明に、まるで切りとってきた風景のように残っている。[143]

「うた」を作る運動は「うたごえ」運動の高揚とともに南部に拡大し、同年七月三一日には芝公会堂で「京浜のうたごえ」が開かれ、職場・地域のコーラスサークルが一堂に会している。八月一九日の江島の死をよそに運動は高揚・拡大していく。一〇月には「南部作詩作曲の会」が発足、木下航二、武島淳、浅田石二、石川肇（望月）が主要に担った。石川は編集を担当し、サークル誌『南部のうた』を第二号まで出した。[144]会はその後「南部コーラスサークル協議会」の結成（五五年一月）に及び、何度も作品発表会やコーラス会が開かれるが、作詩作曲の会は五五年をピークとして解体してしまう。[145]

浅田は五七年ごろまで「うたごえ」運動と関係を続けるが、やがて運動のあり方を批判し、これから離れていく。(146)

江島寛の死の前後、南部文化集団はこのほかにもいくつかの重要な出会いを経験していた。五四年一〇月、江島の死の直後に出された『南部文学通信』第九号では、「江島寛が生前から執着をもつていた原稿(147)」である「たんぽぽ詩集生いたちの記」が巻頭に掲載され、これとともに『たんぽぽ詩集』の詩一〇篇が転載されている。『たんぽぽ』は、国立市の「土曜会」が出していた『ボロクソ詩集』に刺激を受けた国鉄大崎被服工場の女工たちが創刊(五三年三月)した回覧詩誌である。この詩誌の誕生は、国鉄大井工場の各職場に刺激を与え、『おけら』『どんぐり』『ともしび』『タケノコ』『わかば』『はぐるま』『かんかん虫』『しいのみ』と連鎖的に詩誌を生んでいった。(148)ここではサークルと詩誌の連鎖的発生は自然発生的なものであったようだが、この「書く」場が生まれるエネルギーに強い関心をもっていた江島は、『たんぽぽ詩集』に注目したのであろう。続く『南部文学通信』第一〇号でも、『たんぽぽ』から五篇の詩が転載されている。

もうひとつ重要な出会いとして、同じ『南部文学通信』第九号に『いぶき』が登場していることがあげられる。『いぶき』は「芝浦職安文芸友の会」発行で、芝浦職安に集う日雇労働者のサークル誌であった。編集・制作をしていたのは城戸昇で、城戸は『油さし』に刺激を受けて『いぶき』を創刊したのであった。創刊は一九五四年五月で、ほぼ月刊ペースで五五年三月の八号まで刊行した。(149)城戸は松居りゅうじに遅れて五二年二月に上京、松居と入れ替わりに牛乳店の店員になり、ついで芝浦職安の日雇労働者として働く一方、共産党の中核自衛隊員として一九五四年一〇月の中国紅十字会の李徳全訪問団の警護などにもたずさわっていた。[150]『いぶき』のメンバーについては、「五四年の年頭からはじまった全日本自由労働組合、日本患者同盟、全国看護婦労働組合などの社会保障費削減反対闘争の中で出会ったのが、松川雅三、荒川真人、今武昭二郎、松本春好、赤松一平といっても、知っている人は知ってるが、知らない人は知らないという、無名の仲間たちであった」と城戸は記している。[151]ここには日雇労働者の生活記録や創作、詩がふんだんに載せられており、月刊という早いペースで刊行されていた。これは城戸という、ガリも切れれば絵も描け、版画も彫れれば詩も文章も書けるという〝マルチ工作者〟がいて初めて可能となったことであろうが、江島と入れ替わりに、城戸が集団と接触を持ち、そして入団したことは、新たな「工作者」の登場により集団が活性化する可能性を得たということでもあった。

以前、高橋元弘脱退という危機を迎えたとき、集団は「文化工作者集団」というアイデンティティを確立することでこれを乗り切った。これは自らすぐれた詩を書き、献身的な活動者であり、状況に応じて活動形態を切り替える柔軟な思考をもった「工作者」江島寛がいて初めて可能なことであった。江島がいなければ、集団はもっと早く解体していたであろう。しかしいまや、その江島はいない。これとあわせて、一九五三年ごろまではかろうじて〝リアリティ〟を保っていた、「植民地化」「窮乏化」というビジョンもそれゆえの「軍事方針」——反米ゲリラ闘争——も急速に色褪せたものになり、党自身も路線の転換をはかっている最中であった。城戸は自らの中核自衛隊経験をのちに詩「機熟す」（一九五八）に描いている。

見知らぬ男から渡された武器
これで敵を倒せというのだ
だがまて
おれに人が殺せるだろうか
おかあさん
おれ
革命なんだ
殺さないと殺されるんだ

『たんぽぽ詩集』合本版

しっ　しずかにおし
浪花節の時間じゃないか
おまえ　いま何かいったかい

いや何も
ああ遠いところへでも行かなくちゃあ
おれ
革命なんだ
殺さないと殺されるんだ

しっしずかにしろ
彼女と話してるんだ
しっしずかに
せっかくの勤め口じゃないか
しずかに
しずかに
しっしずかにしてくれ
いまは月賦で買えるんだぜ

何んでも買えるんだ
ところで君、いま何かいった

いや何も
おれ
革命なんだ
殺さないと殺されるんだ

おれがポケットから武器をとりだして
しずかに引金を引きしぼった
だが銃口から
糸のついたコルク玉が
ポンという軽快な音をたてて飛びだした(152)

すでに大衆社会化が進行し、人びとは月賦で欲しいものが買えるようになり、親はラジオで浪花節をきいている。そんな時代の「殺さないと殺される」というちぐはぐな緊迫感。「軍事方針」がすでに破綻していることを「糸のついたコルク玉」が物語っている。「武器」を手渡した党もまた、本気で「革命」など考えていなかったのだ。

集団の転機

江島寛の死後、集団は熱心に「サークル懇談会」を開催している。江島の死を超えて南部地域のサークルを直接的に結びつける活動に集団が取り組もうとしていたことがわかる。懇談会には、南部の多様なサークルが参加していた。一九五四年九月一八日に法政大学麻布校舎で開かれた懇談会では、いぶき(港区・芝浦職安文芸友の会)、油さし(港区・町工場文芸友の会)、解放区(港区・法大第二社会学部文芸部)、暁鐘(前同)、ひとみ(港区・中央労働学院)、ほのほ(国鉄品川機関区・炎文学集団)、はまの子(品川区・大井文学友の会)、ありのざ(品川区・ありのざ同人会)、おけら(品川区・国鉄大井工場電機職場詩サークル)、たんぽぽ(品川区・国鉄大崎被服工場たんぽぽ詩の会)、めばえ(品川区・わかたけ青年会)、大崎文学(品川区・立正大学大崎文学会)、街の友(大田区・池上文学の集い)、壁(大田区・文学会壁)が参加したという。[153] 浅田は、「サークルが衰亡していく、中途半端に終わっていくという感じがあって、文学に限らず地域サークル全般をつないでいく協議会のようなものを目指した」[154]「江島が亡くなったあと、新しい組織づくりをしようという会合をもったとき、城戸と出会った。あとからわかったが、佐藤と福井で一緒だった。彼は大人だった」[155]と証言している。求心力を失った集団は、何か新しい活動の形態を模索していた。

そこにあらわれたのが新たな「工作者」城戸昇であった。城戸は版画運動を組織し、持ち前の器用さで雑誌作りをリードしていった(城戸は『南部文学通信』第一一号・第一二号の発行責任者になっている)。城戸や仙田茂治(ありのざ、南部文化集団)、酒井正義、小林津代治(国鉄大井彩美会)、山城正秀(桂製作所）らにより、五五年二月「京浜絵の会」が誕生した。「京浜絵の会」は『版画集』（五五年五月、八月）を刊行したり、デッサン職場移動展を開催したりと地域で多面的な活動を展開した。[156]

こうしていまや集団は、文学、うた、絵画といった他分野に活動の領域を広げ、南部全域にわたる懇談会も組織していた。『南部文学通信』第九号には、『油さし』『たんぽぽ』『いぶき』『解放区』『ひとみ』『ありのざ』『戸越』そして港区貯金局の青年の詩が載り、木下航二と浅田石二の往復書簡も載っていた。第一〇号（五四年一一月）では『たんぽぽ』『ほのほ』『油さし』『いぶき』『はまの子』『戸越』『大崎文学』『明瞳』『ありのざ』『解放区』の、第一一号（五五年三月）では『生活』『ざわめき』『わかたけ詩集』『ほのほ』『いぶき』『みんなの絵の会』『入新井文学』『ありのざ』『ともだち詩集』『解放区』の記事が載っていた。「南部文化集団」の名称は中身あるものへと〝実現〟したと思われた。だがまもなく、集団のあり方は根本的に転換することになる。

理由は二つあった。ひとつは、サークル間の連絡は拡がってはいても、集団固有の思考も想像も停滞してしまっていた。誌面は転載記事ばかりで、相互批判も相互刺激も誌面からはあらわれていない。例外として第一一号の『いぶき』雲井薫による「南部文化集団例会に参加して」の転載があるが、ここでは「〝いぶき〟を除く他のサークルのほとんどが行きづまりをきたしている様であつた」と述べられている。[157]サークルは生きものである。初めて書いた喜びから表現が解放され、盛り上がる波があれば、当然人の入れ替わりと表現レベルの問題をめぐって矛盾と行き詰まりが生じる。それをいかにやりくりするかがサークル活動家の技量というものであろう。

文化集団本体もこの矛盾と行き詰まりに遭遇していた。集まるには集まっても、「書く」こと、活動することに勢いが失われている。丸山照雄は「南部地区協議会組織にしようと考えたときに、新しい人が入ってこなかったことが決定的でした。メンバーが固定化してしまった。新しいサークルとの出会いがあっても人が入ってこない」と述べている。友人であり文化運動の柱でもあった江島寛が亡くなったこともあり、丸山はこの時点で文化運動に見切りをつけ、宗教運動に自らの仕事の場を定めていく。[158] 江島の友人であり集団の有力メンバーであった玉田信義は退団し、『小市民的』といういか

「京浜絵の会」のメンバー

スケッチをする山城正秀

にもシニカルな匂いのする雑誌を発行しはじめていた（五五年四月）。『南部文学通信』最終号（第一二号）は五五年七月に発行されているが、幸か不幸か六全協決議発表（七月二七日）よりも早く発行できたようだ。[159] 浅田石二による「編集後記」には次のようにある。

> 11号が出てから大分長い時間をおいて12号を出す事が出来た。その間に費した時間は編集方針つまり集団の活動方向の討論であった。一九五四年の活動の点検と一九五五年の活動（成果を更に埋め欠カンを克服する）方向は何回も何回も討論を重ね意志の統一を計る中で出来た。しかしそれが確められ、本当に確立されていくのはこれからだ。そう云う意味で№12の間は貴重なそして困難な谷と山の聳えた期間であった。[160]

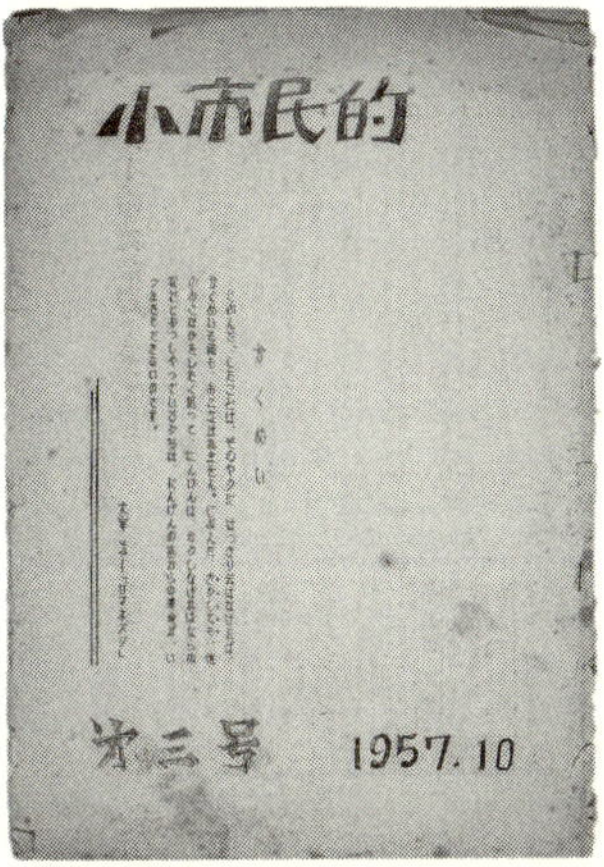

『小市民的』第三号

そして、その「方針」とは、「学習会」を地道に続けていく、というものであった。[161] 集団には、六全協以前にすでに総括のときが訪れていたのだった。そこへ日本共産党の六全協決議がやってきた。江島寛の一周忌となる八月に、集団は江島の遺稿詩集を刊行するが、活動は行き詰まっていた[162]。六全協決議は「極左冒険主義」を否定し、それ以前の「文化斗争」方針を撤回していった。そこでは「文化工作者」という活動スタイルも否定されることになる。集団もまた「文化工作者」であることを清算しようとしていた。井之川巨は語っている。

わが集団は文工隊からサークル協議会という新しいスタイルを生みだし、南部地域の職場や学校、居住地のサークルを集めた仲良しグループの世話役を買ってでたのである。その便宜的な寄合世帯の命脈もそう永くは続く筈がなく、集団解散の寸前にわれわれは真剣な討議を重ねた。誤てる実践主義、政治主義から手を切り、ぼくら自身の文学の創造の仕事にこそ全力を傾注すべきである、という結論を得たのはその時だ[163]。

下丸子文化集団は、一九五六年一月に「南部文学集団」と改称、ようやく四月から新雑誌『突堤』を発行しはじめる。「文学集団」という名称に、「文化集団」に込めた意味、すなわち「文化工作者集団」であることの否定と、「文学創造」への純化、という動機がはっきりとあらわれていた。

七　第三期　工作者の死体に萌えるもの――『突堤』

工作誌から同人誌へ

南部文学集団が選んだ次の雑誌の名前は『突堤』だった。この「突堤」とは、江島寛の詩「突堤のうた」から取ったものである。また『突堤』は第一三号から始まるが、これは『下丸子通信』から連続したものであることを示していた。しかし、学習会中心の活動へ内向化していた集団のあり方は、「工作者」であることを「集団」であることの核に据えていた江島のビジョンからは遠い所にあった。江島の死と六全協の衝撃は、活動の実質においてひとつの断絶を刻印せざるをえなかったのである。『突堤』が発刊された一九五六年四月までの間に、前年サークル懇談会に参加していたサークルは、大半が解体していた。もっともこれは、集団員が意図的に結成・維持していたサークルを多数含むものであるから、いったん集団内部へと内向・収縮のプロセスが始まったとき、遺棄される性質のものであったのかもしれない。他方、前年勢いのあった『いぶき』は、組織者城戸昇が『突堤』の製作に軸足を移すことで、これも停刊に向かった。[164] 城戸の参加により、『突堤』の造本レベルは格段に美しいものになった。また、サークル懇談会などで出会った新しい書き手たち——与倉哲、山室達夫、大窪昭吾、竹内昭雄ら——を加えながら、集団が再出発したときにはふたたび広がりをもちはじめていた。女性の参加——北村綾子、加藤堯子——があったのもこの時期の特徴である。それまでの「文化工作者集団」には女性はいなかった——入れなかった、のかもしれない。

『突堤』は、一九五六年四月から五九年五月まで、三年にわたって発刊された文芸誌であり、集団の出したものの中では最も長命な雑誌であった。各号の頁も厚く、毎号四〇～六〇頁、最大八三頁（第一八号、五七年一〇月）に及んでいる。時期的には、三つの時期に区分することができる。すなわち、第一期：清算主義と学習の時期（第一三号～第一六号、五六年四月～五七年三月）、第二期：党からの自立期（第一七号～第二一号、五七年六月～五八年四月）、第三期：表現（小説・詩）の衰退期（第二二号～第二四号、五八年七月〜五九年五月）。

浅田による「「突堤」発刊に当たつて」では、この雑誌の出発について、次のように語っている。

> 長い間とだえていた「南部文学通信」を「突堤」と改めここに出すことが出来た。丁度季節も春のさかり四月であるのは偶然ではない。「文学通信」は一九五五年七月十二号で休刊となった。その時の編集後記に創作活動を正しく押し進めてこれなかつたことえ《ママ》反省が書かれているがこの十ヵ月のわれわれの沈黙もまさにその為についやした努力の期間であつた。文学の勉強を始めからやりなおす気持で日本文学の研究と各自の作品合評を中心に週一回の定期会合をもつことが提案された時　われわれは全員こおどりする喜びをつつみきれずに手を上げた。[165]

このような清算主義的出発により、『突堤』は、江島の文学／運動論とはとても遠いところにあった。また、『突堤』は「工作誌」というにはあまりにも同人誌的であった。雑誌上で運動の方針が呼びかけられることはもはやなくなっていた。当時このことを問題化できなかった井之川巨は、のちに次のように自己批判している。

> 『突堤』のネーミングは、江島寛の長編詩「突堤のうた」から援用したものだ。［…］しかしぼくらは「突堤に／反乱の旗をひるがえす」準備をしないで、浅田石二のいうように「文学の勉強を初めからやりなおす気持」でいた。これでは『突堤』の名をつけても、江島寛の遺志を本当に受け継いだことにはならなかったのではなかろうか。とはいっても六全協以来、ぼくらは外へ向かって打って出る

攻撃の言葉を持たなかった。[166]

集団は日本近代文学に始まる研究会を精力的に続けながら、これまで誌面の制約で載せることの難しかった創作（小説）作品を『突堤』に掲載していった。この時期、詩・創作ともに最も旺盛に作品を発表したのは城戸であった。他方、井之川は清算主義的な気分の中で、ベタベタな恋愛詩を発表していた。

『突堤』第二四号

愛の伝書鳩　井之川　巨

ぼくの手のひらから大きくはばたき去つた
ぼくの愛の伝書鳩よ。
［…］
鳩よ　鳩よ
おまえはぼくの愛を足に結んで
どこの空へとんでいつてしまつたのだ？(167)　（以下略）

弛緩した詩である。下丸子文化集団以来の「栄えある革命の伝統」が泣くような詩だ。井之川のこの〝愛の詩〟シリーズはしばらくの間続く。しかしその一方で、彼は詩論の探求を進め、そこから分裂してしまった「政治」と「文学（詩）」とを結ぶ思想を摑み直していく。それが形になっていくのはしばらく後のことだ。「抵抗詩」の要素は誌面からすっかり一掃されていたのがこの時期である。

城戸は『突堤』第一五号に載せた雑文「集団という名の電車」で、次のように書いている。

集団という名の電車は、二本の軌道の上を走っている。今どこらを走っているのだろう？　――車掌さん！……運転手さん!!　……おや誰もいない。車中はお客さんばかりだ。
電車はそれでも走っている。私は不思議に思ってあたりを見廻してふと　自分もいつの間にか旅行

疲れの乗客の様に居座っているのを発見した。(168)

誰も運転席に座っていない電車、行く先の見えない電車の中に、集団員はそれぞれの目指すところを思いながら座っている。そんな状況がユーモラスにえがかれた文章である。こうした集団のあり方に、ひとつの方向性を与えようという模索は、井之川や浅田の中で始まっていた。

記憶の想起と歴史の創出

いまだ方向性は定まらないまでも、下丸子・南部文化集団以来のメンバーである浅田石二や井之川巨は、一九五五年以降の断絶といってもいい転換の中で、自分たちのアイデンティティを強く模索しようとしていた。そのとき手がかりとなったのが、集団設立以来活動をともにした二人のすぐれた詩人、江島寛と高島青鐘に立ち返ることであった。早くも『突堤』第一四号(第二号、一九五六年七月)に「江島寛の二周忌をむかへ」という小特集が組まれ、江島の詩「きよぞう」と「冬の光」の再録とともに「二つの詩と江島のこと」というエッセイを浅田が書いている。同じ号に井之川が、連載している「詩ノート」の二回目として「高島青鐘詩集によせて」を書き、高島の詩人としての歩みを丁寧に紹介している。続く第一五号(同年一〇月)では、井之川が「詩ノート」第三回として「抒情詩人江島寛」を載せ、年譜とともに江島の詩作の歩みをたどっている。こうした高島、江島の詩との対話を続けていく中で、井之川は「五五年」の断絶を自分なりに乗り越えるヒントを摑んでいったようである。浅田は井之川について、「江島寛の若い死のあと、井之川は死んだ江島に導かれるように変化し、詩と行動を一つのものにしていく」と記しているが、[169] その思想の獲得は徐々に、少しずつ進んでいったのである。

井之川は第一六号（五七年三月）に「江島寛覚え書」（詩ノートⅣ）を執筆し、「江島寛は「解放詩人」というべきだったかも知れない。特に晩年の彼の詩にはそう呼ぶにふさわしい詩が多い。この事実は動かせない」と述べる。[170] 江島が「解放詩人」であったとすれば、彼とともに詩を書き活動した自分たちは何であったのか、そうした問いが井之川に芽生えたのは想像に難くない。第一七号（同年六月）から第一九号（一一月）にかけて、井之川は江島の遺稿を整理して『突堤』に掲載していく（「遺稿・江島寛詩抄」その一～三）。第一七号には、一九五二年の破防法反対集会のために書かれた「この日多喜二へ」が再録されている。これについて、井之川はいう。

数えればきりのない程たくさんの普及化の仕事をやっていた。それらは常に「大衆の言葉で」「大衆の要求に応え」「大衆の意識を変革する」詩として呼ばれていた。その制作は「集団的」にやることを合言葉にしていた。

江島のこの詩が当時の集団のそのような方向での努力の一環として書かれたものであることは興味のあることだ。このような「状況詩」は当時集団の誰もが書いた。江島はその最も熱心な書き手だつた。

しかしこの詩にも　作者も後書きでことわっている通り　あらが沢山ある。この種の詩が大概もっているあらである。

だがそれにもかゝわらずぼくは再びこれらの詩を取出して見るとき　矢張り大きな感慨なくしては

読めないのだ。江島の追究していたもの　充分に成しとげられなかったものがそのまま今后のぼくらの進路を決定する上での羅針盤にもなる、ということなのだ。[171]

清算主義的態度から反転して、「江島寛」を通して過去の経験と向き合おうという志向がはっきりとあらわれている。「江島の追究していたもの、充分に成しとげられなかったものがそのまま今后のぼくらの進路を決定する上での羅針盤にもなる」ということは、当時の未発の可能性をもう一度探求するという意思の表明であり、自己の再発見がある。井之川は第一九号に載せた江島遺稿への「解説」で、「集団がこれ迄に経験したさまざまな記憶を蘇えらせ　記録することによつて　われわれとしての今後の方途をさぐろうではないか」と述べるが、[172]そこでは「工作者」の記憶、経験の想起とともにそれを記録することを通じて集団の活動のあり方を考えようと提起している。浅田は末期の号であるが第二二号で「江島についてかたるのでなく　わたしのともすればかぎられがちな思考体系に衝動を与え　変革を与えるために「江島　寛」を材料にしているのだ」とも述べている。[173]死者と、そして死者とともにあった日々の記憶と経験を軸に、絶えざる対話がそこには存在している。そのことが、現在の創造を支えている。

　この変化の中で特筆すべきなのは、江島や高島の詩を再録・復刻しながらそれに井之川や浅田が解説を加えていくという作業を繰り返す中で、彼らが集団の原点を再想起し、清算主義的な態度を克服していく過程である。江島という「工作者」のあり方、江島とともに活動した日々を政治方針の転換によって否定することは、自らを見失う道であると彼らは考えた。「工作者」江島寛は、死してなお彼らに「集団」の意味を考えさせた。そこからふたたび集団の歴史の再想像、「文学／運動」の再定義の作業が始まるのである。『突堤』という雑誌は、まさしく「工作者の死体に萌えるもの[174]」であった。

六全協とスターリン批判、ハンガリー事件を経て、自立した労働者の文化運動の意義に目を向ける井之川の思想は、そのようにして獲得されていった。もしその再生の作業がなかったとすれば、おそらくわれわれ自身がこのような形で五〇年代のサークル運動に出会うこともなかっただろう。

だが、そのような作業も内向的なものであったことは否定できない。彼らは何度も江島寛と高島青鐘の名を引き合いに出したが、肝心の高島本人とは没交渉になっていった。一九五九年七月八日、長らく寝たきりであった高島が四四歳で亡くなったことを知らぬまま、集団のメンバーは一五年を過ごした。一九七四年、江島と高島の詩集出版を企画した井之川らは、かつての下丸子に高島を訪ねたところが高島が住んでいた北辰電機社宅は影も形もなく、ようやく北辰電機の元守衛を探し出して尋ねると、高島はすでに一五年前に亡くなっていると告げられたのである[175]。高島の最後の発表作品は五四年三月の『南部文学通信』第七号であり、そこには高島救援の呼びかけも掲載されていたが、やがて集団も高島本人とは交渉を失っていった。こうして高島と江島は集団の中でほぼ同時に「死者」となっていた。高島の名を繰り返しながら、高島本人を忘却するとは皮肉な結末である。

「集団」の意味への問い

江島寛との対話を通じた自己の再発見から、井之川巨は『突堤』の中でも先鋭的な批評活動を展開していくようになる。自らの表現の場を確認できたことで、井之川は「党」の政治と訣別し、共産党を離れる。これは『突堤』全編を通じて最も鮮やかな思想の軌跡である。この井之川の「党」からの訣別は、同時代的には「新左翼」の誕生とほぼ軌を一にする出来事である。井之川は、吉本隆明・武井昭夫の「文学者の戦争責任」論[176]も参照しながら、五〇年代前半の経験を清算主義的に流し去ろうとする党の「責任」を問題にしていく。そして、「文学」と「政治」を切り離し、両者を制度的に固定する政治主義を否定し、両者を実践的に統一する関心を復興しようとする。井之川はそのような作業をねばり強く続けていった。

『突堤』誌自体は、第一八号（五七年一〇月）から第二〇号（五八年一月）にかけてピークを迎える。季刊で発行していた『突堤』は、この時期原稿が多く集まり、隔月刊になった。雑誌の頁も八三頁（一八号）と最高の厚さになった。第一八号「編集寸感」では「突堤はじまって以来の飛躍的発展を示した」とある。[177]このころ集団メンバーも増えて、アイデンティティを明確にした旧メンバーと新メンバーとの間に集団の性格をめぐって食い違いがあったようである。井之川のエッセイ「集団はサークルではない」では、集団が「文学サークル」であることを否定し、「われわれの文学集団はただ創造の場としてのみ存在の理由がある」と主張している。この議論をもう少し詳しく見ておくと、井之川の見るところ、「文学サークル」には三つの問題がある、という。第一に、サークルには「書き手」としての意識が弱い、ということであり、「書き手の専門家化への拒絶」と「大衆が書き手になるためのエキストラ養成所」でしかない。第二に、生活綴方運動などでは「書く」ことの「高さ」よりも「社会科学的な世界への拡がり」を重視するということ。第三に、「組織としての文学サークルのあり方」の問題。

「仲間」としての意識で結束された民主的な組織体。文学サークルの構成員らは労仂の場　あるいは生活の場によって結びつき　多くの場合労仂組合とか平和団体とか他の民主的組織と有機的な関係にあり　行動的な機能をもつことも特徴的である。そしてしばしば仲間同志の結束の意気を高めるために文学以外の他の手段（例えばリクレーション　コーラス等）が用いられることもある。[178]

しかし、井之川はこのように言いながら、同時に「専問家と非専問家を区別するやり方に反対」だと述べている。そこから「サークル」と「文学」との別用な定義を導き出そうとしている。

ぼくは無数の非専問《ママ》的な文学サークル員には余り期待しない。文学サークルの中から生れでる　小《ママ》数の専問《ママ》家の出現に期待するのだ。

これはわれわれの集団に於ても同断である。サークルだからということで　いつ迄も素朴な地点生活のいきいきとした感動　という要求だけした《ママ》持たないでいることは、ただ文学サークルの価値を自ら低めるだけである。サークルの「文学」は西洋の　或いは明治以后の日本の「文学」と無縁なのであろうか［。］サークルの人達の文学は何か特殊なものであって　文学の遠大な系譜からは除外して考えなければならないものだろうか。そんなことはない。

戦后雨后のたけの子のように生れた文学サークルの成し遂げた長短さまざまの仕事も　われわれの日本文学大系の一部分として見なければ意味がないのである。[179]

ここにはすでに、独自の文学史の構想が透けて見えている。サークルを非専門家集団へと矮小化することによって生じる「仲良しサークル」化を拒絶しながら、「文学サークルの中から生れでる小数の専門家」を待望する。そこには、「文化工作」から撤退しつつも踏みとどまる地点として「集団」がもっている意味への洞察がある。この時期、すでに成立していた国民文化会議では、「文化専門家が、国民全体と結びつく」ことが謳われていたが（同設立趣意書）、文化活動をそのように「専門家」と「非専門家」に分けた上で結びつけるというやり方は、五〇年代前半に見られたような、それを攪乱するさまざまな実践をとらえ難くし、歴史の闇に葬ることになりかねない。[180] 谷川雁の「工作者」概念、そして彼らの『サークル村』の実践は、「専門家」「非専門家」の安定した分業を再度破壊する大胆な問題提起であった。谷川は国民文化会議で行なわれたある座談会において、国鉄詩人連盟の鈴木茂正が「ひろげることとたかまることとの統一」という問題を出したのに対し、「ひろめることとたかめることの二つが一つだというところから出発するのがわれわれのやり方なのだ。だから一致しないといってる間は運動ではない」と語っている。[181] このころ国鉄のサークル運動では、「戦後十年の活動のなかで、一人のすぐれた詩人をうまなかったのは何故か？」という問いが波紋を投げかけ、「「質」の問題」が議論されるようになっていた。この問いに直面して、『たんぽぽ』は停滞を経験していた。[182]

斎藤伸は、職場サークルに関してではあるが、次のように述べている。

あるはずのサークルが、いっときのように手づかみできる群生状態ではなくなっているということです。歌ごえにしても、学習にしても、演劇にしても、文学にしても、もはや労働組合との関係ということでは青いクチバシ状態をすぎて、すでに文化・芸術創造活動集団として性格と目的をととのえはじめていますし、そこまではっきりいかない場合でも、あらたなエリート集団化のコースに進路をとりつつあるのです。[183]

南部文学集団もこのような方向に向かいつつあるのか、と思われるが、井之川はそのような「質を高める」という問題設定に対しては、次のように否定している。

「質を高める」という名目のもとに行われるお説教、似て非なる理論は久しい以前から方々のサークルで行われていたが、六全協による極左冒険主義的傾向の衰退とともに、例の「ヘタクソ万才」式のいわゆる労働者万能主義が批判されるのと入れ代りに、急速に勢いを増した理論である。[…]それは意図と思想を一方的に重視する労働者詩の誤謬と対をなす他の極の誤謬であることを知るべきである。[184]

「文学の質」とは、学校のお勉強のように点数で計れるものではない。誰かに教えてもらうものではなく、自分たち自身で「質」に関わるコードを生み出し、相互批評を通じて「書く」ことの意味を深めていくこと、それが「集団」に求めた井之川の課題であった。

そのことは、井之川と「党」との関係にも深いかかわりを有していた。「俗流共産主義者の文学通念」の中で井之川は、共産党の文化問題総括（『前衛』臨時増刊号「文化問題と日本共産党」）にふれ、「文学」というものを理解できない党に対して愛想をつかして次のようなエピソードを語る。

先日共産党地区委員会の事務所へ詩集を売りに行った。六全協以前はそこを訪れると必ずハッパを

かけられ　六全協以后はまるで無性《ママ》府状態で大概囲碁か将棋をさしてぼくが行っても見向きもしなかったものだが、今度は違っていた。いろいろ慇懃に応待しながら一人の地区委員がいった。「俺も朝早く自転車で新聞を配りながら朝焼けのきれいな空なんか見ると　俺が詩人だったらなあ　と思うことがある」――おお何という誠意あふるるばかりの空々しいおせじであろう。彼らはぼくが画家だとしたら「絵かきだったらなあ」と思ってくれるだろう。炭労の労仂者であれば「坑夫だったらなあ」と思ってくれるだろう。／そして彼らは本当は一度もそんなことを思いもしなかったに違いない。(185)

こうして彼は共産党を離党した。引き続く『突堤』第二一号には二本のエッセイが書かれている。一本目の「転向者の手紙」の中で、彼は自らの「文学」と「革命」の間の関係を「文学をもってのみ革命に参与する」ものだと規定し、次のようにいう。

一九五二年日本共産党に心酔してから五年。この間ぼくは栄えある革命の党に文学者として　詩人として取扱れたことは一度もなかった。真に革命的な　前衛的な文学創造の任務を与えられたことはかってなかった。これは実に奇体なことといわなければなりません。文学をもって　しかも文学以外の何ものも持たぬ男に文学をすることは「好き勝手なこと」だときめつけられ「仲良しグループでは革命は遂行できない」といわれ「青年のあらゆる要求に無条件で奉仕し　それを組織せよ」と命ぜられることは。[…]ぼくの詩人としての堕落　詩人としての屈辱に満ちた足どりを　ぼくは一九五〇年代の日本共産党史の中に位置ずけて考えたいと思う。それは必ずしも党の極左冒険主義的な偏向にすべての責任がある等といっているのではありません。その組織の中に於ける一介の才薄い詩人のみじめさ　についてであります。［…］ぼくは詩人以外の何者でもないし　今后もあり得ない。ぼくのすべての屈辱は　ぼくの内部に詩人が不在であったという　このことのために起った悲劇なのです。ぼくが詩人でなくなって革命家である事は考えられないことなのです。それにもかかわらず　一度び目を現実に実在する僕の外なる党に向けるとき　ぼくは深い断層を見ないではいられないのです。(186)

また、対話篇「転向者との対話」では、共産党を唯一の「前衛」とする考えの批判、党ではなく「労働者階級の中で」こそ「真の人民的な自我」は生まれるのだとする主張、「徹底的にエゴに生きぬく、エゴを論理的に育てていく」ことを訴えて、次のようにかつての高橋元弘の脱退をふりかえる。

おれたちの文学集団の創立者でもあった高橋元弘が党と集団を去るとき　こんな意味のことをいっていた。「おれという人間は党なしでは存在しないもののようだった。党の高揚ということでどこでも通用した。党はおれのすべての人格　すべての権威だ。それはおれが好むと好まざるとにかかわりなく周囲でそう規定してしまうのだ。おれはあらゆる権威とか箔のない　生身のおれから出直したい」と。いや高橋元弘はこんな言葉では語らなかった。これはおれの言葉だ。高橋は結局女房と二人のささやかな幸福の中へ沈没してしまったようだが　最初の彼の転身にはもっと純粋な動機があったようにおれには思われる。自分自身からあらゆる権威を剥奪すること　これは是非とも必要なことだ。党とは党員にとって絶対的な権威であると同時に　権力機関である　ということを忘れてはならない。党は今でこそ死刑執行権を持たぬが　明日には国際派分派を全員粛清することも可能な権力機関なのだ［。］詩人が己れの詩精神以外の　このような権力を同時に持つということは　恐しいことだ。詩人の堕落だ。[187]

思えば下丸子文化集団が「工作者集団」であるというアイデンティティを明確にした、そのきっかけとなった高橋の脱退は、かつて「脱落」と呼んで集団の引き締めをはからなければならないほどの危機をもたらしたわけだが、今度は自らが党を離れるに至り、改めて「文学」「政治」そして「集団」の意味を考えなければならなくなった。「徹底的にエゴに生きぬく[188]」とき、それは集団の解体を意味するのか、それとも、「エゴ」からの集団の再生を意味するのか。残念ながらその答えは十分に探求されぬまま、集団は終焉に至る。井之川が力をふりしぼって進めていた、この党からの訣別の作業は、しかしながら集団のメンバーにはほとんど受けとめられなかったようである。

B　ところで君の「俗流共産主義者」の評判はどうだい？

A　それはこっちで聞きたいところだよ。集団内では殆ど黙殺に近い状態さ。

B　黙殺というより　よく通じないんじゃないか？

A　そうかも知れん。俺たちと一緒に極左時代からずっと書くことについて悩みつづけた奴は　いま殆どいないからな。[189]

集団の取り組んだかつての活動を共有するメンバーは、井之川以外には望月、浅田しか残っていなかった。しかもこのとき、集団は城戸脱退という危機を迎えてもいた。詳しいことはわからないが、感情的な対立が大きかったようだ。集団は、それぞれが求めるものが分散していき、求心力が失われていた。浅田は、五四年以来の「うたごえ」運動との関係を清算しようとしていた。浅田ときし・あきら（山岸一章）は、「うたごえ」運動において、作品を勝手に改作したり印税を一円も払わなかったり、といった、「著作権がいちじるしく無視されている現状」を憂え、『アカハタ』に山岸が投稿したのだが、党は音楽センター（「うたごえ」運動の本部）にあらかじめ連絡をつけ、反論を用意するまで掲載を遅らせるという事件が起きていた。『アカハタ』は投稿を載せはしたが、音楽センターからの返答はなかった。浅田はセンターとの訣別の意も込めて「音楽センターの場合について一言だけ　ここで付け加えれば彼らは一旦全員退場する必要があるということと　あらためて真に適格な指導者たちが選ばれていかねばならない」と提起をしている。(190)

この井之川と浅田の論考が載った同じ第二一号に、重要な記事が掲載されている。長崎県の大村収容所内に作られた「大村朝鮮文学会」から、南部文学集団に「感謝状」が贈られた、というものである。南部文学集団は、収容所内で思うように雑誌の作れない大村朝鮮文学会に頼まれ、ガリを切り印刷・製本をして送り届けたのだった。それは浅田のところに収容所から手紙が来たことに始まる。

あるときに、大村収容所から手紙が来まして、雑誌を出したいが出せない、何とかしてくれないか、というのです。自分はガリ切りできないので、城戸に「困った時の城戸頼み」で頼みました。できた雑誌を届けたところ、とても感激してもらいました。雑誌は全部送ってしまったので残っていません。

一〇部作ったぐらいです。(191)

ガリ切りをしたのは城戸、製本作業は集団の仲間が手伝ったという。(192) 雑誌製作は第二号まで集団が担当し、第三号からは朝鮮総連と日朝協会が受けもったために集団の手を離れたということである。(193)

旗が贈られたのは、その協力に対する感謝のためであった。

旗は現存していないが、それを模写した図が『突堤』に掲載されている。

南部文学集団の皆様へ

わたくしたちの血のにじむ帰国斗争の結晶である「大村文学」があなたがたの献身的な援助を得て誕生しました。

ここに謹んで　感謝の意を表します。

仂くものの民主々義文学運動をおしすすめるためのあなたがたのたえまない努力と光栄ある祖国朝鮮民主主義人民共和国に帰るためあらゆる艱難辛苦を克服しながらおしすすめてきたわたくしたちのたたかいのさなかに結ばれた兄弟的な連帯は日朝両国の親善関係の前途においていまひとつの花をそえることになりましょう。

今后もあなたがたとの友誼を深め平和と未来の幸福のために健筆健斗いたしましょう。

大村収容所内

朝鮮民主主義人民共和国

このような協力は、この時代においてもめずらしいケースだったのではないか。集団が「工作者」であるよりも自らの文学的理想に多くを賭けていたとき、はからずも咲いた最後の「工作者」の花であったということができるかもしれない。

集団の衰退と解体

このように、数々の思想的営為や雑誌としての成功にもかかわらず、やがて『突堤』は沈滞を迎えた。「マンネリ化」しているという印象がメンバーの中には抜きがたくあったという。「目標がなくなって、思い入れもなくなってしまいました。マンネリ化していたということでしょうか(195)」。

詩を書くものが少なくなり、創作（小説）と評論が主体の雑誌になっていった。その間、「相互批評」はかなり激しく行なわれたし、他のサークル誌との「相互批評」も試みられたが、この沈滞を超える方針は出なかったし、新たな「工作者」も現われることはなかった。最後の号となった『突堤』第二四号「編集後記」では、望月が「集団は単《ママ》的にいつて曲り角においてわずかに消滅をのがれている　いや消滅しつつあるのだ［…］集団は　どこえ《ママ》行く！」と叫びをあげている(196)。この一九五九年、集団は遂に解散を選択した。井之川は痛恨をこめて、集団の解体と時を同じくして世を去った高島について、次のように語っている。

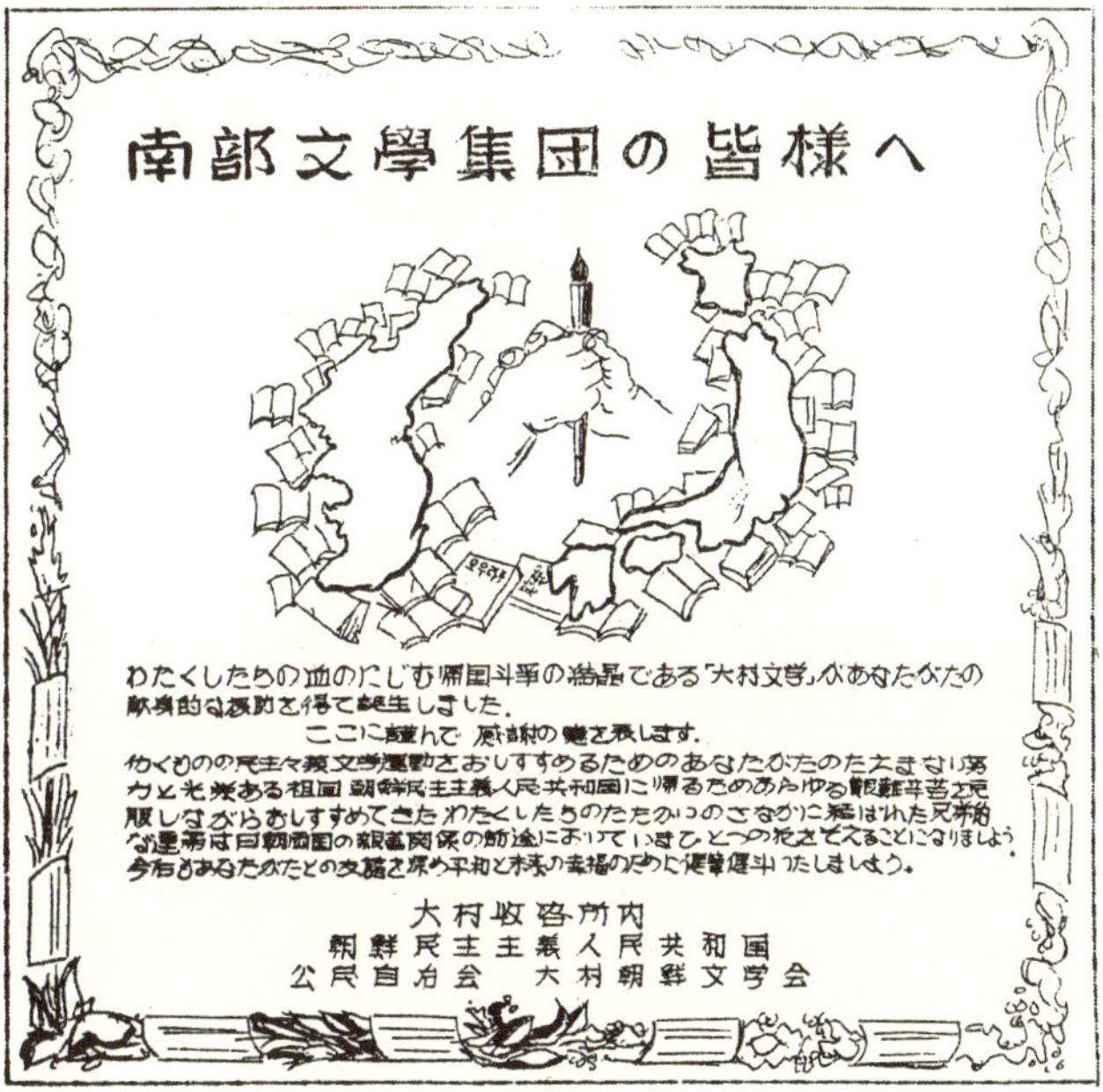

わたくしたちも　困難な状況のなかで　悪戦苦斗をかさねております。でもわたくしたちは　未来の光明と祖国のほこりを高くかかげて　それに向って邁進していますので　決して失望もしなければ落胆もいたしません　たたかいが苦しければ苦しいだけ　わたくしたちの団結と統一はますます　かたくなるばかりです

これというのも　みなさんとの　兄弟的友情と　援助によるところ少くありません　わたくしたちは　みなさんとの友情のなかで誕生した　大村文学を愛護育成する意味からも　この事実を　何かのあかしとして記念したいと思い〝親善のハタ〟をつくりました。

粗末なものですが　気持だけでもくんで下さい。

皆さんの健斗を祈ります。

一九五八、三、一

朝鮮民主主義人民共和国
公民自治会

代表　方　容　虎

（長崎県大村市松並町　大村収容所内
朝鮮民主主義人民共和国公民自治会）

大村朝鮮文学会から南部文学集団に送られた旗の模写。模写は城戸昇による（『突堤』第二一号）。

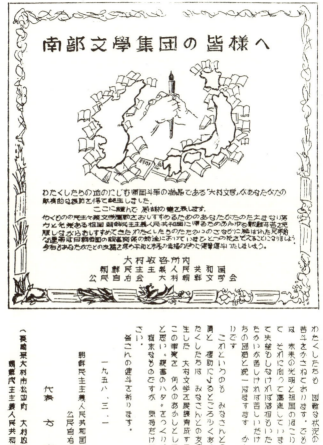

文学集団の仲間たちは年代のせいもあって次々に結婚し、子供をつくり、折からの高度経済成長、情報社会の波にのって、企業の中堅幹部として第二の人生を歩み出していた。しかし一方、南部文学集団が解散したこの年、不世出の詩人高島青鐘は下丸子の片隅でひっそりと四十四年の生涯を閉じていた。[197]

一九五一年に誕生した下丸子文化集団は、数々のユニークな活動の軌跡を残して、八年後の五九年に遂に解散した。これとちょうど入れ替わりに登場してきたのが、九州の『サークル村』であったのは歴史の偶然であるだろうか。大沢真一郎は、『サークル村』のもったインパクトとして、「文化運動の主体＝創造の主体として、個人ではなく集団を正面にすえて運動を展開した」ことを指摘している。[198]下丸子文化集団・南部文化集団がかつて活動の軸に据え、そして南部文学集団がこれを出発点として確認しつつも取り戻すことのできなかった「集団」としての工作者、というあり方を、あえて谷川雁らはもう一度持ち出してきた。一九五八年秋という、サークル運動に一定の沈滞を見出す人びとがすでにあらわれていた時期に、「工作者」という五〇年代後半以降ほとんど使われなくなっていた概念を引っさげて「サークル」を理論化した彼の登場は、当時においてひとつの「ルネサンス」を予感させる〝事件〟であったことは想像に難くない。

いまや日本の文化創造運動はするどい転機を味っている。この二三年うち続いた精算と解体への方向を転回させるには、究極的に文化を個人の創造物とみなす観点をうちやぶり、新しい集団的な荷い手を登場させるほかはないことを示した。労仂者と農民の、知識人と民衆の、古い世代と新しい世代の、中央と地方の、男と女の、一つの分野と他の分野の間に横たわるはげしい断層、亀裂は波瀾と飛躍をふくむ衝突、対立による統一、そのための大規模な交流によってのみ越えられるであろう。共通の場を堅く保ちながら、矛盾を恐れげもなく深めること、それ以外の道はありえない。

新しい創造単位とは何か。それは創造の機軸に集団の刻印をつけたサークルである[199]

ここには、相当程度に強度のある集団性が追求されている。この文書が「さらに深く集団の意味を」と題されていることには、かつて五〇年代前半に問いとしては提出されながら、政治路線の転換によって放棄されてしまった「集団」の問題を、再度深めようとする意図が明示されている。そのとき「工作者」という主体性が召喚されることはひとつの必然ではなかったろうか。「工作者」という視点から「サークル」を規定し、「集団」固有の意味を問う、この谷川の視点は、五八―五九年段階においては衝撃をもって受けとめられる主張であった。しかし仮に、ここに江島寛がいたら？ そのように思わずにはいられないほど、「工作者」概念は江島の、そして下丸子／南部文化集団の決定的な鍵概念であった。「工作者」はもはや死に絶え、その死体に萌えるものは何もないのだろうか。

八 「書く」ことと「歴史」をつくること

集団解体以後

集団解体以後、メンバーの多くはものを書く仕事についた。井之川巨・浅田石二・望月新三郎は業界紙を経てそれぞれコピーライター、広告代理店、出版社経営に転身した。松居りゅうじも業界紙記者からサラリーマンになった。城戸昇はしばらく同人誌の活動を続けたあと結婚し、四〇代でサラリーマンになった。井之川は、一九七五年、江島寛・高島青鐘の遺稿詩集『鋼鉄の火花は散らないか』を刊行した記念に開かれた「江島寛・高島青鐘を偲ぶ夕べ」において、次のような詩を朗読した。

きみが死んでからもう二十一年
きみの生命があかあかと燃焼していた時間と全く同じだけの時間がたってしまったよ［…］
きみが育てた下丸子文化集団
その名も南部文学集団と改め
機関誌の名も「詩集下丸子」から「突堤」へと変わった。
「突堤」とはきみが晩年に書いた長編詩の題名を借用したものだった。
そのことでぼくらは
きみの未完の詩を完成させるつもりだった。
ところがぼくらはそれをしないで
赤提燈で酒を飲み、おしゃべりばかりしていた。
革命の代わりに転向を論じ
社会主義リアリズムの代わりにシュル・リアリズムを論じ
政治前衛の不在を嘆き

芸術前衛の無力をかこつのみだった。
ああ、こんなときもしきみが生きていたなら——
そんな空しい呟きを何度こころに繰り返したことだろう。

きみからの信号が途絶えてから
すでに多くの下丸子詩人たちの応答はなかった。
丸山照雄は身延の山にこもった。
玉田信義は「小市民的」変身を遂げた。
入江好《ママ》太郎は郷里の四国へ帰ったらしい。
佐藤ひろしは山谷へころがり込み
てらだたかしは詩を書くことをやめ
岡安政和は北辰労組の専従になったという。
浅田石二は広告代理店へ
望月新三郎は業界新聞へ
かくいうぼくも業界誌の編集部へ
そして折からの高度経済成長の流れのなかで
資本の言語の代弁人へとなりさがっていった。
その頃だった。

高島青鐘が病いと貧困との闘いに破れ
下丸子の片隅でひっそりと四十四歳の生涯を閉じたのは——。
きみが死んで五年目のこと
それをぼくらは知らずに過ぎた。
それを知ったときのぼくらの心は痛んだ。
好きな友達がたくさん待っている「西　の空」へ
〝きっと飛んでいく、きっと飛んでいく〃と
絶叫しつづけた高島青鐘だったが
無念だったろうなあ
ついに大空高く舞い上がれなくて——。[200]（以下略）

このとき彼らはふたたび集っていた。一九七〇年前後に望月新三郎、山室達夫、城戸昇は同人誌『海』、城戸、松居りゅうじは同人誌『足』を発行していた。[201]また、井之川巨は自らの詩集『おれが人間であることの記憶』（七四年七月）と江島寛・高島青鐘詩集『鋼鉄の火花は散らないか』（七五年三月）を企画し、社会評論社から刊行した。二冊の詩集の編集には、城戸、浅田、望月、丸山照雄が協力するとともに、てらだや岡安、高橋元弘らも原稿を寄せた。「偲ぶ会」はそうした再開と協同作業によって可能となったものである。そして、この詩集の刊行によって五〇年代東京南部のサークル運動が明らかにされると、新左翼系の青年からアプローチがあって、「東京南部の戦後史を考える会」が発

足(七五年三月)、機関誌『なんぶ』も七五年一〇月から月刊ペースで刊行されていく。[202]「考える会」は井之川と城戸がリードをして、「戦後資料室」「戦後資料リスト」「戦後史年表」の作成などを提起し、[203]井之川は『なんぶ』誌上で五〇年代の問い返しの視点を提示していく。[204]井之川はこの間、精力的に五〇年代南部文化運動について語り、思想の科学研究会の『共同研究 集団』(一九七六年)にも「下丸子文化集団――一九五〇年代、労働者詩人の群像」を執筆した。城戸もまた、自らのサークル研究の動機を『なんぶ』で語った。それは六〇年安保の敗北経験にあったという。

ぼくは戦後十五年のたたかいの無惨な帰結を目の当りに見て思いたったのが〈戦後サークル運動史〉の研究だった。ぼくらの戦後十五年のたたかいの軌跡を、左翼冒険主義のレッテルで抹殺させてはならないと思ったからだ。だが、いざ資料収集にかかったときには、まだ六〇年安保直後だというのに、サークル誌の多くは散逸し、サークル活動家たちの記憶は風化しはじめていたのである。[205]

一九七〇年、望月も同人誌『ど』で「うたごえ」運動の研究への意思を表明していた。

日本中に広まったうた声運動も、あれほど盛んだったうた声運動がなぜ衰退したのかについては、文化運動の歴程を歴史的に分析してみなければはっきりした答えは得られないと思うが、何とか資料を集めて、私なりに求明したいと考えている。断片的資料を改めて読みかえしてみただけでも、文化運動やサークル運動のあり方について、多くの教訓が残されていることが惜しまれる。[206]

自らの経験を歴史的に検証したいというこの集合的意思が、下丸子文化集団の人びとをその後も結びつける糸となってきた。井之川は「考える会」について「ぼくらの戦後史会は、客観的に体系化された歴史を勉強するという方法ではなく、自分が生きてきた歴史を明らかにする過程で同時代史や世界史をも読み直していこうという確認から始まった。それはまた、会員の一人一人が自己史を総括し、現代に生きる自己史を創出していくための場ともいえた」と語っている。[207] それは「考える会」にのみいいうることではなく、彼らの「歴史」への探求そのものを支える意思であったといえるのではないか。この「考える会」の活動では、「新左翼」出身の若者たちとの共同作業は思うようにはいかなかったようだ。井之川は「新左翼」の運動を評価しながらも、その運動は「五〇年代の文化運動を継承してつくられたものではな」く、「五〇年代と六〇年代には明らかな断絶がある」のであり、「新左翼運動の中に抜きさしがたく文化運動への軽視・蔑視があったこと、ときには敵視の風潮すらあったこと」に違和感を感じ、[208] 自ら新たに同人誌『原詩人』を始めていく。[209] 城戸は八〇年代に旧集団とは別個に南部の文学史研究を進めていた浜賀知彦と出会い、意気投合して連携を進めていた。この間望月新三郎は童話作家となり、やがて『学校の怪談』というベストセラーを出した。

しばらくの間をおいて、一九九〇年、かつての南部文学集団のメンバーであった浅田石二、天城俊介、井之川巨、川上竜二（松居）、城戸昇、酒井正義、望月新三郎、山室達夫が新たな同人誌『眼』を創刊する。城戸は「眼の会」でようやく六〇年代以来の宿題を果たし、南部のサークル運動史と年表を完成した。[210] 私たちの共同研究は、これら南部の先人たちの生涯をかけた探究と歴史化・経験化の作業と出会うことによって初めて可能となったのである。

「書く」ことと集団の意味

下丸子文化集団の活動を通観したとき、つねに「書く」ことと「集団」であることへの問いが存在しており、その結節点に「工作者」という主体のあり方が位置づけられるという江島寛のビジョンが集団の中で繰り返し提起・想起されて生命を取り戻すという過程があったことが見えてくる。それとともに、理念だけでは活動を継続することは困難であって、たえず新たな活動性を帯びた「工作者」と接触し、また集団に迎え入れることで、生命を維持してきたということも理解できるだろう。

下丸子文化集団は、大文字の「政治」のサイクルと密接に関連しながら、自立した集団として、他から指示を受けることもなく自ら考え、実践していった。集団が発行した雑誌を見るかぎり、そこには党派闘争的な文言はひとつも見つけだすことができない。自立した集団として、彼らは「大衆」の中に入り、「書く」ことに向けた「工作」を続けたのである。

この時代の「書く」行為の噴出は、一方でコミュニストの文化方針が支援し資源を集中していたということが大きいとは言えるが、他方その枠には収まらないエネルギーの噴出があった。一九五五年以降のサークルの苦境は、一方では短期的に多数生まれたサークルの自然なライフサイクルに基づく部分をもっていたのと同時に、政治路線の変更という人工的な切断により、コミュニストの活動家から行動への確信を奪い、自己犠牲的態度を相対化させてもいる。そのことは悪いことではないが、綱領や政治方針の問題に運動の可能性が還元できない以上、運動そのものに即した総括と次なる戦略が必要だったはずである。同じ五五年に国民文化会議が発足し、サークル運動のナショナルセンターができたかのように見えたが、活動の生命はそのようなセンターが吹き込んでくれるような性質のものではなかったはずだ。

井之川巨が語っていたように、「書く」ことは人間の意識を変容させる。その変容が生じる場を組織し表現と認識とを同時的に展開させる行為こそ「工作」の要なのであった。だがそのような場は持続することが難しい。生まれた生命はすぐに摩滅し、枯渇する。そのライフサイクルと現実世界が課してくる重い政治課題の双方と拮抗しながら、下丸子文化集団は活動を持続した。それは、大衆社会化が少しずつ進行し、やがて大きな流れとなって人びとの欲望や感性を変容させていく、その社会丸がかりの「工作」に直面したとき、最終的に瓦解せざるをえなかった。だがそれは、大衆社会に抗うことが不可能であることを証拠立てるものではない。「書く」こと、表現すること、それを組織立て、意識変容の場を作り出して支配的な文化/政治状況を流動化させていくこと。五〇年代に探求されかけた新たな「文化」への問いは依然としてわれわれを問い続けているのだ。

無数の工作者がいた時代

この下丸子文化集団の活動を振り返るとき、そこには何人もの個性的な「工作者」がいたことがわかる。北辰の労働者に「書く」ことを働きかけていた高橋元弘、替え歌や壁詩で労働者の抵抗意識を刺激した高島青鐘、安部公房たち文化オルグ、下丸子の労働者グループと地域のサークルを結びつけようと新聞を発行しただけでなく、「秘密結社」民族解放東京南部文学戦線のオルガナイザーであった入江光太郎、そして入江に「工作」方針を示唆し、文学活動者をそれとなく結んでいた吉野裕も「工作者」だったかもしれない。(211) そして、高橋元弘脱退後の集団に生命を注ぎ込み、独創的な理論化の作業と、ガリを切りビラ詩・カベ詩を作り、サークル運動を牽引していった江島寛は、突出した「工作者」であるといえるだろう。「南部」への地域展開とサークルの組織化の方針を受けて、地域へと入っていった浅田石二、井之川巨、石川肇（望月新三郎）、丸山照雄もそれぞれに「工作者」の役割を引き受けていった。『石ツブテ』の経験と『油さし』での地域展開は、松居りゅうじの「工作者」性をフルに発揮してのものであったし、松居に刺激を受けて『いぶき』を作り出して以降の城戸昇の生涯は、まさに多芸多才な「工作者」の人生そのものであった。

下丸子文化集団が今日われわれに示唆するものは、この「工作者」としてのあり方であり、そして「工作者集団」という集団性のあり方がもつ、能動的な可能性である。彼らはのちに大衆社会の中に散種され、いったんは「工作者集団」としての質を失っていった。だが彼らは、自らの痕跡を掘り起こし、「工作者」であることの意味をわれわれに伝える歴史的作業を協同で――「集団」的に――行なってきた。それは自分たち自身の「書く」行為によって「歴史」を形成・生成する「工作」なのではなかったか。彼らの「歴史」に触れるとき、私たちの中にあった歴史のイメージが振動を起こす。「工作者」から「工作者」へと手渡された経験が問いを触発し、未完の実践に連なる精神のリレーに誘いをかける。本章も、そのリレーの一端であるとすれば、次には何が？

高島青鐘「下丸子駅」（『高島青鐘詩集』より）

第三章　無数の「解放区」が作り出したもうひとつの地図　東京南部の「工作者」たち

一　一九五〇年代の東京南部――サークル運動に賭けられたもの

一九五〇年代の東京南部には、二〇〇を超えるサークルがあったという。[1]これらの文化サークルは、数が多かったというだけでなく、その質においても今日振り返るべき重要な特性を刻印されている。

この時代の全国的なサークル運動の「策源地」のひとつであった東京南部には、文学、演劇、美術、音楽その他の多様な活動領域にかかわる文化サークルがひしめきあっていた。五〇年代の「うたごえ」運動の中で愛唱された「民族独立行動隊の歌」や「原爆を許すまじ」は東京南部で生まれた歌であるし（とりわけ後者はサークル運動の中で創作された歌である）、下丸子文化集団の活動は、この時代の「抵抗詩」の運動のモデル的な意味をもって同時代の雑誌やアンソロジーで何度も取り上げられた。人の出入りの激しいこの工業地帯で営まれた文化生産の実践について、その全貌を知ることはいまなお困難であるし、これからますます困難となっていくだろうが、これらの多彩な活動は、東京南部のそこかしこで、さらには全国各地で展開されていた。この全国地図は今では見失われているものである。今われわれが見ているのとは異なる地図がこの時代にはあった。

「東京南部」とは、東京という都市をその立地に従って四区分しただけの方角概念ではない。おそらくは戦前期に成立したと思われる労働‐社会運動の地域ブロック概念がそこには重層しているとともに、とくに川崎・横浜に連なる「京浜工業地帯」の東京側という意味合いももっている。

東京南部は、国鉄や三菱などの大工場とともに、無数の中小工場――「町工場」――が連なる工場地帯であった。大企業・大工場には企業別組合があり、組合は大単産に加入していることが多かったが、他方、中小企業ではしばしば組合を作ること自体が困難であった。組合を敵視する企業では、自主的なサークルを作ることもまた警戒された。職場でサークルを作ることのできなかった人びとは、「地域サークル」と呼ばれる、職場を基盤としない地域のサークルに参加していった。ここに参加したのが、多くは独身の青年労働者であった。住まいと職場が近接し、歩いて行ける距離で生活が成り立つことが多かったこの地では、歩いて行ける距離の仲間たちと地域サークルを作ることも可能であった。

それらサークルに賭けられたものは何であったのか。経済復興を遂げ、高度経済成長・大衆社会へと向かっていく時代のなかで解放されたさまざまな表現への欲望がそこにはあった。しかしまた、経済復興・成長へと向かう道は占領と戦争をくぐり抜けてのものでもあった。東京南部の工場は、米軍

1950年代初頭の下丸子周辺

❶丸山照雄下宿（『南部文化通信』連絡所）　❷北辰電機鵜ノ木寮（『詩集下丸子』発行所）　❸田園調布局（江島寛が勤務した郵便局）

❹下丸子書房（『詩集下丸子』『下丸子通信』連絡先）　❺東日本重工（三菱重工下丸子工場）　❻東京無線　❼北辰電機

❽キャノンカメラ　❾白洋社　❿日本理化　⓫三井精機　⓬日本理化産業

管理のPD工場をはじめ、五〇年代前半軍需に沸いた。職安では「軍関係」の労務が「割のいい」日雇の仕事としてまかり通っていた。東京湾には防潜網が張られ、羽田は米軍基地として朝鮮への輸送機や爆撃機を飛び立たせていた。この「戦時下」の緊張は、明るい戦後復興のイメージに隠された〝陰影〟をもたらしているとともに、この時代の東京南部にとって忘れることのできない〝時差〟を、他の地域に対して作り出しているといえるかもしれない（米軍基地に隣接するいくつもの地域がこの〝時差〟を経験したはずだ）。

この〝時差〟は、「日本はアメリカによる植民地化の危機にさらされている」という政治党派の「分析」と方針――「民族解放民主革命」路線――にリアリティを与えるものであった。と同時に、〝時差〟の外側にある地域との間に深刻なリアリティの乖離を次第に生み出していくことにもなった。

国鉄や三菱その他の大工場、そして中小の「町工場」がひしめくこの地域では、すでにレッドパージの嵐が吹き荒れていた。このレッドパージと朝鮮戦争への抵抗の中から生まれてきたのが、下丸子文化集団であった。同集団は詩を書くことを中心に、書くこと、表現することを通じて人びととの主体のあり方を変容させ、生活・労働の場から政治的な抵抗意識や社会的な批判意識を形成していこうとした。表現の場を作り人びとを参入させ、主体の変容を共有することで、地域や職場に支配的な文化のヘゲモニーを揺るがす新しい人間を作り出していくこと、それこそ「文化工作者集団」として自己を規定した下丸子文化集団のめざすところであった。

この時代、人びとが自らの文化的欲望を満たすためには、自分たちで場を作り関係を結び、サークル誌や自立演劇、職場美術、うたごえ集会のような表現回路を手作りで作っていく以外になかった。

制度化された文化領域では「専門家」が君臨し、「非専門家」はその指導を受けることで成長すべき〝教育対象〟として位置づけられていた。そのときこの既存の文化地図を攪乱し、民衆のエネルギーを異なる世界像へと接続し、「革命」への重要な回路として位置づけたコミュニストの政治家たちは、それなりに鋭い〝鉱脈〟を探り当てていたのだといえる。先行する「前期的」大衆社会の時代であった一九二〇―三〇年代からすでにコミュニストはこのことを察知しながら、政治的前衛の外縁部隊としてこのエネルギーを浪費する政治主義を脱することができていなかった。敗戦後四〇年代の文化運動の高揚は、逆にサークル活動家に対する資本と体制の側からの狙い撃ち的なパージに直面することで沈滞を余儀なくされた。五〇年代前半の運動は、このパージからの〝転戦〟、あるいは〝反撃〟としての意味ももつが、同時に自主的な文化生産を行ないたいという人びとの欲望との間で複雑な陰影に富むうねりを生み出した。この時代の文化運動をめぐる混沌としたエネルギーの背後には、政治党派内の路線対立が抜きがたく存在している。のちにこの対立を歴史化する権利を一方の党派が手に入れたことで、「俗流大衆路線」「絶叫的スローガン詩」等々のレッテルのもとに「封印」されてしまうことにもなった。政治的路線の歴史的検討はそれとして、文化運動のアクチュアリティは単に「政治」の派生物として理解するにとどまらないものをもっている。サークルのうちあるものは過剰な政治介入によって疲弊し、あるものは「政治」の拒否というポーズによって自己を守ろうとした。この両極における対立が「政治と文学」という意味ありげな論題に回収されていったが、サークルという場の多くは、政治的関心を共有しながら、自立した活動の場をどのようにして確保するかというもうひとつの関心を大切にすることが多かったといえるのではないか（それゆえ党派の与える「政治」に追随しないグループに対し、つねに「サークル主義」というレッテルが投げかけられることにもなる)。

サークルに注目することの意味は、「作品」という生産物だけでなく、その創造のプロセスの重要性ゆえである。五〇年代後半には確実に人びとの生活と感性をとらえていく大衆社会・大衆文化の動きに対し、それに回収することのできない文化の自己生産の回路をサークル文化運動が多様な創意工夫によって生み出していた点は、何より議論の出発点に置かれなければならないことである。六〇年代以降の文化運動に伴った困難は、マスプロダクトな文化産業によって表現や文化経験への欲望が回収されてしまうことに抗しつつ、しかもナルシシズムに堕することなく文化生産と享受の回路をどのようにして生き生きと創り出していくかという点にあったのではないかと考えるが、五〇年代のサークル運動は、マスプロダクトな文化産業の影響を受けつつも、独自のネットワーク、独自の流通回路を編み出しながら、広汎な人びとを文化生産の「喜び」に立ち合わせた点でいまなお際立っている。

労働者や生活者による文学表現の発表の場となったのは、共産党主流派につながる『人民文学』誌であった。下丸子文化集団の有力メンバーであり、のちにニューレフト的立場に移行してからも生涯にわたってこの時代の活動のもつ意味を歴史的に位置づける努力を続けた詩人井之川巨は、『人民文学』誌こそが引きつけたエネルギーの評価とそれを正当に位置づける「文学史」の必要を説き続けていた。だが、岩崎稔も論じているように、(2) 五〇年代前半の政治・文化路線を清算した日本共産党系の文化(運動)史も、この時代の文化(運動)史に侮蔑で対した「新左翼」もともにこの時代の文化(運動)史のポテンシャルを汲み取ることができていない。そのことが、これまでこの時代の活動にアプローチする歴史的想像力を貧しいものにしてきた。

この時代は、詩と社会運動とが深く結びついた時代でもあった。反戦反植民地、松川裁判、反基地、原水爆……といったそのときどきの政治的課題に対し、多くの人びとが「詩を書く」ことで向き合おうとした稀有な時代でもある。人びとは労働運動をしながら詩を書き、詩を書きながらうたや演劇を行なった。もちろん、後世までうたい継がれる詩はその中でもごくごくわずかなものにすぎないし、これ以後「詩」というものが急速に民衆表現の中で影響力を減じていくことに対して、この時期の性急な「抵抗詩」は若干の責任を負っているともいえるだろうが、といって文化生産の焦点から詩が外れていくことについては、もっと大きな文化史的文脈から再考してみる必要がある。まがりなりにもこの時代のサークル詩運動は、ことばのもつ政治性とその可能性を集団的に探究することに重きを置き、下丸子文化集団の江島寛のように運動と詩作の両輪を創造的に展開することに一定程度成功した人びとがいたことも忘れてはならないだろう。

下丸子文化集団は、政治的前衛と文化的前衛を同時的に追求しようとしたアヴァンギャルディストたちによって点火された運動であったが、実際に運動に参加した人びとが表現における前衛性を追求できたかといえば別な問題であった。下丸子文化集団が「工作」することで生み出された作品群の中には、政治的な抵抗意識と社会批判の色調がはっきりと刻みつけられているとともに、当初は三〇代以上の生活者を多数含んでいたために、自らの生活をうたう中から自分たちの位置を探ろうとするものも含まれていた。そこには往々にしてこの時代の「サークル詩」のイメージとしてしばしば語られる「スローガン絶叫型」のものもないではないが、多くは単純な反復というよりは、政治的スローガンを自分の口から言ってみることも初めてなら、詩を書くことも初めてというような人びとが、ある

「型」にはめてみることで自己表現を手に入れていく、そのとまどいや恥じらいを感じ取ることができる。生活の場で「運動」を、運動の中で「生活」を表現しようと模索するときのぎこちなさが、ひとつのドキュメントとなるだろう。

この時代、下丸子文化集団だけが東京南部で活動していたわけではない。先にみたように二〇〇以上のサークルが地域の中でさまざまな実践を行なっていた。そして、東京南部という場所は単にサークルの数が多かったというだけでなく、この時代のサークル文化運動を牽引する作品や運動が多数現われた場所でもあった。元旋盤工・作家の小関智弘は、大田区入新井にあった自宅の部屋は青年たちの集う「解放区」であった、同じような「解放区」は南部の各地にもあったことをのちに知ったと述べている。(3)「解放区」に集ったのは、その多くが小関と同じく「町工場」で働く若者たちであったろう。「町工場」の世界はやがて高度経済成長の時代に突入していく。五〇年代前半の東京南部が占領と戦争の影を色濃くもっていたのに対し、後半になるとその影は急速に忘却されていく。米軍管理工場はなくなり、防潜網は撤去され、そして羽田空港が返還される。東京タワーが南部の地に建設されていくのが五〇年代半ば、テレビの時代が始まって大衆の文化的欲望は大きく変容させられていく。

二　いくつかの重なる線——下丸子での「出会い」

下丸子文化集団は、アヴァンギャルド芸術家と労働者作家たちとの出会いから誕生した。一九五一年春、綜合芸術運動団体「世紀の会」で活動を共にしてきた作家の安部公房、美術家の勅使河原宏と桂川寛が揃って日本共産党に入党を申請していた。彼らは「入党したときの業績にしたい」という思惑もあって、下丸子の労働者街に入り、文化活動を促す「オルグ」の役割を果たした。

このとき、彼らは何のあてもなく下丸子に入ったわけではなかった。前年秋以来、PD工場である東日本重工（以前は三菱重工であったが財閥解体により別会社化、のち三菱重工に再統合されている）の下丸子工場でレッドパージに抵抗する激しい争議が闘われており、「下丸子」の地名は占領と戦争にあえぐ日本労働者の抵抗を示す象徴的意味を帯びていたのであった。これに加え、下丸子を含む大田区にはすでに無数の労働者文化サークルが存在していた。東日本重工に近接する北辰電機では、一九四八年から『人民』という文学サークル誌（肉筆回覧誌）が発行されており、『人民』の主要メンバー（高橋元弘、高橋須磨子、高島青鐘ら）もまたレッドパージに遭遇していた。安部公房らはこの北辰『人民』グループと接触をし、このグループを核に下丸子文化集団を結成したのである。

しかも、『人民』グループは、安部らと出会うまで孤立していたわけでもなかった。労働運動を通じて近隣の労組の文化活動家たちとネットワークを作りだしていたし、下丸子文化集団結成と並行して、先行的にネットワーク化を求める労働者文化サークルの動きが存在していた。一九五一年一月に結成された海岸文学サークル『かいがん』の動きがそれである。呉隆（東芝をパージされた在日朝鮮人作家、のち北朝鮮へ帰国）、阿形宗宏（古川宏の名で『石ツブテ』に参加）、志木尭（しき・たかし）、犬塚真行らを主要なメンバーとする海岸文学サークルには、下丸子文化集団にも参加する江島寛も参加していたと推測される。呉隆は『人民文学』一九五一年九・一〇月合併号に「闘う大衆とともに——新しい活動家をうむ海岸文学サークル」を寄稿しているが、その中で結成された海岸文学サークルの「その後の動き」を記している。海岸文学サークルのメンバーは南部各地へ入り込み、各地でサークルを

組織していく動きを作っていった。(4)

安部公房らが働きかけ、『人民』という職場サークルを核として、『かいがん』等に結集した地域の労働者文化活動家のネットワークが積極的に関与することで生まれたのが、下丸子文化集団であったと考えられる。文化集団には、江島寛を介して彼の友人たち、丸山照雄、望月新三郎、浅田石二、井之川巨らが加入していくことになり、初期の『人民』グループの大半が抜けてしまった一九五二年以降は、当時二〇歳に満たなかった彼ら江島の友人たちが集団を担うことになる。

安部公房自身は、文化集団を拠点に『詩集下丸子』を編集し、これをベルリンで開催される予定であった世界青年学生平和友好祭に出品しようと考え、自らも文化集団とは別に平和友好祭に参加する運動主体として「人民芸術集団」を桂川らと結成していた。結果的にいえば、ベルリン行きは挫折し、『詩集下丸子』第一集の表紙（桂川寛による版画）にその跡をとどめることになった。(5)

安部らは労働者たちと文学について語り合い、ときにレクチャーをし、さらに版画等の手ほどきをした。単なる文学創作にとどまらず、桂川・勅使河原ら美術家の参加と指導によって活動を開始したことが、この時期同様の活動をしたグループがいずれも「詩人集団」を名乗ったのに対して、「文化集団」という名乗りを与えた理由であったかもしれない。

下丸子文化集団に集った若い労働者たちにとっても、「戦後文学」「現代美術」の前線を担うアヴァンギャルディストたちと場を共にしたことは、興奮すべき事態であったろう。しかし、結果的に生産された作品の多くはアヴァンギャルドというよりは、非常にステレオタイプな「労働者詩」「抵抗詩」の型を踏襲したものであった。版画にしても、桂川や勅使河原のきわめて表現主義的であったり構成主義的であったりするアヴァンギャルドな作品と比べ、労働者たちが彫ったのは、いわゆる「生活版画」的なものであった。文体といい画風といい、いかにもこの時代の〝泥臭さ〟に接近する労働者たちの作品のみを見れば、その起点にアヴァンギャルドとの邂逅があったということを想像するのは困難かもしれない。しかしここで認識しておくべきことは、モダニズムやアヴァンギャルドとこの種の〝泥臭い〟作風とを互いに交わらないものとして切り分けることのできない実践の場が、この時期実験されていたということである。その多くは〝失敗〟に終わったといえるだろうが、下丸子文化集団においては、このアヴァンギャルドとの出会いを受けとめながら、すぐれた詩作と運動理論に展開することのできた江島寛がいたことが、この問題を歴史上のある一点にとどめずに引き続き考察することを可能にしてくれる。文化集団に参加した若者たち、とくに江島の友人である丸山や浅田、井之川らはそれぞれに「戦後文学」やモダニズムを志向しており（丸山は高校生の時からフランス現代文学を読み、浅田は同じく『人間』誌を定期購読し、井之川は萩原朔太郎や北川冬彦を愛読していた）、そのことが最終的に「党」の文化運動の限界を超えて自立した批評の立脚点をそれぞれの方法で見つけ出していく素地をなしたものと考えられる。文化集団の場合、長期にわたる活動の持続と、さらにその後の文化生産へと連なる個々のメンバーの文化的実践によって、五〇年代の表現空間に投企された作品群の意味を立体的に考えることができる。

入江光太郎と京浜文学新聞

この下丸子文化集団に隣接して発行されたのが、『京浜文学新聞』であった。発行者である入江光太郎は、この時期党文化部直属の活動家であったという。だが、『京浜文学新聞』は党の指令によって発行されたものではなく、この時期の東京南部のサークル活動家たちに慕われ、さまざまな示唆を与えたり人と人をつなぐ役割を果たしていた国文学者、吉野裕から指示を受けて製作することになったものであった。各労働組合や文化サークルを回って情報を集め、これに基づいてネットワークを広げていく仕事を、吉野は入江に指示したのである。(6)『京浜文学新聞』の紙面には、創刊の目的通り南部各地の文学祭やサークル誌、講演会や演劇上演が記録されており、貴重な資料となっている。丸山や浅田によれば、入江は文化集団のメンバーとして記憶されているが、本人は所属したことはないと語っていた。ただし、いつも会議には出入りしていたし、サークルをつなぐ役割をもった「文化工作者」としての自覚をもって活動していた、ということであったから、丸山らよりも一〇歳ほど年長の入江の姿は、外の運動と下丸子とを結ぶ組織的な指導者として映ったとしても不思議ではない。入江のような「工作者」が存在したことで、運動は「下丸子」ローカルのレベルにとどまらず、「南部」をネットワークするものとなっていったし、反レパ闘争や『かいがん』メンバーによる先行的なネットワーク化を上書きする形で入江が『京浜文学新聞』を発行していったという運動の重層性をそこに読み込むことができる。そして、このニッチを見出して入江にその「地図」を垣間見させたのは吉野裕だったのである。

吉野という人物が南部のサークル運動の結節点であったことは城戸昇も回想しているし、(7)小関智弘が述べていることもそれを裏書きするといえるだろう。(8)入江のようにアクティブに街を歩き回るタイプの「工作者」ではなかったにせよ、吉野の部屋は小関のいう「解放区」のひとつであったし、吉野は「解放区」と「解放区」をつなぐ工作者の一人であった。

松川運動との関わり

五〇年代のサークル運動、とりわけ詩運動が政治的な批判を強いモチーフとしてもっていたことは先にも述べたが、五〇年代全般を通じて「詩」と「運動」とが深い結びつきをもって展開されたテー

1) 1951.10.5 京浜文学新聞 第1号

京浜 文学新聞

才1号 1部3円 月刊

ベルリン平和祭ににっぽんのうた

詩集「下丸子」に高まる支持

東京 洋一の戦車工場とうたわれた東日本重工業（三菱重工）や北辰電気などの工場でもっている町。去年の十月東日本重工の首切りには、南部の全労働者はもとより地元町民のおかみさんまで一しょになって、軍需工場化のための首切りだとふんげきし、文字どうり流血の斗争をまきおこした下丸子。

平和のためのたたかいはそのごますます根づよくひろがり、八月五日のベルリン世界青年学生平和祭に、日本の働く人々の声をつたえようと、北辰・東京重機の労働者と学生・主婦・画家・作家たち二十名の手で詩集『下丸子』がだされ、下丸子文化集団がうまれた。

美しい木版のさしえさえつけられたこのガリ版詩集はたちまち四百部を売りきり、京浜の工場地帯ばかりでなく松川事件の被告さんや前進座の人々をはじめ専門文学者のあいだにも大きい反響をよんだ。十月には第二集をだすための詩や文章を送るようよびかけているが、はやくも前進座や遠くの方からも詩や手紙がよせられている。

そして八月の末、中日貿易のできなくなった北辰電気を軍需工場にするため五名の首切りがでた。文化集団の活動家も二人この中にいた。文化集団ではただちに詩と絵のビラをだしたが、今まで一度もビラをくばったことのない労働者や夜学生までがこれをくばって、北辰のたたかいをはげましている。

今までの北辰の「人民文学サークル」も一つの職場だけでなく、下丸子のもっとたくさんの人たちをふくめて下丸子文学サークルとなり「どんぐり」という雑誌が出されようとしている。文化集団からは「白い塔」というしんぶんが、職場や街にはいっている。

松川文集「百万人の友にささげん」へんしゅうにこたえ、第一詩集のうりあげの中から、版画入ハガキ二百枚がつくられ、獄中の松川のひとびとや獄外の労働者におくられた。下丸子文化集団の真実を守るため、平和と独立を守るためのりっぱな仕事はますます多くの人々から、支持されはってんしている。

文化集団の人たちは、下丸子を文化解放地区にしようと意気込んでいる。

下丸子文化集団事務所は
大田区調布鵜の木町四〇五
鵜木寮 高橋方

発刊のことば

日本の政治の中心、東京のあしもとで、労働者がつたえるこえどうのひびきは、もっとも正確だ。日本の政治が日本人の手からはなれて、平和と独立がおびやかされようとすればするほど、このひびきはますますたかくますますはげしくひとびとをふるいたたせずにはやまない。

日本の花火はじまって以来のくつ辱の講和をむすんでかえった吉田の飛行機が、くろぐろと秋空をけがすジェット戦斗機のむれに、はがいじめにされて羽田についた日のこともこの地のひととひとのまなこにはやきついている。

このようなときに日本の心臓、京浜の下丸子や海岸や蒲谷の工場地帯にうずまきはじめたうたごえのこと、このしんぶんをつうじてさらに多くのひとびとにおくりとどけられ、このしんぶんが京浜にたかまってゆく愛国の詩情をむすぶ一すじのおびきになってゆけばさいわいである。

詩集「下丸子」をよんで 松田解子

詩集「下丸子」をよんで下丸子文化集団の人々はよい仕事をされたという思いと、私たちもこうゆう仕事をしたいというはげましをおぼえた。

集められた詩が全体として日本の重工業地帯下丸子をうかびあがらせているが、これも、一人の個人の詩集ではなく「みんなが書いた」詩集だからだと思った。「おれも書こう」「わたしも書こう」「ぼくも書こう」というみんなの意気ごみがあたたかくカづよいものを、この詩集の中でかもしだしている。

詩の一つ一つについていえば、気魄が幽香になっているところや、すなおな良さが説明的に流れていることや感傷に対する詩人自身の批判の不足などが感じられるけれど、それを、これから集団が地道に大衆のなかへ入ってゆき、そこから相互に批判をまきおこしていくことで克服もされるし、発展もするだろうと思われた。

そうは云うものの、この詩集には、すでに立派な詩が幾篇となくあり全体として民族独立と平和のためのゆるぎない武器としての詩運動の一歩を刻んでいることは確かだ。私達が学びはげまされる点は、この点である。

『京浜文学新聞』第一号

マが松川被告救援運動（以下、「松川運動」と略す）である。一九四九年八月、福島県松川で起きた列車転覆事故は、時の政権によって共産党と左派労働組合運動弾圧のために利用された。警察・検察の脅迫によって「自白」がでっち上げられ、無実の人びとが「死刑」を含む重刑に問われた。あまりにも露骨な冤罪事件に党派を問わぬ支援運動が立ちあげられ、一五年の長い裁判の後、被告全員の無罪が確定した。この間、各地に「松川守る会」（松川被告を守る会）が結成されるとともに、この運動の固有の特徴といえるが、支援者たちは詩を書くことで運動を広げていった。被告のうちからも詩によって自分の思いを表現する者が現われ、「松川詩人集団」と名づけられた。(9)

たとえば松川被告救援運動の中で書かれた「うたごえは流れひとつにとけあう」という詩（赤木健介）には、次のような各地の「詩人集団」が列挙されている。

うたごえは　こだまし　波紋をひろげた。
たくさんのサークルの詩人たちが
松川被告の無罪釈放を要求して立ちあがった
岩手の「氷河期」
新潟の「詩のなかま」
茨城の「新しい風」
群馬の「土と鉄」
埼玉の「民芸通信」

千葉の「JAP」
東京の千代田・文京・下丸子の詩人集団
愛知の「風車」「とけいだい」「口笛」
岐阜の「山びこ」
彦根の「溶岩」
京都の「働く人」
その他無数のサークルが
松川事件の真実をうったえる詩を発表し
署名をあつめ
救援金を送り
抗議の声明を出し
被告と文通をし
また　あるサークルははるばる仙台へ代表を派遣した。(10)

被告とされた人びとが「詩人集団」と名づけられたばかりでなく、各地の「詩人集団」が次々と支援の列に加わっていったのが松川運動であった。下丸子文化集団では『詩集下丸子』第二集を松川詩特集にあて、高島青鐘の詩「私はすまないと思っている」では、高島が松川運動のために「二百枚のハガキに／赤い版画をつくった」ことが語られている。また、千代田詩人集団、文京詩人集団とどもに下丸子文化集団は松川事件をめぐる構成詩を共同制作するための「長編叙事詩共同制作委員会」を結成し、一九五一年一一月、現地調査を行なっている。下丸子からは犬塚真行と入江光太郎が参加した。[11]その結果制作されたのが、「松川報告詩集　松川の友をたずねて」「叙事詩　松川事件（二）」「長編叙事詩　松川事件（第三部）」である。[12]「松川報告詩集」は一九五一年一一月二八日、『人民文学』一周年記念文学祭で朗読されたものである。構成詩は三部に分けられ、第一部を下丸子、第二部を千代田、第三部を文京が受けもった。『松川運動全史』には、のちに『人民文学』五三年二月号に発表された第二部のみが完成したと述べられているが（二〇三頁）、浜賀コレクションの中に完成形態ではないが第三部の部分が含まれていることが判明した。[13]第二部の前書き「叙事詩制作の過程において皆さんにおねがいすること」[14]には次のようにある。「なお第一部は下丸子が担当し、一九四九年の春から夏にかけての国内の労働者を中心とした斗いをえがき、わけても福島県下の国鉄、東芝松川工場の斗いをえがくことによって、支配階級の弾圧の必然性がわかるように書かれている。／第三部は文京が担当し、判決の当日に筆をおこして（この日のことは、すでに印刷発表されている）獄中の斗い、獄外からの斗いをえがく」。これを読むともうすでにでき上がっているかのようであるが、下丸子が担当する予定であった第一部はおそらく発表されなかったし、文京が担当した第三部も、ここで「すでに印刷発表されている」[15]分以外は完成しなかったものと思われる。

非合法の詩運動――『石ツブテ』

『詩集下丸子』第二集と『くらしのうた』発行のあと、東京南部は反米実力闘争の波に揺さぶられることになる。講和条約の発効を間近に控えた一九五二年二月二一日、前年秋に「武装闘争」方針を採択した日本共産党は、全国で「反植民地闘争デー」を設定、反米実力闘争を展開した。東京南部でも大田区の糀谷でデモ隊と警官隊が激しく衝突し交番が襲撃される事件（糀谷事件、または蒲田事件）が起きた。この闘争の興奮冷めやらぬ中で、その晩のうちにガリを切って発行されたのが『石ツブテ』第一号であった（現物は未発見）。製作に携わったのは佐藤ひろし（松居りゅうじ）と前田吐実男（前田富雄）。佐藤は前年秋に福井から上京し、『人民文学』誌上で文学仲間を募ったところ、入江光太郎が現われて、南部の文学サークルの交流の場に紹介してくれたという(16)。

『石ツブテ』は「反米」「反植民地」を前面に掲げた非合法──「占領目的違反」──詩誌であり、多数の詩や論説が掲載されているが、すべて無署名か特定の困難なペンネームによっている。佐藤らが創刊したこの『石ツブテ』の発行体制を整備し、編集委員会を作って印刷・配布の手配をしたのは入江であった。入江は友人である画家の田中岑を誘った。『石ツブテ』の見事な図版は田中の手によるものである。入江は『石ツブテ』を「自然発生的なサークルとは異なる秘密結社」であったと回想している。サークルではなく、非合法の秘密結社であり、公然化することのできない地下集団であったというのである(17)。編集委員会ができたことで、下丸子の若手、江島寛や井之川巨も同誌に作品を寄せることになるとともに、五月一日のメーデー事件に関連して入江が逮捕されると、のちに南部文化集団へ移行する若手メンバーによって発行が継続されたものと思われる。

この時期、『詩集下丸子』の活動もまたオープンな一般サークルと同一ではなかった。『下丸子通信』第一号には『詩集下丸子』をもっていたために拘留された少年の話が出てくるし、活動家たちも

「半非合法」の意識で活動していた。オープンなサークルではなく、半非合法性を帯びた工作者集団、それと同時に創造の場としての集団、この二つの方向性をいかに統一するかは集団にとって重要な課題であった。

この問題が抜き差しならない形で迫ってきたのが、一九五二年前半の一連の激化事件のさなかに生じた、高橋元弘ら三〇代のメンバーの離脱である。長期にわたる失業状態から新たな職を探さなければならない立場にあった彼らが次第に集団の活動と疎遠になっていくのはやむをえないことでもあったが、高橋は、党がまるで持ちゴマのように活動家を危険な現場へと投入していくことに傷つきながら、党と文学創造とが二者択一の関係に陥っていく中で、後者を選択することになった。[18] 高橋は党を離脱したばかりでなく、創造の場として文化集団を選択しなかった。残されたのは江島らハイティーンの青年たちであった。五二年秋、彼らは高橋離脱までの集団の活動と『石ツブテ』の活動を総括し、講和条約以降の合法性の領域の拡大も意識しながら、「大衆工作」に焦点を置いた活動の形を模索し始める。『文学南部』所収の一連の論文や、江島が『人民文学』五二年一一月号に発表した論文「集団と個人」、さらには『下丸子通信』での議論は、「地下」から「地上」に顔を出した工作者集団がどのような「工作」と「創造」を展開すべきかを考察したものであり、「地上」の、つまり「サークル」の形をした工作者集団のあり方を論じたメタ「サークル論」の試みであった。[19] 江島は『文学南部』において「集団の長い活動の中で、労働者文化工作者はいろいろな体験をゆたかにしたけれども、その経験を一とつ一とつたんねんに分析し、綜合するという努力がなかつた。そこでは、何故ツブレルのか、何故大衆が参加できないのかという土台の問題がつきつけられることはなかつた」と問いかけ反省している（一頁）。大衆団体であるサークル固有の機能は、単に「党」への人材供給機関であってはならない。サークルそのものが意識の変革を担う機能性を帯びた独自の政治の場であること、江島はこのことを認識しながら第二期の運動を方向づけていく。

この間、『詩集下丸子』『石ツブテ』は同時代の「抵抗詩」の模範的な存在となっていた。『人民文学』や『列島』ばかりでなく、『文学』誌上でもこれらの雑誌が取り上げられ、現代における詩のあり方を示す特徴的な事例として論じられた。また、この時代を代表するアンソロジーである『京浜の虹』（理論社編集部編、理論社、一九五二年八月）、『日本抵抗詩集』（野間宏編、三一書房、一九五三年二月）などに作品が収録された。下丸子文化集団の名は全国的に知られたものとなっていた。

三　地域への工作――「下丸子」から「南部」へ

江島のリーダーシップのもとに『詩集下丸子』第四集（一九五三年五月）を発行したあと、集団は新たな雑誌『下丸子通信』を発行する。『詩集下丸子』を廃刊するという断わりはどこにもなされていないが、これまでとは異なる活動の形態が選びとられたことで、発行される雑誌のあり方にも変化が生じたことは見て取れる。

『下丸子通信』『南部文学通信』は連続した雑誌である。朝鮮戦争休戦協定締結の直前に発刊された『下丸子通信』（一九五三年七月）は、『南部文学』以降議論してきた「工作」をめぐる議論を、雑誌発行にこだわらない多様な表現の場を通じて実践していこうとする「工作雑誌」であったと規定できる。江島は「機動性」を重視し[20]、地域の中でのさまざまな表現活動を通じて街そのものを変容させる「文化工作」の可能性を積極的に押し出している。[21] ここでは「東京南部」と「下丸子」という一小地域との関連の中で、「南部」へと展開しようという志向性が見て取れる。

サークル懇談会、「うたう詩」運動と江島寛の死

おそらくは三ヵ月にわたる助走を経て、集団は「南部」により深く入り込み、サークルとサークルを結ぶ活動の中に具体的な方向性を見出していく。一九五三年一〇月、集団は「南部文化集団」と「南部」を掲げる名称に変更し、積極的にサークル懇談会を開催して南部の多様なサークルをネットワークしていくとともに、集団の個々のメンバーが地域のサークルに加入したり、新たにサークルを立ち上げたりして、ネットワークを重層的に補強していくなどの動きが生まれていった。『南部文学通信』は、このネットワークの交流誌として性格付けできる。『下丸子通信』から『南部文化通信』へ変更されたのが第四号からか第五号からかは、現存する雑誌からは判定し難いが（第四号が未発見のため）、第四号が発行された同じ五三年一〇月に集団の名称を変更していることを考えると、第四号から『南部文化通信』に変わったと考える方が説得力があるように思われる。この時期の活動は、先に見た海岸サークルの地域展開と似た趣をもっている。江島は自らが経験した海岸サークル→下丸子文化集団の展開を反復することで、さらに広く南部をネットワークしようとしたのであろうか。

ともあれ、南部文化集団となってからはひんぱんにサークル懇談会を行ない、地域の他サークルとの交流を深めるとともに、地域の文学サークルを積極的に組織していくのである。[22] 懇談会は集権的な組織ではなく、決議を上げたり代表を上部組織に派遣したりするような性格のものではなかった。井

之川巨はすでに五二年五月から丸山照雄、上原一夫らとともに『プゥフゥ』を創刊していたが、さらに望月とともに『戸越』（戸越文学友の会、五四年三月）を作っていった。『石ツブテ』から合流した佐藤ひろし（松居りゅうじ）は、就職した五合化学を中心に『油さし』（町工場文芸友の会）を五二年末に創刊し、その活力ある誌面は『学習の友』（一九五四年四月号）に紹介されたばかりでなく、サークル懇談会に集う他のサークルにも大きな影響を与えていた（『南部文学通信』第七号ほか）。丸山照雄は五三年八月に『大崎文学』（大崎文学会）を創刊、浅田石二は五四年、江島寛を通して木下航二が指導していたわかたけコーラスに出会いそのメンバーとなったが、ほかに五四年八月、『はまの子』（大井文学友の会）の結成にも加わっている。

この間、江島寛が五四年八月に紫斑病で亡くなり、集団のリーダーシップが失われていくが、しかし各自が複数のサークルをかけもちし、さらに浅田の「原爆を許すまじ」をはじめとした「うたごえ」運動が高揚していく中で、集団の〝危機〟は先延ばしにされていくことが可能であった。[23]『南部文学通信』では、第一〇号を「京浜のうたごえ」特集にあてている。「うたごえ」運動に関連して、関鑑子が五四年一月に「うたう詩」創作を呼びかけているが、これに南部で最初に呼応して「煙突の下で」を作詩したのが江島であった。その後南部地区でも続々とうたごえ集会が開かれ、五四年一〇月には南部作詩作曲の会が発足している。城戸は「作詩部門に参加した十二名の会員の内、半数以上が「南部文化集団」に参加しているサークル（戸越・はまの子・解放区・油さし・ありのざ）の詩人であった」と述べているが、[24]この記述に従うならば、「南部文化集団」は「文化工作者集団」から各単位サークルの活動家を集めた「サークルのサークル」へと性格を変じていたことになる。この時期のサークル懇談会に集っていたサークルは、たとえば江島が亡くなった直後の五四年九月一八日に法政大学麻布校舎で開かれたものを見ると次のとおりである。

▼参加サークル／港区＝いぶき（芝浦職安文芸友の会）、油さし（町工場文芸友の会）、解放区（法大第二社会学部文芸部）、暁鐘（前同）、ひとみ（中央労働学院）、ほのほ（国鉄品川機関区・炎文学集団）／品川区＝はまの子（大井文学友の会）、ありのざ（ありのざ同人会）、おけら（国鉄大井工場電機職場詩サークル）、たんぽぽ（国鉄大崎被服工場たんぽぽ詩の会）、めばえ（わかたけ青年会）、大崎文学（立正大学・大崎文学会）／大田区＝街の友（池上文学の集い）、壁（文学会壁）[25]

かつてサークル運動が盛んであった大田区からの参加が少なく、代わりに港区（いぶき・油さしと法政大学のサークル）が活性化している。品川区は国鉄（おけら・たんぽぽ）が活発化した時期である。『南部文学通信』には、これらのサークル誌から記事が転載され、さながら『リーダーズ・ダイジェスト』のような編集へと変化していった。集団からの問題提起やサークル論の提起はなくなり、次第に拡散していく様子を見て取ることができる。おそらく五四年が南部でもサークル運動のピークであった。城戸昇の『東京南部サークル運動史年表』掲載の創刊サークル誌を年度別に整理すると次のような表になるが、新規創刊は五四年がピークで、その後急速に衰退していくことがわかる（もちろん、この表の母数はあくまで城戸が調べえたかぎりの雑誌数であることには留意が必要ではあるが）。

1951年	15
1952年	10
1953年	19
1954年	36
1955年	20
1956年	15
1957年	5
1958年	4
1959年	4

工作者・城戸昇の登場と版画運動

江島寛の死とちょうど入れ替わりに集団の新たなメンバーとなったのが、城戸昇である。城戸はその総頁数の三分の二のガリを単独で切った人物でもある。彼は当時、芝浦職安で日雇労働をしながら、職安に拠点を置いた日雇労働者のサークル誌『いぶき』を編集・発行していた。城戸は南部に来る以前、福井で佐藤（松居）とともに党活動をしていた仲間であった。佐藤が五合化学に就職して『油さし』を出しはじめたころ、城戸は芝浦職安で働きはじめた。佐藤の出していた『油さし』に触れ、これに刺激を受けて『いぶき』を創刊したのは五四年五月のことであった。まもなく城戸は、おそらく佐藤の紹介によってであろう、南部文化集団のサークル懇談会に参加し、やがて集団の有力メンバーとなっていく。『いぶき』が最初に『南部文学通信』に紹介されたのは江島死後の第九号（五四年一〇月）からである。『いぶき』に始まる城戸の「ガリ版人生」[26]は、彼の生涯を貫くものとなった。

同じころ集団と出会いそのメンバーとなった仙田茂治は老舗サークル『ありのざ』（一九五一年一月

創刊）のメンバーであったが、城戸とともに「京浜絵の会」を五五年二月に結成する。仙田は都立工芸高校の出身で美術に関心があり、自らアトリエをもって絵を描いていた。会のメンバーは主として仙田が集めたようである。[27] 国鉄大井工場の小林津代治、桂製作所のやましろ・ひでお（正秀）、専売公社の曽我連次郎、それにさかいまさよし（酒井正義）らを中心に、当初はスケッチや職美展その他への出品、美術家との懇談などが主であったが、やがて『版画集』二冊を世に残すことになった。[28]

これら「うた」や「版画」の運動への拡大は、主として詩の運動に徹していた第一期と第二期の前半から比較すれば飛躍的に綜合的な文化運動に成長したものと評価することもできるが、いずれも短命であった。「南部作詩作曲の会」は五五年いっぱいで活動停止しているし、「京浜絵の会」も五五年秋には活動停止に陥っている。「南部作詩作曲の会」の終焉について、城戸は次のようにコメントしている。

「詩運動」と「うたごえ運動」共通の課題とした「創作歌」を華やかに展開した『南部のうた』の終刊と、「南部作詩作曲の会」の終えんは、「歌う詩」創作の中心であった『南部文化集団』の歌う詩創作運動はおろか、本来の詩運動そのものの停滞と終えんを象徴するものであるといえよう。[29]

他方、「京浜絵の会」の方は人間関係のもつれや技能の差異による感情的な距離感が生まれたことが大きいと山城は述べているが、[30] いずれにしろ会の求心力は失われ、残ったメンバーの一部は「南部文化集団」の一員として文学創造に活動を集中することになる。こうして絵の会から仙田と酒井正義が新たな有力メンバーとして集団に合流する。ポスト江島時代の新たなメンバーとしては、ほかに山室達夫や竹内昭雄、大窪昭吾、河野満、与倉哲、北村綾子、加藤暁子などがいるが、竹内と大窪は新日本文学が主催した文学懇談会（一九五五年一〇月二三日、於・大森東電サービスセンター）に参加して浅田から集団に誘われたという。[31] 二人は以前職場が同じで、労働組合を作ろうとして敗北したときの仲間であった[32]。

文化集団に活動を集中することで、仙田の『ありのざ』も城戸の『いぶき』も廃刊を余儀なくされた。以前からのメンバーたちも、「世話役」的活動に疲れたのか、考えて創作したり、文学について議論しあうことよりも、活動のための活動に埋没して方向性が見えなくなってしまっていたのかもしれない。江島の死に加え、五五年七月には共産党の「六全協」決議が訪れる。ある種の断絶と清算の気分が集団を包んでいたのではないか。五五年から五六年にかけてサークルの「かけもち」は整理さ

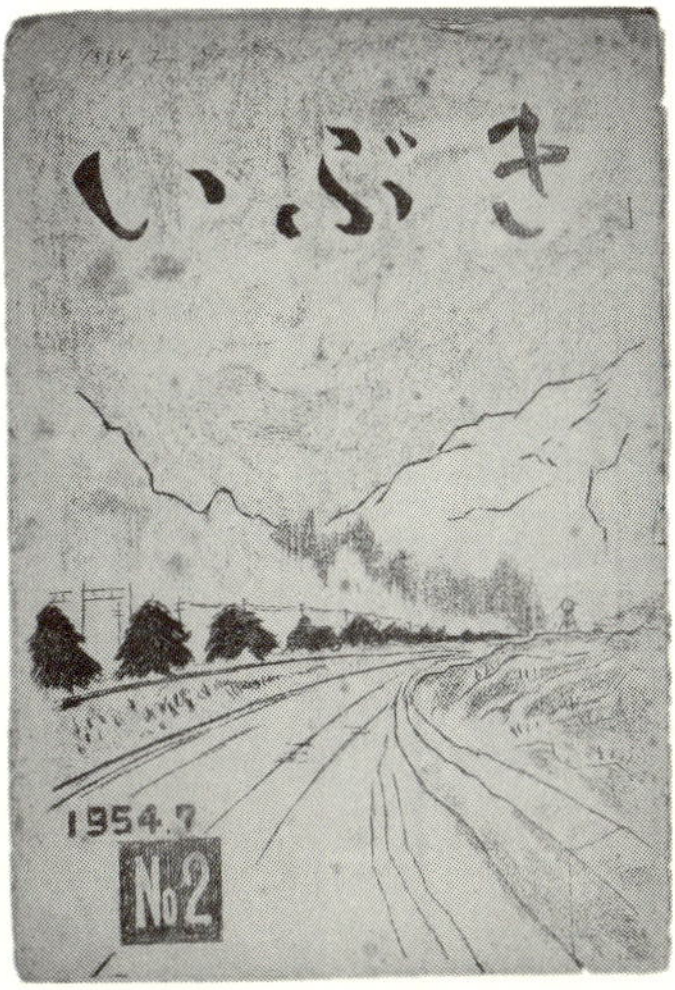

『いぶき』第二号

れ、かわりに文化集団内での文学研究会が活発になっていった。サークル懇談会の路線は討論を重ねた末放棄され、自分たち自身の文学創造に重点を置いた活動へと転換していく。高度経済成長の始動とともに、集団は活動を転換し、『突堤』の時代に入る。

四　高度成長の中で／高度成長を超えて──工作者集団から文学同人集団へ

一九五六年一月、南部文化集団は南部文学集団と改称し、「文学」を中心においた集団であることを謳った。南部「文化」集団のときに『南部「文学」通信』を出す、という少々ややこしいネーミングであるが、南部文学集団は江島寛の詩「突堤のうた」から新しい誌名をつけた。号数は『下丸子通信』からの通し番号を採用し、これまでの活動を継承するものであることも明示している。『突堤』第一三号（創刊号）で浅田石二は次のように語っている。「長い間とだえていた「南部文学通信」を「突堤」と改めここに出すことが出来た。丁度季節も春のさかり四月であるのは偶然ではない。「文学通信」は一九五五年七月一二号で休刊となつた。その時の編集後記に創作活動を正しく押し進めてこれなかつたことさえ反省が書かれているがこの十ヵ月のわれわれの沈黙もまさにその為についやした努力の期間であつた。文学の勉強を始めからやりなおす気持で日本文学の研究と各自の作品合評を中心に週一回の定期会合をもつことが提案された時　われわれは全員こおどりする喜びをつつみきれずに手を上げた」(33)。ここにはもともと文学好きであった浅田青年の正直な気持ちが現われている。「全員こおどりする喜び」で新方針を受け入れるに至るほど、旧方針のもとで疲弊し方向性を見失っていたことがうかがわれる発言である。これ以後、『突堤』は城戸の精力的なガリ切りという物質的生産基盤に裏支えられながら本格的な文学同人誌への道を進んでいく（実際城戸は『突堤』全号のほぼすべてのガリを切った）。「サークル」ということばの振れ幅が、出発点における半非合法的な「文化工作者集団」から、『突堤』における文学同人誌的なスタイルまで、大きく弧を描いていった。だが、『突堤』は下丸子文化集団以来の一般サークルとは異なる尖鋭性を備えた場であるとの自負はここでも保たれていた。浅田は続けて「この変遷した歴史をついで南部の文学活動の中心地である自負をもつてわれわれは前進していくだろう」と述べている(34)。

「京浜絵の会」スケッチ会　左から、山城正秀、仙田茂治、一人おいて城戸昇、小林津代治。一九五五年、浅川にて

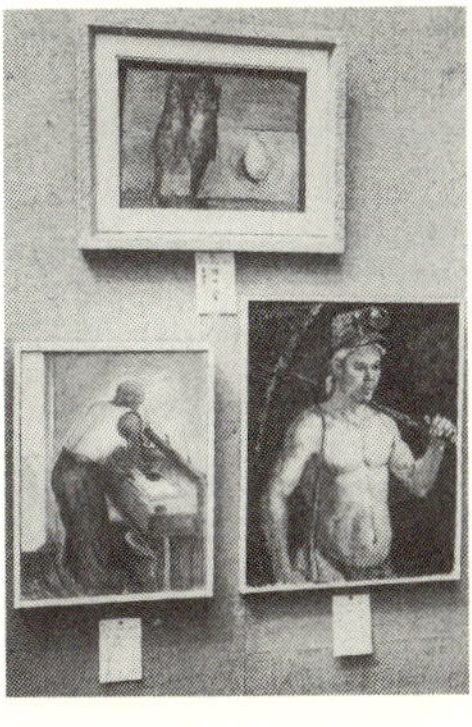

「京浜絵の会」のメンバーによる作品

『版画集』第一集

同人誌化したということは、オープンな作品発表の場として雑誌が機能しはじめたということであり、ほぼすべての原稿が固定されたペンネームで書かれ、著作としての性格を明確にしていったばかりでなく、メンバー(「同人」)の顔が見える記事、たとえばアンケートや人物批評、相互討論、誌上論争[35]などの企画が増えていったことは、以前の第一期・第二期と大いに異なっている点である。また、最初期の高橋須磨子の離脱以来皆無となっていた女性メンバー(北村・加藤)がこの時期加入したのも大きな変化である。

『突堤』においては表現を通じた多様な文化的ゲリラ活動や「世話役」的ネットワーキングの路線は清算され、集団的創造よりも「個」のこだわりを表現することが前景化してくる。ただ、「個」にこだわるだけでは純粋に同人誌と化してしまうから、相互批評や共同の文学研究の場を設定して「集団」であることのメリットを生かそうと模索したことは、サークル性・運動性を重視してきた従来の線を転調しつつも保存しようとしたものと位置づけられよう。その中で、井之川巨のように「集団はサークルではない」という差異化の議論が提出されてくるのも(『突堤』第一八号、一九五七年一〇月)、「サークル」ということばがもつ「仲良し」的で素人主義的なニュアンスを嫌い、サークル以上の〝何か〟を秘めた集団性を求める志向が働いていたからである。

江島寛がリーダーシップをとっていた時期には「書かせる」ことを通じた意識変革が重視されていたが、しかしそれは「文化工作者」の側での変革、「書く」ことに目覚めた者たちの次のステージへの指針とは必ずしもなりえないものであった。他者に工作することよりも自らが書くことにより関心が集まった結果、井之川巨や浅田石二においては詩よりも評論・散文の分野で新たな感性とロジックとを手に入れていくことになる。そのときふたたび参照されたのが江島であった。井之川と浅田は『突堤』誌上で何度も江島の回顧特集を組み、江島とともにした活動の経験と江島自身の詩の可能性を読み直す作業を進め、「六全協」以降の清算主義的空気に抗する独自の歴史意識を確立していく。五〇年代前半の活動は決して「誤った方針」に導かれた無意味な営為だったのではなく、固有の可能性をもった活動だったのだと、その後井之川は主張しつづけることになった。[36] 七〇年代にはこの点を共有しながら井之川と城戸は「南部の戦後史を考える会」を結成して五〇年代の東京南部サークル運動の記録と検証の作業を進めていくことになる。

それぞれのこだわりに即した「文学」の実践を行なっていくとすれば、そこには文学上の志向性の相違があらわれてこざるをえない。かつ、文学上の志向を「集団」という枠の中でぶつけ合わせるとすれば、そこには〝路線〟的な対立も生じてくる。新たに集団に加わった酒井正義や山室達夫は(二人とも共産党員ではあったが)、江島にこだわることから集団のあり方を考えようとしている井之川や浅田に対して、より洗練された文学を追求すべきだという考えで共通していた。山室と大窪は南品川にある酒井の家——それはかつて日石の寮であった建物で、酒井の親が下宿として賃貸ししていたものであって、この下宿で最も広い部屋であった大窪の部屋は、集団の会合にしばしば使われたという——の下宿人であり、当時「酒井銀座の住人」といわれた。[37] 山室は酒井から誘われて集団入りした。

しかしそうした相違が誌上と研究会・合評会での論争を活性化させ、集団にエネルギーを与えていたこともまた確かである。城戸はその点文学的な志向を明確にすることよりも「あらゆる思想傾向を包み込む」人物として集団のまとめ役に徹した。[38] その城戸が『突堤』末期の第二二・二三号の期間、集団を離脱している。理由は明らかになっていないが、感情的な行き違いがあった模様である。この間連絡先は酒井の住所になっているが、城戸の離脱に連袂して大窪も退団した。不思議なのは離脱しているにもかかわらず、第二二・二三号も従来と同じ筆跡でガリ切りがなされていることである。城戸は集団をやめながらもガリ切りでは援助したということであろうか。最後の第二四号ではふたたび城戸宅が連絡先となっているので彼が復帰したことがわかる。

大村文学

『突堤』の時期は、五〇年代前半とは大きく変わって経済成長の始動期と重なるとともに、その経済成長は内向きの「豊かさ」への関心を育み、日本社会がアジアとの連関を見失っていく――列島が閉じていく――時期でもあった。朝鮮戦争期、「抵抗詩」の運動は温度差を含みながらも中国の革命に心を躍らせ、隣国の「民族自決」を防衛する「反戦」の闘いにつながろうとしていた。詩を書く運動の仲間、日常的な政治社会運動の仲間には、多数の朝鮮人がいた。だが、一九五五年の民族運動の転換と日本共産主義運動の転換により、両者は相分かれていくことになった。日本人の間では「内なるアジア」を過去のものとする忘却が進んでいく。

その時代状況の中で、南部文学集団は朝鮮人の文学者集団と関係を深めていく。『突堤』第一四号（一九五六年七月）では大村収容所から浅田石二宛に手紙が来ていることが紹介され、被収容者たちが北への「帰国」を望んでいることを紹介しながら、激励文と日本政府への抗議の呼びかけがなされている。第一六号（一九五七年三月）では収容所から送られた詩「統一」（金田植作）が掲載されるとともに、無署名原稿であるが「金田植さんのことについて」という紹介文も寄せられている。ここで大村収容所内に「大村朝鮮文学会」が結成されていること、サークル誌を送ってほしいという要望が寄せられていることが紹介されている。この間、誌面では報告されていないが、城戸昇がガリを切り、集団有志で製本をして大村朝鮮文学会のサークル誌『大村文学』創刊号が制作されている。この経緯について、城戸は次のように証言している。

『大村文学』というのは、北朝鮮への帰国を望む在日朝鮮人たちが強制収容されていた、大村収容所（長崎県大村市）の中で発刊（一九五六・七）された文学サークル誌で、二号までの印刷・製本を手がけた。

その印刷をやってもらえないか――と、相談を持ちかけてきたのは、『南部文学通信』の浅田石二だった。(39)

『大村文学』第二号は一九五七年一二月に発行されており、これも城戸がガリを切った（『突堤』第二〇号に発行の報告あり。同号には大村朝鮮文学会の安栄二による手記「寄稿　忘れえぬ日」も掲載されている）。城戸の記すところによれば、第一号には浅田石二の祝辞と詩「大村文学の創刊を喜ぶ」「鉄のひびき」、荒井智子の詩「行ってらっしゃい！　金さん」、それに浅田石二、若松良子、荒井智子、森あや、石川肇、桜田健介らの激励の手紙が掲載され、第二号では城戸昇の詩「白い村」、増岡敏和の詩「その炎はどこで燃えるか」が掲載されている。(40) 城戸がこれを記すことができたということは、ある時期までは城戸の手元に『大村文学』が存在したことを物語っているが、現在は失われている。これら一連の協力に対する「感謝旗」が同文学会から南部文学集団に送られたのは一九五八年二月のことであった(41)。これ以後、印刷は朝鮮総連と日朝協会が担当することになり、南部文学集団はお役御免となったが、民族団体よりも先に文学上の友にサークル誌の製作援助を求めるという「友情」のあり方に、この時代の固有の「つながり」の質があるように思う。

南部文学集団叢書

南部文学集団では、『突堤』を発行するほかに「南部文学集団叢書」と題して個人アンソロジーを編集・発行している。『突堤』第一八号（一九五七年六月）では、この叢書の広告が掲載されている。これによると、叢書の番号一は『高島青鐘詩集』、番号二は『江島寛詩集』、番号三は井之川巨・浅田石二・城戸昇三人合同の『詩集』である（四一頁）。これらのうち、高島青鐘詩集は下丸子文化集団の時代に作成されたもの（一九五三年九月）で、表紙には「下丸子文化集団叢書Ⅱ」とあり（「Ⅰ」に該当するものは未発見）、江島寛詩集は江島の一周忌に発行されたもの（一九五五年八月）で、表紙には何らかのシリーズを示す表示はひとつもない。よって、「南部文学集団叢書」は過去のアンソロジーに対して事後的に共通タイトルを与えたものであって、あらかじめ計画されたものではなかったものといえる（井之川・浅田・城戸詩集の奥付頁にも同様の通し番号による紹介が記載されている）。この同じ号の「ペン皿（Ⅱ）」欄に、井之川・浅田・城戸詩集に刺激を受けた竹内照雄が「城戸　昇と共同で短篇小説集の出版をたくら」んでいると書かれているが、この構想も実現するまでにそれから三年以上の年月を要し、竹内単独の小説集『生きている風景』として刊行に至ったのは実に一九六〇年一二月のことであった。これが集団叢書の第四冊目ということになろうか。このときすでに集団は解散してしまっていた。

集団解体以後

集団解体以後、メンバーの多くは「書く」仕事についていった。井之川・浅田・望月らは業界紙記者を経てコピーライターから詩人・編集者・編集者から民話作家へと、それぞれ転身していった。山室達夫は家族の援助で少し遅めに大学に入学し、これまでの経験も生かしつつ東京外語大における全学連非主流派のリーダーの一人として学生運動においても活躍をし、のち構造改革論争などを経て共産党から除名された。竹内は城戸とともに別なサークル活動を続けていった。一九七〇年前後には竹内、城戸、望月、山室らが再結集して文芸同人誌『海』を発行した。井之川は七四年に自らが経営するコピーライターの会社を解散し、高島青鐘と江島寛の詩集、それに自分の五〇年代の作品を編集した詩集を刊行した。これに刺激された城戸とともに井之川は「東京南部の戦後史を考える会」を結成し、サークル運動、労働運動を中心とした南部の戦後運動史の記録と歴史化に力を入れた。その間城戸はかつてのサークル誌の収集に尽力することも怠らなかった。彼らは「サークル」という場を手放すことができない人生を送ったことがわかる。

一九九〇年、かつての南部文学集団の仲間が集まり、新たに文学同人・眼の会を結成して、年一回刊のペースで『眼』を発行し続けている。城戸は一九九四年から二〇〇〇年にかけて東京南部文学ネットワーク誌『わが町あれこれ』を発刊、東京南部の多様な文学の記憶を街の地図や古本屋、溜まり場となった飲み屋の記憶とともに掘り起こし伝える仕事に全力を投入した。彼がこの雑誌を「東京南部文学ネットワーク誌」と呼んでいることは興味深い。かつての南部の文学運動はまさに多様なネットワークによって支えられていたわけだが、城戸の野望はそのネットワークをさらに深層から可視化しようというものであったからである。それは城戸ともつきあいのあった文学者、染谷孝哉の『大田文学地図』の補完という動機に加えて「私自身の「大田文学地図」を書くため」というもうひとつの理由もあった。[42] 彼が生涯にわたる雑誌制作職人であり、かつネットワークの人であったことは、彼が生涯にわたる「工作者」であったことを物語っている。城戸は二〇〇七年三月に他界したが、彼の「工作」の跡は、いまこうしてとりあえず展望できることになった。

かくしてこの時代の表現にふたたび向かい合わなければならない。しかし、この表現群を単純に

『高島青鐘詩集』

『江島寛詩集』

「文学」と呼んでいいのだろうか。南部文学集団の井之川たちが誤って自らをも「政治と文学」の図式の中で裁断しかけた時期があった。自分たちがやりたいのは「政治」ではなく「文学」だと語った時期がある。しかしのちに彼自身が語りはじめたように、「ぼくは詩人という専問《ママ》家としてしか革命の仕事に参加できないし　参加すべきではなかった」[43]という自覚を通して「文学」なるものと「政治」なるものの接合を果たそうとしていった。それは「政治」か「文学」かという二者択一の中で設定された論争の枠をはみ出すものであり、制度的「文学」に再定義を迫る可能性をもった関心である。井之川の後半生はこの可能性を自分たちの歴史的経験の中からどう可視化するかという点にあった。そのとき、若き江島が何度でも参照項となる。

そうした運動論的な意味での表現の定義ということと併せて、この時代に開示された問題は、大衆社会・大衆的リテラシーの時代における表現行為をどのように位置づけ評価するかという問題でもある。サークル運動は大衆社会化に抗して展開されもしたが、しかし同時に大衆社会に向かう中で解放された欲望に突き動かされてもいた。そうした両義性のなかで、人びとは表現に魅せられたのである。このサークル運動における膨大な表現の噴出を「洗練度」において偏差値化することは制度的文化にとってはさほど困難なことではないだろう。しかし、かつてないような形でふたを開かれたこの大衆的な表現の領域は、多様な力が絡み合う場でもあるはずだ。これを「政治と文学」というような制度的論争系で裁断することは、人間の社会的行為や公共性に関わる想像力を貧しくするだけではないだろうか。サークル誌という、いま発掘されつつある無数のテクストの中には、そうした「読みかえ」と新たな文化理論の形成を迫る可能性が隠されている。

補章　サークル運動の記憶と資料はいかに伝えられたか

東京南部におけるサークル文化運動の研究は、在野の研究者、すなわち五〇年代当時の活動者自身によって手をつけられ、進められて、厚みのある成果を出してきた。しかも一人ならず複数の人びとによって相互補完的に——そしてもちろん相互批評的に——行なわれ、そのことによって当事者自身による歴史の創出ともいえる〝東京南部サークル運動史〟が描き出されている。そのことが、その後のわれわれ研究者による研究の重厚な前提となっている。彼らは明白に自分たちの歴史をつくる意思をもち、資料を収集し、ストーリーを記述してきた。

一　城戸昇の「年表」と「地図」——時間の空間化と空間の時間化

まず最初に五〇年代東京南部のサークル文化運動の記録を残すことを思い立ち、携わってきたのは城戸昇（本名・木戸登）であった。城戸は一九五三年に港区の芝浦職安で日雇労働者によるサークル誌『いぶき』を発刊したあと南部文化集団に関わり、「京浜絵の会」の活動も担いつつ、南部文学集団、大田文学懇話会などの活動を積極的に担った。ガリ切りや版画もできる〝サークル職人〟の一人である。城戸は自らの関わった南部文学集団が一九五九年中に活動を停止したことを受け、その前後から目の前で衰退しつつある東京南部のサークル文化運動の記録を残すことを考え、散逸するサークル誌の収集につとめたという(1)。

城戸の方法の特徴は二つあり、「年表」と「地図」というキーワードに集約できる。「年表」というのは、文字通りの年表づくりである。この城戸の試みが完結したのはようやく一九九二年のことであるが、彼は文学、自立演劇、うたごえ等のテーマ別に年表を作成することから始め、最終的に諸分野を網羅した年表の作成に到達した。「地図」というのは、グラフィックな意味での地図づくりもさることながら、東京南部の街区ごとに文学者の事跡やサークル文化運動の足跡を記録していく作業をいい、これは染谷孝哉の『大田文学地図(2)』の仕事と響き合うとともに、染谷の死後、個人誌『わが町あれこれ』(一九九四年二月〜二〇〇〇年一〇月、全二八号)を創刊して、自らも「文学地図」を書き続けていく作業につながっている。同誌にはサークル文化運動史に関係した資料や証言が多数掲載されている。こうした城戸の研究は、「年表」による時間の空間化と「文学地図」による空間の時間化という二つの作業によって成り立つものと言えるだろう。

その最初の成果は、一九七〇年代になってかつての南部文学集団の同僚井之川巨が自らのサークル詩を集成した自著(3)および、早くに亡くなった仲間ですぐれたサークル詩人であった江島寛と高島青鐘の詩集(4)を編集する際に活かされた。二冊の本には当時の詩や散文がサークル誌等から転載されただけでなく、城戸によるサークルの動向の概観や東京南部の区ごとのサークルの分布を示したサークル地図、さらには関係者の証言なども集められ、資料的価値が高められていた。この二冊の出版がきっかけとなって、主として新左翼系の若手労働運動活動家や学生などが集まり、井之川・城戸とともに「東京南部の戦後史を考える会」(一九七五年春〜一九八〇年?)が結成され、機関誌『なんぶ』(一九七五年一〇月〜八〇年六月、全一八号)には井之川、城戸のほか、当時の仲間の証言や回想が寄せられている。井之川は自著の「あとがき」で「ぼくらが果たそうとしている作業は、じつはこの本一冊では完結しない。第二、第三の作業が残っている。それは『下丸子が生んだ二人の詩人＝江島寛と高島青鐘』『東京南部のサークル詩とその記録』(いずれも仮題)をまとめ、発刊することである」と述べているが、(5) この「三冊目」は城戸がその後もライフワークとして背負い続けたものであった。

それが実際に刊行されたのは一九九二年のことであった。『詩と状況・激動の五〇年代——敗戦から六〇年安保闘争まで』、『東京南部戦後サークル運動史年表——敗戦から六〇年安保まで』の二冊からなるこの研究は、城戸の東京南部サークル文化運動史研究の集大成であった。(6)

城戸はもう一人の在野の研究者、浜賀知彦と八〇年代半ばから交流するようになり、互いに文通をし、収集したサークル誌を相互に見せ合いながら、サークルの活動の軌跡や人物、書誌に関する情報を精緻化していった。城戸の作成した年表において多様なサークル誌の創刊年月日や主な活動者の名前などが明らかにできているのは、二人の研究交流に負うところが大きい。城戸年表では東京南部に成立したさまざまな職場・地域サークル、発行していたサークル誌、関わりのあった団体や連絡組織、開かれたイベントなどが詳細に記録されており、このテーマを研究する上で第一級の資料と言える。

城戸はこの年表をふまえ、最終的にサークル運動史の叙述に進んだ。この運動史は、東京南部の広範なサークル文化運動の全体動向を知る上で唯一の本格的な研究であり、職場演劇、職場美術、音楽サークルや美術サークル、詩運動、うたごえ運動、松川事件被告救援運動（松川運動）との関わりにもふれた文化史的にも重要な著作である。ただ、調査の限界もあってか、叙述は下丸子文化集団〜南部文学集団の動向を中心としたものとなっており、年表ほどには「東京南部」を面的にカバーできていないのは残念である。

城戸はこのほか松川運動の記録[7]も「眼の会叢書」として刊行しており、テーマ別の年表として「南部作詩作曲の会」の活動年表（一九八六）や自立演劇運動の年表（一九九二）も編集刊行している。また在野の研究者として城戸には『吉野臥城評伝的著作略年譜』（吉野臥城研究会、一九九四）の著作もある。[8]

二　浜賀知彦の書誌づくり――個々のサークル誌の素性を明らかにする

次に重要な先行研究となるのは浜賀知彦（本名・浜賀登）によるサークル誌の書誌研究である。浜賀自身は五〇年代には日産争議でパージされたあと仲間と『臨港詩派』というグループを作り、のちいくつかのサークル誌の発行に関わったが、下丸子〜南部文学集団のグループとは当時関わりはなかった。その後在野の文学史研究者として、黒島伝治や吉村昭、有島武郎の研究をしていた浜賀は、[9]城戸や井之川ら元南部文学集団の人びととは別個に東京南部のサークル文化運動史に関心をもち、自らも加わっていた民主主義文学同盟東京南部支部機関誌『りありすと』第五号（一九七〇年一〇月刊）に「南部の文学運動史は」と題するエッセイを発表して、サークルを含む文学運動史の記録を残すことを説いていた。だが、その後方法の模索が続き、一九八五年一一月に発行された『りありすと』第三八号にようやく「東京南部の地域文芸雑誌細目に就いて」が発表されて、雑誌ごとにカードを作り、そこにタイトル、発行人、創刊年月日などを記録する作業が始まったと報告された。のちに作業はより詳細になり、現存する各号の目次、発行年月日、発行所などの情報や「創刊のことば」などの雑誌の性格を示す文書などを抽出し、雑誌の書影の撮影も行なうことで、徹底した書誌情報の記録を作成する形で作業は標準化されていった。

先の『りありすと』第三八号を浜賀が城戸に送ったことから二人の交流が始まるとともに、中途で止まっていた城戸のサークル運動史研究のまとめの作業も再起動することになった。浜賀はこの八〇年代後半から『雑誌細目』の発刊を企図して作業を続けていたが、ようやく『戦後東京南部の文学運動――関係雑誌細目』として刊行が始まったのは一九九七年一二月のことであった。同誌は第一一輯(二〇〇五年)まで刊行されている。(10)この浜賀の作業もまた、東京南部のサークル文化運動史を研究する上で必須の参照文献である。この浜賀の作業をひとことで言うなら、個々のサークル誌の目次や発行経過を明らかにすることでその内容や性格を明らかにし、この世に存在した証しを立てていく作業であったと言うことができる。

三　井之川巨による歴史観の提起――主体的・主観的な経験へのこだわりを通して見えた五〇年代固有の問題と状況

東京南部のサークル文化運動史研究の第三のキーパーソンは詩人の井之川巨である。下丸子文化集団に五二年ごろから加わった井之川は、『プゥフゥ』『戸越』はじめ中小の職場をかわるごとにさまざまなサークル誌を発行していたが、「南部作詩作曲の会」では「うたう詩」づくりをするとともに、南部文学集団では中心的な役割を担った。集団解体後は業界紙記者を経てコピーライターとなり、サークル運動とは遠ざかっていたが、先にふれた二冊の本を刊行したあと自らの会社を解散し、城戸とともに「東京南部の戦後史を考える会」を結成して活動する一方、思想の科学研究会編『共同研究集団』（思想の科学研究会編、一九七六）に「下丸子文化集団——一九五〇年代・労働者詩人の群像」を執筆、また、詩人の植松安太郎と二人で始めた詩雑誌『原詩人』誌上でも五〇年代のサークル文化運動の関係者を紹介したり、『新地平』や『新日本文学』等に自らの体験をふりかえる手記を寄せていった[11]。井之川の作業には、自らの体験を中心とした叙述のため事実関係の検証に不十分なところも多いが、一般的な「文学史」においては放置されたままになっていた「五〇年問題」「サークル」『人民文学』といったテーマにこだわり、この時代固有の文脈でサークル文化運動をとらえ直すことを執拗に説きつづけた。その内容は「歴史の封印を解く」というたとえが当てはまる重要な示唆に富んでいる。「俗流大衆路線」「共産党主流派のセクト主義」という「文学史」「運動史」上のレッテルに抗い、これをはがして当時の生のテキストと活動にふれる〝現象学的還元〟を可能にしてくれたのは、この執拗な「井之川テーゼ」の衝迫力による。

たとえば井之川は、「ぼくの規定によれば、この一九五〇年のコミンフォルム批判から、一九五七年の平和革命論への先祖帰りまでの期間に提起されたもろもろの問題が、いわゆる「五〇年問題」なのである。［…］ここにはさまざまな問題、革命の問題、党の問題、政治と文化の問題などが内包されている。ここに七〇年代の今を解き明かす鍵がある。いっこうに古くならないテクストがある。／

このテクストを些細に検討するものは誰か。それを日本共産党はしようとしない。／〔…〕新左翼の人たちは、どうやら五〇年代を日共スターリニストの歴史として、丸ごと捨て去ってしまっているかに見える。新左翼運動には事実として六〇年代以前の歴史はない。しかし、その闘魂は五〇年代にも、あるいは、三〇年代にも脈々と伝えられていたのだ。その歴史を新左翼運動の前史として、十分に検証しつくさなければならない。ぼくらは「五〇年問題」について、もっと執拗に語りつくさなければならない、と今にして思われてならないのだ」という重要な問題提起を行なっている。[12] こうした五〇年代サークル文化運動に関する「井之川テーゼ」に強いインパクトを受けて、このあとにふれる私たちの共同研究は進められた。この井之川の問題提起がなければ、歴史像を明確にすることはできなかっただろう。

以上をまとめると、城戸の年表と地図、浜賀の書誌、井之川の歴史観という三様の先行研究（作業）があって初めてその後の研究も可能になったのであるし、資料の保存と自分たちの記録を残すことを通じて自分たち自身の歴史を創出しようという三者に共通した努力は、東京南部サークル文化運動史の第二のページを形作るものである。

四　文化工作研究会による共同研究

これらの先行研究をふまえつつ、当時のサークル誌を直接読み、関係者にインタビューを重ねる共同研究を行なったのが「文化工作研究会（以下、文工研）」である。文工研は当時『現代思想』誌編集長であった池上善彦が、雑誌の企画でたまたま井之川巨にインタビューをした際（二〇〇三年九月）、五〇年代のサークル誌を見せられ体験を聞いて関心をもち、呼びかけた研究会である。細かい経緯は省くが、浜賀知彦が収集していたサークル誌をデジタル撮影し、これをプリントアウトしてメンバーに配布し、共同で――時には声を出して――読み込み、討論していくという形で進められた。その成果は『現代思想』二〇〇七年一二月臨時増刊号「戦後民衆精神史」という形で一挙に発表された。同誌の主な論文をふりかえっておくと、拙稿「下丸子文化集団とその時代」では、一九五〇年代サークル文化運動研究の枠組みを提起するとともに、下丸子文化集団の結成から南部文学集団解体までの経過と論点を二〇〇枚にまとめており、全体の序論の役割を果たしている。近藤真理子「女性労働者たちの詩サークル」では、国鉄大井被服工場の女性労働者による『たんぽぽ』詩集誕生の経過とその後をまとめている。入江公康「詩を撒く」では、一九五二年に「非合法」の詩誌として発行された『石ツブテ』の内容紹介を、山本唯人「サークルと労働者文化」では、『油さし』『いぶき』『戸越』といったサークル誌を当時の港区や品川区の街の中に置いて解読を試みている。ジャスティン・ジェスティー「版画と版画運動」は、戦後日本における文化運動の中に版画運動を位置づけ、東京南部で展開された「京浜絵の会」の活動を分析している。拙稿「工作者・江島寛」では、若くして亡くなった下丸子文化集団のリーダーの生涯と思索をふりかえった評伝である。以上全体をもう一度同時代の文化史の中に位置づける座談会が、成田龍一・鳥羽耕史・道場親信・池田雅人「座談会・戦後民衆精神史」であった。同誌が発行されたことで、各地のサークル文化運動の研究に刺激となり、「戦後文化運動合同研究会」の開催につながった。文工研はその後も活動を続けたが、現在は休眠状態である。その間私はサークル文化運動研究についての論文を続けて執筆してきた。(13)

みすず 新刊案内

2016. 10

ミクロストリアと世界史

歴史家の仕事について

カルロ・ギンズブルグ
上村忠男編訳

長年にわたり世界の歴史学を牽引してきた著者の現在を伝える日本語版オリジナルの7篇。『チーズとうじ虫』はじめ、数々のミクロストリアと事例研究をとおして歴史家の課題に挑んで来た著者の仕事は、この十年のあいだに発表された本書収録の「緯度、奴隷、聖書」「世界を地方化する――ヨーロッパ人、インド人、ユダヤ人（一七〇四年）」「わたしたちの言葉と彼らの言葉――歴史家の仕事の現在にかんする省察」「ヴァールブルクの鋏」「内なる対話――悪魔の代言人としてのユダヤ人」「ミクロストリアと世界史」「無意志的な啓示――歴史を逆なでしながら読む」の各編でますます磨きがかかっている。多様な観点から「歴史とは何か」を考える書でもある。

「ほとんど無名に近い個人でも、はるかに大規模な現象にかんする省察への道を拓くことがありうる。〈ミクロストリアと世界史〉は、互いに両立不可能であるどころか、相手を強化しあうのだ」。

四六判　三〇四頁　四二〇〇円（税別）

小さな建築［増補新版］

富田玲子

学校も、公民館も、オフィスビルも、人が長い時間をすごす暮らしの場。心地良く暮らすための設計の方法とは？　赤ちゃんから老人になるまで、さまざまに変化する暮らしに応じてつくられた空間は、おのずと有機的な形をもち、私たちに親しく語りかける。

東大建築学科はじめての女子学生として丹下健三に学び、吉阪隆正研究室を経て、七一年に仲間と「象設計集団」を創設した富田玲子は、巨大建築とは一線を画したもうひとつの潮流を創ってきた。やわらかい語り口で建築の常識を次々とひっくり返す「小さな建築」とはなんだろうか。

小学校、中学校、保育園、老人ホーム、公民館、庁舎、温泉施設、遊歩道など、地域に根ざした多様な空間を生み出しつづける中で、共同性の思想とみずからの建築設計のプロセスをはじめて語る。人も、風も、光も、木も、鳥も、ともに呼び込む、よろこびあふれる建築論。「建築オノマトペ」をあらたに増補。

四六判　三二八頁　二八〇〇円（税別）

生命、エネルギー、進化

ニック・レーン
斉藤隆央訳

高い評価を得た『ミトコンドリアが進化を決めた』の著者が、当時の理論を直近十年余の研究に基づいてバージョンアップし、進化史の新たな切り口を問う一冊。

絶え間なく流動する生体エネルギーが、四〇億年の進化の成り行きにさまざまな制約を課してきたと著者は言う。その「制約」こそが、原初の生命からあなたに至るまでのすべての生物を彫琢してきたのだ、と。

「化学浸透共役」というエネルギー形態のシンプルかつ変幻自在な特性に注目し、生命の起源のシナリオを説得的に描きだす第3章、「一遺伝子あたりの利用可能なエネルギー」を手がかりに、真核生物と原核生物の間の大きなギャップを説明する第5章など、目の覚めるようなアイデアを次々に提示。起源／複雑化／性／死といった難題を統一的に解釈する。

研究者が脳で感じているスリルと興奮を体感できる、圧倒的な読み応えの科学書だ。

四六判　四〇八頁　三六〇〇円（税別）

ユング　夢分析論

C・G・ユング
横山博監訳　大塚紳一郎訳

〈夢とは象徴化を行う人間の能力を研究する上で最も一般的かつ普遍的にアクセス可能な源泉である〉

フロイトが「夢は願望充足であり、睡眠の守り手である」としたのに対して、ユングは、夢とは「あるがままの姿」でこころの状況を描くものであり、共同社会に適応するためにどうしても一面的にならざるをえない自我意識に対する補償の役割を果たしている、と考えた。そして夢分析の可能性と意味を長年にわたる臨床実践を通して明らかにしていく。「集合的無意識」「象徴」「元型」などの鍵概念も、そこから確固たるものになっていった。

「夢分析の臨床使用の可能性」「夢心理学概論」「夢の本質について」「夢の分析」「数の夢に関する考察」「象徴と夢解釈」の6編を収録。夢についてのユングの考え方が網羅されるだけでなく、その心理学全体がコンパクトに表現されている。臨床家ユングの姿を生き生きと伝える、初心者にも格好の書。

四六判　二九六頁　三四〇〇円（税別）

最近の刊行書

—2016年10月—

ロジェ・グルニエ　宮下志朗訳
パリはわが町　3700円

保坂和志
試行錯誤に漂う　予2700円

道場親信
下丸子文化集団とその時代——1950年代サークル文化運動の光芒　予3800円

根川幸男
ブラジル日系移民の教育文化　予13000円

御園生涼子
映画の声——戦後日本映画と私たち　予3800円

酒井忠康
芸術の海をゆく人——回想の土方定一　予4500円

＊＊＊

—好評書評書籍—

70歳の日記	メイ・サートン　幾島幸子訳	3400円
過去をもつ人	荒川洋治	2700円
怪物君	吉増剛造	4200円
キッド——僕と彼氏はいかにして赤ちゃんを授かったか	ダン・サヴェージ　大沢章子訳	3200円
死すべき定め——死にゆく人に何ができるか	A. ガワンデ　原井宏明訳	2800円

＊＊＊

月刊みすず　2016年10月号

「二人のハンス」池内紀／「小さな島から小さな島へ——『奴隷船の歴史』終わらない後書き」上野直子／新連載:「食べたくなる本」三浦哲哉／連載:「図書館の可能性」（第22回）辻由美・「老年は海図のない海」（第12回）大井玄／小沢信男・外岡秀俊・宮島喬・上村忠男 ほか　300円(10月1日発行)

みすず書房
http://www.msz.co.jp
東京都文京区本郷5-32-21　〒113-0033
TEL. 03-3814-0131（営業部）
FAX 03-3818-6435

表紙：ヨゼフ・チャペック　※表示価格はすべて税別です

五　神奈川のサークル文化運動研究

「戦後民衆精神史」の発刊を受けて、一九五〇年代前半の「京浜（工業）地帯」・神奈川側のサークル文化運動の研究を行なったのは根津壮史である。[14] 根津は川崎と横浜、とくに後者を中心とした神奈川のサークル文化運動の動向について、前史ともいうべきレッドパージ以前の時期（一九四六〜四九年）、パージ後・朝鮮戦争の時期（一九五〇〜五二年）、さらに五三年から五五年にかけて横浜で盛り上がりを見せた横断的なサークル・ネットワーク組織化の時期の三期に分け、その担い手、ネットワークの特徴、活動の連続性と断絶について考察している。

ここでとくに注目されるのは、根津が明らかにしているように、神奈川においては一九四六年に結成された「京浜労働文化同盟」に参加した岩藤雪夫、山田今次、松永浩介、船方一ら戦前来の活動家が、文化同盟解体以後もさまざまなサークル・ネットワーク形成の試みに対して助力し、あるいは自らキーパーソンとなって、サークル文化運動の中で重要な役割を果たし続けていること、また、神奈川全県的なネットワークが担い手を変えながらも継続できていることである。

東京においては、人口も多くサークルや活動者の数も多かったからか、東京文サ協解体以後は「全東京」的なサークル・ネットワークは形成されなかったし、そのようなものを形成するキーパーソンの連続性も見られなかった。もっとも、神奈川のように「県都」のようなもののない東京の構造的特徴や特殊性を考慮に入れる必要もあり、文サ協の崩壊とほぼ入れかわりに創刊された『人民文学』などの「中央誌」が発行されることで、東京の地域・職場サークルは直接にこれら中央誌に接続していったとも考えられるからである。

また、東京南部をとっても、神奈川のような戦前と戦後を結ぶキーパーソンは日本文学協会東京南部支部の吉野裕や埴原一亟ら——彼らはサークル運動のよき助力者・助言者ではあったが組織者ではなかった——のようにサークル運動の前面には必ずしも出なかった人びとを除けば「顔」となる活動家が不在で、中堅・ベテランが組織者の役割を果たさず、神奈川に比べて東京はよりアナーキー(分散的・非恒常的)であるという特徴が浮かび上がってくる。このほか、京浜労働文化同盟の主要活動家の一人であった呉隆がのちに東京南部で一時的に活躍することや、五〇年代初頭のサークル詩のアンソロジー『京浜の虹』(理論社編、一九五二)の編集イニシアティブをとったのは神奈川の人びとであるなど、人的にもつながりのある隣接地域の動向が明らかにされたことで、東京南部研究にとって重要な示唆を与える論文であると言える。

根津の研究は当時の活動家たちが保存していたサークル誌を掘り起こすことで可能になっているが、この種の研究には資料的制約が大きいことは言うまでもない。東京南部に関しては前出の浜賀知彦のもとに集められたサークル誌以外にまとまった形で所蔵している機関もなく、現存するのは当時発行されたもののごく一部と言わざるをえない。その中でも下丸子文化集団〜南部文学集団の発行したサークル誌は一部の欠号を除いてほぼ全体が保存されていること[15]、同集団は『人民文学』『詩運動』『列島』『文学の友』などの中央誌にしばしば作品が転載され、全国的にも有名であったこと、また、一時期はこの集団が呼びかけ主体となってサークルの交流会が開かれていたこと、さらにはこの集団が折々に取り上げて論じているテーマが東京南部外のサークルの動向とも関連をもち、その中で重要な論点を出していることから、同時代の他地域のサークル文化運動との比較にも開かれてること、などを考えると、やはり東京南部のサークル文化運動の動向を追う上で最も好適な集団であると言うことができるだろう。

六　残された課題

下丸子文化集団の軌跡は、奇跡的に保持されてきた資料と、自分たちの歴史を残すという当事者のねばり強い作業によって今日アプローチが可能となったものである。幸運にも関係者の方々がお元気なうちに私たちは出会うことができ、お話をうかがうこともできた。しかし、当時無数にあったという東京南部のサークル文化運動の全貌を知ろうとしても、資料や証言者の限界から今後の研究は困難であることが予想される。ここでたどってきたストーリーも、あるいは文化集団によって「東京南部」を代表させる過剰な物語なのかもしれない。

今後進められるべきこととして、まず第一に浜賀知彦収集のサークル誌コレクションの整理と分析の作業が挙げられる。ご遺族から借用して現在和光大学の私の研究室に保管中であるが、整理の技術が伴わず、苦心している。最終的にはデータベースを整備した上でしかるべき資料所蔵機関に移管し公開の体制を作るところまでいきたいと考えている。知恵と労力をご提供いただければと思う。

第二に、各地のサークル文化運動研究との比較・対照の作業は今後相互の協力のもとで進めていけたらと思う。

高島青鐘「北辰電気」（『高島青鐘詩集』より）

第四章　全国誌と地域サークル　東京南部から見た『人民文学』

一九五〇年代に下丸子文化集団〜南部文学集団で活動し、七〇年代からふたたび詩人としての表現活動を続けた井之川巨は、『人民文学』誌と同誌を舞台に展開されたサークル文学運動の意義を歴史的に明らかにする作業の必要を生涯にわたって訴え続けた。一九七六年に井之川は次のように述べている。

ぼくはなぜ人民文学にこだわりつづけるかというとそこに本当の文学の闘いがあったと思うからなのだ。五〇年という状況の中で、労働者文化を創出しようとする闘い。サークルを組織し育成しようとする闘い。それは、新日本文学がやろうとしてできなかった運動である。現在の日共宮本派が、どんなに否定しようにも否定しきれない人民文学の満身創痍の歴史は、厳として存在するのである。

（「なぜ「人民文学」なのか」『なんぶ』第七号、一九七六年七月、三頁）

井之川の述べる如く、それは曇りなく輝きに満ちた軌跡ではなかった。まさに「満身創痍」の状況の中で、無名の人びとに新しい表現の場を開こうという格闘が続けられた。それは決して勝利しなかったが、しかしその後忘れ去られることになった重要な問題に対して『人民文学』は果敢に取り組み続けた。その意味で『人民文学』は今日なお重要なメディアである。

それゆえ井之川やかつての文化集団の仲間であった浅田石二らは、一九八〇年代に一度この雑誌の復刻を企てたことがあった（浅田石二・柴崎公三郎氏へのインタビューによる）。当時は「時期尚早」という意見があり刊行に至らなかったが、私が浅田氏を介して元発行責任者の柴崎氏にお会いしインタビューをしたことが直接の機縁となり、日の目を見ることになった。サークルが結ぶ六〇年の縁が、不可能を可能にしたのであった。

『人民文学』は、これまでにない規模でサークル詩運動が高揚した一九五〇年代前半という時代において、「中央誌」としての機能を果たし、この運動の高揚を支えたメディアであった。

一　サークル詩運動から見た時期区分

『人民文学』誌における「サークル」の意味を考えていく上では、変動著しいそのときどきの政治状況、そして各時期の編集長の個性を無視するわけにはいかない。本誌発行責任者であった柴崎公三郎に対する鳥羽耕史との共同インタビュー(1)によって明らかになった各編集長の担当時期をもとにまとめられた五つの時期区分に対し、サークルという視点から再定義を試みるとすれば、次のようになるだろう。

まず、第一期の江馬修編集長時代（一九五〇年一一月号〜五一年八月号）は、共産党の党内闘争の文脈を色濃く反映しながら、新雑誌『人民文学』の固有のニッチを確保すべく『新日本文学』の「プチブル性」を批判し、自らを労働者階級に依拠した文学雑誌であることを強調していく時期であった。ちょうど五一年八月には党主流派を正統とするコミンフォルムの見解が示される中で「国際派（反主流派）」の「復党」が始まった時期でもあり、これ以後党内闘争の色彩が弱まっていくのは編集長交代によるばかりではない。この党内闘争の姿勢が緩和された時期に赤木健介が編集長（五一年九・一〇月合併号〜五二年九月号）となり、各地のサークル、とくに詩サークル・詩人集団を誌面に登場させ、松川事件被告救援運動（松川運動）との間に「詩」を通じたつながりと高揚を生み出していく時期になる。いわば誌面へのサークル導入期と位置づけることができる。赤木と交代した廣末保時代は半年足らずの短い期間であったが（五二年一〇・一一月合併号〜五三年三月号）、赤木時代に拡大し高揚したサークル詩運動を理論化していく志向を示し、読者からは「むずかしい」と批判されながらも、この時期のサークル文化運動論の最も高い水準を実現していった時期である。第四期は戸石泰一編集の時期で（五三年四月〜一二月）、「ルポルタージュと創作を重視する傾向が強まる」（鳥羽）が、それはサークル詩運動よりも「記録」としてのルポルタージュと「労働者作家」による小説に比重がかかっていくという意味である。この時期サークル詩運動は「いきづまり」に来ているとの認識が盛んに語られるようになっている。第五期（五四年一月〜五五年二月）になるとサークル詩運動のダイナミズムは誌面からは消え、廣末時代を頂点として煮詰められていった運動論が革新されることはなかった。

よって、ここでは第二期の赤木時代と第三期の廣末時代を中心に、サークル詩運動の高揚がどのように運動論化され、そして論争が中絶していったかを見ることにしたい。「実践と創作」論争と仮に呼ぶこの論争は四期のはじめまでは継続するが、のちに問いそのものが転換されてしまう。この転換の意味についても考察してみたい。

二　『人民文学』が解放したもの——表現への参加

「大衆路線」と〝働くものの文学〟

『人民文学』は創刊号の段階からこの雑誌がサークルに基盤を置くことを企図して「人民文学友の会」サークルの結成を呼びかけていた[2]（「読者諸君に訴える」四九頁）。このことは、雑誌創刊の政治的文脈に規定されているとともに、その後この狭い文脈を抜けてひとつの世界を開く、その可能性を秘めたものとしても重要な意味をもっている。つまり、『新日本文学』との「民主主義文学」運動におけるヘゲモニー闘争の一環として、地域の文学愛好者やサークル活動家を各地の「支部」へとすでに組織していた新日本文学会に対抗する上で同様の地域基盤が必要であったということがまず指摘できるが、それとともに中国共産党の革命路線に強い影響を受けたこの時期の日本共産党（主流派）が採用した「大衆路線」の中でも、労働者農民大衆を基盤とした文化運動の重要性が説かれていたのである。プロ・セミプロのインテリ作家を多数擁する新日本文学会に対して、一方では党派闘争上のシンボル操作として、他方では党の政治路線においても階級シンボルを重視する立場から、新日文的「プチブル」排撃とセットになった〝働くものの文学〟の課題が浮上する文脈があった。

しかし「大衆路線」と〝働くものの文学〟というテーマは、党派闘争の方便にとどまるものではない。実際に五一年夏以降、党派闘争が外的な権威によって収束させられていくと、この課題を文学運動としてどのように具体化するかという関心が前面に出てくることになるのである。そして、この課題を具体化しようとすると、とかく易きに流れやすいという困難な問題に直面することになる。

「大衆路線」ということばの中味は多岐にわたる。高踏的でインテリ好みの晦渋な表現に対する平易で共感を誘いやすい表現、という表現レベルの問題から、大衆そのものの表現活動への参加、表現者の大衆との交流、大衆の中での創作活動など、プロの表現者＝送り手と大衆＝受け手の従来的な分業を打ち砕き、人間の表現行為・文化活動を広く大衆の生活の場に接続させるという壮大な文化革命の構想にまでつながる幅広いスペクトルをもっていた。逆にいえば、それだけとらえどころのない概念であったということでもある。そして〝働くものの文学〟とは、労働者のことを描いた文学にはじまり、労働者階級による階級闘争の歴史的発展に奉仕する文学、また労働者の憩いとなる文学、さらには労働者自身が書き手になることまでを含んでいた。

なかでもこの雑誌が魅力を放ったのは、労働者大衆自身が表現行為の主体となる、そうした新たな実践の場として誌面を解放したからであった。

「普及と達成の統一」

『人民文学』誌上で最初にサークルへの具体的な方針を示したのは、第二号（一九五〇年一二月）の、増山太助「サークル活動における普及と達成の統一」である。増山は当時共産党主流派の東京都委員会ビューロー・キャップであり、『人民文学』創刊にも深く関わっていた。(3) 彼は、「文学の普及活動はサークルがやり、達成は職業文学者が担う栄誉であるかのごとき理論と実践指導」を批判し（従来新日本文学会のやり方がそうであった、とする）、「普及」と「達成」の「統一的把握」を説いている。「われわれの普及活動は、闘う労働者、農民、広汎な大衆に、積極的に組織的にあらゆる形で、作品を持ち込むことである」とし、「人民文学にたずさわるすべてのものは、自らの周囲に、それぞれの条件に応じた文学サークル運動を起すべきである。そして、まず広汎な遅れた労働者、農民のための活動、その次に進んだ分子のための作品を普及し、達成しなければならない」というのだが、ここでいう「統一的把握」とは、「まず広汎な遅れた労働者、農民のための活動、その次に進んだ分子のための作品を普及し、達成しなければならない」という順序の問題として語られ、そこには「遅れた」分子と「進んだ」分子との間のヒエラルキーが抜きがたく前提されてはいるが、大衆の中に「作品を持ち込むこと」、その回路として「それぞれの条件に応じたサークル運動を起すべき」ことは、この時代特有の「解放」と「文学」との結びつきの可能性を垣間見させるものであった（三六―三七頁）。それは、これまで文学実践と解放運動を別々に考え、運動の余白の時間に個的営為として「文学」を実践していた労働者の書き手たちに対して、文学実践を通じた解放、という新たな実践の形態を提示したのであった。

ここに示されたサークルと社会運動との連関は、文化活動の政治活動への従属、という共産党的な文化政策[4]に裏づけられたものであり、党が示す大文字の政治への「奉仕」を刻印されたものではあったが、ゴリゴリの政治主義に対して文化活動の有効性を対置し、政治への「従属」の身ぶりを通した政治の脱構築を狙うアヴァンギャルドたちの戦略に対しても、一定の余地と〝言い訳〟を用意した

（谷川雁の「サークル」は、そうした戦略的場である）。もちろん、現実には教条主義ゆえに開かれた「百花斉放」の誘いが引き出したものは、まさに教条的で定型性にまみれた表現の奔流であったわけだが、にもかかわらず考えておきたいのは、初めて政治的な関心や社会化された情動を表現するに至った人びとが、教条的なスローガンのインパクトや通用力に仮託して自らの内的な衝迫の強度を確保しようとしたときの、初めてといっていい「方法」への関心についてである。定型にはめ込み、教条的に叫ぶことを笑うのはたやすい。しかし叫んでいる人びとはそこで「オリジナル」な個的表現を追求しているわけではないのだ。彼らが求めていることは、情動に形を与えること。「大衆路線」のコミュニズムは、定型的で教条的な方法を通じて大衆の情動に応答しようとした。それはきわめて危険な政治でもある。だが、その危険性を厭うあまり、これに美的なセンスを対置して情動に抗する「個」を屹立させるだけでは、集団主義か個人主義か、という二〇世紀の政治－社会思想を貫いてきた「ブルジョア社会学」的方法論争を反復するにとどまるのではないか。人間の表現行為はただ「美」のためにあるわけではない。そして同時に、「政治」の道具にとどまるものでもない。表現行為は人びとの情動をゆさぶり、ときにこれを組織し、社会的な認知の枠組みをずらし、身体性を解放するばかりでなく、スローガンや教条によって支えられた政治の殻を破ってしまう。それは「個」によって担われることもあれば、「集団」によって実現されることもある。そうした表現行為の実験が、前衛党指導の社会変革という大義名分の中で、大義名分を構成する政治言語に多分に拘束されながらも「大衆」レベルで取り組まれた、そのメディアとして『人民文学』は幸運な（もちろん同時に不幸な）歴史的位置を占めているのである。

「詩」という領域

とりわけこの雑誌を通じて広範な表現への参加を生み出したのは「詩」という領域であった。俳句や短歌などの短詩形文学においては、労働者が投稿しメジャーになるという回路は久しく存在していた（ただし、「労働者」であると否とに関わらず投稿できる、という土俵の上でのことが多かったが）。小説においては、作品構成に時間がかかる上、作家個人の構成力に負うところが大きくなる。これに対し、詩は「集団創作」に取り組みやすく、「自分にも書けた」という体験はさほど苦労せずとも手に入れることができる。そして『人民文学』誌上に紹介されたサークル詩の世界においては、模倣しやすいスタイルを前面に出していた。まとまった表現のための時間がとれない労働者にとって、短詩形文学と並び「詩」という領域は、取り組みやすい「文学」であったといえるだろう。しかし、日本社会において「詩」は通常であれば読者の少ないマイナーな文学であり、それゆえ「詩」を探究することは玄人的で高踏な営為となりやすく、投稿したら掲載してくれるような全国誌などめったにあるものではなかった。『人民文学』は、「民族解放」の政治的高揚の中で労働者詩人たちに登場の機会を与えた稀有な全国誌であった。とくに赤木健介編集長時代になって各地の「詩人集団」がその活動とともに紹介され、詩作の模範とされるようになると、競うようにサークル誌が編集部に寄せられ、幾人かの詩人たちが寄稿を求められるようになっていった。浅田石二は、「『新日本文学』は、それで勉強する雑誌、『人民文学』はそれに対して俺たちの雑誌という感じでしたね」と回想する。『人民文学』と各地の「詩人集団」はメディア・イベントとしての相補関係に入り、これがこの時代のサークル詩運動の高揚を生み出していった。

詩とともに『人民文学』において高揚を遂げていったのは、読者からの「たより」の欄であった。三号目の五一年一月号では、「読者諸君の熱愛にこたえて」読者欄が二頁から四頁へと倍増し、二ヵ月後の同年三月号の読者欄では、「一つの提案」と題して帯広市の松本良雄から「大衆の中に闘っている人達の文学活動（機関誌・紙が含まれています）から、学ぶべき点や、欠陥等を「人民文学」の片隅ででもよろしいですから紹介して頂きたい」（九四頁）という提案がなされている。これを受ける形で、誌上ではサークル誌の紹介が行なわれ、サークルの育成が課題として掲げられるようになっていく。さらに同年六月号の読者欄では、新潟県の園部芳子が「読者欄をわたしたちの手で」という提案を行なっている（同号九三頁）。五一年三月号には編集部による「読者諸君へ」というアピールが掲載され、「地方サークル員諸君の努力により、急速にサークルと編集部が密接な連絡がとれるようになつた」と記されている（同号五二頁）。これら地域のサークル活動家から「全国編集委員」を募るという呼びかけも五一年一二月号でなされているが、「全国編集委員」という仕組みは各地の指導的なサークル活動家を本誌への書き手として結びつける象徴的な名称にとどまったのではないかと考えられる。[5] 読者欄では、創刊当初は中野重治や宮本百合子批判の投書や「大衆路線」を体現した島田政雄の論文やタカクラ・テルの作品に対する賛同の投書など、編集部の路線に沿った〝サクラ〟的なものが多く掲載されているが、徐々に各地のサークルの報告や記事掲載の希望と並び、誌面批判を積極的に載せるようになっていった。[6]

三 『人民文学』とサークル——サークルと政治運動

サークルの書き手たちへの誌面の開放は創刊当初から掲げられてはいたが、常設のコーナー「仲間《サークル》の会を作ろう 育てよう」が設置されたのが五一年七月、さらに投稿欄「町から村から」が設置されたのは一一月号からである。ちょうど江馬編集長から赤木編集長へ交代する時期にサークルの書き手たちへの誌面開放が積極化している。この時期、朝鮮戦争、講和問題、松川事件といった政治的問題とサークル詩運動は深い関連を有し、これらの問題を主題として詩作を行なうことが推奨されたが、こうした政治的テーマとサークル運動は必ずしも一義的な関係、すなわち政治運動が激化すればサークル詩運動も必ず高揚するという対応関係をもっていたわけではなかった。五二年春以降の一連の激化事件、すなわち二月二一日の「反植民地闘争デー」から「メーデー事件」「五・三〇事件」「吹田・枚方事件」「大須事件」にかけての事件とともに駆け抜けた詩運動グループがあり、『人民文学』誌上でもメーデー事件などが特集されてはいるが、この時代の詩運動が「工作隊主義」のようなレッテルによって一網打尽に否定されるほど激化事件とともにあったかといえば、たとえば名古屋の『とけいだい』などのように、この時代の政治動向にふりまわされなかった詩運動なども多数あり、そうしたサークルは政治的清算の年「五五年」を超えて活動を持続していった。(7) 松川運動も六〇年代の完全勝利まで続いていった。他方政治路線の転換によって消耗し解体した集団もあるが、集団自体の路線転換によって生きのびたところも多数ある。サークル詩運動に主体をおいて考える場合には、その持続の中で『人民文学』時代をとらえる視点が必要であるだろう。

そして、政治のダイナミズムは確かに詩作を刺激するものであり、これまでにない大衆の政治参加と表現活動への参加という高揚が「詩」という領域で交差したという事実の中に孕まれる可能性は、いまだ十分に読み解かれていないのではないかと考えられる。松川運動において被告団が「詩人集団」と化し、被告救援運動が「詩」の運動として成功したという事実[8]は、社会運動と「詩」が幸福な相乗性をもってつながっていた時代がかつて存在したことを示している。また、浜賀知彦が証言しているように、労働争議の報告が「詩」のビラとしてまとめられ、浸透していく時代がこの時代であった[9]。狭い意味での「文学性」とは異なるノリと愉しみがこの時代の「詩」や表現行為の中にあり、そして表現者たちはそれが「俺たちの文学」であると考えていた。「政治」や具体的なつながり、現場の記憶抜きには楽しむことのできない言語表現、これを「文学」と呼ぶべきか否かということは当時から論争になっていたが、そのことはとりわけ「現場」から離れたところで複製される情報の媒体であった『人民文学』にとっても深刻な問題であったと思われる。現場性を追体験するためにコンテクストを過剰に補充するか、逆に普遍性へとつながる表現――「典型性」――へと洗練させるか、いずれかの方法が標準的であったが、運動性をもった面白さの可能性はもっと多様にありえたのではないか。

サークル論の展開

同時代においてもその点を明確な形で言語化する作業は進んでいたとはいいがたいが、サークルの書き手たちの登場がひんぱんになり、作品の紹介が多数に及ぶと、サークルの意義をめぐる議論からサークルの運営に関わる実践報告、さらにサークルの中で「書く」「創作する」ことをめぐる具体的な論議が掲載されている。『人民文学』と『文学の友』におけるこの種の議論の頂点は五二年から五三年にかけての「実践と創作」論争であったと考えられるが、より一般的な形ではサークル詩の評価基準をめぐる議論も広範な形で行なわれた。この議論は『人民文学』誌の内部に収まるものではなく、各地のサークル誌はもちろんのこと、『新日本文学』や『列島』、そして『文学』や『詩学』をも巻き込んで展開された。それは「詩」が大量の新しい書き手と新しくエネルギッシュな媒体を通じてあらわれてきたことを、「詩であるか否か」という水際で論じるのであれ、「詩としてどう評価するか」という文学内部の議論とするのであれ、受けとめざるを得ない（と「詩人」たちも考えた）現実があったからである。しかしこのようなムーブメントは、「中央誌」としての『人民文学』が存在しなければありえなかったであろう。

もちろんこうした詩運動の盛り上がりに対して、『人民文学』はただ受け身に回っていたわけではない。モデルとなる詩運動のスタイルを積極的に押し出し、その活動を紹介していった。そこではサークル一般の活性化を積極的に評価する姿勢が基本にありながらも、より工作者性の強い――したがって政治的志向をもち「政治」と「文学」を運動的に節合しようとした――「詩人集団」を望ましいモデルとして提示したのである。一九五一年春には野間宏の指導で「文京詩人集団」が活動を始め、これに刺激を受けた安部公房・勅使河原宏・桂川寛らが東京大田区の工場地帯・下丸子で「下丸子文化集団」の結成を援助、また出版社の集中する千代田区（人民文学社もその一角にあった）では「千代田詩人集団」も結成されていた。人脈的にも地理的にも『人民文学』の活動に「近い」存在だったこれらの在京詩人集団は、誌面の上で積極的に紹介され、また意味づけられていった。これに刺激されて、各地の詩人集団や詩サークルも自らの実践を報告し、論議を行なっていった。

こうした動向に対して理論的な位置づけを行なったのはサカイ・トクゾー「詩歌はたたかつている——詩歌活動家の当面する任務についての断片的感想」(五一年六月号)である。サカイは次のように語っている。

地域人民斗争の一コマとしての詩歌の地域的斗争が次第に高まりつゝある。それは、詩歌の活動家たちが労働者階級の指導の下にあつて、居住の、経営の、さらに地域のたゝかいに結ばれておれば、必然的に起りうることである。京浜や千葉の詩人たちの仕事をはじめ、北海道のサッポロの詩人たちの仕事、ハコダテの詩人たちの仕事は、みな早くから、この性格を押し出しており、青森、盛岡の詩人の集団でも、こうした筋金が背骨となつているようだ。また群馬勤労者集団からはマッカーサー元帥の解任を機会に、その解任を主題とした町の人びとの詩集が出され、東京の文京区では経営内の戦時的重圧や反戦・独立を主題とした「文京解放詩集」が大衆間の書き手によつて作られている。すべてこれらの活動は(こゝでは僅かな例だけあげたが)それぞれに地域的な意義を打ち出している点に注目すべきで、今日の情勢下では、これを新しい観点から検討し、その努力と意味を、さらに組織的に発展させなければならないと考えられる。(同誌五五頁)

同じ号には福田穂による『文京解放詩集』の「寸評」が掲載されており、野間宏を中心に文京詩人集団が運営されていることが明らかにされている。続く七月号では野間自身による「詩人集団について(1)」が掲載され、「最近の日本の文学の動きでもっとも注目すべきことは、日本のいたるところで詩がつくられ、多くの詩人の集団が生れてきていることだと私は考えている」(七八頁)と述べている。野間はアメリカによる植民地化の危機の中で「日本人はいま一人一人すべて詩人となる立場におかれているのであり、現に詩人となりはじめている」とした上で(七九頁)、「詩人集団を考えるうえで何より大切なことは、いままで詩について知ることがなく、詩をかいた経験をもたない人がその大半をしめているということである」(九六頁)とまとめている。この議論は翌月にも続き、「詩人集団の活動(二)」[10]では、文京詩人集団の誕生以降の経緯が詳しく述べられている。一一月には赤木健介が「文芸時評　文学者の統一戦線について」の中で「各地方に在住する文学者たちが、地域のさまざまな文学集団に協力することもようやくカツパツになり、東京の下丸子では「近代文学」の安部公房氏(芥川賞受賞者)が、「下丸子詩人集団」を援助し[…]」と述べ(四五―四六頁)、サークル詩人たちとプロの作家たちとの文学的共闘という意味でもモデル的な位置づけを与えられている。

下丸子文化集団

五一年の秋ごろ『人民文学』誌上で認知を受けた下丸子文化集団は、以後同誌上で頻繁に取り上げられたばかりでなく、集団のメンバーが書き手として積極的な役割を果たすようになっていく[11]。

下丸子文化集団が活動を展開した東京南部は、もともと文学サークル運動の盛んな地域であり、一九四〇年代から東京地方文学サークル協議会機関誌『文学サークル』に書き手を多く供給していた地域であった。とくに同誌の編集長を務めた呉隆は、『詩集下丸子』の創刊にも関わっている。この東京におけるサークルの書き手がすでに形成していたネットワークは、『人民文学』と文学サークルとを近づけていく重要な回路となったことは間違いない。

『人民文学』から『文学の友』にかけて、集団メンバーによる記事、集団の活動を紹介する記事、および集団メンバーが深い関わりをもっていたサークルの記事および作品の転載を一覧にすると次のようになる（表）。

登場の頻度からいっても、全国的な注目度からいっても、下丸子文化集団は「南部」を代表する文学集団であったということができる。とくに『詩集下丸子』と『石ツブテ』は広く注目を集め、この時代のサークル詩のあり方のモデルともなった。『人民文学』誌以外にも、『列島』第四号（一九五三年三月）の「サークル詩の現状分析と批判」特集では『たかなり』（千代田詩人集団）、『氷河期』（新岩手詩人集団）、『海峡』（福岡人民文学サークル）、『風車』（名古屋風車文学の会）、『浜工詩人』（国鉄浜松工場浜工詩話会）、『民芸通信』（埼玉県民芸通信の会）、『口笛』（愛知口笛同人社）、『熔岩』（彦根熔岩詩人集団）と並んで両誌は共通の検討対象として論じられ、『文学』一九五三年一月号（特集「現代詩」）では、林尚男「サークル詩の諸問題」が『石ツブテ』を「新しい詩論」を考える手がかりとして位置づけている。

『石ツブテ』と詩人集団の両義性

『石ツブテ』は、「民族解放東京南部文学戦線」を名乗る匿名のグループ（下丸子文化集団と重なるメンバー）によって作成・配布された非合法詩誌であった。発行の時期は、占領末期の五二年二月から占領後の一〇月まで、ほぼすべての詩作品が無署名で書かれ、アメリカへの抵抗を強く呼びかける戦闘的なアジテーション詩によって特徴づけられる。また同時に、のちに安井曾太郎賞を受賞する画家・田中岑による多色刷り見開きの図版は、受け取ったものに強い印象を与える質をもっていた。当時この図版について語られることは全くなく、もっぱら詩だけが論じられたが、果たして詩のみでこの「詩のビラ」が享受されていった文脈を理解することができるのかについては疑問である。[12] この華々しい「詩のビラ」は、東京南部ばかりでなく、文学専門誌でも論じられるほどのインパクトをもったのであった。

そのことは、サークルに足場をもって編集することを志向していた赤木編集長時代の『人民文学』に、両義的な意味合いを与えた。赤木編集長時代に推奨された「詩人集団」という詩運動のスタイルには、二つの要素が含まれていた。つまり、「工作者」としての政治性と、サークルとしての大衆性である。前者を追求すれば、『石ツブテ』のような、詩による半非合法的抵抗運動が導き出されてくるが、しかし少数の「詩のゲリラ」にとどまるなら「大衆路線」とは抵触する。『石ツブテ』がこの時代に大きなインパクトをもったのは、単に少数のゲリラ活動にとどまらず、労働者から労働者へ手渡しで回し読みされ、かつ、部数が足らなくなると読み手たちによって自主的に増刷される（これを「海賊版」と呼ぶべきだろうか?）というアナーキーな増殖過程を伴ったからであった。[13]

赤木の「詩人集団」論がはっきり出ている論文として、『前衛』五三年六月号に発表された「国民の詩を――詩サークル運動の発展」を見ておきたい。論文執筆当時、すでに赤木は『人民文学』の編集長を交代していたが、自らの担当した時期の『人民文学』を評価しつつ、次のように語っている。

『人民文学』

1951年９・10月号：呉隆「闘う大衆とともに：新しい活動家をうむ海岸文学サークル」

1951年11月号：まつい・しげお「俺もやれるという自信が持てた」（読者だより、まついはのちに集団に加入するが、集団に出会うきっかけとなった投書）

1951年12月号：高島青鐘「下丸子文化集団の中から」

1952年１月号：無署名「全国職場サークル誌展示：東大教養学部駒場祭の報告から」（「詩集下丸子」を紹介）

1952年３月号：まるやま・てるお「物語はいかにして作られたか」

1952年６月号：無署名［入江光太郎］「たちきられたくさりと血のかなしみ：殺された高橋正夫君にささげる」、無署名［江島寛］「手にもたなかった石」（「石ツブテ」より転載）

1952年７月号：無署名［入江光太郎］「民族解放の歌」、無署名「全国に芽生えるサークル協議会」（「石ツブテ」紹介）

1952年８月号：小川銑「平和音頭」、無署名「「石つぶて」の詩の抜粋」、伊藤一・田中政子・西村玲子・大田順治・乾弘・佐藤文雄・原田利光・柴田一彦「祖国は闘いの中に：基地抵抗ぐるぷ座談会」（「石ツブテ」の内部報告が多く語られている）

1952年９月号：古川宏「オリンピックをめぐつての二つの問題」、野間宏・岩上順一・高橋元弘「小説合評　最近の小説欄から」

1952年10月号：高橋元弘・野間宏・岩上順一「最近の小説欄から（２）」

1952年11月号：野間宏「最近の創作欄について：実践と創作の環」、江口寛［江島寛］「集団と個人」、林尚男「文化集団と創作」、無署名「ハリツケにされた祖国」、無名氏「ドレイ食：軍事基地羽田」、石二［浅田石二］「職業安定所」（「ぷう・ふう」より転載）、民庄太郎「もう一度その旗を持たせてくれ」（「ぷう・ふう」より転載）、神山彰一・入江つとむ・野間宏・広末保「座談会　文学と思想の改造」

1952年12月号：東京南部文芸工作者集団・古川宏「新しい人間像をどうえがくか：徳永直氏の論文にたいする意見」

1953年２月号：井之川巨「君、めざしよ」

1953年４月号：無署名「お知らせ　東京南部の「獄中の手紙、手記、詩集」について」（編集部による読者への協力呼びかけ）

1953年５月号：高島青鐘「選後に」

1953年８月号：江口寛［江島寛］「便所通信」（転載）、志賀智之［井之川巨］「きよちゃん」（転載）

『文学の友』

1954年２月号：佐藤ひろし「セビロ」（「油さし」２号より転載）、「ここにはアメリカ製の人形が立つている」（「南部文学通信」より転載）

1954年５月号：山川渡「ボーナス」（「戸越」より転載）

1954年７月号：仙田茂治「おれたちは日本人だ（原子兵器禁止のために）」（「ありのざ」より転載）

1954年８月号：無署名「サークル東から西から　戸越文学会」（紹介記事）

1954年９月号：無署名「サークル東から西から　東京・南部文学集団」（紹介記事、「南部文化集団」の誤り）

1954年10月別冊第三集：無署名「おれたちの血を」（「油さし」より転載）

1954年11月号：無署名「サークル・友の会　東から西から　東京・南部文化集団」（紹介記事）

表　『人民文学』『文学の友』誌上、下丸子文化集団・南部文化集団関係（者）記事一覧

一九五〇年を中心に、いわゆるレッド・パージのあらしが吹き荒れ、日米反動の暴力によって多くの革命的活動家が職場の外にほうり出された。そのなかには多数の文化活動家やサークル員をふくみ、一時労働組合の文化活動も停止し、多くの自主的サークルがつぶされた。しかし、これらの人びとは、地域であたらしいサークルをつくり、経営内の労働者とれんらくをとり、また市民や農民ともむすびついて、文学運動をはじめた。なかでも、東京の下丸子・文京・千代田の詩人集団、岩手の「氷河期」、新潟の「詩のなかま」、松江の「うんなん」(のち「日本海流」と改題)、名古屋の「風車」、福岡の「海峡」などのグループの活動はめざましかった。その他、各地にたくさんのサークルがうまれ、戦後第一期の勤労詩運動を量質ともに乗りこえ、第二期のサークル詩の時代をつくり出した。この運動のひろがりの中で、雑誌『人民文学』およびその詩欄の指導者サカイ・トクゾーのはたした役割は大きい。(同論文、七二頁)

赤木はこの「第二期」のサークル詩運動の中で「大衆路線がつよく意識されてきた」と述べ、「詩が個人的感情のつぶやきから、社会的・政治的なものへたかめられ、平和と独立のための有力な武器となっていった」として、各地での「詩人集団」の活動を取り上げている。

これらの詩人および詩活動家は、一地域内のいくつかのサークルからあつまって、詩人集団をつくるべきであろう。これは地域の文化工作者集団の一つとなる。そしてサークルは、できるだけ巾ひろいものとして、詩をつくらぬ人びとも参加しておもしろいような、仲よしクラブ式の詩ばかりでなく、

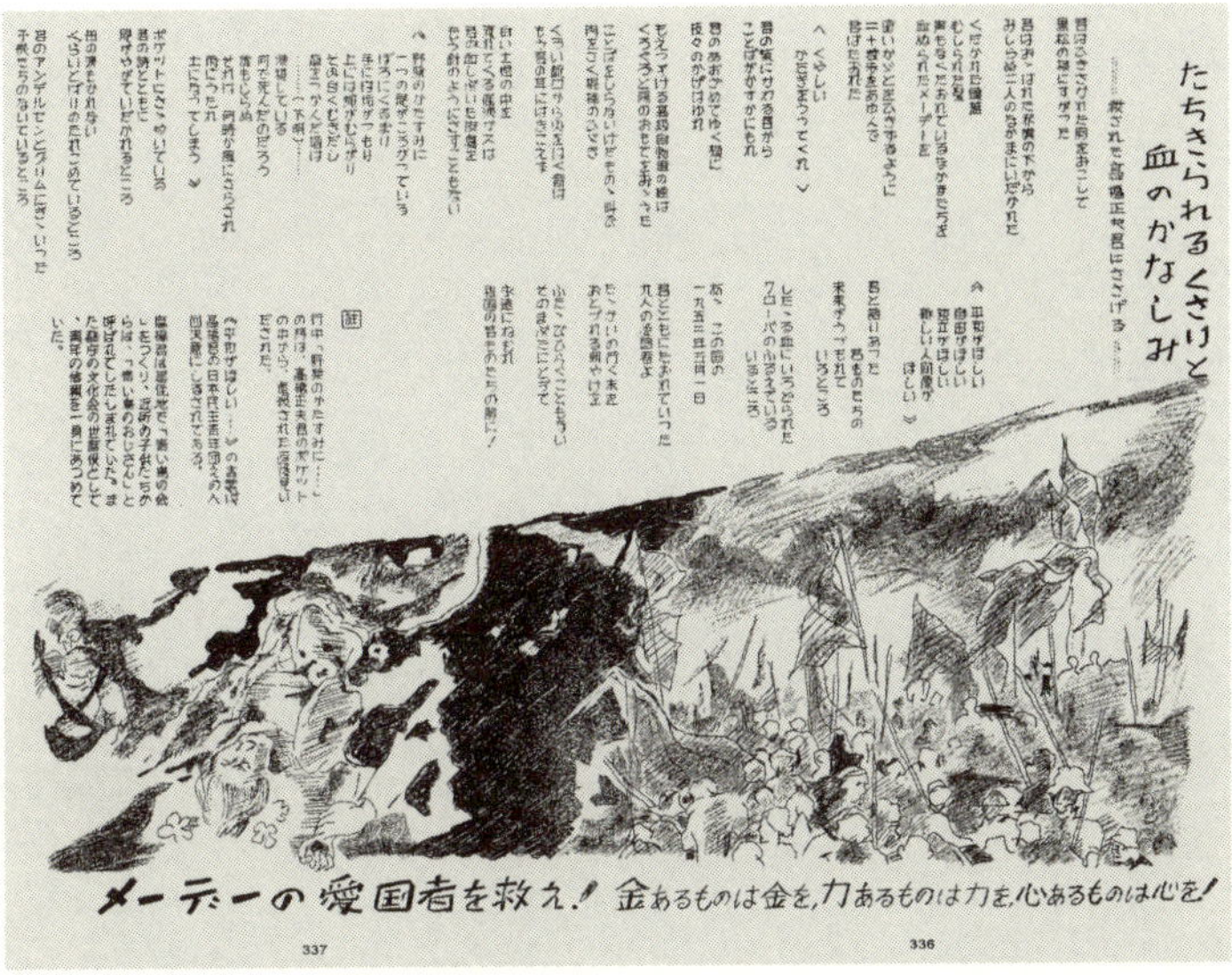

『石ツブテ』第三号

映画も音楽も世相も論じられる多面的なものに発展させられてよいであろう。そして、詩人集団とサークルとの分化と統一がおしすすめられるべきであろう。

（同、七三頁、傍点引用者）

ここでは「詩人集団」と「サークル」が分節化され再接合されている。「詩人集団」は「いくつかのサークルからあつまって」つくられるべき選り抜きの活動家集団となり、他方サークルは大衆的な参加の場として位置づけられている。「詩人集団とサークルとの分化と統一」は、このような形で先鋭性と大衆性を二重化する形で担保しようというビジョンであった。

赤木が五三年六月という時期にあえてこのようなもの言いをしたことには理由があるように思われる。以下の行論でそのことを明らかにしたい。

江馬編集長から赤木編集長への交代の時期は、先にもふれたとおり共産党主流派と反主流派の力関係が変化した時期に当たっている。「国際的」権威たるコミンフォルムは主流派を支持し、反主流派のなだれを打った「自己批判」と「復党」の動きが生まれてくる。『人民文学』に依拠した文学者たちも、ここで『新日本文学』主要打撃の方向性を修正することを選択したように思われる。赤木編集長に代わる直前の五一年八月号では、赤木健介「文芸時評　新しい現実をえがこう――「日本人労働者」その他」において、新日文と人民文学の統一問題に言及されており、同じ号で小泉みち子「『新日本文学』と『人民文学』について――私の経験から」では、『人民文学』誌の宮本百合子批判に「ちょっとがっかりした」とし、「というのは宮本百合子にたいする大衆の批判が三篇のせられてあったが、その批判のなかに行きすぎを感じ、これをこのようにあつかつた編集部の人びとに不満を抱いた」と語られている(六二頁)。対新日文の路線が修正され始めていることがわかる。それとともに誌名である『人民文学』を改題しようという議論も登場してくる(五二年二月以降)。

こうした「ソフト」な変化と同時に、一〇月の日本共産党第五回全国協議会(五全協)では、「新綱領(五一年綱領)」とともに「武装闘争」方針が採択されており、これを受けて共産党系の社会運動は翌五二年前半に一連の激化事件に突入していくことになる。赤木編集長時代というのは、新日文との闘争が緩和されるという面ではソフト化を実現しつつ、他方で「軍事路線」のもとでの共産党の政治闘争と密接に寄り添うことによるハード化という二重の、そして矛盾含みの誌面構成に取り組むことになる。これを「矛盾」でなくするためには、大衆全体の政治化を実現するか、先鋭的な政治を大衆に共有させるか、いずれにしても内容的には同じであるが、大きな主観的飛躍が必要であった。五二年前半の政治闘争の激化は、「詩人集団」の一部を街頭化させ、弾圧によって消耗させる結果を生み出した。『石ツブテ』のグループでは、リーダーであった入江光太郎がメーデー事件で逮捕され、秋には啄木祭で長篇詩「怒れ、高浜」を発表して公然化し、活動を終えていく。

こうした街頭における実力闘争の激化に対し、政府は破壊活動防止法（破防法）の制定をもって応答した。同法は占領下で準備されたものであり、講和発効後に続発した共産党系の激化事件に対応するためにつくられたものではもともとなかったが、政府は一連の事件を引き合いに出しながら同法の必要性を弁じ、七月四日に同法を成立させた。北京にいた徳田球一は、破防法成立の日に論文「日本共産党創立三十周年にさいして」を発表し、街頭的行動を抑制する構えを見せた[14]。ここで示された「転換」について、大竹史郎は次のように述べている。

転換とは、武装闘争そのものを否定したものではない。経営における労働者の要求をストライキ委員会などに結集し、全労働者の武装を志向することが軍事の任務であり、そこから中核自衛隊・独立遊撃隊をつくって人民軍へと発展させるべきだと、強調した。「遊撃戦からゼネスト武装蜂起」への方針の修正ということでもあろう。しかし、現実は、レッド・パージによって、ほとんどといっていいほど経営に党員はおらず、これが軍事方針の基本であったとしても、その力はすでになかった。だからこそ、たとえ半年とはいえ、街頭の火焔ビン闘争が活況を呈したわけでもあった。また、そのことの大衆からの遊離は、だれよりも、当事者たちの痛感するところでもあった[15]。

結果として五二年一〇月の総選挙では共産党は議席を三五から一挙にゼロへと後退させた。直後に開かれた第二二回中央委員会総会で「武装闘争の思想と行動の統一のために」を決定、軍事組織は存続しつつも「その活動は自活を基礎にした工作活動」へと穏健化され、六全協における〝武装放棄〟へと至る。(16)

ここでふれた五二年一〇月の総選挙に、実は赤木は兵庫県から共産党候補として立候補している。八月二八日、俗に「抜き打ち解散」といわれる解散を受けて行なわれた選挙であるが、メーデー事件被告で後に共産党国会議員となる野村正太郎のもとに保存されていた暑中見舞いには、八月九日の日付で「小生秋の選挙に兵庫県から出ることになり、現場に来ております」という記述がある。(17)『人民文学』五二年九月号の「編集あとがき」では「今次の総選挙に、本誌編集長として活躍されていた赤木健介氏(立候補名、伊豆公夫)が兵庫から〔…〕立候補する」とあり、赤木自身も一二月号で敗戦を語っている(18)(伊豆公夫「新しい経験——候補者の報告」)。赤木編集長の交代は、彼の選挙出馬(それは解散以前から内定していた)を受けてのものだったと考えられる。あとを享けたのは廣末保であった。

五二年後半の方向修正

赤木が不在であった五二年後半は、編集長が廣末に交代しただけでなく、赤木時代に推進された詩運動の方向に二つの修正が加わった。第一に、一定の成果を出しつつあった詩運動を理論化していこうという志向が強く押し出され、『人民文学』が目指す文学のあり方を本質的に論じる記事を載せていった。第二に、赤木時代に注目を集めた「工作者集団」路線に対し、早くも政治的修正が始まっている。

この背景にはもちろん一〇月の総選挙敗北という現実が存在している。先に見たように党自身方向転換を始めていたが、『人民文学』誌でも運動論的反省が示されていく。五二年一二月号に編集部が『人民文学』当面の課題——創刊二周年にあたって」を発表しているが、そこでは「わたしたちは、この選挙にまぎれもなくしめされたこれまでの民族解放闘争の欠陥が、そのままわたしたちの「人民文学」のなかにあらわれた欠陥と、まったく同質のものではないかという問題のまえにたたされている」とあり（七頁）、政治の誤りが文学の誤りとして同時的に清算されようとしていた。また、編集後記では「最近、サークルのゆきづまりということが、どこにもいわれている」と述べられ、読者が伸びないことと、書き手たちが「書けない」ことが重層的に問題になっていた。翌五三年一月号の「読者だより」では、「編集後記にある主観主義とゴウマンさ」が批判され（東京　化学太郎）、「はたして「人文」が広汎な大衆に大衆に行きわたつてよまれているか？　私の職場で二、三の友たちに「人文」をよんでもらつて意見をきいたら「共産党のことばつかりで（政治を含め）おもしろくない」しかし共感をうるものも少くない」と語られ（静岡　杉山秀男）、選挙敗北を受けた方向の修正を模索しているように見える。

同時に、この年半ばには大きな注目を集めた『石ツブテ』自体が批判にさらされることになる。赤木健介・花岡次郎・編集部（東竹雄）「サークル投稿詩作品合評」（五二年一二月号）では、「十一月号に「石つぶて」の作品が紹介されてましたが、たしかにはげしい具体性とそのリズムにおいて、新しい芸術の芽ばえをかんじさせる所がありますが、しかしいちめんではまだあれでは、いわば統一行動をはばみ、自らの限界をセクト化する要素がたぶんに目につきますね」と花岡が語っており（六八頁）、同じ号の東京南部文芸工作者集団（古川宏）は、『石ツブテ』に掲載され『人民文学』に転載された詩「ドレイ食」について、「あれも書き、これもえがこうとする作者の気持が事実の具体面をズラさせ、説明になり、その足りぬ部分を、カラ廻りする革命的な言葉でデッチ上げ、〔…〕チユウ象的な、オセッキョウの句で終らせていました」と自己批判している（三七頁）。詩運動はひとつの危機を迎えていたのである。[19]

選挙を終え東京に戻った赤木健介が新たな詩の運動を提起するのも、この一二月号であった。「人民文学」誌委員会（代表・赤木健介）「詩の国民運動を起そう――「人民文学」創刊二周年にあたって」では、「サークルも、ひろがりの壁にぶつかっている」との観察を示しながら、人民文学詩委員会という新しい活動の場を作り出していく（目次裏頁）。同委員会は五三年二月に機関誌『詩運動』を創刊し、六月には『人民文学』からは独立する。『人民文学』本誌は五三年四月から戸石泰一編集となり、詩よりも生活記録と創作が中心となっていくが、赤木が『人民文学』を離れたからそうなっていくのか、『人民文学』自体が詩から離れていくから赤木も関わりを薄くしていったのかいずれかは定かではない。そうした状況のなかで、五三年六月に赤木が『前衛』に論文を書いているのは、彼なりの運動の中間総括の意味があった。公式路線としては放棄されていない文芸工作路線を基盤としながら、彼が期待をした「詩人集団」型の詩運動の歴史的意義を明らかにし、清算主義と闘いながら独自の位置を示そうとした、そうした論文であったといえるだろう。言っていることは同じに見えても、一年前とは異なる政治配置のもとでの発言であり、そこにこそ赤木のこだわりがあったと見るべきではないか。そしてそれゆえに五五年の夏――「六全協」――以降、赤木は負の烙印を押されて寡黙にならざるをえなくなった。ひとつの岐路に立っていることを彼自身自覚しながら、「工作者」たちが新しい詩の世界を開くという方向に、賭けたのだ。そして彼は敗れた（と、彼本人が思ったとき、敗北は決定的なものとなった）。

赤木時代に膨張した詩運動が壁にぶつかったとき、これを理論的に整理して次のステップを考えようとしたのが廣末編集長時代であった。

四　「実践と創作」論争――『人民文学』の集約点

廣末編集長の時期は、「国民文学」をめぐる議論が積極的に掲載されたばかりでなく、この時代のサークル文学運動、とりわけ詩運動が直面していた表現上・運動上の問題を集約した論争、ここで仮に「実践と創作」論争と名づける論争に誌面を割いた点で特筆すべき時期であった。編集長であった期間は半年と短いが、内容的には『人民文学』誌のエッセンスが集約された時期であったといえる。ただし、そうした理論化の志向は、運動の前進というよりは「ゆきづまり」が感じ取られている中での中間総括としての意味をもつものであり、これまでの軌跡をふりかえって問題点を克服し、見えなくなってしまった座標を再設定する、そうした性質を帯びた論議であった。

この論争は以下で見るようにかなり面白いといえる水準を達成していたが、同時に『人民文学』誌のこれまでの読者からは「むずかしい」という声が続発した。五三年四月に編集長が戸石に交代すると、この論争を継続していこうとする試みは継承されず、雲散霧消してしまった。

論争のポイントは、「実践」と「創作」（ここでは小説に限らず文学作品の生産全般を指す）とをどのように意味づけ、相互の関係を理解するか、という点にあった。マルクス主義的な知的背景をもつ人びとにとって「実践」概念は絶えざる論争の的であったが、ここでもこの「実践」概念をめぐる抽象度の高い論議が展開された。しかしそれだけであれば、マルクス主義芸術論の論争史の一ページを構成するにすぎない。『人民文学』誌上で行なわれたこの論争には、当時の同誌読者や書き手たちが直面していた、文字通り「実践的」問題、つまり、サークル文化運動における「普及と向上」の関係づけ問題や、サークル活動を続けていた書き手たちがあるときから書けなくなってしまうという困難な状況をめぐる「なぜ書けないか」問題、さらに集団的な創造の場であるサークルの位置づけやサークルの中で「書く」ことの意味をめぐる問題などが重層していた。まさに『人民文学』誌が『人民文学』誌であるために避けることのできない論議なのであった。

論争の発端は五二年一一月号に一挙三本が掲載された小特集「実践と創作のために」である。ここでは野間宏・江口寛・林尚男がそれぞれ論文を書いているが、この論争が呼び水となって、約半年の間に（つまり廣末が編集長の間に）この時代の文学運動を総括する重要な論点が続々と出されていった。そして、論争の場が開かれると、それ以前から問題になっていた論点も新たに深められることになった。

それ以前からの論点とは、まず第一に「普及と向上」問題である。この点については、創刊当初の増山太助論文に見られたように、「大衆路線」のもとでの運動としては「普及」に主軸を置くことが確認されていたが、ことはそうした政治的裁断で収まるものではなかった。というのも、レッドパージ以後に生まれてきたサークルはこのころ二年から三年を経過し、「マンネリ化」が問題になっていたからであった。新しいメンバーが増える一方でマンネリ化の問題が生じることは、この時代にかぎった現象ではなくサークル活動を行なうかぎり不可避的な「自然現象」であるということができるが、この五二年後半から五三年という時期は、自然史的意味での「マンネリ化」に合わせ、政治的な挫折（選挙の大敗と街頭闘争激化路線の蹉跌）から来る「主題」の喪失あるいは政治的「主題」への距離感が重なり合って、方向性を見失っていた時期であったといえる。誰に向かって・どのように「普及」したらよいのか、人びとに理解されるためにも作品の洗練は必要なのではないのか。そうした問いが浮上してくることになる。

「普及と向上」問題を焦点化させる上でもうひとつ重要な契機となったのが、この時期多数刊行されたサークル詩のアンソロジーである。早くは五〇年三月に刊行された『日本解放詩集』（壺井繁治・野間宏編、飯塚書店）や五一年九月の『平和のうたごえ』第一集（平和のうたごえ編集委員会、ハト書房）、五二年六月の『わが祖国の詩』（野間宏・木原啓光・木島始・出海溪也・小宮山量平編、理論社）などもあったが、それ以上に五二年八月の『祖国の砂――日本無名詩集』（筑摩書房編集部編、筑摩書房）および九月の『京浜の虹――労働者の解放詩集』（理論社編集部編、理論社）が広く読まれるとともに大きな論争を引き起こした。[20]『京浜の虹』の序文に「へたな詩」の詩集であることがうたわれていたことをきっかけに、「ヘタクソ万才」でいいのか、という論争が起きたのである。ここでは赤木健介が指摘するように「へたくそな詩はよい詩である。うまい詩はわるい詩である」ということは誰も言っていないのだが、[21]しかし従来の文学的洗練のものさしから見て「へた」に見える詩をどのように評価するか、という評価の軸を出さないかぎり、「下手なものはやはり下手」という批判（というよりも標準的な反応）に応えることはできない。[22] この点が「実践と創作」論争において問題となる。

論争以前からの論点の第二として、「なぜ書けないか」問題がある。これは一般的には第一の問題と同じくサークルの自然史的過程であるということができる（「普及」問題の応用編ともいえる）が、これは、一度はそれなりの作品を書き上げることのできた書き手たちが、書けなくなってしまう事態をさす。高評価を得た作品のあとの「次作」が書けなくなるということは、サークルの書き手や「労働者作家」[23] に限ったことではないのだが、『人民文学』誌上においては、同誌上で小説「日本人労働者（第一部）」を発表して注目を浴びた労働者作家・春川鉄男が、約束した第二部・第三部をどうしても書き上げられず、労組の活動や党活動との兼ね合いで創作の時間を確保するのに苦労していることや他の活動と創作活動との関連づけに苦労していることなどを表白した（『日本人労働者』の作者から」五一年八月号）ために、このこと（これを「春川鉄男問題」と呼んでおく）をめぐって議論になったという文脈が存在している。「実践と創作」論争も、直接にはこの「春川鉄男問題」を契機として惹き起こされた論争である。

「実践」の意味をめぐって――江口寛と野間宏の論争

論争の発端となったのは、下丸子文化集団の江口寛[24]（のちにペンネームを「江島寛」と変更する）が、同集団のリーダーであった高橋元弘の離脱を取り上げ、野間宏の「実践と創作の環」という考え方を批判する論文を『人民文学』に寄せたことに始まる。編集部は野間、および日本文学協会の林尚男に論文を依頼し、三本の論文は同時に掲載されることになった（五二年一一月）。掲載順は野間・江口・林の順で、後から書かれた野間の原稿を先に出している点でフェアでないという印象を与えるが、江口の問題提起は野間の文学論のみならず、『人民文学』が目指す文学の理論づけに関わる重大なものであったがゆえに、編集委員である野間が防衛に回ったと見ることもできる。

では、発火点となった江口の論文「集団と個人」ではどのようなことが述べられていたのか。江口は野間が『文学評論』第一八号（五二年八月）に書いた論文「実践と創作の環」を集中的に批判しているので、まずは野間論文を見ることにしたい。野間の論文は、『人民文学』誌上で断続的に掲載された労働者作家春川鉄男の小説「日本人労働者」と、これを書き上げる上での春川の苦労――活動と創作、「「文学」と「実践」の統一」の両立の困難[25]――を取り上げて、「労働者作家」が「作家となり切る」ことを主張した論文である。

労働者作家が、何よりもまずその創作活動を徹底して、それによつて世界観と自分の創作方法をたかいものにしはつきりと作家となるということが大切だ［…］。既に作家に於ける実践闘争の意義は強調されてきた。そして私はいまその創作活動の徹底を強調しなければならないときがきていると思うのである。（二八頁）

春川は編集部から与えられた締切に間に合わせようとして果たせなかったことから、運動を続けることと創作をすることとをどのように結びつけたらよいのかという問題提起をしていた。野間の議論は、春川の悩みに答えるものとして提出されている。

江口はこの春川の問いが、下丸子文化集団発足当初からのリーダーであり、しかし五二年夏になって創作活動のためにと集団を離脱し党をやめた高橋元弘（論文中では「T」）[26]と共通の問題を抱えているものとし、高橋が「実践と創作」という対立項の「創作」を選択したことの背景に、野間流の文学観が存在していることを批判的に指摘した。

より具体的には、『詩集下丸子』が号数を重ねていく中で「かき手の数もまとまり、詩をかく技巧も高くなつてくると、当然、さいしよ、うたいだしたときの素朴な発想をさらに高めようとする動きが表われてきた」といい、その中で「書けなくなつた」「組織が少しも拡がつてゆかない」という悩みが語られ、「「おれたちが書いているのは詩なのか、詩でないのか」という声がでてきた」のであり、そこで高橋は「専門作家との接触の機会をすすんで求めるようになり、集団もまた、詩や小説についての研究会や批判会を中心に活動をすすめてゆくことになつた」というのである。

ここには「書けない」問題や「普及」と「向上」がともに壁に当たっている現実が指摘されている。高橋はそこで「大衆が集つてこない、それは、ぼくらのかいている作品が、へただからだ。いい詩をだせば、組織も拡がる。作品もあつまってくる」と主張するようになった（以上、一九頁）。

これに対し江口は次のように述べる。

なるほどいい詩が必要にはちがいなかつた。しかし「いい絵」のかわりに女優の似顔絵や安い風景画がもて「いい詩」のかわりにトンコ節や炭坑節の方が親しまれている現実をどうすればいいのだらうか。文化工作を形式化した「いい詩」によつて……という考えは集団をせまい同好会的な集りにし、

それを、地域の闘いからきりはなされた文学活動にした。（一九―二〇頁）

高橋は「実践と創作が結びついてゆかないことへの不満」を告げていたが、そこでは「実践」と「創作」の概念上の位置に誤りがあると江口は考える。毛沢東の「実践論」にあるような、「実践と認識の環」をそのまま野間がいうような「実践と創作の環」に重ね合わせるのは誤りであり、「創作はそれ自体実践に外ならない」というのである（二〇頁）。かくして江口は次のようにこれまでの集団を総括する。

S文化集団の誤りは、この足もとをみ失っていたことである。そして全体の闘いの一環として創作をすすめ、普及し、文学活動を組織する態度に欠けていた。集団（サークル）それ自体は特定の作家育成のためにあるのではない。集団（サークル）は大衆の文化的要求を組織し、解放のための戦線を結びつける一形態である。そして大衆じしんのうみだした文学を、闘いの武器としてひろげてゆくことである。ここではまずいものは、まずいものなりに力をもつ。／壁新聞、便所の落書、ルポ、通信記事にまで及ぶ広範に把握された形式を、現に大衆がいきいきと活用しているのに、S文化集団はただ漠然と「すぐれた詩」「すぐれた小説」をかくための一部の同好者の集りになつていた。現実が提供した大衆が求めている形式を、大衆じしんによって存分に生かしながら、文学活動の新しい目や腕をつくってゆくことが必要であった。もちろんそこからも作家は生れてくる。大衆じしんの闘いと創造力を反映し、その人々を表現するに適した、その人々に受け入れられやすいものをかくために、集団

的な活動は、新しい創作態度を生み、創作の行動的な役割を明らかにするだらう。（二二頁）

このように「集団」に固有の意味を付与しつつ、江口は「文学における党の指導性」を要求した。それは、「創作が一つの実践である以上、「書いていること」がいつも組織の問題になっていなくてはならない筈だ」ということであり、つまり、「創作が一つの実践である以上」、創作的実践者によりよい条件で「書く」条件を整備し援助すべきだ、ということになる（二二頁）。表現者を使い捨てるのでなく、党は責任をもって援助せよ、という要求を政治のことばで掲げているのである。短いながらも『人民文学』が運動的に直面していた問題を集約的に示した、すぐれた論文であるといえる。他の論者たちはここに集約された問題の一部をしか論じることができていない。

江口に対して野間は、論文「最近の創作論について――実践と創作の間」（五二年一一月号）において「実践」と「創作」を区別するべきだと主張する。創作は世界を認識するひとつの複雑な方法であり、実践すなわち世界の変革は、この認識をもとに行なわれるものであって、創作＝認識と実践とは区別されなければならない、というのである(27)（この点、野間を批判した安部公房・猪野謙二・林尚男は同様に間違っているという）。

野間はさらに、「私はこの専門作家と専門家でない人たちの間の文学活動の区別を明にすることもできなかつた。で、この点で私がいろいろの文芸工作に混乱をあたえた面があつたということを私は深く反省しなければならない」と言いつつ、「しかしそれは労働者のうちから専門作家が生れることを否定することにはならないのである。私は労働者のうちから――集団やサークルのうちからも、専門作家をだして行かなければならないと考える」と述べているが（一八頁）、ここで野間は専門家と非専門家という文学制度上の区分に依拠し、サークルや「詩人集団」固有の表現の可能性については明確にできていない。

林の「文化集団と創作」（同号）は、野間が自分の批判者に林を数えているごとく、創作もまた実践であるという江口の論に賛同を示しつつも、集団を離脱したTに関し、「思想的な弱さは充分にあるにせよ、Tをそこまで追いこんだ点に、S地区の、文学運動をも含めて、解放運動全体の中にある、思想的政治的な未熟さ、いわゆる「ストライキマン」的な傾向を感じないわけにはいかない」と、文化集団の政治主義を批判する論調であった（これは『文学』五三年一月号に掲載された林の「サークル詩の諸問題」でも繰り返されている）。林はここで『石ツブテ』をとりあげ、その「街頭的」であることを批判して「実践（政治的実践）と創作を、サークル運動のなかで統一的にとらえることが出来ない」問題が存在することを指摘する（二三頁）。林にとっての「統一的」な活動像がどのようなものかは明示されていないのだが、「それは、民族闘争を行う労働者階級の観点、組織者の観点に実践をとおしてかぎりなく近づくことであり、それは、同時に、レアリズムをかぎりなく深めてゆく過程として考えられなければならない」というところを見ると（二四頁）、リアリズムを軸に大衆を具体的にとらえ、観念的に浮き上がることなく作品に結晶させ、運動の組織化に役立てる、そうした運動像が垣間見えてくる。林は「実践」イコール激しい政治闘争への参加度と見ることを拒否し、文学実践を運動実践の中で活かしていくことで両者を統一しようとしている。この点は江口と重なる視点であり、野間とは異なっている。

そして「実践」概念の拡がりに関するかぎり、林よりも江口の方がはるかに広い視点をもっていた。江口の議論には文学に対する政治の優位、という当時の共産党の文化方針が貫徹しており、その点でドグマティックに見えるかもしれない。しかし彼の構想は静態的な「政治の優位」論に依拠したものではない。江口にとって文学・表現活動が「実践」たりうるのは、単に「作品」を創作する行為に限られるものではない、ということであり、さまざまな形式の表現作品が大衆の前に提出されるとき、大衆の意識を変容させ、ことばや概念を与え、情動を組織する、そうした効果が生み出されるということであり、また、書いたことのない人びとが「書き手」になるとき、あるいは「作品」制作の過程が集団的に行なわれるとき、参加者たちの意識を変容し行動を組織化する力を与えることがあるのであり、さらに、作品が人から人へ、印刷物の手渡しの形であれ、自主的な複製（「海賊版」！）の形であれ、噂の形であれ、伝達されることで生じる新たな変容がある。その多様なメディア経験を通じて、人びとの目前にある現実認識を変容させ、行動の可能性を組み替えていく。江口のいう「文化工作者」とは、そのような存在なのであった。(28)

江口にとって「実践」と「創作（＝表現行為）」とは切り離されるべきものではなかった。野間にとっての「実践」はあくまで社会を変革する運動であり、「創作」はその「実践」に資する認識レベルの行為であるとしているのは「文学」を思い上がらせないためには必要な自制であったといえるかもしれないが、「実践」と「創作」を分離することでかえって「創作」は「実践」に従属してしまうことにもなるし（「政治と文学」の構図）、――さもなければ、「政治」と「文学」を完全に絶縁するしか方法がなくなる。江口が考えていたのは、「政治（実践）」と「文学（創作）」とを「と」で結ばない方法である。つまり、政治であり文学であるもの、文学であることが政治であるもの、「政治／文学」を追求していたのである。

工作者・安部公房——野間・安部の論争としての「実践と創作」論争

実はこの江口寛の「工作者」観や文学観は、彼単独のものではなかった。ここに見た議論は、安部公房と共有されていたものであった。安部公房らの文化工作によって下丸子文化集団が生まれたことはすでに述べた。文化集団創設のときから主要メンバーとして活動していた江口は、安部から多くのことを学んでいたようである（また、安部らが数ヵ月のちに下丸子を去ってからも、交流を保っていたと推測される）。というのも、安部と江口にだけ共通する論点がいくつも見出せるからである。

その第一は、文化運動の位置づけをめぐってのものである。安部は「実践と創作」論争末期の『人民文学』五三年四月号に発表した論文「文学運動の方向」の中で、次のように述べている。

文学運動がひろくそれ以外のものにつながつていくと同様、それ自身もまたきわめて多様な形式と内容をもつています。サークル活動、壁しんぶん、読書会、書物の闘い、研究会、文工隊の活動……そしてこれらが作品を書くことにおとらず重要な創造活動なのです。文学運動とは、思想改造のために、これら諸活動を、意識的に結合しつみかさねていくことではないでしょうか。

つまり、文学運動とは、様々な形式による大衆の文化的要求、創造力の組織の一つであり、けつきよく、毛沢東がその文芸講話で示したように、あくまでも《ひろめること》に重点がおかれなければ

ならないのです。（一二七頁）

文学運動の目的は、ものの考え方をつくりかえることであり（魂の技術者）、それによって生産実践をキソにした大衆の要求、すなわち今日では民族の解放闘争に参加すること以外にありえない［…］思想改造があらゆる文学活動の中心課題なのです。そうだとすれば、すべての文学活動家（作家もふくめて）要求されることは、なによりもまず「ひろめること」であり、「ひろめる」ためになされたことには、どんなことでも行きすぎはありえないのです。（一二九頁、傍点原文）

「ひろめること」に優位を置くこの思想的立場が後年まで維持されたかどうかはともかく、ここには同時代のコミュニストが共有していた文化・文学運動の共通教養である毛沢東のことばを使いながら、さまざまな形態の表現を通じた意識変容、という江口と同様の運動観が表明されている。安部はここでは「工作者」として語っている。そしてそれゆえ、「実践」概念もまた問われざるを得ない。

「実践と創作の環」という場合にしても、その実践が文学運動であるのか、政治実践でもあるのかあるいはさらに本質的な生産実践を意味するのか、によってかなりちがった意味をもってきますし、また「理論と創作の環」という場合も、その理論が創作方法（せまい意味での文学理論）であるときと、文学運動の理論であるときと、世界観であるときとではまったくちがったものになってくるわけです。（一二八頁）

具体的に安部はここで「詩」ではなく「「職場を書くこと」あるいは生産生活にキソをおいたルポルタージュを書く運動をひろめることを提案したい［…］ここに創作と実践の結合点があります」と述べていて（一二九頁）、表現の方向性は江口と野間の論争とは別な志向を与えられているのであるが（そして『人民文学』『文学の友』では戸石泰一編集長のもとこの方向性が追求されるのであるが）、ここでいわれていることは詩運動にも共通する問題である。

江口との共有点の第二は、安部が一九六〇年一月に発表したエッセイ「批評運動の提唱――「分る・分らない」式鑑賞組織からの脱却を」（『国民文化』第八号）に見ることができる。サブタイトルに如実なように、ここで論じられていることはかつて江口が絵画に関して行なった議論と同一である。もちろん議論の文脈は一九五三年段階とは大きく異なる。ここで論じられているのは国民文化会議に組織された――労演・労音・映サなどの――「鑑賞サークル」がゆきづまりを突破する方法である。谷川雁が「さらに深く集団の意味を（サークル村創刊宣言）」で論じたごとく、自ら演奏・上演することもなくもっぱら観客として「安い」音楽や芝居や映画を見ることを目的とした「鑑賞サークル」は、ただちにサークルとしての自立性や創造性を失うであろう。安部はそうした見地に立って、「鑑賞サークル」に対し批評運動に取り組むことを求めているのである。

能動的な批判をもたない場合には、かならず受動的な批判を持っているということになります。極端な場合には、批判というよりも、出来合いの意見にすぎないことさえあります。

そういう場合には、大変すぐれた作品が、一番の味方であるはずの大衆の手によって否定され、つき返されるといった不幸なことにもなりうるのです。それは大衆が、また既成のきわめて保守的な批評方法にしばられ、がんじがらめになっている場合です。大衆の素朴な目、白紙の目を信じようという人がいますが、そんな目がないことは前に言ったとおりです。たとえば「分る」とか「分らない」とかいった、印象批評を、そのまま信用したりしてはいけないということです。

そうした「分る、分らない」式の保守的な出来合いの目をこわし、能動的な批評につくりかえていくのが文化運動の本来の目的だと思うのです。（三頁）

議論の舞台は変化していても、いわんとするところは五三年の江口と共通している。全く同じといってもいい。二人の間にどのような議論の交換があったかはもはや知りえないが、安部と江口の間には深く共有された文化運動のビジョンが存在していたのである。それゆえ、「実践と創作」論争における江口と野間のやりとりは――やがて安部自身も参入するが――、安部と野間との〝代理戦争〟であったといえるかもしれない。

波及

五二年一一月に始まった論争は、先に見た一二月号の『石ツブテ』批判、一月号の「なぜ書けないか」問題をめぐる小特集、二月号の「労働者の詩について」特集へとひきつがれていく。まず、一月号では徳永直の「「なぜ書けぬか？」の問題」、神山彰一「労働者作家の成長によせて――文学大衆コースにおけるひとつの根本問題」が掲載されている。徳永は「いま、職場作家、専門家をとわず、一般に「小説が書けぬ」くるしみが人びとをおそっている」（一五三頁）と小説を書く人びとの問題に限って提起しているが、ことは小説に限らないだろう。とはいえ小説家を対象としていることで、ここにはサークル論は登場してこない（徳永はサークルという場での創作について論じる用意がないようである）。社会の変容に対して書き手である自分たちが立ち遅れているという反省を語るのみである。これに対し神山は、一一月号の特集を評価しつつ、野間のいう「実践」を狭く「政治活動」に限定するのでなく、「社会的実践」一般に拡張すべきではないかと提起する。

たんに「政治活動と創作活動」の間に基本問題があるのでなく、日本労働者階級の社会的な総実践と創作活動との間に、とくに生産活動と創作活動との間に、ひとつの時代的な基本問題がある［…］。春川氏たちの問題は、たんに狭い意味での「政治活動と創作活動」との問題として出ているのでなく、生産点におけるこのように急速な階級的成長が、その思想的な文学的な表現を実現しかねている矛盾に発する創作的な苦悩だといえましょう。（一六二―一六三頁）

やはりここではサークル論は出てこないが、野間の「実践」概念が政治に収斂しているという批判は論争上重要である。さらに、「ヘタクソ詩」論争に関連して詩集『京浜の虹』の評価についても、重要な視点を提出している。

この詩集は、意識的に個々の詩篇を叙事詩的に組みあげて、全体として京浜労働者の生活をうったえるひとつの詩を組みあげているといえましょう。そこに、文学史的なひとつの基本問題が素材的にでているのです。つまり、個々の詩をとりあげて、うまいとかまずいとかいっておれない、ひとつの問題が示されているわけです。（一六五頁）

「京浜の虹」は、必ずしも成功したものではありませんが、個々の努力をナイーヴに結集しただけでも、そこに生活の現実を多面的にとらえた量感が生れ、困難な文体創造の問題でさえその萌芽をみとめることができる。——という一例を提出しております。自然発生的な詩サークルが、その力をどのようにあわせ、あわせることでどのように国民文学創造の地盤をきりひらけるものかを、文学活動家たちに示しております。

この例にも現われているように、自然発生的なもの、散発的なものを、たんに個別的な作家の「実践と創作」の修行問題の中へおし戻さないで、真に組織的な、真に階級闘争的な方向に結集することが、いま、とくに文学運動の主題となつております。（一六六頁）

ここにはのちの関根弘とも共通する論点として、個々の詩を単体として評価するのではなく、群としてとらえることが提起されている。詩の群はひとつの「叙事詩」あるいは「国民文学の地盤」を提供するもの、と位置づけられ、意図せざる「集団創作」として読み解かれるべきだというのである。書き手たちにとってそれはとんでもないことかもしれないが、あえていうならこの時代の詩に取り組む文学・歴史研究者たちは、過去も現在も同様の視点をとっているのではないか。その意味でひとつの実用的視点を明示した議論であるといえるだろう(29)（関根の場合は、効果的に編集——「モンタージュ」——を加えることで群を作品化する、という立場である)。それは同時に、「ひろめることと高めること」という二者択一とは別の解、「集団」であることへの一定の意味づけを含んでいる点で、あまり発展可能性はないがこの時代の問いへのとりあえずの答えにはなっていた。

二月号の「労働者の詩について」特集では、深尾須磨子・大島博光・関根弘・岡本潤らの短いエッセイが軸となっている。従来のサークル詩のあり方が「げんこつを振りあげて絶叫し、怒号するような、またやたらに階級的意識をられつしたビラや伝単的な詩」(深尾)、「怒号絶叫式、スローガン式」(大島)とされ、のちにこの時代の詩に批判的に言及する際にしばしば用いられる定型語がここで一気に登場してくることにも驚かされるが、論者たちが一斉に詩運動の転機を語っていることも強い印象を与える。五二年秋までの闘争詩のスタイルは、早くもここで清算されてしまうのである。そしてこの号には野間宏「体験の質」が掲載され、サークル詩を評価する軸を野間自身が提起している点で注目される。少し長いが引用しておきたい。

> 従来の詩の評価の仕方だけでは決して現在多くできている詩をみることはできないし、多くの詩人さらに多くの読者をなつとくさせることはできはしない。[…]
>
> 既に古い詩人や評論家たちは、多くの働く人たちがつくりだす詩の価値を否定しようという動きを示している。そしてそのような動きを前にしていろいろの混乱が生れてきているのである。それらの古い詩人・評論家の言うところは言葉の選択ということである。新しい多くの人たち詩人集団やサークルの詩には言葉の選択がない。それ故にそれらの詩はほとんど読むにもたえないものが多いという

のである。しかしはたしてそれらの詩は読むにたえないものだろうか。いやむしろ真谷幸介のいうようにそれらの詩は「表現もなまで、ありきたりの言葉を使つた詩でも」読む人に深い感動をあたえるのである。そこには「いままでの既成の詩に対する評価の基準をもつてしては……見当ちがいの批判におわる」なにものかがあるのである。そしてそのなにものかを明にすることがなければ、新しい詩の値打ちを明にすることはできはしない。

私はそのなにものかというのは体験の質だと答える。詩に於ける言葉の選択が重要なことは言うまでもないことである。しかしそれよりも前にその言葉のなかに含まれる体験の質がこれまでの詩のなかにあるものよりも進歩したものかどうか、歴史的に前進したものかどうかということが先ず考えられなければならないと思う。

（五〇—五一頁）

野間はここで二つのことを述べている。第一に、ことばが「ありきたり」かどうかがサークル詩評価の基準になってはならず、実際に人に深い感動を与える詩は「ありきたり」かどうかが必ずしも問題になるわけではない。第二に、感動の根源には「体験の質」があり、その質は「体験の質がこれまでの詩のなかにあるものよりも進歩したものかどうか、歴史的に前進したものかどうか」によって決まる。ここでの争点は、「進歩」や「歴史的前進」をどのようにして評価するか、であろう。コミュニストの歴史哲学をそのまま適用するようであるなら、それはやはり平板なイデオロギー詩になってしまうのではないか（それでも「感動」は生まれるかもしれないが）。「新しい体験」を特殊な歴史哲学で弁証することになると、党の政治スローガンが提供する「新しい段階」「新しい人間」「新しい政治」に従属してしまうという主観主義を免れないのではないか。「体験の質」は「進歩」のみによって評価されるわけではなく、もっと多様な価値軸から評価されるべきなのではないか。このような疑問をおきつつも、ことばの巧拙がそのまま作品の感動を規定するという素朴な洗練主義に対して異を唱えていることは正当である。ここを譲ってしまってはこの時代のサークル詩運動の高揚を全否定することになる。しかし返す刀で、相変わらずサークル詩評価の軸は説得力に乏しい。政治的なサークル誌の中でも「よいもの」を評価する軸、感動を与える作品の感動の根拠、そうしたものをえぐり出すことが十分でなかったために、「怒号絶叫式、スローガン式」というレッテルに敗北していってしまったのだ。早くもこの五三年二月号に、この時代のサークル詩運動の敗北が刻印されている。

とはいえ、ここまで議論を進めてきたことで、この時代のサークル詩をめぐる理論的問題については、ほぼ問うべき問題が出揃ったことは確かだ。あとはこれに答えていくことが求められていたのだが、残念ながら『人民文学』『文学の友』の誌上ではこれ以上の展開はなかった（先にふれた安部公房の論文が例外的に五三年四月に掲載されているのみである）。『人民文学』本誌から分かれた赤木の『詩運動』でも理論的な意味で画期的なものは見られなかったが、「実践と創作」論争で活躍した下丸子の江口寛は、五二年の立場を清算することなく活動を続けていたことがわかる。『詩運動』第八号（五四年三月）掲載の江島寛「全国詩活動家会議へ出席して」にはこう書かれている。

落書きの話がでたことがある。それは工場街につながる土塀に白墨でかゝれてあった。ありふれた落書きである。ところが、通りがかりの労仂者が立ち止ってその落書きをみてゆく。一人が立ち止ると、つづいて二人、三人と立ち止ってみてゆく。ありふれた落書きは、こうして沢山の観衆を組織した。という場合、ぼくはその落書きのもっている力、その力の発揮されたわけを、どうしても知りたいと思う。じぶんのポケットにいれたいと思う。

（二六頁）

彼にとっての表現の可能性とはこのようなものであるのだ。彼の「ヘタクソ詩」論争への介入も一貫した視点からのものである。

理論を鼻の穴につめてかぎまわす常識的な態度ほど、ぼくらにとって危険なものはない。ぼくが討論に先だって先づはっきりしてほしいと思ったのは、よくふりまわされる「指導理論の確立」ということばの内容についてであった。たとえば大阪が使っていた素朴レアリズムとか、くそレアリズムとか、へたくそはへたくそであるとかいう、それ自体図式的な理論で、欠陥が克服され、新しい指導理論が確立されるとは、とても考えられない。「技術的な向上」という場合でも、なにか指定される技術があるような錯覚が、一部になかっただろうか。「遺産継承」がもし、こんな風に討議されるとしたら、蝉のぬけがらを掌にのせてころがすのと、大してかわりはない。（列島派とか新日文派とか詩運動派とか対立するいわれのないものが互いに対立するのは、大阪の報告によれば、野間や赤木の「へたくそ万才」理論の悪影響によるということだが、「へたくそ万才」というかけ声自体はしごく無邪気なものであって、対立がひきおこされるのは、むしろこのような態度、互いに詩に特定のフォルムを要求する態度によってであると思う。）

詩が現実にどんな力をもつかは、全く「理論的問題ではなくて実践的な問題である。」（マルクス）ついでにつけ加えていえば、実践の態度と方法を問題にしないどんな詩論も、ぼくには信用できないのだ。（二六―二七頁）

この、いささか谷川雁を思わせる挑発的な口調から示されるのは、やはりフォルムではなく認識の変化をもたらす表現としての詩の可能性であり、そこには鋭い目的意識性が不可欠だという主張であった。同じ場所で江島は、野間の「体験の質」論に対しても「「はじめてかゝれた素朴な詩」が「沢山の人たちに感動をもってよまれた」という事実が詩を圧倒してしまう。こんな風に天びんがビッコ《ママ》になるのは、はかりの方が狂っているからであって、シだサンだゴだという論議は、［…］こういう場合まったく役にたゝない」と批判しており（二七頁、傍点引用者）、初めて詩を書くということの評価を「作品」としてのそれと取り違えてはならず、「まずいものは、まずいなりに力をもつ」という文脈における「工作」に目を向けなければ滑稽でしかない、という認識が示されている。その「力」を解明することなく、「詩」としてどうなのか、「作品」としてどう評価できるかという議論を繰り返すのは無意味だ、と江島は問いかけているのである。

後年、谷川雁自身は国民文化会議の席上で国鉄の労働者詩人がサークル運動において「ひろめる」こと（普及）を優先すべきか「高める」こと（向上）を優先すべきかと発言した際、「ひろめることとたかめることの二つが一つだというところから出発するのがわれわれのやり方なのだ。だから一致しないといってる間は運動ではない」といい放っていた[30]。つまらない択一に自らを落とし込むことで無駄な論争に時間と労力を費やすのではなく、「集団」であることにおいて両者を統一的に追求すべきなのだ、と、まるで五〇年代前半の『人民文学』時代のような答えを突き出していた。谷川はあえてアナクロニスティックに五〇年代前半の身ぶりを反復しているともいえるが、同時にこの身ぶりは五〇年代前半においても見出されていた、サークル文化運動が創造性を保つための緊張の糸の上を渡ってみせる行為なのであった。

このように、「実践と創作」論争は今日サークル詩運動を再考する上で最も重要な論点を含んだ論争であった。それゆえ読者からは「むずかしい」という批判が相次ぐことになった。五三年一月号から三月号にかけて「読者だより」欄に続々と掲載された読者の声は、この論争に対して歓迎する意見とむずかしくて困るという意見とに分かれているが、現実にもこの論争によってもやもやした問題意識を整理できたサークルの活動家は多数いたことであろうし、同時にわからないからつまらない、という「「分る、分らない」式の保守的な出来合いの目」(安部)の中で不平を述べた読者も多数いたことだろう。そうした反応こそが、この雑誌が宿命的に抱え込んだ困難な問いそのものであったのだ。

サークル詩運動は従来の文学史を書き換える画期的な事件であると、赤木やサカイや野間は興奮をもって注目し、加担した。その可能性はありえたかもしれないが、解き放たれることもなく収束してしまった。こうした現実の背景について、坪井秀人は次のように述べている。「現場の書き手たちは専門詩人たちをあるときは啓蒙的なオルガナイザー(工作者)として招じ入れながら、無意識のうちに規範的な詩や文学、文学史のシステムとの通路を探ろうとしていたのではないかと感じられてならないのである。それは文学制度のヒエラルキーの解体ではなく、再編というべき性格のものではなかったか。ことは〈工作者〉のまさしくポジショナリティの問題に関わるわけだが、サークル運動の当事者たち自身も、この問題を突き詰めることは出来なかったのではないかと思われるのである」（「サークル運動評価の困難さ」『社会文学』第三三号、二〇一一年、一六八頁）。

重要な指摘である。書き手たちは自らの表現を「文学」と呼んだが、それは以前の文学と全く異質な、根底から変更されたものというよりは、従来の文学の「主人公」を変更するか、従来の文学から排除されたものに対して「市民権」を要求するか、いずれも制度としての「文学」内部における権力配分の変更をめぐる政治革命以上のことは考ええなかったのではないか、という問いを坪井は投げかけている。党の政治に従属した評価の軸は、党の路線が変更されるたびにジグザグを描いた。赤木健介の苦闘はそのことを示している。しかし、もっとプラクティカルに現実認識と社会意識の変容を促すことを目的として組織される「文化工作者」のモデルは、赤木の苦闘を越えて今日に「工作者」の可能性を伝えている。『人民文学』誌上においてその可能性に最も肉薄しえたのが、東京・下丸子のサークル詩人であった江口（江島）寛であったという事実は、この雑誌の営みが一定のミッションを果たしえた証拠とはいえないだろうか。ここには、『人民文学』の可能性を最も体現した詩人にして活動家、すなわち「工作者」の姿がある。そして江口とつながり、理論的背景をなしていた安部公房もまた、すぐれた「工作者」なのであった。

サークル詩運動の衰退と五〇年代後半

歴史的な時期の問題として、編集長が戸石に代わって三ヵ月目の五三年七月に朝鮮戦争が終結すると、いよいよアメリカの「占領」と「戦争」への抵抗を呼びかける「抵抗詩」を支える想像力――「民族解放民主革命」の世界像――は維持することが困難となっていった。反米詩は内灘や砂川などの「基地問題」という回路の中で限定的に表現可能となった。そのことは、「占領体制」の継続と理解された安保体制が、日本全域というよりは基地周辺の限定された場所でのみ矛盾として可視化するような、そうした地域間の断層の中で列島が分断されていく構造の成立を裏書きしている。安保体制への「国民総抵抗」を呼びかけたのは高野実指導下の総評であったが、高野の失脚とともに始まる高度経済成長の中で、人びとの集合的な身体性は個的な消費主体へと組み替えられていった。消費やメディア経験の快楽は、人びとの意識変容を促し、現実認識の構造を変化させた。つまり、人びとは資本と国家による「工作」にさらされ、その「工作」は続々と成功を収めていったのである。

レッドパージ後の新たな運動のうねりを生み出したサークル詩運動は、早くも五二年終わりからゆきづまりを経験し、その自然史的なサイクルが政治史的な転換と重なることで、運動的なジグザグを余儀なくされていった。「詩」がジャンルを越えたインパクトをもった稀有な時代、五〇年代前半が過ぎると、「詩」は愛好者たちの楽しみか、高踏な「専門的」文学実践へと逆戻りし、社会運動の高揚と同期した詩運動の高揚はもはや見ることができなくなった。『文学の友』時代に創設され活況を呈した文学学校に関連して鳥羽が「サークルから学校へ」と語るように、生き残ったサークルの書き手たちは運動的高揚よりも自らの表現欲求に基づく学習と向上に熱意をもって取り組んだ。それはサークルがもはや創造の場として不十分であるという意識のあらわれであったといえるかもしれない。後期『人民文学』から『文学の友』においては、「詩」ではなく「生活記録」や「ルポルタージュ」

に新たな可能性を見出し、これに取り組んでいるが、編集部と関係者の健闘も空しく、金策の真っ最中にブツリと雑誌の刊行は断ち切られてしまった。ときに一九五五年二月。文学学校は新日本文学会に引き継がれたが、人民文学社と「工作者」は消えていく。五ヵ月後、共産党は第六回全国協議会（六全協）を開き、文化運動における「工作隊主義」を清算した。まったく同時に総評系労働組合を基盤にサークル運動のナショナルセンターをめざす国民文化会議が発足しているが、五〇年代前半の文化運動とは異なり、ここでは総評・社会党系の運動圏においてサークル文化運動がもり立てられていくことになる。文化会議においては当初から「文化専門家が国民全体と結びつく」ことを目標とし、専門家と非専門家の区別は前提となっていた。五〇年代前半とは、文化運動の風景はまったく異なるものとなった。初期国民文化会議の運動では詩人・谷川雁のサークル運動論が大きな影響力をもったが、彼はこの五〇年代末という時期にあえて「工作者」概念を突き出すというアナクロニズムに立つことにより、サークルと文化運動を活性化させようとした。それは突然変異的なものではなく、五〇年代前半のさまざまな実践の中に痕跡——工作者の死体——が残されていたものである。その意味で『人民文学』誌は「工作者の死体」にまみれた雑誌ともいえるが、五五年の時を経た現在、そこにさまざまな芽が萌していることを、我々は改めて発見できるのではないだろうか。この半世紀以上の歳月は決して徒らな時間の経過ではなかったと、私は思う。

やましろ・ひでお「うたごえ」（京浜絵の会『版画集』第二集より）

第五章　東京南部における創作歌運動　「原爆を許すまじ」と「南部作詩作曲の会」

東京南部という地域からは「民族独立行動隊の歌」と「原爆を許すまじ」という、初期と興隆期の「うたごえ運動」で最も歌われた歌が生み出された。うたの歴史、サークルの歴史と「うたごえ運動」の歴史が否応なく交差する地域として東京南部を考えることができる。そうした地域において、一九五四年夏に作詩作曲された「原爆を許すまじ」の成功をふまえて発足した「南部作詩作曲の会」というサークルの動向を追うことで、創作歌の製作に関わったサークルの人びと――とりわけこの会の場合は詩サークルだったという点に特徴があるが――と「うたごえ運動」との間のダイナミズムをとらえたい。

一　東京南部における戦後音楽運動の出発

まずは創作歌運動前史として、一九五三年までの動きを見ておこう。

敗戦から一九六〇年までの東京南部におけるサークル文化運動の通史と年表をまとめた城戸昇によれば、[1] この地域において戦後最初にサークル文化運動が盛んとなっていったのは、各職場の自立演劇運動と国鉄における詩運動であったという。また、一九四六年の産別会議十月闘争の中で職場演劇の活動家による闘争美術班とブラスバンドが士気を盛り上げる上で大きな役割を果たしたという。翌四七年、「国鉄詩人連盟の全国鉄詩人の組織化と、東京自立劇団協議会の演劇コンクールなどへの発展につづいて、東京とその周辺の職場サークルが、統一運動として組織化されていったのは、東京職場美術協議会、関東自立楽団協議会、東京地方文学サークル協議会、関東ダンスサークル協議会、関東地方職場スポーツ競技会などであった」[2]。これらの組織は日本民主主義文化連盟（文連）に加盟し、左派の文化運動の担い手として大きな存在感を示した。そして、関東自立楽団協議会の中に「コーラス部」が設けられた。「関東自立楽団協議会の中には、ブラスバンド部、ハーモニカバンド部、軽音楽部、コーラス部などがあった。東京南部の加盟音楽サークルは、ブラスバンド部には、日本起重機（大田区東糀谷）が加盟。ハーモニカバンド部には、萱場産業（港区芝浦）、中央水産会（港区芝海岸通り）、日本電気三田（港区三田）などが加盟。軽音楽部には、沖電気品《ママ》（港区高浜町）、日本電気三田、三菱重工東京機器（大田区下丸子）などが加盟。コーラス部には、中央水産会生活協同組合合唱団、沖電気品川、図書印刷（港区三田豊岡町）、三菱重工東京機器、日本教具（大田区大森町）などが加盟して活動していた。その活動は、加盟音楽サークルのそれぞれの職場での音楽会。メーデー前夜祭、メーデーの行進、職場の争議など、労働者の士気を鼓舞するに欠かせない存在であった」（城戸前掲、五七頁）。こうして地域団体に組織された音楽運動は四八年から四九年のはじめにかけて運動のピークを迎えるが、四九年からの行政整理、レッドパージによって主要な活動家がパージに遭うと、運動は壊滅的打撃を受けた。

パージは五〇年になると民間にも拡大しさらに熾烈なものとなったが、一一月、品川区の国鉄大井工機部でのパージに抗議して、一人の青年労働者が煙突に昇った。下で見守る仲間や支援者のもとに上空から紙片が届けられ、そこに詩が書かれていた。中央合唱団の岡田和夫はこれに一晩で曲をつけ、翌日には煙突の下で歌われた。この歌こそ「民族独立行動隊の歌（民独）」であった。(3) 作詩者はきし・あきら、のちの作家山岸一章である。この歌はたちまち広がり、当時の中央合唱団・音楽センター系の音楽運動の中でもとくに愛唱される歌となった。『青年歌集』には第二篇（一九五三年刊）に収録されている。「民独」は翌年に発表される共産党の「五一年綱領」の世界像を先取りした内容をもち、そのことも手伝ってほぼ五〇年代いっぱい労働運動や平和運動の中で長く歌われた。(4)

レッドパージ以後、職場に拠点をもつサークル運動は大きな打撃を受け、「健在だったのは、職場美術協議会と遅れて出発したうたごえ運動だけであった」と城戸は述べている。(5) 民間企業ではパージ後のサークルの立て直しには難しいものがあったが、国鉄や専売、郵便局や電話局など公営の現業系大単産あたりから息を吹き返しはじめた。奈良恒子「国鉄大井工機部うたう会のできるまで」（『音楽運動』一九五三年第一号）によれば、一九五二年四月にメーデー歌の指導を中央合唱団に頼もうということで組合（国労）に交渉に行ったことが発端となって「うたう会」ができた。同じタイミングで近くに所在する国鉄大崎被服工場（品川区）でもコーラスサークル結成の動きがあり、大井工機とほぼ同時に発足した。翌五三年四月に行なわれた「職場のコーラス大合同文化祭」として位置づけられた

「京浜のうたごえ」には、単に参加しただけではなく実行委にも加わった。「この四月の「京浜のうたごえ」は自分達の工場地帯芝浦、京浜をたたえ、ここに働く労働者のうたごえを結集し「民族独立のうたごえ」にしてゆこうという目的のもとに多数の職場サークルが統一し、実行委員会も職場の合唱団員によって構成され、主催は国鉄、全自動車、音楽センターがなった。このため大井のコーラス部員は実行委員会の中核となり、ひるやすみに自転車でも五分かかる三共製薬や、明電舎、日本光学などたくさんの工場によびかけ、会の目的と参加を説得し、この活動を通して、周辺の工場労働者と日常的に苦しみを解決しあう交流をつくりだすことができた」(同、一一頁)。

この一九五三年からは「うたごえ運動はいよいよ発展期にはい」ると村山輝吉はいう。[6] 各地で地域別の「うたごえ」祭典が盛んに行なわれるようになり、翌年、翌々年にかけてひとつの「ピーク」をつくり出してゆく。[7] 同年夏には東京南部で「京浜のうたごえ」[8](七月一八日、芝公会堂)、中部で「東京のうたごえ」(八月六日、共済会館)、東部で「東部のうたごえ」(八月五日、浅草公会堂)、北部で「北部のうたごえ」(八月八日、王子デパート)が開催され、さらに各地方と東京(共済会館)を結んで「関東のうたごえ」(八月一六日)も行なわれた。[9]

とくに南部において「国鉄品川・国鉄大井・専売品川」の参加が重要な意味をもつと関鑑子は述べているが、[10] このとき一二サークル、八五〇名が参加しており、[11] 一二サークルの内訳は、学芸大、全印刷合同、芝浦高校、品川区役所、都立大、専売品川、中央合唱団、中央機部、国鉄品川、エビスキャンプ・高砂ゴム・共済病院合同、国鉄大井・大崎、アンサンブル・センターとなっている。[12]「中央」と「地方」が相呼応して全国的な「うたごえ運動」が高まっていく、[13] その起動の年が一九五三年であった。一一月には「日本のうたごえ」祭典（日比谷公会堂、共立講堂）に六〇〇〇〇人が参加した。この年から総評が後援団体となり、翌年には総評から提携の申し込みがあった。[14]

二　「うたう詩」創作の動き

以上のような動きを見せてきた東京南部において「原爆を許すまじ」が作られ、「うたう詩」創作運動が活発化してゆく背景を、作詩者・浅田石二と作曲者・木下航二の双方の側から見ていくことにしたい。

浅田は当時、南部文化集団に属していた。単なる「サークル」というよりも、「文化工作者集団」という自己意識をもった活動家集団である。南部文化集団の前身は下丸子文化集団で、発足は一九五一年に遡る。五一年当時「下丸子」という地名はレッドパージに抗して激しい労働運動が繰り広げられたばかりでなく、その中に米軍管理工場も含まれていたことから、朝鮮戦争下での反米・反戦平和を象徴する地名として特別な意味をもっていた。まさに「民独」が示す世界像と合致するような〝現場〟であったわけである。下丸子文化集団は米占領や朝鮮戦争に対する抵抗詩や庶民の生活苦をうたった詩集『詩集下丸子』を刊行し、地域の文学サークル、ひいては『人民文学』や『列島』などでも紹介されることによって、全国的なサークル詩運動にも影響を与えた。下丸子文化集団のメンバーは日常活動として反戦ビラを電柱に貼るなどの活動をしており、『詩集下丸子』をもっているだけで警察官に検束されるなど、「半非合法」性を帯びた活動グループであった。また、一九五二年二月の「反植民地闘争デー」（南部では警官隊との衝突や派出所襲撃事件などが起きている）から「血のメーデー」まで（全国的には吹田事件、大須事件あたりまで）、共産党主導による一連の激化事件の中でこれを肯定的に詩作品化する匿名の「詩のビラ」である『石ツブテ』（民族解放東京南部文学戦線発行）にもメンバーの一部は関わった。こうした状況の中で発足時三〇代だったメンバーは、多くが被パージ者だったこともあり、一方では生活のため、他方では過激方針に距離を感じて文化集団との関わりが薄くなり、とくに当初のリーダーであった高橋元弘が文化集団と党の両方から離脱すると、集団は大きな動揺を経験することになる。

一九五二年秋から集団を再建したのは江島寛を中心とする二〇歳前の青年たちだった。[15] サークルの組織化方針が軌道に乗りはじめた一九五三年九月、江島は『詩運動』の全国編集委員を委嘱され、一一月に行なわれた人民文学社・詩運動社共催の全国詩活動者会議にも出席している。同会議では「歌える詩」の創作が一九五四年の課題であると決定されていた。[16] 五四年一月に刊行された『詩運動』第七号には、関鑑子の談話として「うたう詩をつくって下さい」が掲載され、「私たち音楽運動をやっている者は、詩人の方々の御協力を心からのぞんでおります。作曲家はみなさんの詩を待ちこがれています。幾十万・幾百万の大衆は、新しい歌を求めています。〔…〕詩と音楽は、もっとも親しい兄弟です。音楽は詩をえて、みんなの心の調べを奏で、詩は音楽をえて翼をもつでしょう」[17]と述べられている。活動者会議の決定と関の呼びかけにこたえて江島がつくったのが「煙突の下で」という詩である。これには木下航二が曲をつけ、南部におけるサークル発の創作歌第一号として広まっていった。木下の記録によれば、作曲日は四月二日、[18] その後七月三一日に行なわれた「京浜のうたごえ」（芝公会堂）で大井合同コーラスによって発表された（木下航二指揮）。『南部文学通信』第八号（五四年五月刊行）には、江島と木下の歌をめぐる往復書簡が掲載されている。木下はここで「今、歌う詩の貧困が作曲活動の一番の問題になつています。その意味であなたの詩は貴重だと思うし、これから大いに作つていただきたいと思います。是非一しよに協力してよい歌をどんどん作りだして行きましよう」と語り、江島は「マルセイエーズや民独のうたの、あの一定の秩序をつくやぶる「うた」の調子は、小細工ではもちろんできないわけですが、詩と音楽を同時にいかす発想の場というものはなかなか容易にはつくれないものだと思います。「うたう詩をなぜかかないのか」という非難と注文を僕らはうけていますが、これを口火に集団の運動にしてゆくつもりです。「かく」運動、「うたう」運動の成果を地域で職場で結実させてゆくために、これからも一しよにやつて行きたいと思います」と応じているが、木下と南部文化集団の関わりはこれ以後深まり、江島の紹介で木下と浅田の出会いもあった。

他方、南部文化集団と出会う前の木下の動きを見ておくと、東大文学部哲学科を卒業してすぐ、母校である日比谷高校で五一年四月から働くことになり、社会科教員として定年まで勤めている。日比谷高校就職とともに藤沢から大田区大森に転居し、東京南部の住人となった。翌五二年、生徒がもってきたチラシで中央合唱団研究生募集を知り、第一四期生として音楽を学ぶとともに、当時音楽センターで開催されていた作曲講座を二度にわたって受講し、作曲も学んだ。作曲は五三年から次第に本格化していく。そういう中で若竹青年会という地域（品川区大井町）の青年サークルとも出会い、コーラスの指導にも当たるようになった[19]。南部文化集団の江島や浅田と出会った頃はそういう状況にあった。若竹青年会は一九五三年暮れに発足したサークルで、歌ばかりでなくマルチな活動をしていた。長くこの会に関わった荒井敬亮は次のように語っている。「若竹青年会は、木下先生を中心にした、うたらサークルには間違いないが、他にも、社研（社会科学研究会）、機関誌『めばえ』そして、演劇好きが集まって演劇部などもやって来ている、いわば、総合サークルといった感じだ。毎週日曜日の夜、お寺の本堂で例会をやり、半年に一度、仲間のサークルと共に交流会などもやってきた[20]」。

「原爆を許すまじ」は、江島寛を介した木下と浅田の出会い、そして若竹青年会への浅田の関わりの中で生まれた。五四年五月、音楽センター発行の『音楽運動』誌上で関鑑子は「原水爆反対の声が全国にみちみちている時に、その歌曲の創作がおくれている［…］。原水爆への怒り、犠牲者への悲しみ、ひろく人類愛に訴える平和の歌は、小さい子供から老婆にいたるまで、総ての日本人に歌われるであろうし、全世界の友に訴える事であろう」と呼びかけていた[21]。これを受けて音楽センターから原水爆禁止の歌の創作募集があった[22]。

この年の三月、アメリカはミクロネシアのビキニ環礁で「キャッスル作戦」と呼ばれる一連の水爆実験を行なっていた。一定の立入禁止区域を設けて実験を行なっていたのだが、想定したよりも水爆の爆発規模が大きく、区域外で操業していた日本のマグロ漁船・第五福竜丸の乗員たちが実験による核分裂生成物質、いわゆる「死の灰」を浴びて急性放射能障害に陥った[23]。この事実がマスメディアを介して広まるや、日本全国で同時多発的に水爆あるいは原水爆の禁止を求める署名運動が広がっていった。署名総数は翌五五年には三二〇〇万に達し、原水爆禁止世界大会が開かれた。今日につづく原水爆禁止運動（原水禁運動）の始まりである[24]。

関や音楽センターの呼びかけには、単に「うたう詩」創作ばかりでなく、戦後空前の大衆運動として発展しつつあった原水禁運動の盛り上がりがある。若竹青年会の活動の中で浅田は木下に「いま歌声運動でどんな歌が求められていますか」と問い、「それは原爆反対のうたです」と木下は答えた。そして浅田に詩を書いてくれないかと依頼したのである。[25] 六月下旬、若竹青年会の企画で大森沖の中の島に舟遊びに出かけた日のこと、木下は浅田から三篇の詩を受け取った。そのうちの一篇を歌いやすいように改作してできたのが「原爆を許すまじ」だった。七月下旬が締切で、木下はそれにギリギリ間に合ったと回想している。[26] 同月二八日の音楽センター第七回定期演奏会で、中央合唱団の歌唱によって初めて披露されたが、当時浅田は六月末に倒れた江島寛の看病や支援に忙殺されていてこの演奏会は聞いていないし（江島はその後八月一九日に亡くなる）、木下もこの演奏会には参加しなかったばかりか、その後三〇年もこの初演奏のことを知らなかったという。[27] だが作詩者も作曲者も知らないところで、この歌はじわじわと広がり始めていた。それが爆発的に拡散する契機となったのは、八月六日に広島で開かれた「国鉄の歌ごえ」祭典である。

三　「原爆を許すまじ」空前の普及とその余波

一九五三年ごろから盛り上がりはじめていた国鉄のコーラス運動は、五四年になると全国的な協議会づくりの動きに発展していった。協議会の結成も兼ね、国鉄の「うたごえ」運動の集約点として設置されたのが五四年八月の「国鉄のうたごえ」祭典である。[28] このころ専売・全逓・全電通など総評加盟の（とくに官公労系）大単産を基盤とした産別の「うたごえ」協議会が続々と作られていた。「国鉄のうたごえ」もまたその有力なひとつである。この祭典を介して「原爆を許すまじ」の歌が爆発的に全国に広まっていく経過については、木下航二編『原爆を許すまじ――世界の空へ』（一九八五）に寄せられた多数の当事者の証言によって明らかにされている。

前述したように、木下に詩を渡してから浅田はどんな曲がついたのか知らなかったし、木下は音楽センターに提出してからどうなったのかを知らなかった。二人がその歌のゆくえを知るのは、広島での「国鉄のうたごえ」祭典においてである。この祭典に参加しないかと東京南部のサークルにも呼びかけがあり、若竹青年会からは当時浪人生だった加藤武昭、南部文化集団からは浅田石二が参加することになった。木下は広島には行かなかった。浅田の回想によれば、「その帰り道、東京に向けて走る夜行列車の中で仲間と話合っていた耳に、聞いたことのあるような〝詩句〟のはいった歌声が聞こえてきた。楽譜を見せてもらうと、それは間違いなく木下航二作曲となっている。これが、わたしの初めて聞いた、あの〝うた〟であった」という。浅田は車中で胴上げまでされたとのことである。(29) 加藤はすでに行きの列車でこの歌を歌っている人がいるのを聞いたと言うが、帰りには「大合唱」となっていたという。(30) では、何があったのだろうか。のちに国鉄のうたごえサークル全国協議会の議長となる日野三朗によれば、八月六日の夜、次のようなことがあった。

広島行きの車中ではうたわれなかったと思います。広島で、原爆記念平和式典に全員が参加し、そのあと全国協議会結成大会と大音楽会――感動的なうたごえの大交流会が、全国から五百名の参加で盛大に開かれたのです。感動と興奮の中で終了し、そのまま国鉄集会所の宿舎に全員が投宿した時、この「原爆許すまじ」のうたごえが湧き起こったのです。

みんな興奮してほとんど寝なかったと思います。燃え尽きた広島に今、自分がいると思うだけで、じっとしていられない、何かしなければいけないという共通の感情が皆の中にあったのです。それがこのうたで爆発したのです。

東京から参加したどのサークルに属していたか分らなかったが、女性の一人が、このうたの指導に当っていました。すべての室から、うたの指導の申し込みがありました。指導しきれないので、覚えた仲間は、知らない仲間の室へ指導に行くということで夜を徹してうたわれ、「原爆許すまじ」のうたごえは、まさに燃えるような勢いで伝わり、幾たびとなくうたわれました。

翌日、全員が宮島の観光に出かけました。船を占領した参加者は、そこに勤務する国鉄船舶の仲間とうたい交わしました。全国の仲間は、この「原爆許すまじ」のうたを最大のおみやげにして、全国に散りました。そして祭典の感動を、このうたに託して報告会でうたいまくったのです。(31)

国鉄労働者の全国ネットワークによって参集したうたごえ活動家たちが、これを各地の職場・地域にもち帰り広めていくさまが想像される。一九五四年八月六日の一晩の経験がこの歌を全国に爆発的に広めていく発火点となったのである。東京南部に帰った浅田・加藤は、若竹青年会の集まりでこんな歌を聞いたがそれは僕らの歌らしいと言って、木下の前で歌ったという。木下は「驚いて、それは確かに浅田さんの詩に僕が作曲した歌だ、ということになって、これが私が「原爆を許すまじ」の歌を聞いた最初であり、あの歌が音楽センターで採り上げられたことを知った最初でもあった」と回想している。(32) こうして作詩者・作曲者のもとに歌が帰ってきたとき、歌は二人の想像を超える規模で全国に普及しつつあった。この五四年夏は原水爆禁止署名運動の盛り上がりのさなかにあり、「原爆を許すまじ」を介して「うたごえが原水爆署名運動をひろげ、原水爆署名運動がうたごえをひろげるという関係」[33]が生まれ、二つの運動は相乗的に発展していったのである。同年九月二三日に第五福竜丸の久保山愛吉無線長が放射能症で亡くなると、葬儀では「原爆を許すまじ」のコーラスが行なわれたという。[34]こうした動きを背景として、一九五四年の「うたごえ祭典」は、「原爆をゆるすまじ　一九五四日本のうたごえ祭典」と題して開催された（一一月二七日、共立講堂・千駄ヶ谷体育館）。

翌五五年もこの動きはつづき、八月に開かれた最初の原水爆禁止世界大会では、「はじめから終りまで「原爆を許すまじ」の歌でうずめられ、大会ではあらためてこの歌を国民歌にすることがきめられました。／こうして、合言葉どおり「原爆を許すまじ」の歌は全国民のものとなり、さらに世界にまでひろがつていつたのです」と『一九五五年　日本のうたごえ』のパンフレットでは語られている。[35]これを裏づけるように、広島合唱団事務局は『音楽運動』一九五五年一一月号に寄せたレポート（広島合唱団書記局、一九五五、二七頁）の中で「「原爆許すまじ」は人びとの心をとらえ、口から口に歌い伝えられ、街のすみから村の奥までいたるところで歌われるようになってきました。／このことは「原爆許すまじ」が全国民の要求を反映していることを示すものでした。「原爆許すまじ」は全国民の歌となってきています」と述べているし、一九五五年にワルシャワで開かれた世界青年学生平和友好祭の国際文化コンクールでは、この歌が第二位に選ばれている。[36]

井上頼豊によれば、五四―五五年は「うたごえ運動」の「ピーク」のひとつであるということだったが、『うたごえ新聞』第一八号（一九五六年二月二九日）でも、「〝うたごえ〟のうたが、こんなにひろくひろまったのはこの「原爆許すまじ」と「しあわせの歌」が最高といってよいでしょう」と述べられ、ともに木下航二の作曲による二つの歌が、うたごえ運動を押し上げた原動力であることを明らかにしている。全国津々浦々のサークルが愛唱し、また、中央合唱団や各地の中心合唱団、うたごえサークル協議会加盟サークルといった、いわば「コア」な運動の担い手をはるかに超えて愛唱されたという点でも、大衆運動としての「うたごえ運動」が最も広い裾野をもった時代であり、それを支えた歌が作り出されたといえよう。

四　南部作詩作曲の会とその終焉

「原爆を許すまじ」の成功によって活性化した創作歌づくりの動きは、東京南部において新しい結集点を生み出す。「南部作詩作曲の会」の発足である。この発足の経緯については木下航二が詳しく記しているので[37]、これをもとにまとめておきたい。

木下によれば、「原爆を許すまじ」創作以来親しくなった浅田から「文化集団の仲間にも歌う詩に関心を持つ人がふえているし、新しい歌を作るための、詩と作曲者の集りをもったらどうか」という提案があったことが発端となり、五四年一〇月に最初の集まりがもたれた。参加者は「三、四名」であったというが、この会は南部文化集団の詩人たちと木下ら音楽センターの作曲家の共同作業の場として着想され、発足に至ったと見ることができるだろう[38]。こうした結びつきについて木下は「私たちの会では新しい歌がどんどん生れるがこれは作詩者と作曲者が協力しあつているからでその点がこの会の特徴であろう。詩人だけで、或は作曲者だけで考えていてもなかなか歌は生れない。こうした集団の力、協力の力で歌が出来るのだと思う。又別の成果として、この会を通じてコーラスサークルと文学サークルとが結びつくことが出来た」と誇らしげに語っている。異ジャンルのサークルの結びつきが大衆自身による創作と普及のムーブメントを作り出す。それがこの当時の木下の期待であり賭けであったのではないか[39]。

作詩作曲の会は毎月例会をもち、積極的に創作歌を作っていった。発足当時には名前がなかったのだが、「翌月［一一月］の集りには「東京北京」の作詩者山本順一、作曲者寺原伸夫の両氏も加わつて八人になり、詩も三篇集り、歌う詩をどう作るかということでだいぶ話し合つた。十二月には文化集団の志賀智之さんが、はじめて歌う詩をかいてみた、といつて十一篇の詩をかいて来て皆を感激させた。メンバ《ママ》も十一人となり会の組織を確立する必要にせまられた。／それで新年から「南部作詩作曲の会」として発足することになつた」。月一〇円の会費と毎月第二日曜日に例会をもち、機関誌『南部のうた』を隔月発行することを決めた。「会場も今までの下宿の二階からもつと広い歌える場所に移し、作詩に負けず作曲の方も精力的に進めて具体的に作品を生み出していこうということになつた。その結果、一月の例会には十五曲もの作曲が集つて予想外の成果をあげた（この曲集にのつた八曲はその時生れたもの）。早速それを中心に「南部のうた」創刊号を出したところ部数も百四十部で少なかつたがたちまち売り切れ贈呈分もなくなつてしまつた。二月には九曲、三月には二十曲集つた。この二十九曲と詩二十数篇を中心として「南部のうた」二号を近く発行することになつている。現在会員二十四名でそのうち作詩が十一名作曲が十三名他に会員外で作品だけ寄せてくれる協力者が数名いる。中小企業の労仂者が多いが大きいところで国鉄、鋼管、園池、藤倉などからも来ている。殆んどメンバーが詩サークル・コーラスサークルの活動家である」。城戸昇によれば、最大時のメンバーは

表1の通りである。作詩部門一二人のうち、「半数以上が「南部文化集団」に参加しているサークル（戸越・はまの子・解放区・油さし・ありのざ）の詩人であった」[40]。

会の中の作曲者を中心に「作曲部会」もつくられ、浅田の下宿で五五年二月に一度会合が行なわれている。議題はメーデー歌をどう作るか、ということであった。三月には南部文化集団・京浜絵の会と共同で伊豆大島へ民謡調査にも出かけている（京浜絵の会は南部文化集団のメンバーを中心として生まれ、スケッチや版画・絵画制作を行なうサークルである）。また、五月に結成された南部コーラス協議会には準備段階から積極的に加わり、結成大会を兼ねた交流文化祭では創作歌を発表するとともに、ポケット歌集『南部のうた』を発行している。

城戸昇によれば、交流文化祭に参加したサークルと、招待を受けたが参加しなかったサークルは次の通りである。当時の東京南部のコーラスサークルの概況を知ることができよう。

品川地域・職場＝都立大鮫洲コーラス、専売中央研究所コーラス、専売品川コーラス、わかたけコーラス、園池合唱団、かすみ会、鮫浜青年文化会コーラス、国鉄大井工場・大崎被服工場合同コーラス、ゴム五社合同コーラス（藤倉・明治・日本・高砂ほか）。

大田地域・職場＝こうじ谷仲良し歌う会、子供の家保育園父母の会コーラス、ともしび歌う会、上池歌う会、日本教具コーラス、くるみ会（大田労連）、日本特殊鋼合同コーラス、蓮沼親子合唱、アンサンブル・トロイカ、若草コーラス、南部作詩作曲の会。

港地域・職場＝新橋歌う会、貯金局歌う会、中労委のコーラス、歌う会青蛙、沖電気歌う会。

その他サークル名不明を加え二十六団体が参加した。また、参加を呼びかけたが、当日参加しなかったコーラスサークルは次の通りである。

品川地域・職場＝明電社コーラス、品川製作所コーラス、品川区役所コーラス、大日本印刷コーラス、東交品川コーラス、小糸製作所コーラス、日本高速印刷コーラス、白木金属コーラス、ヤマト電機コーラス、雪印乳業コーラス、日本理化コーラス、大崎郵便局コーラス。

大田地域・職場＝大田区役所コーラス、北迅電機コーラス、東京ガスコーラス、白木屋森のコーラス、東京計器コーラス、大森職安コーラス、羽田空港コーラス。

港地域・職場＝日本電気歌ぅ会、国鉄歌ぅ会、東京デパート歌ぅ会、品川客車区歌ぅ会、全駐労歌ぅ会、まつの木コーラス、東交三田歌ぅ会。(41)


以上のような活発な活動の成果として、五五年四月に音楽センターから刊行された『うたごえ創作集』No.1には、作詩作曲の会機関誌『南部のうた』第一号（五五年一月）から「世界民青連代表歓迎のうた」（高花昭雄詩／青木考水曲）、「季節」（上野嘉子詩／三沢寿郎曲）、「基地の子」（志賀智之詩／寺原伸夫曲）、「きみ囚われて」（志賀智之詩／寺原伸夫曲）、「朝（生活のうたより）」（山本順一詩／寺原伸夫曲）、「おれたちは旗」（志賀智之詩／熊沢勉曲）、「しあわせのうた」（石原健治詩／木下航二曲）、「マルシャの小鳩」（阿部昇詩／曲）の八曲が転載された（同『創作集』には全三七曲が掲載）。また、さらにこの中から『青年歌集』第四篇（一九五五年四月刊）に「きみ囚われて」と「おれたちは旗」の二篇が掲載されているが、二曲とも南部文化集団の詩人・志賀智之（井之川巨）の作詩であった。(42)

▼作詩部会

浅田石二（南部文化集団・大井文学友の会）

石川はじめ（望月新三郎・南部文化集団）

志賀智之（井之川巨・南部文学集団・戸越文学友の会）

すぎ・いつお（解放区・法政大学第二社会学部文芸部）

武島淳（前同）

仙田茂治（南部文化集団・京浜絵の会・ありのざ同人会）

前田富夫（町工場文芸友の会）

三須康司（地帯の会）

山本順一（電通・音楽センター）

阿部進行、田中光太郎、まつだあきら、藤沼美智子

▼作曲部会

木下航二（音楽センター）

黒木貞治（戸越文学友の会）

寺原伸夫（音楽センター）

寺原洋子（音楽センター）

三沢寿郎（かすみ会）

横山太郎（アンサンブル・トロイカ）

阿部昇（園池製作所）

熊沢勉、林善次郎、宮沢純子、のちに久保田俊夫（窪田聡）

表1 （城戸昇『東京南部サークル運動史年表——敗戦から六〇年安保まで』一九九二年、九八一九九頁）

以後の活動については、木戸昇『南部作詩作曲の会と謳う詩創作運動』に掲載の年表（表2）を抜粋して載せておきたい。

一見してわかるように、五五年中は秋まで例会が行なわれていたが、以後中絶している。その理由について語られている証言は存在していない。機関誌は四月に二号が出たあと、六月に三号の印刷が予告され、原稿も集まっていながら未刊に終わった。そして、明確な解散等の手続きもとらず、南部作詩作曲の会は自然消滅し、東京南部における詩サークルとコーラスサークルのコラボレーションは短命に終わった。その背景として推測されるのは、南部文化集団の混迷である。五四年八月にリーダーの江島寛を亡くし、新しいリーダーシップが確立されていなかったこと。それに加え、同集団の主要メンバーは共産党員でもあり、五五年七月に発表された、いわゆる「六全協決議」によって、自分たちのサークル活動が「文工隊主義」として批判されるに及んで、それなりに実績のある活動に携わっていたにもかかわらず方向性を見失い、五六年一月に「南部文学集団」と改称して文学に純化した創作同人集団として自らを再定義するまで、アイデンティティが浮遊する時期を経験するのである。そしてまた、この再定義の過程で従来のサークルのかけもちによるネットワーク形成の方針も放棄され、他のコーラスサークルや文学サークルとの交流も途絶えがちになってしまう。同様のことは全国のサークルで起こっていたようだ。

だが、音楽センターと「うたごえ運動」は「六全協」ショックの影響をほとんど受けていないように見える。運動が上げ潮にあり、しかも五一年に民青の下部組織であることから離脱していた音楽センター・中央合唱団・「うたごえ運動」は、党の政治的動揺にも自立を保ちえたようだ。また、五四

一九五五年

五月　南部コーラスサークル協議会結成大会・南部文化祭（十五日芝中労委会館）。//

▽　この会場で、「南部文化集団」の仙田茂治・城戸昇らが活動している「京浜絵の会」が、同日発行した『版画集』第一集（詩と版画・百三十二部）を発売して売り切れとなる。

五月　南部作詩作曲の会五月例会。

六月　南部作詩作曲の会六月例会。

七月　南部作詩作曲の会七月例会。

八月　南部作詩作曲の会八月例会（十四日・東電サービスステーション）。

九月　南部作詩作曲の会九月例会。

十月　南部作詩作曲の会十月例会（十日・品川区大井鮫洲菊水第二寮林前次郎宅）。

表2

年に始まり発展を続けていた原水禁運動との連携や総評、国民文化会議といった社会党系の運動から支持があったことも、「うたごえ」を自立させる力になっていたかもしれない。東京南部でもコーラスサークル協議会は活動を継続し、「南部のうたごえ」祭典もしばらく続いていた。

南部文化集団の中でも、浅田は個人として「うたごえ運動」との関わりを続けた。五六年五月には音楽センター主催の「うたう詩講座」に講師として関わったり、五七年二月にこの講座から「作詩と作曲の会」（事務局・山岸一章宅、機関誌『作詩と作曲』）が生まれると、これにも積極的に関わっている。「作詩と作曲の会」は「南部作詩作曲の会」との間に、とくに作曲部門において連続性をもった会でもある。五六年八月には浅田は寺原伸夫とともに東北・北海道へ詩・コーラスサークルとの交流旅行に出かけている。[43] また、五六年九月二〇日付の『うたごえ新聞』には、『うたう詩をつくる為に――うたごえよ起れ』という書籍（音楽センター刊）の刊行予告が広告され、「十一月初旬発売」と銘打たれている。浅田の手元にはこの本の内容と執筆者・執筆要領に関する書類が遺されており、これを見ると、もし刊行されていれば当時の「うたう詩」創作運動の中間総括ともなる内容の本だったことがわかるのだが、いかなる理由か、この本は出版に至らなかった。浅田はこの間、『うたごえ新聞』第二七号（五六年六月一〇日付）に「歌はいつも私達の親友」というエッセイも寄せている。

だがその後、浅田は「うたごえ運動」から離れていく。それは、運動の中で「著作権のいちじるしく無視されている状況（勝手に改作するとか印税を一文も支払われないとかの）」への不満からであった。浅田と山岸一章は共通の不満を抱いており、議論を重ねて山岸の文責で『アカハタ』に投稿をし、掲載された。五七年初冬のことである。同投稿は著作権問題とともに「うたごえ」が運動として質・量共に伸びなやんでいる」現実を運動の指導者の考え方に立ち入って批判するものであった。投稿は掲載されたが、掲載までに一ヵ月を要し、その間音楽センターに原稿を見せていたという（浅田、一九五八）。「民独」の作詩者山岸と「原爆を許すまじ」の作詩者浅田からのこの問題提起に対し、音楽センターからは何の応答もなく、歌を作った者へのフィードバックのない一方通行的な関係に批判的意識をもっていた浅田は「うたごえ運動」から足が遠のいたという[44]。

「著作権問題」はその後「うたごえ運動」内部でも議論になっていったようである。関忠亮は「大衆運動としてまだ十分に力を持っていなかったということもあって、うたごえ運動は著作権問題に関する限り、特権的な立場をとり続けてきたわけですけれども、［…］うたごえ運動が著作権問題に取り組むということは、著作権の問題で長いあいだ共同の活動をしてきた多くの音楽家のたたかいに

〝うたごえ〟が参加するのかどうかという問題でもあります。その戦線に参加しないで、いわば特権的な地位を守ろうとするのか、それともいろいろな困難を押しきっても、なおかつ広範な音楽家との共通なたたかいをたたかいぬくという立場に立つのか、それは単なる観念的な思考の問題ではなく、日常の一つひとつの仕事とかかわりあうことなしに達成できるものではないような、統一戦線上の大きな問題なのではないでしょうか」と述べている。(45) 全国に「うたごえ」を普及する大きな運動を動かしている、という意識のある側と、労働の合間のわずかな時間で創作をするサークルの活動家たちとの間のギャップ。どうしても作曲を中心に歌が評価される「音楽」の世界との落差に悩むサークル詩人たち。そうしたさまざまな懸隔を抱えながらも、一時的なコラボレーションが成立した南部作詩作曲の会の歩みは、「うたごえ運動」のピーク期における徒花としてではなく、サークルにおける創造行為の意味を問いかける、大きな問いを抱えた軌跡だったのではないだろうか。

城戸昇「紙芝居」(『南部文学通信』第一二号より)

第六章　工作者・江島寛

一　生いたち

江島寛、本名星野秀樹は、下丸子文化集団が生み出した最もすぐれた詩人のひとりであり、かつすぐれたオルガナイザーであった。この二つの才能を兼ね備えた「工作者」が存在したことで、文化集団は一九五一年から五九年に至る活動の持続が可能になった。それればかりではない。一九五四年の江島の死後も、彼の詩と行動の軌跡は、友人であった集団のメンバー、井之川巨、浅田石二、望月新三郎らをその「原点」に立ち返らせ、記憶を想起し、自分たち自身の「歴史」を書き記していく参照点となり続けた。彼は死してなお「工作者」であり続けたのである。

星野秀樹が生まれたのは一九三三年三月、植民地朝鮮の全羅北道群山である。父孝治は逓信省の官吏で、仕事がら朝鮮各地を転々とする生活であった。秀樹は忠清北道清州、忠清南道大田、京畿道一山と移り住んだ。一山では、父は局員十数人を抱える郵便局長として、敷地二〇〇坪の広い家に住んでいた。小学校のときから近所の子どもたちを集めて手書きの雑誌を作っていたという。一九四五年には京城中学に進学したが、まもなく敗戦となり、一家は父の故郷である山梨県南巨摩郡曙村に引き揚げた。九月のことである。

星野は県立身延中学（旧制）に編入、翌四六年には文芸部が誕生して機関誌『峡南文芸』が創刊される。秀樹はここで短歌や詩、小説を発表した(1)。丸山照雄によれば、これ以前にも二人で『彫像』という雑誌を出したという。二人の出会いを彼は次のように語る。「私は母が九州、父が山梨出身で、標準語しかしゃべってはいけない家庭に育ちました。地元のことばと二重言語生活です。星野は植民地出身者でしたが、植民地というところは日本本土より近代化しているところです。彼のそういうところが私と引き合う感じがしました(2)」。

早熟な文学少年であった星野は、地元の「美知思波《みちしば》短歌会」に加入し、機関誌『美知思波』に精力的に作品を発表した。佐藤信子の探究によって発掘された星野秀樹の短歌には、次のようなものがある。

積極的なる意見を述べる者もなき会の席より桜散るを見ゆ
鉢の火に灰もりあげし歌詠めば近代性はなしというかや
大いなる空間に可能性を見つけむとする我々をもって軽薄といふか
スターリングラードの廃きょよりあわただしくコンパクトもち女出て来る(3)

緊迫度の高い知的な歌を詠んでいたことがわかる。四七年三月には『峡南文芸』に小説「大極旗」を発表しているが、この作品は解放直後のソウルの情景を描いている。少年が書いたとは思えないほどの落ち着いた文章と冷静な社会観察がそこにはあり、彼の早熟さを証拠立てている。(4)

この早熟な文学少年星野は、同時に早熟な政治少年でもあった。新制に切り替わった身延高校で彼は丸山らと青年共産同盟の結成に加わり、街頭でのビラまきなどの行動にも参加するようになった。このとき一学年上に浅田石二がいた。星野がペンネームとして使用する「江口寛」は、浅田がつけた

南部文化集団のころの江島寛（左下）。上原一夫（左上）、井之川巨（右）と。

ものだ。

あるとき彼と同人誌を準備していて、たまたまプロレタリア文学史を読んでいたことから、その著者の名前を借用して彼に断りなくつけたのが江口寛の名であった。(5)

星野は文学・政治に早熟だったばかりでなく、勉強もできた。佐藤が聞き取りをしたかつての同級生たちは、口をそろえて「雲の上の人」「頭のよい文学青年」「生涯において出会った二人の天才の一人」「まぶしすぎる存在」と彼の才気を称賛する。(6)だが、彼の政治活動は学校当局の目に留まるところとなり、新制高校二年のとき(一九四九年)、放校処分に遭う。

そのころ、丸山と三人で『深夜』という雑誌を計画したことがあります。フランス・レジスタンスの深夜叢書からとった名前でしたが、これは企画に終わりました。江島がいよいよ放校になって、学校を去るという日、二人で学校の芝生に寝ころんで話をしたんです。お前これからどうするんだ、って。そうしたら江島は、東京に行く、っていったんです。私は、じゃあ俺も東京へ行くよって答えたんですよね。(7)

青春の日のこうした約束は、しばしば交わされる。しかし、それを本当に実行することは稀である。しかし浅田は高校を卒業すると、星野のいる東京へ向かった。二人は下丸子で再会した。丸山は立正大学入学のため、上京した。立正大学は品川区大崎にあった。こうして三人は南部で再会を果たすのである。上京した星野は、下丸子にあった姉の下宿に身を寄せて、都立小山台高校の夜間部に通い、昼間は工場で働いた。小山台高校でも文芸部に入り、ここで井之川巨や望月新三郎、岡安政和、玉田信義らと出会う。五〇年、朝鮮戦争が始まると、民主青年団を校内で組織、演劇部で「夜学生の四季」を上演、文芸部では機関誌『青エンピツ』や『小山台詩集』を発行した。(8) 星野は小山台高校でも秀才で通り、全校同一の問題で行なわれた模擬テストで上級生をさしおいて一番になり、担任の教師は開校以来の成績だというこの青年に東大を受験するよう繰り返し説き、姉にも懇請したという。

二　詩作

民青団での政治活動は、江口寛青年を下丸子の労働者に結びつけた。一九五〇年、米軍管理下の軍需工場――PD工場――であった東日本重工下丸子工場でレッドパージによる四五名の労働者解雇が行なわれたとき、地域の労働者や市民らと一緒に江口は支援活動に関わった。(9) 翌年春、安部公房、勅使河原宏、桂川寛らが下丸子の労働者に対する文化オルグを行ない、下丸子文化集団を結成したとき、江口はそのメンバーとなった。江口はこの春、小山台高校を卒業して田園調布郵便局に就職していた。文化集団は東日や北辰電機の労働者を主軸としており、北辰でレッドパージに遭っていた労働者、高橋元弘、高島青鐘が中心であった。江口は友人である丸山や浅田を誘い、文化集団の活動に積極的に加わった。江口はまたパージに遭った労働者の実力就労〈入門〉闘争を支援する詩のビラ、「五人を工場へ」(10) などを書き、運動と詩とを結合する活動に才能を発揮していった。

『京浜文学新聞』第一号（一九五一年一〇月）には、この「五人を工場へ」というビラをまきに行ったときのことが「洗足　Q生」という人物によって記述されている。ビラをまいていると米兵と日本人運転手を乗せたジープ、それに警官がやってきてビラを見せろという。警官はビラを見ると裏表をひらひらさせながら「なんだ詩か」と去っていったという。

下丸子文化集団は一九五一年七月に『詩集下丸子』を創刊するが、江口はここに精力的に詩を発表していった。第一集に書いた「特殊管理地帯」は、「下丸子」が喚起するPD工場のイメージを、おそらくは労働者から実際に聞いた話をもとに描いたものである。また、第三集には「中川修一」のペンネームで、朝鮮戦争下、捕虜収容所となった巨済島をうたった「巨済島」(11)、貨車に書かれた英字から「占領」を垣間見させる「塀」などを発表している。

江口は同じころ、「軍事方針」のもとで激化していく共産党の実力闘争にふれ、「民族解放南部文学戦線」と名づけられた非合法の詩ビラを発行するグループにも加わっていく。オルガナイザーは、下丸子の会議にも参加し、このころ地域のサークルをつないだ『京浜文学新聞』を発行していた入江光太郎であった。入江はこのころの江口や江口の仲間の青年たちについての印象を、「彼らは好青年でしたが、頼りない存在でした」(12)と語っている。年齢的なちがい、それにレッドパージをじかに闘っている労働者と、高校を卒業したばかりの一〇代の若者たちとでは気迫や同志的雰囲気にギャップがあったようだ。だが江口は南部文学戦線が出していた『石ツブテ』にも果敢に詩を発表した。『石ツブテ』は非合法――占領目的違反(13)――ということもあり、すべてが無記名で発行された。彼はここに、自分が参加できなかった「血のメーデー事件」をうたった「手にもたなかつた石」を載せたのである。

君らは争つて話す。

コン棒で頭を割られた娘が
泣き声もあげず、なぐりかえしたことを。
小石で抵抗した小学生のいたことを。

君らは　頬を赤くするのだ。
君らは　かくそうとしない。
君らが　とおりにたつてながめていたことを。

だが、
昨日までのぼくらではない。
今日は、メーデー歌がうたえるということだけでなく。
今日は、労務のにらみがきかないというだけでなく。
血でそまつた人民広場は、その日から、ぼくらのものになつたのだ。

ぼくらは思い出すだろう。
倒れた勇敢な兄弟たちを。
プラカードの柄を。
乱れとぶ石つぶてを。

ぼくらは、いつも思い出すだろう。
そのとき、石をつかんで行かなかつたことを。
口をつぐんで、見ていたことを。
その胸をこがしたものが何であるかを。[14]

このメーデー事件の起きた一九五二年、下丸子文化集団は結成から一年少しを経て、重大な危機を迎えていた。リーダーであった高橋元弘の脱退である。高橋は、被パージ者を労働現場その他の政治工作に活用しようという共産党の方針とぶつかり、党をやめたばかりでなく集団をも離脱した。高橋は集団のまとめ役であったし、労働者たちは彼を信頼していた。この高橋が退団することで、集団は存続の危機に陥ったのである。このとき、高橋は二七歳、高橋の代わりに集団を背負ったのが一九歳の江口であった。労働者の多くは失業生活に苦しみ、家族を支えるための求職活動などに追われ、集団の活動から遠ざかっていた（失業中であったが、高島青鐘は集団に残った）。江口は自分の友人である浅田や丸山、望月、井之川とともに、集団の再建に乗り出す。彼はこれまでの活動の総括をするとともに、高橋脱退の問題を理論的に考え抜いた。江口を中心とした集団が出した結論は、自分たちを「文化工作者集団」として積極的に定義することであった。総括作業にあてられた理論誌『文学南部』を五二年一一月に、翌年五月に『詩集下丸子』第四集を発行すると、江口は新たな雑誌『下丸子通信』を発行、さらにこれを『南部文学通信』と改題して東京南部地域のサークルを結んだ新たな活動形態を模索していく。『下丸子通信』のころからペンネームを「江島寛」に変えているが、その間

「中川修一」その他のペンネームも用いている。[15] この江島寛の名前で、『下丸子通信』第三号（五三年九月）に長篇詩「突堤のうた」を、『南部文学通信』第六号（五四年一月）に「夜学生のうた」を発表している。

「突堤のうた」は、米軍管理下の港湾労働現場を舞台に、おそらくは春川鉄男の小説「日本人労働者」などからモチーフを得ながら書かれた長篇詩である。[16]

ここに出てくる「クレーン」のイメージを江島は繰り返し詩に織り込んでいる。これが彼の「PD労働」の象徴だったのか。朝鮮戦争の休戦は、この詩が発表された二ヵ月前、一九五三年七月に成立していた。その上であえて江島はこの詩を発表したのだろう。それまでのコミュニストの政治闘争を支えていた、アメリカによる「植民地化」「軍事化」という見通しのリアリティが急速に減退していく時代の始まりに、江島は「下丸子」に象徴される抵抗性を、その詩才をもって表現していた。

「夜学生のうた」は、おそらく彼が通った小山台高校を舞台に、学校の屋上に集った青年たちの若き革命の志をうたったものである。掲載された『南部文学通信』第六号（五四年一月）には、「この一月五日、ある夜学の在校生と卒業生が集つた。お互いに顔をしらない同志が、たくさんいた」と付記されている。

（前略）
三月というのに
厳しい寒さだつた。

風が　踊りばの
扉をけやぶつて　おどりこんだ。
雨は　階段から
子供のように　手をつないでとびおりた。

誰もいないのに、
扉は、開いたり閉じたりして迎え入れた。
灯りは、ひときわ明るくなると、
すぐ　絶え入らんばかりに暗くなつた。
ふしぎな結婚式だつた。
その日、
ぼくらは卒業した。

教育委員よ。校長よ。
鼻の頭よ。
いんきんたむしの
舌の植木屋よ。

ぼくらの胸は、日に照らされている。
ぼくらの、せせらぎは
別の　ところから
起つてくるのだ。

お丶、何もなく、
この校舎の上に
党と
民青の旗は
ひるがえるだろう！

同志××。
同志××。
同志××。
…………。

さようなら！
さらに固く握手するために、さようなら！

南部の工場は、
今　風雨のなか、鉄をやきながら
ぼくらを待つている。(17)（以下略）

「風信器は　今日も向きをかえる。／／しかし、／ぼくらが　一せいに指さすのは、／今日も／一つ所なのだ。」と結ばれているこの詩を読むとき、革命の夢を語るばかりでなく、朝鮮休戦以後の「革命」の方向の不透明性への不安が隠されているようにも思われる。「風信器」が向きを変えたとしても変わらない指さす先にあるはずの「革命」。それは彼自身が詩を通して闘い、あらゆる表現を通して人びとの意識に働きかけていく、そうした「文化工作」とともにあるはずのものであった。

三　工作者の論理

江島寛が東京南部で取り組んだ「文学」とは、「運動」としての文学であった。より正確には、あらゆる表現を通じて大衆の意識を変革し、そこから現実理解の別用なコードを創出する、という運動性をもった表現活動であった。そして江島のこの試みは、現実社会のただなかで、人びとの関係性を組みかえ現実認識を変革する「文化工作者集団」の形成と不可分のプロジェクトであった。江島はこの「工作者」の論理を、高橋元弘離脱以後の集団再編成のための理論闘争を通じて獲得する。その「理論闘争」とは、彼の自己内対話というよりも、かつて集団の誕生に手を貸した桂川寛や、この時期の文学運動のリーダーの一人であった野間宏との間に闘われたものである。高橋の離脱は〝危機〟ではあったが、江島そして集団が固有の運動理論をもつに至る〝チャンス〟でもあった。

一九五二年夏あるいは秋に生じた、文化集団のリーダーである高橋の離脱は、集団の求心力の喪失につながるばかりでなく、「下丸子」の名を冠した集団から、「下丸子労働者」の中核部隊が失われることをも意味していた。それは集団にとって解体的危機と言わざるをえない事態であった。そして、結論的にいえば、このとき、江島とその友人たちを中心として、集団は再建された。江島、望月、浅田、丸山、そして井之川や玉田ら江島の同年代の友人たち、一八から二〇歳そこそこの青年たちが、「栄えある革命の伝統」を背負った「下丸子文化集団」を守ったのである。このとき江島はわずか一九歳であった。

江島たちは、下丸子文化集団の一年半の活動を総括するためにひとつの雑誌を出した。それが『文学南部』（一九五二年一一月）である。『文学南部』では、「下丸子」から「南部」へと空間が拡大していることが注目されるが、これは一方では「下丸子労働者」喪失以後の自分たちのアイデンティティの模索であると同時に、運動の地域的拡大への模索、というもうひとつの積極面ももっている。そしてこの雑誌を通じて、集団には江島理論によって具体的に裏づけられた「文化工作者集団」のアイデンティティが手に入ることになった。「発刊にあたって」（江島によるものか？）によれば「労仂者作家文化工作者の活仂の「成果」「討議」の場」であるというこの雑誌は、「何故ツブレルのか、何故大衆が参加できないか」という問題を設定し、「サークルには、一人の主観によつて動き、沈退するという経験主義的ヒキマワシが尚のこつている」としながら、他ならぬその「一人」であった高橋離脱の衝撃を、自己批判を通じて理論的に乗り越えようとするのである。[18]ここでは江島の論考を中心に同誌を検討したい。

中川修一（江島）は、これまでにない規模で労働者たちが詩を書きはじめていることを称讃する野間宏ら（ほかには赤木健介や坂井徳三を考えることができよう）の議論をとりあげ、「ここでは、「書いている」ことが、「すばらしい」のと、「作品」が「すばらしい」のとでは、違うのだろうか」と問うている。

「書いている」当の者は、「書いている」ことを、「すばらしい」、とは思っていない。「すばらしい」作品が、かけたとき、はじめて、「書いている」ことの、「すばらしさ」を教えられる。そして、こんなときは、ぼくらには、めったにない。労仂者のもちものは、一般にまずしいのだから。[19]

だが江島は、いわゆる「へたくそ詩」を賛美する素朴主義に立つのではなく、詩を生み出す生活と労働者の表現とのつながりをもっと深めていこう、と呼びかけているのである。それこそが生活のただなかで表現を生み出す、文学／闘争であるということだ。

「生活詩」のよさを認め、その素朴さの揚棄を求める立場からも、今、注意深く労仂者の平日をみる必要がある。以前から、生活は、たとえば「かけた茶ワン」とか、なべ釜、ドタ靴に表現されていた。それは、労仂者にとつて親しい生活の断面である。しかし、「かけた茶ワン」と、日本人労仂者がおいたてられている占領制度の関係が現在ほど即物的な手法でうたわれているときはない。[…]集団は、これらのいきいきした活動を、詩の形式、方法の面でも大きく成長させてゆかねばならない。[20]

そして、高橋の離脱に直面したことから、それまで一人一人が「書く」ことの意味について十分に討議もされてこなかったことを反省しつつ、「集団は、大衆工作を第一とし、普及を、第一とする方針を、はっきりたてた」という。つまり、「普及か向上か」という、この時期しばしば語られた——サークル活動においてはおそらく永遠に語られ続けることになるであろう——択一的問いに対し、

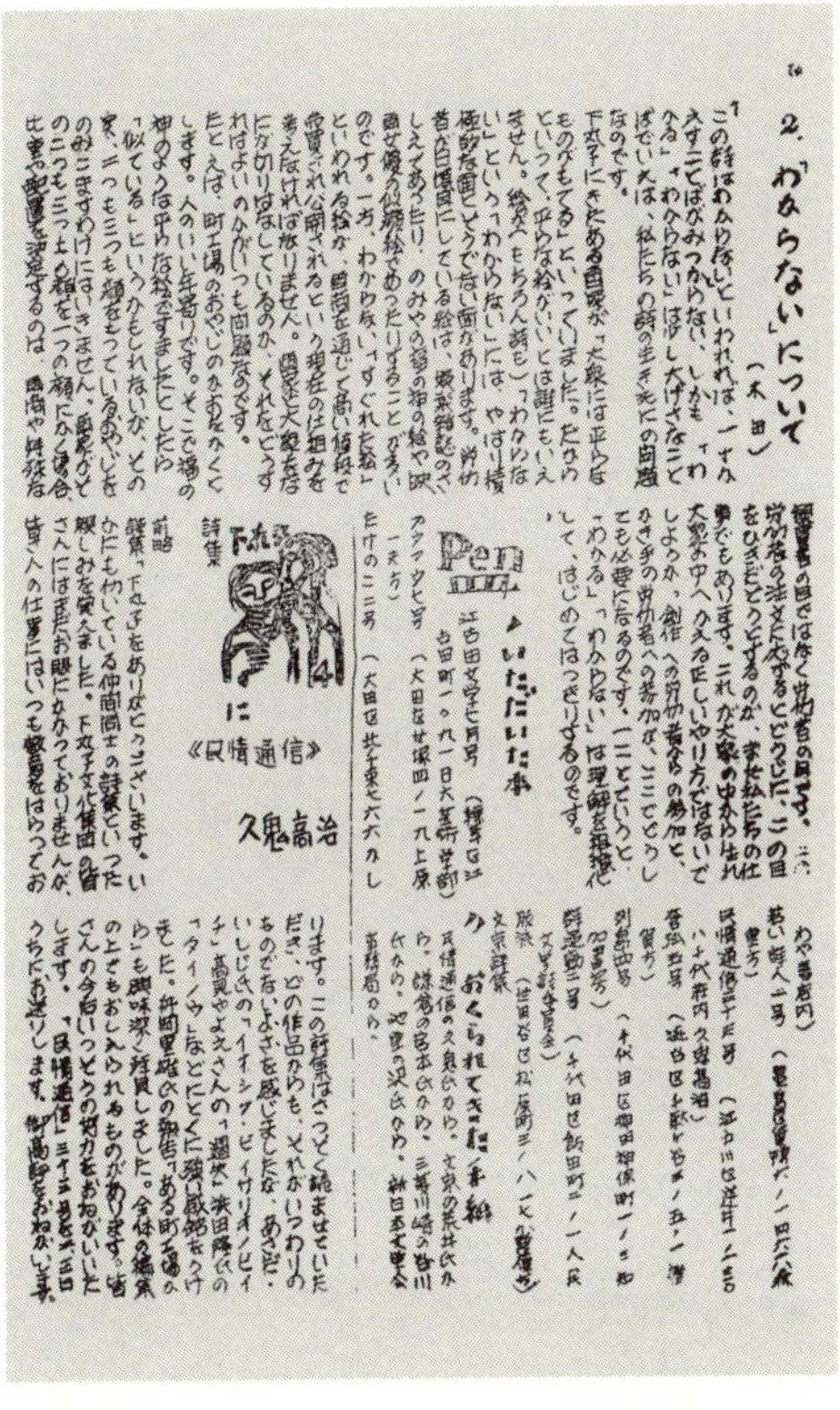
2.「わからない」について　（木田）

この詩はわからないといわれれば、一寸わかりずらいことばがみつからない、しかも「わかる」「わからない」は少し大げさなことばでいえば、私たちの詩の生き死にの問題なのです。

下丸子にきたある画家が「大衆には平らなものがもてる」といっていました。だからといって、平らな絵がいいとは誰にもいえません。絵が（もちろん詩も）「わからない」ということ「わからない」には、やはり積極的な面とそうでない面があります。労働者が日常目にしている絵は、娯楽雑誌のさしえであったり、のみやの額の神の絵や映画女優の似顔絵であったりすることが多いのです。一方、わからない、すぐれた絵といわれる絵が、画商を通じて高い値段で売買され公開されるという現在のしくみを考えなければなりません。画家と大衆とをどうしてかけはなしているのか、それをどうすればよいのかがいつも問題なのです。

たとえば、町工場のおやじのかおをかくとします。人のいい年寄りです。そこで福の神のような平らな絵ですましたとしたら「似ている」というかもしれないが、その実、二つも三つも顔をもっているおやじをのみこますわけにはいきません。画家がその二つも三つもの顔を一つの顔にかく場合、比重や配置を決定するのは、画商や特殊な

Pen

いただいた本

詩集　下丸子　に　《民情通信》　久鬼高治

おくられてきた手紙

江島寛「「わからない」について」（『下丸子通信』第一号）

「普及」の側に立つと宣言しているのである。しかし、江島のビジョンは単純な啓蒙主義でも「大衆」に対するパターナリズムでもない。少しあとの書きものになるが、『下丸子通信』第一号（五三年七月）に彼が書いた「「わからない」について」では、「この詩（絵）がわからない」というとき、積極的な面と消極的な面とがあり、「わかりやすさ」＝通俗文化、「わかりにくさ」＝ハイカルチャーであるかのような二分法は、この分割が生み出されている社会構造に対する視座を欠いている、と批判している。ある画家が「大衆には平らなものがもてる」（大衆には通俗的な「わかりやすい」絵がうける）と発言したとき、江島は労働者自身の「目」がもつ評価眼を単純化するのでなく、まずその要求に応えて見せよ、と切り返した。「創作への労仂者からの参加と、かき手の労仂者への参加が、ここでどうしても必要になる」のであり、このような新たな相互批評的作業が行なわれることにより、「わかる」「わからない」を組織するコードも組み替えられる、というのである。「「わかる」「わからない」は理解を組織化して、はじめてはつきりするのです」という彼のことばは、そうしたコードの組み替えを生み出す「文化工作」のビジョンに支えられているのである。[21]ここで批判された「ある画家」こそ、桂川寛であった。桂川は、「私は江口氏に批判されたことがあります。平面の顔の良さ悪さについて私が語ったことに、遠慮なく食ってかかってきました」と回想している。[22]

『文学南部』には、このほか民族解放南部文学戦線が五二年一〇月の魯迅祭で上演したシュプレヒコール詩「怒れ、高浜」の制作過程（沼田伸一）、集団外のある文学サークルに介入した結果、相手にシラケを生んでしまい、撤退を求められたケースの自己批判（秋山駿一）、「共産主義者特有の匂ひ」によって人びとに浸透できなかった失敗の自己批判（増田純雄＝井之川巨?）、ある会社の寮に工作に出かけて、共産党の演説レコードをかけたら誰もいなくなってしまったという失敗の自己批判（志賀智之＝井之川巨）、小山台高校での反戦仮装行列の報告（阿部久）と並んで、大衆に理解されやすい壁新聞の作り方（江口寛）など、「実践のなかから」（一連の報告全体に付せられた表題）これまでのいたずらな左翼的作風を見直すことが自己批判的に検討されている。編集後記では、「ここに集められたいくつかの文章によって、工作者一人一人が何かを握みとってきたことを知ることができた」と記されている。(23)

ここで萌芽的に論じられていた「何故ツブレルのか」という問題については、『人民文学』誌上における野間宏との本格的な理論闘争に詳しい。江島は、野間が『季刊理論』（第一八号、「特集・文学の前進のために」）に書いた「実践と創作の環」を高橋離脱の問題とつなげて激しく批判したのであるが、『人民文学』編集部は、江島の論文「集団と個人」掲載にあたり、野間と林尚男に論文を依頼し、同時掲載するという対応をした(24)（一九五二年一一月号）。いわば「後出しジャンケン」のようなものであるが、ここで江島は野間の文学論（サークル文学論）の急所を衝いて、自らの文学ビジョンを鮮やかに表現することに成功している。

江島が批判した野間「実践と創作の環」は、『人民文学』誌上で断続的に掲載された労働者作家春川鉄男の小説「日本人労働者」と、これを書き上げる上での春川の苦労――活動と創作、「『文学』と「実践」の統一」の両立の困難(25)――を取り上げて、「労働者作家」が「作家となり切る」ことを主張した論文である。(26)

春川は運動を続けることと創作をすることとをどのように結びつけたらよいのかという問題提起を

していた。野間のこの議論は、春川の悩みに答えるものとして出されている。江島は春川の問いが、高橋の離脱と共通する問題を含んでいることを示唆し、高橋が「実践と創作」という対立項の「創作」を選択したことの背景に、野間のような文学観、より直接的には高橋と野間の直接的な接触が横たわっていることを批判的に指摘した。

より具体的には、『詩集下丸子』が号数を重ねていく中で、書けなくなった、組織が拡がってゆかない、という悩みが語られ、「おれたちが書いているのは詩なのか、詩でないのか」という声が出てきたのであり、高橋は「専門作家との接触の機会をすすんで求めるようになり、集団もまた、詩や小説についての研究会や批判会を中心に活動をすすめてゆくことになつた」ということの問題である。こうした活動の結果、「文化工作を形式化した「いい詩」によって……という考えは集団をせまい同好会的な集りにし、それを、地域の闘いからきりはなされた文学活動にした」というのである。高橋は「実践と創作が結びついてゆかないことへの不満」を告げていたが、そこでは「実践」と「創作」の概念上の位置に誤りがあると江島は考える。野間が言うように「実践と創作を相互に循環する環と考えるのは正しくない」のであり、「創作はそれ自体実践に外ならない」というのである。かくして江島は次のようにこれまでの集団を総括する。

S文化集団の誤りは、この足もとをみ失つていたことである。そして全体の闘いの一環として創作をすすめ、普及し、文学活動を組織する態度に欠けていた。集団（サークル）それ自体は特定の作家育成のためにあるのではない。集団（サークル）は大衆の文化的要求を組織し、解放のための戦線を結びつける一形態である。そして大衆じしんのうみだした文学を、闘いの武器としてひろげてゆくことである。ここではまずいものは、まずいものなりに力をもつ。／壁新聞、便所の落書、ルポ、通信記事にまで及ぶ広範に把握された形式を、現に大衆がいきいきと活用しているのに、S文化集団はただ漠然と「すぐれた詩」「すぐれた小説」をかくための一部の同好者の集りになつていた。現実が提供した大衆が求めている形式を、大衆じしんによって存分に生かしながら、文学活動の新しい目や腕をつくつてゆくことが必要であつた。(27)

わずか四頁の短い論文であるが、「人民文学社がやつている研究会」も「専門作家の話をきく会」「すきなやつのおしやべり会」になっていると攻撃の手を緩めないこの論文は、編集部が他の二人の論者に原稿を依頼するほどの衝撃をもち合わせている。これを江島は一九歳で書いた。野間は江島に対し、「実践」と「創作」をあくまで分け、「私はこの専門作家と専門家でない人たちの間の文学活動の区別を明にすることもできなかつた。で、この点で私がいろいろの文芸工作に混乱をあたえた面があつたということを私は深く反省しなければならない」としながらも、「しかしそれは労働者のうちから専門作家が生れることを否定することにはならないのである。私は労働者のうちから——集団やサークルのうちからも、専門作家をだして行かなければならないと考える」と述べている。野間のビジョンの中では、あくまで「文学」の世界は二分されており、ただ「労働者のうちから専門作家が生れる」ことを期待する静態的なものでしかなかった。そこでは「文学」そのものの意味には攪乱的な要素を微塵も受け入れようとしていない。(28) 野間は数々の論文で「詩人集団」を宣揚する発言を繰り返していたが、[29]その「詩人集団」には固有の意味はなく、そこには「素人」の文学と「専門家」の文学とがあるだけだった。野間は労働者に「書かせる」ところからの文学の始動場面に立ち会うことはできても、そこから「詩人集団」固有の運動論は持ち合わせていなかったのである。

ここで摑まれた江島の文学／運動論は、「工作者集団」論と規定することができる。この方針をもとに、一九五三年七月から下丸子文化集団は新たな機関誌『下丸子通信』を発刊するが、これは明確に「工作雑誌」と位置づけることのできるものであった。ここでは人びとに「書かせる」ことを目的とした理論的な呼びかけと、集団員自身が自覚的に地域の諸サークルの中に入っていくこと、また新たなサークルを立ち上げることを基本としたサークル協議会の結成という方針が基軸にあった。『下丸子通信』第一号では、江島による「街頭へ詩を…壁詩をつくろお」「壁詩について」「「わからない」について」などが掲載され、大衆的な「工作」が理論的に打ち出されていた。やはり江島による「発刊のことば」には次のようにある。

下丸子は全国のどんな場所ともきりはなせない。とりわけ東京南部とは。ぼくらの仕事もそうだ。ぼくらの生みだす「ことば」が下丸子を鼓舞することばになり、闘いに向うむすうのことばを生みだすためには、掌の大きさにあったここだけのつながりでは足りない。今までぼくらは手さぐりで歩いてきたが、革命の速度はすでに手さぐりの速度をおいこしている。革命の速度にふさわしい軌条を敷設するために、至るところにぼくらの三角点をつくろう。「通信」を、だから恒常的な討議と発表と連絡に役だててほしい。さいしょは小さい（今のぼくらの背丈にふさわしく）が、小さなこと――よんだひとりひとりが紙代をきちんとあげ、注文をつけ、通信をおくり、日をまもってだせるようにすることでもっといいものになる。もっとコンパスをひろげることができる。それはまた毎日の集団の速度を示すメーターでもあるから、先づ廻転はとめないようにしよう。(30)

江島らしい詩的な表現に、工作への共同意思が簡潔な形で込められている。ここにあらわれた江島流「工作者の論理」は、これ以後ぶれることもなく(もちろん詩作に見られるように若干の心細さも伴いながら)維持されつづけた。しかし、江島に残された時間はあとわずかであった。江島は五三年九月に二〇歳で雑誌『詩運動』の全国編集委員になるが、その直後の一一月に開かれた全国詩活動家会議の参加報告で次のように述べていた。彼の詩論は「へたくそ万才」式のそれとも、野間流の「専門作家」向上主義でもない、独自の創作実践論であったことがここからもわかる。

ぼくが討論に先立って先づはっきりしてほしいと思ったのは、よくふりまわされる「指導理論の確立」ということばの内容についてであった。たとえば大阪が使っていた素朴レアリズムとか、くそレアリズムとか、へたくそはへたくそであるとかいう、それ自体図式的な理論で、欠陥が克服され、新しい指導理論が確立されるとは、とても考えられない。「技術的な向上」という場合でも、なにか指定される技術があるような錯覚が、一部になかっただろうか。[…](列島派とか新日文派とか詩運動派とか対立するいわれのないものが互いに対立するのは、大阪の報告によれば、野間や赤木の「へたくそ万才」理論の悪影響によるということだが、「へたくそ万才」というかけ声自体はしごく無邪気なものであって、対立がひきおこされるのは、むしろこのような態度、互いに詩に特定のフォルムを要求する態度によってであると思う。）
詩が現実にどんな力をもつかは、全く「理論的問題ではなくて実践的な問題である。」（マルクス）ついでにつけ加えていえば、実践の態度と方法を問題にしないどんな詩論も、ぼくには信用できないのだ。(31)

集団は各地のサークルを結びつけ、南部のネットワークを作り上げつつあった。折からの「うたごえ」運動ブームの中で、その策源地のひとつである東京南部では「うたう詩」の運動が活況を見せ、集団で最初に江島が「煙突の下で」を作り、木下航二が曲をつけた。これに浅田石二の「原爆を許すまじ」が続く。だが、このうたが作られているちょうどそのとき、江島は病魔に侵され短い生涯を終えることになる。死因は「紫斑病」、栄養不足と過労、神経の極度の緊張が原因というが、詳しいことはわからないという「奇病」であった。江島の入院中、丸山照雄は「この人間を死なすわけにはいかないのだ。なんとか助けて欲しい」と医師に頼みこんだという。(32)八月一九日、江島寛、星野秀樹はその若い命を絞り切るようにしてこの世を去った。

四　想起される江島寛――死してなお「工作者」であること

江島の死後、彼の方針で進められたサークルの組織化は、量的には成功したが質的には形骸化していった。集団はいまや文学ばかりでなく、うた、絵などにも活動の領域を広げ、マルチ文化集団化していた。けれどもその内実としては、活動に求心力がなくなっていた。個々の集団員はいくつものサークルをかけもちして「書かせる」活動に取り組んでいた。しかし、朝鮮休戦以降、ますます「復興」の姿を明らかにする日本経済と、大衆社会の到来は、「工作」の目標を見えにくいものにしていくとともに、江島が決してそれで満足していなかったはずの「書かせる」レベルから、[33]どのように次へ進めるかという理論も技術も持ち合わせている者はいなかった。江島の死、そして一年後の六全協ショックは、集団をして「文化工作者」というアイデンティティの清算に向かわせた。清算ののち、集団は「南部文学集団」と改称し、新たな雑誌『突堤』を出しはじめるが、これは江島の詩からとったものだった。

しかし、井之川巨が自己批判的に述べるように、[34]江島のビジョンとはおよそ遠いところで、「文学の勉強」に内向していた。内向の時代は五五年から五七年はじめぐらいまで、およそ一年半以上続く。だが、江島を知る集団員、浅田、望月、井之川らは、江島を再想起することで清算主義的な五〇年代前半総括を乗り越えていくという再生のプロセスが生まれる。江島の遺稿詩を整理する作業の中で死せる江島との対話を続けながら、井之川は自己の表現の意味を模索し、集団の軌跡を肯定的に検証しようというモチーフを持ちはじめる。「江島が夭逝して三年有余。この間の社会的な変動は存命中の江島には到底及びもつかなかったものがある。集団の転変、新陳代謝も激しく既に江島を知る者も極く僅かとなった。[…]実践、創作、機関誌、研究会、組織、或いは個人々々、といろいろな面に於て集団がこれ迄に経験したさまざまな記憶を蘇えらせ、記録することによって、われわれとしての今后の方途をさぐろうではないか[35]」と井之川は述べ、これに少し遅れて浅田は「江島についてかたるのでなく、わたしのともすればかぎられがちな思考体系に衝動を与え、変革を与えるために「江島寛」を材料にしているのだ」と語る。(36) ここから井之川は共産党の六全協総括に抗して自分たちの活動の意味、江島との日々をもととした、自分たち自身の詩論と歴史をもつことを志向する。それは当然のことながら「党」からの離脱を結果していった。

江島の詩と死の想起は、党の権威を保持するための便宜的な清算主義を克服し、集団の意味を賦活する重要な触媒となった。彼らは与えられる歴史／理論ではなく、自分たちの経験——その中には江島とともにあった日々が抜き難く輝いている——に基づく歴史／理論の必要性を痛感し、これを断続的ではあるが集団的に追求していった。一九五八年九月、九州の谷川雁は『サークル村』を創刊し、「さらに深く集団の意味を」と題した宣言を発した。この時期に、「工作者」という五〇年代後半以降ほとんど使われなくなっていた概念を引っさげて「サークル」を理論化した彼の登場は、当時においてひとつのアナクロニズムであり、逆にそのことにおいて新鮮なサークル再生のメッセージを予感させた。彼は次のようにいう。

> いまや日本の文化創造運動はするどい転機を味っている。この二三年うち続いた精算と解体への方向を転回させるには、究極的に文化を個人の創造物とみなす観点をうちやぶり、新しい集団的な荷い手を登場させるほかはないことを示した。［…］新しい創造単位とは何か。それは創造の機軸に集団の刻印をつけたサークルである(37)

谷川のこうしたサークル論の構成は、江島によって予感されていたものでもあったといえる。東京南部のサークル運動は、工作者・江島寛を生みだした。不幸にして江島は早世し、南部文学集団も谷川の実験とちょうど入れ替わるようにして生命を枯渇させていった。最終的に南部文学集団は一九五九年に解散する。だが、「工作者」の歩みはそれで途絶えるものではなかった。集団のメンバーはそれぞれに「書く」仕事に就き、やがて江島の死後二〇年経った一九七四―七五年に、この時代のサークル運動の記録をまとめて出版するという、井之川の発起による仕事に協力し、再び結集した。それは青春の墓碑銘であると同時に、この時代を想起することで、自分たち以外に書き記すことのできないこの時代の〝詩と真実〟を引き受け、そこから生きた歴史をつむぎ出していくという、今日にまで続く営みを可能にしたのである。

かつての仲間たちは、今でも「あいつが生きていたら……」と異口同音に語る。江島は死してなお「工作者」として彼の友人たちの意識を変容させ、「書かせ」、そして新たな人のつながりを生み出している。そしてそのつながりの一端に出会った私自身も、江島にいま励まされながらこの文章を書いてきた。彼の友人たちは、その後の人生の中で何がしか「工作者」として生きざるをえない軌跡を描いていった。江島の「工作者」概念は、そもそも「民族解放」の政治プログラムの中でのみ機能するような従属的な概念ではなかった。そこには「書く」こと、これを集団の可能性として追求すること、固定的な型を実現するのではなく、「理解を組織すること」、といった一連の色褪せない、しかし生きと実践することの難しい課題が詰まっている。未発の江島寛がそこにはいる。工作者・江島寛はいつまでも若く、われわれの前にいる。

「煙突の下で」（江島寛詩、木下航二曲）

第七章　東京南部から東アジアを想像した工作者　江島寛再論

一　海は河と溝をとおって釜山につながっていた

海は
河と溝をとおって
工場街につながっていた。
錆と油と
らんる、洗濯板、
そんなもので土色になって
源五郎虫の歯くそのにおいがした。

海は釜山《プーサン》にもつながっていた。
破壊された戦車や山砲が
クレーンで高々とつられて
ふとうから
工場街へおくられた。

ふとうは日本につながっていた。
日本の
ふみにじられたすべての土地につながっていた。

魚のとれない海。
のりのならない海。
網の目のようなかぞえきれない
漁民の目がもえ上る海。

くる日もくる日も
岸壁から横腹へ、銃弾が
発射された。

だが
海はかゞむことをしない。
海は、河と溝の血管をとおって
　工場街につながっている。

江島寛の長篇詩「突堤のうた」の第一連である。(1) 江島は植民地朝鮮に生まれ、一二歳で敗戦を経験した後、一九四九年から東京・大田区の労働者街でコミュニストとしての活動に携わりながら詩を書き続けた。「突堤のうた」は一九五三年九月、江島が二〇歳のときの作品である。

東京南部には数々の運河があり、東京港の埠頭からは貨物の積み出し、陸揚げが行なわれていた。江島のこの詩は、東京南部から朝鮮につながるイメージを運河や埠頭から釜山にまで流れる水に託して描き出している。詩は第二連以降も米軍占領下の東京港の埠頭を舞台に日本人労働者の労働実態や抵抗を描き出すとともに、内灘や日鋼赤羽など、米軍への抵抗の拠点を結んで「占領者を海へたゝきおとす」闘いをうたい上げる。

海はあふれだす。
海は　司令塔にむかってしぶきをあげている
魚よ！　麦よ！　槌よ！

ふとうにはゞたく
おれたちの旗をみてくれ！
君たちとおれたちの団結の旗を。
占領者を海にたゝきおとすために、
あまさず、
奴らの弾薬庫をうばいかえすのだ。(2)

「おれたち」という主語。「団結の旗」というシンボル。この時代の「抵抗詩」のパターンにはまった詩であるかのようにも見える。だが、スローガンの連呼や決意性の表明などによる作品形成の技法から離れ、江島は自分のいる足元から朝鮮につながり、日本各地につながり、労働の現場につながっている。その空間的移動と労働する身体への共振からアメリカによる占領と戦争によって結びつけられた東アジアの「いま」を描き出そうとしている点で、この時代の「抵抗詩」のモチーフを十全に組み込み、その上で独自の視点を設定することに成功している。

この時代のサークル詩の世界において、朝鮮戦争というテーマは、戦争一般に反対する反戦平和的内容のものはもちろん、戦争の残虐やアメリカ軍の批判、「西」の方向に兵員や弾薬や武器が輸送され、航空機が飛び立っていくことをもって戦争を暗示的に批判するものなど、さまざまに表現された。だが戦地である朝鮮といま自分のいる場所を結んで、その想像的な空間を自らが移動しつつ、戦争の現実を撃つような詩はあまり書かれていない。「朝鮮戦争」という現実の中に自らの身体性を置き、戦争に抵抗する自分の立ち位置を考えようとしたこの江島の詩は、朝鮮戦争の時代にこの列島で「日本人」によって書かれた詩の中では、独自の想像力を示したものといえるだろう。

朝鮮戦争下の東京南部

朝鮮戦争は、「東北アジア戦争」だった。(3) 朝鮮半島の内戦に米・中・ソの三国が介入し、日本はア

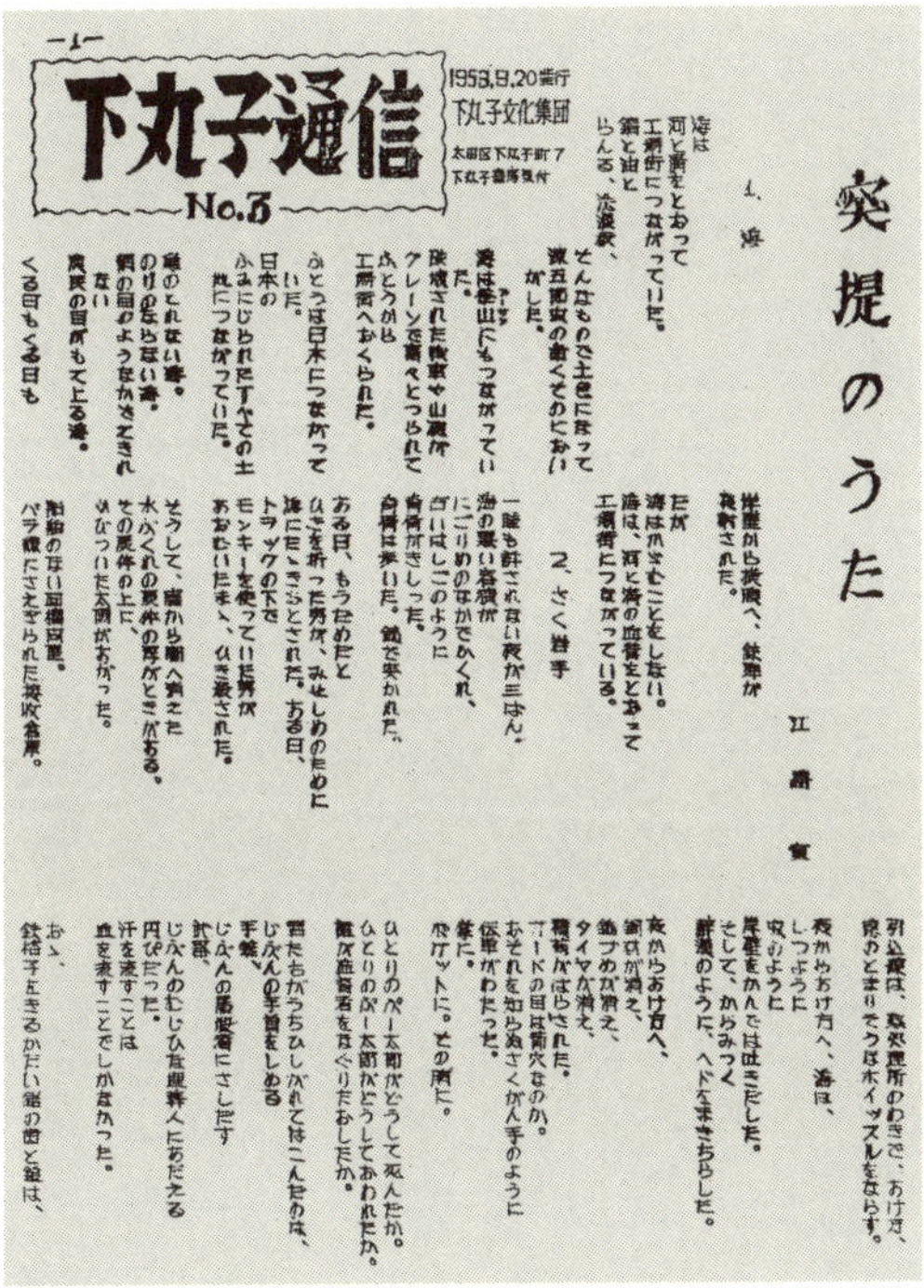
—1—
下丸子通信
No.3
1953.9.20発行
下丸子文化集団
大田区下丸子町7
下丸子書房気付

突堤のうた

江島寛

1、海

海は
河と溝をとおって
工場街につながっていた。
鋼と油と
らんる、流浪民、
そんなもので土色に汚って
京浜地帯の歯くそのにおいがした。

海は釜山《プサン》にもつながっていた。
破壊された機関車や山砲が
クレーンで高々とつられて
ふとうから
工場街へおくられた。
ふとうは日本につながっていた。
日本の
ふみにじられたすべての土地につながっていた。
涯のしれない海。
のりのならない海。
網の目のようなかきそだてきれない
農民の目がもて上る海。
くる日もくる日も
岸壁から桟橋へ、鉄条が
発射された。

だが
海はやすむことをしない。
海は、河と溝の血管をとおって
工場街につながっている。

2、さく岩手

一睡も許されない夜が三ばん。
海の黒い右側が
にごりめのなかでかくれ、
かいはしごのように
骨折がきしった。
肋骨は歩いた。鎚で突かれた。
ある日、もうだめだと
ひざを折った男が、みせしめのために
海にたたきおとされた。ある日、
トラックの下で
モンキーを使っていた男が
あおむいたまま、ひき殺された。
そうして、海から陸へ消えた
水ぶくれの死体の群がときがある。
その屍体の上に、
ゆびついた太陽がおかった。
船舶のない埠頭。
バラ線たさえぎられた接収倉庫。

列公園は、処理所のわきで、おけだ、
喉のとまりそうなホイッスルをならす。
夜からあけ方へ、海は、
しつように
牡のように
岸壁をかんではきだした。
そして、かみつく
鮮満のように、ヘドをまきちらした。
夜からあけ方へ、
街灯が消え、
船灯が消え、
タイヤが消え、
積荷がはらされた。
ガードの目は節穴なのか。
おそれを知らぬさくがん手のように
伝単がわたった。
降た。
ポケットに。その胸に。
ひとりのペー太郎がどうして死んだか。
ひとりのペー太郎がどうしてあわれたか。
誰が血潮をなぐりたおしたか。
君たちがうちひしがれてはこんだのは、
じぶんの手首をしめる
手錠、
じぶんの胸板にさしだす
武器、
じぶんのむじひな埋葬人にあたえる
円ぴだった。
汗を流すことは
血を流すことでしかなかった。
おゝ、
鉄格子をきるかたい鋼の歯と鎚は、

江島寛「突堤のうた」(『下丸子通信』第三号)

メリカの後方基地となり、台湾は「大陸反攻」の機会をうかがう動きをすることで、東北アジアの全国家が当事者となった戦争であった。戦争は一九五〇年六月に始まり、五二年四月の日本の占領解除をはさんで、五三年七月まで続いた。東京南部は「東北アジア戦争」の現実が垣間見える場所だった。日本の敗戦後、羽田飛行場は占領軍に接収され、周辺住民を強制的に立ち退かせて拡張を進めていた。朝鮮戦争時、そこから輸送機や爆撃機が朝鮮へ向けて飛び立った。戦争の勃発後、米軍は東京湾に防潜網を張りめぐらし、五五年四月まで設置されたままだった。千葉・神奈川・東京の漁民たちはこれに対する抗議を繰り返した。

「突堤のうた」の第一連で、「クレーン」ということばが用いられているが、クレーンは東京南部の工場街を象徴するイメージとして、しばしば描き出されたものだ。江島自身がその結成に関わった下丸子文化集団が刊行した『詩集下丸子』第一集の表紙には、桂川寛がクレーンと監視塔をモチーフに彫った版画が用いられている。監視塔が意味するのは、それが米軍管理下にある軍需工場だということである。敗戦後、米占領軍の管理下に置かれ、戦車等の修理や軍需生産を担うPD工場は、労働法が適用されず、強圧的な労務管理で知られた。大田区下丸子にあった東日本重工下丸子工場や、北区にあった日本製鋼所赤羽工場などでは、戦車の修理が行なわれていた。ここでは「クレーン」とは、工場街の象徴であるとともに、軍管理の兵器修理工場という意味も重ねられていた。

「破壊された戦車や山砲が／クレーンで高々とつられて／ふとうから／工場街へおくられた」というのは、この軍管理工場の現場、そして、一九五二年四月末の講和条約発効に伴って「独立」したはずの日本の中に、依然として「占領」が継続する現場である「東京南部」の現実を示しているのである。米軍管理下の軍需工場や米軍基地といった場所は、朝鮮戦争下においてはまさに現実の戦争機械の一部だった。日本と朝鮮は、アメリカ軍の戦闘行為と後方支援によって結ばれているだけでなく、川や運河を通って、労働者の街の奥深くにまで「血管」のように張りめぐらされた生産のネットワークによっても結び合わされている。この軍事的生産のネットワークを断ちきり、戦争を終わらせ、労働者自身の手によって「平和」を勝ち取る、そのことが、東京南部の現場性、そして自らがその「血管」につながる一人の存在者としての具体的な場からイメージされている。

にわかには立ち上がるように見えない労働者たちの、反乱の発火点を描いた第二連の一部を見ておきたい。

夜からあけ方へ、
鋼材が消え、
缶づめが消え、
タイヤが消え、
積荷がばらされた。
ガードの目は節穴なのか。
おそれを知らぬさくがん手のように
伝単がわたった。
掌に。

ポケットに。その胸に。
［…］
おゝ、
鉄格子をきるかたい鋸の歯と槌は、
君たちが持っている。
日本の
海の
突堤に
反乱の旗をひるがえすのは君たちだ。
そのために
合図しあおう！
ひさしの下の目どうしよ。そのために
準備しよう。準備しよう。
ズボンのなかの手どうしよ！(4)

積荷が戦争の用をなさないよう工作され、伝単が配布されてゆく。アジテーションによるのでなく、目の合図でつながり、いまだポケットの中に入ったままで動きの見えない手が何かを準備する。反乱の予感がここに表現されている。

「日本の／海の／突堤」から反乱が始まる。「日本の／海の／突堤」から、東アジアの暴力を断ち切り、植民地主義や戦争によってつながった東アジアを、労働者の連帯によって反転していくことがここで語られている。軍事輸送によってつながったアジアを、河や溝を通ってつながる労働者の自律空間によって置き換えること。それは働く者の「自由往来」の空間、解放された東アジアを想像することである。

二　「領土なんて、僕は何とも思いません」

植民地朝鮮生まれの引揚者

江島寛（星野秀樹）は植民地朝鮮の全羅北道群山で生まれた。父は植民地の逓信官僚で、仕事から朝鮮各地で転勤を繰り返していた。一家は群山のあと忠清北道清州、忠清南道大田、京畿道一山と移転し、秀樹自身は敗戦時は京城の公立中学の一年生であった。星野家の移動経路は朝鮮南半の都市をめぐる軌跡を描いている。

敗戦に伴って父が局長をしていた郵便局に住民が押し寄せ、物品を持ち去るなどの事件が起こり、秀樹少年は「くやし涙を流した」という。九月末には父の郷里である山梨県南巨摩郡曙村古長谷に引揚げた。曙村は現在は身延町に合併しているが、当時は山林と炭焼きが主要な産業である山深い村であり、植民地から引揚げてきた家族が生活の基盤を確立することは困難であった。

星野は四五年一〇月に地元の県立身延中学（旧制）一年に転入する。植民地から来た標準語を話すこの少年は、すぐに学校の文芸部や地域の短歌会に出入りするようになり、詩・短歌・小説を創作しはじめた。はじめは曙村の家から約一時間歩き、さらにバスで四〇分揺られて通学していたようだが、のちには寄宿舎や下宿生活をした(5)。

植民地朝鮮で生まれ、物心つくまで育った星野にとって、父の郷里とはいえ親族の十分な援助も受けられなかった曙村も、また日本も、「異郷」でしかなかっただろう。彼は多くの植民地出身の引揚者と同様、ここで初めて「日本」という異郷に出会ったのである。だが、その「日本」への異和を彼が明確に語ることはなかった。

星野＝江島はその表現の中で具体的な解放のイメージについて語らなかったし、民族主義的な言辞を用いることもなかった。彼は植民地生まれの日本人であり、転勤族の子であり、引揚者であり、さらに父の故郷の学校すらも追われた人間だった。特定の場所に「根」をもつこと、「故郷」をもつことを拒まれた存在であった。高校時代に星野がサルトルを読んでいたという証言は複数ある(6)。転向文学のような「日本的」共同性へ回帰するよりも、帰属させるべき共同性をもたぬ人間たちにこそ彼の関心はあったのだろう。身延中学・高校で同級生であり、のちに宗教評論家となった丸山照雄は星野の文学の出発について次のように述べている。「星野の詩は短歌から始まるが、その主たるテーマは伝統的短歌の抒情からの脱却であり、レーニン的素朴ヒューマニズムの克服と重層していたと思われる(7)」。

早熟な文学少年

身延中学では『峡南文芸』の有力なメンバーの一人となった(8)。『峡南文芸』に星野はいくつかの詩を発表しており、死後、遺稿詩集『鋼鉄の火花は散らないか』に収録された。[9]

詩と並んで、『峡南文芸』の第三号（一九四七年三月発行）には、「太極旗」と題された小説が掲載されている。星野中学二年時の作品である。解放直後の京城の情景を描き、釈放された元政治犯の朝鮮青年「金吾」と日本人中学生の主人公「江吉」の会話を通じて、解放後の変わっていく社会や政治動向、そして軍政下で「朝鮮が完全に独立することが出来るだろうか」という先行きの不安が語り出されている。江吉は「領土なんて、僕は何とも思いません。独立の方が気にかかります。将来、友として手をむすんでいかなきゃならないんですからね」と大人びたことをいうが、ここには一四歳の星野の希望が託されているといえるだろう。[10]

同じ時期、星野は丸山と二人で発行責任者になり、『峡南文芸』とは別に文芸誌『彫像』を発行していた。丸山の手元に残っていた第三号（一九四八年六月）には、星野の短歌とともに小説「京城」が掲載されている。舞台は「太極旗」と同じ解放直後の京城で、翌日に引揚げを控えた主人公の青年が、元恋人らしき朝鮮女性に別れを告げるという小篇で、「ねえ、どうしても帰らなきゃいけないの」という相手に対し、主人公は「「日本人だもの」そうは言ったものの、誤魔化し切れない何ものかを感じた」と、「引揚げ」という名の日本人移住への戸惑いが表現されている。[11] 同作の末尾には「（南を指して2）」と記されており、あるいは連作のシリーズであったかもしれない。星野が朝鮮の風景を描いた作品はこの小説二作しか残っていない。その中で解放後の京城と引揚げというテーマが反復されていることは興味深い。

星野は政治的にも早熟だった。高校一年のとき、青年共産同盟（青共）に入り、一学年上でキャップをつとめていた浅田石二と出会う。浅田・星野・丸山は青共で活動をともにすることになるが、二年生の秋、校内に「赤旗を読みましょう」というステッカーを貼ったことを教頭にとがめられ、「転校を言い渡された」。(12)

この処分を受けて、浅田ら三人は、フランスのレジスタンス運動の中から生まれた「深夜叢書」にちなみ、『深夜』という雑誌を企画した。そのとき浅田が「たまたま」江口渙のプロレタリア文学史を読んでいたことから星野に「江口寛」というペンネームをつけた（浅田氏インタビューより）。星野はその後四年ほどこのペンネームを使った。そして――「江島がいよいよ放校になって、学校を去るという日、二人で学校の芝生に寝ころんで話をしたんです。お前これからどうするんだ、って。そうしたら江島は、東京に行く、っていったんです。私は、じゃあ俺も東京へ行くよって答えたんですよね」（浅田氏インタビューより）。

星野は姉のいる東京・大田区に行き、都立小山台高校夜間部に入った。全日制に二年半通っていたことから、三年生に編入できたという。(13) 昼間は工場で働いた。亡くなるまで姉と同居していた。

星野は小山台高校でも民主青年団を組織し、文芸部でのちに下丸子文化集団のメンバーとなる井之川巨、望月新三郎、玉田信義らと出会った。また、文芸部機関誌『青エンピツ』を発刊したり、演劇「夜学生の四季」を上演するなど、旺盛な文化活動を展開した。(14) おそらく校外でも、地域の反レッドパージ闘争や反戦運動に関わり、そこで労働者の運動と出会ったのではないかと思われる。

三　朝鮮海峡は決してとおくはない

星野が郵便局員となったころ、彼の住む下丸子近辺にひとつの〝出来事〟が起こっていた。安部公房・勅使河原宏・桂川寛という若い、そしてまだ「無名」に近いアヴァンギャルド芸術家たちが下丸子の工場街に入り、労働者と交わって文化活動を始めたのである。安部らは当時共産党に入党したばかりであり、労働者とともに新しい文化運動を作りたいという意欲をもっていた。彼らが下丸子に目をつけたことには理由がある。「PD工場」であった東日本重工下丸子工場で一九五〇年一〇月にレッドパージがあり、被パージ者を就労させるために組まれた実力闘争が全国的な注目を集めていたからである。軍管理工場での反レッドパージ闘争により、下丸子は「反戦」と「反植民地」の——ひいては「民族解放」の——闘いを象徴する地名となった。

この下丸子で安部たちが出会ったのが東日重工の隣にあった北辰電機の労働者サークルである。北辰電機には一九四八年三月から「人民」という文学サークルがあり、リーダーであった高橋元弘と高島青鐘は、自らがすぐれた書き手であるとともに労組でも重要な役割を担っていた。またそれゆえに二人は北辰のレッドパージ対象者となっていた。「下丸子文化集団」は、北辰の「人民」グループを中心に、東日重工の被パージ者、地域で反レパ闘争を闘っていた労働者、文化工作活動に携わり一定のネットワークを作り上げていた活動家などをメンバーとして結成された。文化集団は五一年七月に『詩集下丸子』という労働者を中心とした抵抗詩・生活詩の詩集を発行する(それとほぼ同時に安部は芥川賞を受賞し、一躍有名作家となる)が、そこに星野が「江口寛」名で書いているばかりでなく、彼の友人である丸山照雄(ペンネーム「あいかわ・ひでみ」)、望月新三郎(「望月三郎」)も詩をよせているところを見ると、星野は少なくとも作品を集める編集的立場としてこの集団発足時から関わっていることが推測される。

半非合法の文化活動

『詩集下丸子』は、基本的に作者名の記された詩集であったが、しかし半分くらいはペンネームであった。また、『詩集下丸子』を持っていただけで検束されたという報告もあり、この詩集の発行と配布、そして文化集団の活動には「半非合法」的なニュアンスがつきまとっていた。「下丸子詩集にも半非合法性がありました。会議のときなども、こっそり連絡を取って、こっそり集まるような感じでした。あとで大っぴらにやれるようになりましたが。当初は反戦のビラ貼りなどもやりました。これはつかまるとあぶないので、身分を証明するものを持たず、二人一組で行動しました」（浅田氏インタビューより）。米占領下であるとともに朝鮮戦争下でもあった当時の状況において、共産党の活動は半ば非合法化されており、党員であるなしにかかわらずGHQにより「占領目的阻害行為」と判断されれば有罪となったことが背景にある。

こうした半非合法性を帯びながら、下丸子文化集団は詩集を発行しただけでなく詩のビラや壁新聞、通信、松川事件被告救援のための版画はがきの製作、他の詩人集団との長篇叙事詩の共同制作、文化懇談会や多喜二祭、啄木祭の開催など、多彩な活動を展開していた。

文化集団の活動の中で、星野は「江口寛」として、詩作や創作に取り組んだ。また他に「中川修一」というペンネームも使っていた。「江島寛」は、星野自らのイニシアティブで発行した下丸子文化集団の機関誌『下丸子通信』の第三号（一九五三年九月）から亡くなるまでの一一ヵ月間使われたペンネームにすぎないが、死後彼の仲間の間でも「江島」という呼び名が定着したこともあり、以下では「江島寛」と表記することにしたい。

江島は文化集団の発行する『詩集下丸子』（一九五一年七月～五三年五月）、『くらしのうた』（一九五二年一月）に「江口」「中川」の名で詩などを発表する一方で、五二年二月から一〇月にかけて発行された非合法詩誌『石ツブテ』（全七号）にも参加した。

『石ツブテ』は占領下において米占領軍への抵抗を呼びかける非合法詩誌であったため、記事・作品のほとんどは無署名で発表された。江島はここに「手にもたなかつた石」「石つぶての飛ぶ日」などを発表した。「手にもたなかつた石」はメーデーにおける警官隊との衝突をテーマにした詩であるが、当時『人民文学』誌（五二年六月号）などにも転載され、二月の「反植デー」に始まり「血のメーデー」「吹田事件」「大須事件」と続く五二年前半の一連の激化事件の中で、それに呼応した抵抗詩として紹介されるとともに、『石ツブテ』もこの傾向を代表する詩誌として注目を集めた。

他方、「石つぶての飛ぶ日」は、タイトルがイメージさせるものとは異なり、街頭で集まり街頭で解散する『石ツブテ』編集会議をテーマにした詩である。

（前略）
君らは黙つてぼくの傍に来る
登山帽と〝ドイツ農民戦争〟の岩波文庫が
それから、石つぶてを握つた手が

君らを　ぼくの傍に立たせるのだ
君らの目が登山帽と岩波文庫にそそがれ
ぼくの手が左にゆっくり動く
ぼくらは　目で合図する
［…］
〈石ツブテ編集会議〉！
新しい石ツブテは用意される
祖国という言葉！　民族の怒りという言葉！　解放という言葉！
言葉が一つの石となつて
言葉を一つの石にこめて
新しい石ツブテは　飛ぶだろう
ぼくらは　更に
もう一つの石ツブテを
つかむのだ。[15]

「ぼくらは　目で合図する」のフレーズが「突堤のうた」と重なり、江島の詩であると推定できる。「祖国という言葉！　民族の怒りという言葉！　解放という言葉！／言葉が一つの石となつて／言葉を一つの石にこめて」という表現には「祖国」「民族」を内容的に受けとめるのでなく、言葉の石つぶて、つまりビラとして敵に投げつける物質性の表現となっていることが印象深い。故郷をもたないコミュニスト青年が「民族解放民主革命」を綱領とする革命組織の中で闘うとき、「祖国」や「民族の怒り」の中身に立ち入るのでなく、これを石となった言葉という物質の形で表現し闘争の強度に変換しようという微妙な変換装置がそこにあるように見える。

朝鮮海峡は決してとおくはない

同じ五二年の五月に中川修一名で発表された詩「巨済島」では、朝鮮人民軍の捕虜を収容した巨済島収容所をモチーフにしている。釜山の南西に浮かぶ巨済島の収容所では、北への帰還を希望する捕虜たちに対し、転向強要ばかりでなく拷問や処刑が相次ぎ、国際問題となっていた。

その窓ガラスは壊れている。
棒ッくいと　金あみと、
トタン屋根と。

そして君らに向けられた
哨所の目と。
綿服の君らのかげをうつした空と。

朝鮮海峡は決してとおくはない。
君ら
ぼくらの手の形をした両の手で
死ぬことを拒んだ君らの唇で
互いに　一つの腹から生れたように
合図する。

囚われぬ炎を。(16)

おそらく日本から最も近い朝鮮の島のひとつである巨済島。「朝鮮海峡は決してとおくはない」という江島の距離感は、一般論として表明されたものではない。また、志操を曲げることを拒み生命をかけて抵抗する捕虜たちにつながろうとする意思は、「君ら」と「ぼくら」が「互いに　一つの腹から生れたように／合図する」という同胞意識によって表現されている。必ずしも洗練された詩ではないが、つながろうとしてつながれない朝鮮の抵抗者と、いかなる回路を通じてつながっていくかという模索をこの詩の中に読むことができるだろう。この作品に比べれば「突堤のうた」では朝鮮へ自らをつないでいくイメージがより洗練されているように思われる。身延時代の小説のように直接に朝鮮の街や人びとを描くわけでもない――小林勝がそうであったように、記憶の中の街は植民地支配の終わりと朝鮮戦争によってすでに失われたもの、という断念があったのかもしれない――自分の「現刻みつけていた。

場」である東京南部から朝鮮へつながる想像力を探るように、彼はその詩作の中に「朝鮮」の痕跡を

四　まずいものはまずいなりに力をもつ

「実践と創作」をめぐって

下丸子文化集団の活動はしばしば『人民文学』誌をはじめとする全国的な文学雑誌に紹介され、同時代の「抵抗詩」の模範的な存在となっていた。だが、一九五二年の春から夏にかけて本格化する共産党の「武装闘争」の中で、集団結成時に主導的な役割を果たした年長のメンバーが活動を離脱していくとともに、リーダーであった高橋元弘までもが五二年夏に離脱するに及び、集団は大きな転機を経験することになった。

そのまま空中分解するかもしれなかった集団を再建したのは当時一九歳の江島だった。江島は自分の友人である浅田や丸山、望月、井之川らとともに『詩集下丸子』の発行と集団の活動を継続するとともに（第三号と四号のガリ切りは江島自身が行なっている）、これまでの活動を総括し、「文化工作者集団」としてのアイデンティティを確立した。この作業は一九五二年の夏から秋にかけて行なわれた。その成果は同年一一月に発行された理論誌『文学南部』第一号（一号のみ発行）にそれぞれがまとめた論文において明らかにされている。江島個人はこれと並行して『人民文学』一一月号に「集団と個人」と題した野間宏批判の論文（「江口寛」名）を執筆し、自らの文化運動論を明らかにしている。

野間との論争のポイントは「実践」と「創作」の意味づけと関連にあった。野間は「実践」を政治

実践に限定し、これを「創作」と切り離して、政治実践と創作活動を適切に循環させることがすぐれた書き手になる上で必要だと論じていた。これに対し、江島は「創作はそれ自体実践に外ならない」とし、政治実践と文学実践とを対立項とすることは誤りであると批判した。

集団（サークル）それ自体は特定の作家育成のためにあるのではない。集団（サークル）は大衆の文化的要求を組織し、解放のための戦線を結びつける一形態である。そして大衆じしんのうみだした文学を、闘いの武器としてひろげてゆくことである。ここではまずいものは、まずいものなりに力をもつ。

壁新聞、便所の落書、ルポ、通信記事にまで及ぶ広範に把握された形式を、現に大衆がいきいきと活用しているのに、S文化集団はただ漠然と「すぐれた詩」「すぐれた小説」をかくための一部の同好者の集りになつていた。現実が提供した大衆が求めている形式を、大衆じしんによって存分に生かしながら、文学活動の新しい目や腕をつくってゆくことが必要であった。[17]

ここに江島の「文化工作者」としての文学観・運動観が集約的に表現されている。ともに毛沢東の「文芸講話」[18]を参照しながら、野間はより「専門作家」の態度としてこれを受けとめるのに対し、江島は大衆に直接触れ合う「工作者」の現場からこれを受けとめようとした点、また「実践」を特定の政治活動に封じ込めるのか、多様な表現活動やコミュニケーション行為を含んだものとしてとらえるのかという点において大きく異なっていた。

江島にとって文学・表現活動が「実践」たりうるのは、単に「作品」を創作する行為に限られるものではない。さまざまな形式の表現作品が大衆の前に提出されるとき、大衆の意識を変容させ、ことばや概念を与え、情動を組織する、そうした効果が生み出されるのであり、また、書いたことのない人びとが「書き手」になるとき、あるいは「作品」製作の過程が集団的に行なわれるとき、参加者たちの意識を変容し行動を組織化する力を与えることがある。さらに、作品が人から人へ、印刷物の手渡しの形であれ、噂の形であれ、伝達されることで生じる新たな認識がある。その多様なメディア経験を通じて、人びとの目前にある現実認識を変容させ、行動の可能性を組み替えていく。江島はそうした多様な表現行為を通じて人びとの意識を変容させる活動において「実践」を統一的に理解しようとしたのである。それゆえ「まずいものは、まずいものなりに力をもつ」のだ。そうして人びとが「文学」を生み出す実践、また人びとに書かせる実践を通じて「未来の設計図」をつくる、というのが彼の「文化工作」であった。

文化集団第二期の活動

一九五三年七月、三年にわたって続いた戦争がようやく休戦となった。朝鮮半島の現状は固定され、それとともに中国・台湾・ソ連・日本を含む国際関係についても現状維持を前提として東アジアの冷戦体制が作られていった。「革命」の時代は終わり、日本列島も戦場と切り離された。それまで抵抗詩の世界(観)を支えていた、占領の継続と戦争に彩られた東アジアの相互連関的なつながりが急速に不可視化し、日本社会は「高度経済成長」とともに外部への関心を失っていく時代の入り口にさしかかりつつあった。

江島の一九五四年の詩に「夜学生のうた」という長詩がある。文化集団は『下丸子通信』を『南部文学通信』と改め、下丸子だけではなく東京南部のサークルから記事を集めて相互批判と交流を追求していた。また、『南部文化通信』発行と並行して南部のサークル懇談会を積極的に開催していた。その『南部文学通信』の第六号に掲載されたものである。[19] この詩には、政治情勢の変化の中で見失いがちな自分たちの変革の方向性への不安が表現されているように思われるが、「風信器」が向きを変えたとしても揺らぐことのない目標、これをともに指さすことのできる「同志」とのつながりにこそ、帰る場所をもたぬ江島は自らの存在のありかをもとめたのではないか。

「うたう詩」運動と江島の死

江島が生前最後に発表した作品は、「うたう詩」としての「煙突の下で」であった。「うたう詩」とは、「うたごえ」運動を主導していた関鑑子が五四年一月に呼びかけていたものであり、盛り上がっていたサークル詩運動に対し、文字として書かれた詩にとどまらず、これに曲をつけて「うたう詩」となることで「詩に音楽の翼を」与えるのだと主張していた。「煙突の下で」はこれに呼応して作詩（この「うたう詩」運動の中では「作詩」と表現した）されたもので、日比谷高校の社会科教員であった木下航二が曲をつけ、『南部文学通信』第八号（一九五四年五月）に発表された。

一、煙突の下で　おれたちの
　青春は　いきずいている

とりもどそう　みんなで
平和のために
吹き上げよう　煙突の煙
おれたちの胸は　もえる炎だ
［…］
三、どんな時にも　おれたちの
心は　結ばれている
とりもどそう　みんなで
仂くもののため
つくり上げよう美しい祖国
おれたちの歌は不屈の誓だ(20)

その「祖国」とはどんなところなのだろうか。民族性や地域性のにおいのしない「祖国」。「仂くもの」の自由な共和国に賭けたこの「解放」のうたは、故郷をもたぬ江島にとっての「祖国」のありかを示したものといえるかもしれない。江島は「うたう詩」運動を南部に広げるため、仲間の浅田石二を木下に紹介したが、このコンビは「原爆を許すまじ」を生み出し、同時代の原水爆禁止運動、「うたごえ」運動を牽引する力となっていった。

だが、五四年七月、江島は過労と栄養不足によって倒れ、「紫斑病」と診断されて五反田にあった逓信病院に入院した。仲間たちの看病や輸血も行なわれたが、八月一九日、彼は二一歳の短い生涯を終えた。

葬儀は友人たちの希望により姉の部屋で行なわれた。「そこには大きな赤旗が立てられ、共産党地区委員長が弔辞を読んだ。赤木健介（新日本文学会、詩人）、小林勝（作家）もおとずれた。山梨から兄が参列した。参列した東京の叔父が盛大さに驚いたという」と佐藤は記している。[21] 小林は当時『文学の友』編集部にいた。江島よりも五歳年長の〝朝鮮生まれ・朝鮮育ち〟の作家である。

閉じていく東アジア、そして工作者の「祖国」

ふたたび、「突堤のうた」に戻ろう。「突堤のうた」は、一九五三年九月という、朝鮮戦争の休戦が成立して二ヵ月後に書かれていたことに留意する必要があるだろう。東アジアが政治的軍事的力によって大きく再編され、分断されていくときに、自らが直接体験した朝鮮半島とのつながりを空間的にイメージするということは、分断の中に固定化されていく朝鮮を、東アジアを、自分の位置からどう受けとめるかという問いと重なったはずだ。戦争によってつながっていた朝鮮と日本（そして東京南部）は、戦争の終結とともに相互の関係が見えなくなるところへ押しやられていっただろう。植民地支配、戦争、解放、内戦と打ちつづく中で、国家の暴力によってつながってきた朝鮮と日本の関係が、不意に不透明なものとなっていく。

江島寛の生涯の最後の一年間は、こうした情勢の変化の中で自分たちの活動に新たなスタイルや方向性を与える必要性に直面していたと考えられる。しかし同時に彼は、赤木健介が主宰する『詩運動』誌の全国編集委員となり（五三年九月）、全国詩活動者会議などでも自前の文化運動論を展開して各地の詩活動家を圧倒する働きを見せていた。身軽でウィットに富んだ「文化工作者」たちが街のそこかしこに出没し、働く人びとを鼓舞し、人びとが自らの要求を表現し組織する生きたことばを手に入れていくことが可能だとするなら、そこには故郷をもたぬ人びとにとっても「祖国」となりうる、開かれた共和国があらわれるかもしれない。

丸山照雄の回想によれば、江島の運動の動機には朝鮮と日本の平和と独立という問題があったのではないかという（丸山氏インタビューより）。とすれば、いささか背伸びした作品であった中学時代の小説「太極旗」以来、彼の関心は基本的に変わっていなかったことになる。

閉じていく東アジア、経済成長の中で自閉していく日本。そのなかにあって、彼の「祖国」はますますアクセスすることの難しい場所となっていったかもしれない。しかし、彼の詩と「文化工作」の軌跡は、そのような共和的東アジアが生まれる可能性を、いまも指し示しているのだ。

註

第一章

（1）岩上順一は次のように述べている。「一九四九年のころまでの文学サークルの底に勤労者の生活の向上、民主的自由の確保、平和の擁護、勤労者の文化水準の向上と普及といった志向がうごいていたとすれば、こうした要望をいちばんつよくもっていて、それを得るためにサークルの中心的な働き手となっていたのは共産主義者であり、それに近い人たちであったといえよう。一九四九年から一九五〇年にかけて文学サークルがほとんど活動しなくなり、協議会やその機関誌がつぶれたのは、文学サークルの組織運用の欠陥や文学サークル理論の欠陥からだけ生じたのではなくて、サークルの思想的文学的中心となっていたこれらの働き手たちが、いわゆる「レッド・パージ」でその職場とサークルから追いだされたところにもっとも大きな原因があったのである。／このことがまた、一九五〇年以後ふたたび全国各地でサークルがよみがえり、組織の形態や文学活動の内容でそれまでとちがうものを生みだすことができたおもな理由である。というのは、追放されたサークルの働き手は居住地にかえってそこであたらしい文学サークルをつくりだし、またのこっていたサークル員もこれまでとはちがう形で活動しなければならなくなったからである。文京詩人集団、千代田詩人集団といった地域文学集団から岩手詩人集団など職場や居住のさまざまな職業や地位や経歴をもつ人々をむすびあわせたサークル集団が、既存の職場サークルのほかにあらたにつくりだされたのは、それらの中心となっている働き手たちがあたらしい条件のもとに適応する活動形態をとったからではないかと考えられる」(岩上順一「文学サークル」、野間宏編集代表『岩波講座　文学8　日本文学の問題』、岩波書店、一九五四年、二七九頁)。

(2) 増山太助『戦後期左翼人士群像』、つげ書房新社、二〇〇〇年、二一三頁などを参照。

(3) 北河賢三「インタビュー・戦後精神の核を求めて」『世界』二〇〇五年一〇月号、二八七頁。竹村民郎も同様の評価をしている。「一九四〇〜五〇年代に目覚ましく進展した庶民の生活史を書く運動――生活記録・『人生雑誌』・職場の歴史・個人史など[…]全国的に高揚したこれらの運動は、戦後日本ではじめて登場した庶民や労働者の文章運動、歴史を書く運動であった」(竹村民郎「戦後日本における文化運動と歴史意識――職場の歴史・個人の歴史をつくる運動に関連して」『京都女子大学現代社会研究』第二号、二〇〇一年一一月、一六頁)。一九五五年一月に発刊された『岩波講座　文学の創造と鑑賞3　文学の創造(1)』は職場、農村、その他の場所で「書く」ことに向けた経験交流と方法論を「ジャンル」別の論文も含めて提示した著作であり、この時代の「書く」行為の盛り上がりを反映したものだといえる。

(4)『とけいだい』のメンバーであった齋藤孝、田中太門、山田茂里夫氏へのインタビューによる。一九七〇年代まで持続したこのサークルについては、別稿で詳しく論じることにしたい。

(5) たとえば『文学』一九五三年一月号では「現代詩」という特集を組み、各地のサークル詩運動に関わりのある書き手たちを登場させている。

(6) 下丸子文化集団の元メンバー井之川巨は、一九七〇年代からこの無関心に対して五〇年代文化運動の意義を説き続けてきた(井之川巨『詩があった!――五〇年代の戦後文化運動から不戦六十年の夜まで』、一葉社、二〇〇五年)。

(7) たとえば、『現代思想』第三五巻一七号「総特集・戦後民衆精神史」二〇〇七年一二月や、『社会文学』第三三号「特集・一九五〇年代文学の可能性」二〇一一年二月、鳥羽耕史『一九五〇年代――「記録」の時代』、河出書房新社、二〇一〇年などを参照。さらに不二出版が一連の「戦後文化運動雑誌叢書」と題した復刻版シリーズを刊行している。

下丸子文化集団の刊行したサークル誌も『東京南部サークル雑誌集成』として復刻された（全三巻＋付録一＋別冊一、二〇〇九年七月）。生活記録の分野においては、日本図書センターから『紡績女子工員生活記録集　1952―1961年』が復刻されており（生活を記録する会編、二〇〇二年）、これをもとにした三輪泰史の研究がある（三輪泰史「一九五〇年代のサークル運動と労働者意識――東亜紡績泊工場「生活を記録する会」にそくして」、広川禎秀・山田敬男編『戦後社会運動史論――一九五〇年代を中心に』、大月書店、二〇〇六年）。

（8）東京都港区役所編『新修　港区史』、東京都港区役所、一九七九年、五九九―六〇〇頁

（9）東京都品川区編『品川区史　通史編下巻』、東京都品川区、一九七四年、二八八頁

（10）同、六六三―六六四頁

（11）大田区史編さん委員会編『太田区史　下巻』、東京都大田区、一九九六年、二二二八―二二二九頁

（12）同、四五五頁

（13）同、五五三頁

（14）城戸昇『東京南部戦後サークル運動の記録Ⅰ　詩と状況・激動の五〇年代――敗戦から六〇年安保闘争まで』、文学同人・眼の会、一九九二年

（15）このことは、地域を基盤としたサークル活動が存在しなかったということを意味するものではない。青年運動が盛んであった品川区大井町では、一九四七年頃から各町内単位で青年文化会が生まれ、これらが連合して四八年五月に大井青年団体連絡協議会が結成されたが、「この大井青連傘下の青年会の中の文学愛好青年たちによつて」大井文学サークルが結成されている（『京浜文学ニュース』第一号、新日本文学会東京支部京浜班、一九四九年一一月）。『大田区史』には「多摩川の流れに沿った地区、即ち下丸子、六郷、羽田が青年団体運動の盛んな地である」と書かれている（八九七頁）。また、私が調査した愛知県渥美郡旧福江村（現田原市）で行なわれていた短歌会には杉浦明平をチューターとして青年たちが集い、後に日本共産党福江細胞を結成して杉浦の文学作品世界そのものを生み出していくことになったし、山代巴の報告する戦後広島での文化運動についても地域を基盤とした文化団体が多数紹介されている（山代巴「広

島の文化文学運動」『文学』、一九五五年五月号）。ただし、これらが「サークル」という自己意識において運営されていたかどうかについては検討の余地が残っている。
(16) 城戸前掲『東京南部戦後サークル運動の記録I　詩と状況・激動の五〇年代』、三〇頁、三三頁
(17) 同、三四頁
(18) 大田区史編さん委員会編前掲『大田区史』、五一五頁
(19) 同、七三一頁
(20) 同
(21) 同
(22) 東京都品川区編前掲『品川区史　通史編下巻』、九八四—九八五頁。なお、防潜網の撤去は一九五五年四月半ばに完了したが（同）、逆にいえば、占領が終結して後も三年にわたって防潜網が設置されたままであったことを意味する。
(23) 大田区史編さん委員会編前掲『大田区史』、七二七頁。『大田区史』によれば、「特需の内容は、戦況および、日本の国内生産能力の変化に応じて変わっている。一年目はトラック・土嚢用麻袋・有刺鉄線・航空機燃料タンクなどが多く、冬場には毛布・綿布・衣類など、二年目には木材・セメント・肥料・繊維製品など、復興資材が増え、三年目は完成兵器や、石炭、アメリカ軍基地建設のための需要が増えている」という（七二六—七二七頁）。
(24) 鳥羽耕史『運動体・安部公房』、一葉社、二〇〇七年
(25) 同、二四頁
(26) 「一九五一年の四月から下丸子を訪れまして、私なんかもガリ版をガリガリ切ってやった方です。その年の夏ですね、仲間の一人がアイスクリームをカンパするというので、アイスクリームをなめなめ、詩の話とか合評なんかをやった記憶があります。四月から九月までの半年位だったと思います。」（井之川前掲『詩があった！』、六五頁）
(27) 呉隆「闘う大衆とともに——新しい活動家をうむ海岸文学サークル」『人民文学』一九五一年九・一〇月合併号、七六頁

(28) 呉は一九五九年の新日本文学会大会で自らが朝鮮人であり北朝鮮へ「帰国」すると宣言し、翌六〇年一月に日本を離れた(染谷孝哉『大田文学地図』、蒼海出版、一九七一年、二五一―二五二頁)。その後の軌跡は詳らかではないが、一九六四年に平壌の外国文出版社から彼の訳で石潤基『戦士たち』という書籍が発行されている(インターネット古書店の目録で発見するも、先約あって入手できず、実物未見)。

(29) 呉前掲「闘う大衆とともに」、七七頁

(30) 鳥羽前掲『運動体・安部公房』

(31) 『京浜文学新聞』(発行者・入江光太郎、一九五一年一〇月〜五二年四月、全六号)の第一号(一九五一年一〇月)には、「八月五日のベルリン世界青年学生平和祭に、日本の仂く人々の声をつたえようと、北辰・東重の労働者と学生・主婦・画家・作家たち二十名の手で詩集『下丸子』がだされ、下丸子文化集団がうまれた」とある(一頁)。同じベルリン平和祭に広島の「われらの詩の会」からは峠三吉『原爆詩集』が送られている。

(32) 鳥羽前掲『運動体・安部公房』

(33) 城戸昇『東京南部戦後サークル運動の記録Ⅱ 詩と真実・松川運動の十五年』、文学同人・眼の会、一九九一年、四二頁

(34) 福岡県の日炭高松炭鉱で鉱夫をしながら文化活動をしていた上野英信は、会社に馘首されたあとも高松の労働者から請われてサークル文化運動のリーダーであり続けた(道場親信「倉庫の精神史」第一―七回、『未来』二〇〇五年一一月号―二〇〇七年三月号)。地域サークルのほかに、東京南部では国鉄、専売局、電話局などのような公企業体などにおいては職場サークルが組織されていた。レッドパージ以後(占領解除後)の雇用の安定性、職場の熟練を柱とした労働者文化と強力な労働組合の存在が、これらの職場サークル(および産別連合体)の存在を可能にしていた。民間企業のサークル文化運動が五〇年代後半には致命的に衰退していく一方で官公労系労組を基盤としたサークル文化運動が七〇年代まで存続しえたのは、日本労働運動の「左派」を自認する総評の組織力あってのものだと考えられる。

(35) 『石ツブテ』については松居りゅうじ「朝鮮戦争と抵抗詩誌『石ツブテ』を語る」『社会文学』第二三号、二〇〇六

年三月、入江公康「詩を撒く」『現代思想』第三五巻一七号、および本書第四章などを参照。
(36)『東京南部サークル雑誌集成』に収録された『詩集下丸子』第一集では、表紙の版画を彫った桂川、本文中に版画を提供した勅使河原、詩一編を寄せた安部の三名について、迷惑がかかることを恐れたのか墨塗りで消されている。これは配布された詩集のいずれにも施された措置のようである。
(37) 浅田石二「〝下丸子〟の詩人たち」、前掲『東京南部サークル雑誌集成　別冊　解説・解題・回想・総目次・索引』、不二出版、二〇〇九年、七二頁
(38) 井之川巨編『鋼鉄の火花は散らないか——江島寛・高島青鐘の詩と思想』、社会評論社、一九七五年、一四—一五頁
(39)『京浜文学新聞』第一号(一九五一年一〇月五日)にも「洗足　Q生」というペンネームの書き手による「たとえ行くてをはばもうとも!」というルポが載っているが、ほぼ同一の文章である。
(40) 小関智弘「祀る町」(初出『文学界』一九八一年六月号、小関[一九八二]所収)あるいは『粋な旋盤工』(風媒社、一九七五)の「あとがき」には、当時民主青年団員として大田区入新井で活動していた彼が工場へビラまきに行ったときのことが記されている。
(41) 以上、『京浜文学新聞』第一号。現在のところ「白い槍」、はがきともに見発見である。
(42) 詳しくは、本書第三章を参照。制作された叙事詩の一部は、前掲『東京南部サークル雑誌集成』付録に収録されている。
(43)『京浜文学新聞』第五号(一九五二年三月)、二頁。「悪法反対の集い」は労組その他の地域の団体との共催である。
(44) 京浜文学新聞との共催。内容は京浜小劇場の芝居、劇団海つばめの歌と踊り、野間宏の講演と座談会である(『京浜文学新聞』第六号、一九五二年四月)。
(45) 入江光太郎氏へのインタビューによる(二〇〇七年一〇月、入江氏宅)。
(46) 前注に同じ。
(47) 本書第四章、第六章を参照。

(48) 井之川前掲『詩があった!』、七四頁
(49) 浜賀知彦「五〇年代の手ざわり」『現代思想』第三五巻一七号
(50) 元松川被告、佐藤一氏との私的な会話による(二〇〇七年ごろ)。
(51) 前注に同じ。
(52) 念のためふれておくと、「辻詩」とはアジア太平洋戦争のさなかに詩を通じて戦争動員を実現しようとした官製の文学運動の中でも推奨された形式である。が、ここではこの問題については詳説しない。
(53) 井之川前掲『詩があった!』
(54) 下丸子文化集団「町や職場のことを詩集下丸子へかき送ろう」(一九五二?年)、前掲『東京南部サークル雑誌集成』付録所収。
(55) 江藤淳『閉ざされた言語空間——占領軍の検閲と戦後日本』、文藝春秋、一九八九年。また、各地のサークル詩運動においてもこの惰性は継続したようである。この問題については稿を改めて論じることにしたい。
(56) 井之川前掲『詩があった!』、七二頁
(57) 同、七三頁
(58) 『人民文学』および同誌とサークル詩運動との関わり、「詩人集団」型サークルへの評価については、本書第四章を参照。
(59) この詩は『石ツブテ』第四号(一九五二年六月あるいは七月)には「パクリにきたら」と改題し、紙面の都合か改行を省略して掲載されている。さらに、本文でもふれているように『京浜の虹』にも収録されている。それぞれにかなづかいが若干異なるが、本文はほぼ同一である。
(60) 鳥羽耕史『一九五〇年代——「記録」の時代』、河出書房新社、二〇一〇年
(61) 理論社編集部編『京浜の虹——労働者の解放詩集』、理論社、一九五二年、一頁
(62) 鳥羽前掲『一九五〇年代』

(63)「へたくそ詩」を推奨したとしばしば〝戦犯〟扱いを受けた赤木健介自身、「へたくそな詩はよい詩である。うまい詩はわるい詩である」といっている人間などどこにもいないと述べている(赤木健介「へたくそ詩論争について――加藤新五の説を批判する」『詩運動』第四号、一九五三年四月)。

(64) 江口寛「集団と個人」『人民文学』一九五二年一一月号

第二章

(1) 成田龍一「一九五〇年代――「サークル運動」の時代への断片」『文学』第五巻六号、二〇〇四年、一一五頁

(2) 道場親信『占領と平和――〈戦後〉という経験』青土社、二〇〇五年、三〇三―三〇四頁、および道場親信「革新ナショナリズムと戦後民主主義――広川禎秀・山田敬男編『戦後社会運動史論――一九五〇年代を中心に』(大月書店、二〇〇五年)を読みつつ「戦後社会運動史」を考える」『季刊アソシエ』第一九号、二〇〇七年一月、一三七―一三八頁を参照。

(3) 引用は、日本共産党「民族の独立のために全人民諸君に訴う」、日本共産党中央委員会編『日本共産党綱領集』、日本共産党中央委員会出版部、一九六二年、九一頁

(4) 大竹史郎「日本共産党の五一年綱領と軍事方針」『情況』一九七五年一一月号

(5) 同、五四頁。伊藤晃はこの共産党の「武装闘争」について次のような評価を下している。「武力革命は何よりも党内権力闘争におけるスローガンであった。[…] 武力革命は一個の観念的な公式に止まったわけで、四全協で軍事方針が出されてから五全協までの何の具体化もなされなかった奇妙な空白もこれで説明できる。結局実際運動としては、矮小な組織・闘争形態であってもこれに武力闘争を構成するものとしての種々の名(中核自衛隊とか独立遊撃隊とかの)を与えて、形式上公式を満足させればよいのであった。現実に武力闘争を実行する力は党組織にはなかったのである」(伊藤「解説」、脇田憲一『朝鮮戦争と吹田・枚方事件――戦後史の空白を埋める』、明石書店、二〇〇四年、七八一―

七八二頁)。

(6)「国際派」の文化方針については、窪川鶴次郎・臼井吉見「対談・「主流派」と「国際派」――その戦略と文化政策」『展望』一九五一年四月号参照。

(7) 国民文化会議編『戦後資料 文化』、日本評論社、一九七三年、三七三―三七五頁

(8) 同じ五一年一月の「文化闘争における当面の任務」には、東京と神奈川の文化工作者の間で次のような論争があったことを記している。「サークル活動の問題で、東京と神奈川との間に意見の対立があった。東京はサークル活動を経営内に止めておくのではなく、地域人民闘争の観点から経営外への文工隊活動をやるように指導すべきであると主張したのに対し、神奈川は、経営内に根をはる活動が重要であると主張した。しかし、これは機械的に対立されるべきものではなく、統一的に考えられるべきである」(国民文化会議前掲『戦後資料 文化』、三七六頁)。

(9) 国民文化会議前掲『戦後資料 文化』、三七八―三七九頁

(10) 同、三八六―三八七頁

(11) 具体的な経過については、山部芳秀「国民文化会議の四〇年」、国民文化会議編『国民文化会議四五年の経過報告書/資料・解説』、国民文化会議、二〇〇一年参照。「日本文化人会議」は一九五二年の「破壊活動防止法」制定に反対して生まれた知識人の集まりであり、文化会議設立後は事実上これと一体化していく。

(12) むしろ、六〇年代中盤以降の国民文化会議の役割としては、「八・一五集会」の開催(一九六五年以降)や、六・四スト問題、原水禁運動問題などで文化運動においても共産党系と社会党系の分離が生じたこともあって、より社会党に近い知識人のカンパニア運動の受け皿として機能していくようになったと言えるだろう。

(13) 井之川巨「五〇年代とはどんな時代だったか」、城戸昇『東京南部戦後サークル運動の記録I 詩と状況・激動の五〇年代――敗戦から六〇年安保闘争まで』、文学同人・眼の会、一九九二年、三頁。井之川は、「東京を南部とか、西部とか、北部とかのブロックに分けて呼ぶならわしがいつ頃からあったのか、よくは知らない。おそらく大正時代の労働運動(総同盟の創設やメーデーの始まり)と関係があるのではなかろうか」と述べている(井之川巨「なぜ「南部」

なのか」『なんぶ』第三号、一九七五年一二月、一―二頁）

（14）井之川巨『詩があった！――五〇年代の戦後文化運動から不戦六十年の夜まで』、一葉社、二〇〇六年、一二五頁

（15）山岸一章「レッド・パージの証言」、霜多正次編『ドキュメント昭和五十年史5　占領下の日本』、汐文社、一九七四年

（16）林光は「〝民族独立行動隊の歌〟は、技術的には未熟な段階にあった作曲者が客観情勢のやむにやまれぬ雰囲気の中で可成り強引にフィギュアを無視してつくっていますが、音楽としての密度は高く、日本のうたごえの運動の中でつくられた歌では、音楽的に最も充実したすぐれた作品だとぼくは考えます」と評価している（林光「日本の民謡とうたごえ」『知性』一九五六年四月増刊号「日本のうたごえ」、九四頁）。

（17）城戸前掲『東京南部戦後サークル運動の記録Ⅰ　詩と状況・激動の五〇年代』、八三頁。逆に「ふるさと南部工業地帯」を「ふるさと筑豊炭鉱地帯」と歌ったりする形で、ご当地的に変更されることもあったようである。

（18）小関智弘『粋な旋盤工』、風媒社、一九七五年。ちなみに担当編集者であった山本博雄氏も東京南部出身であった。

（19）望月新三郎氏へのインタビューによる。

（20）基地問題調査委員会編『軍事基地の実態と分析』、三一書房、一九五四年、二二六頁

（21）大原社会問題研究所編『日本労働年鑑』第二四集、一九五一年一〇月、引用は法政大学大原社会問題研究所ウェブサイト（http://oohara.mt.tama.hosei.ac.jp/rn/24/rn1952-436.html）より。

（22）榎本信行『基地と住民――立川・横田基地裁判を中心に』、日本評論社、一九九三年、九頁

（23）本多秋五『物語戦後文学史』中巻、岩波現代文庫、二〇〇五年（初版は一九六六年、新潮社）、思想運動研究所編『人物戦後左翼文学運動史』、全貌社、一九六九年（同書はいわゆる「バクロ本」であり、個々の記述に矛盾があるなど信頼性の点で問題が多いが、西野達吉［後掲文献］によれば「ほとんど事実にちかいことを書いた」本だということであり［一四頁］、参照した）、西野達吉『戦後文学覚え書――党をめぐる文学運動の批判と反省』、三一書房、一九七一年、霜多正次『ちゅらかさ――民主主義文学運動と私』、こうち書房、一九九三年、田所泉『新編「新日本文学」の運

動』、新日本文学会出版部、二〇〇〇年
(24) 本多前掲『物語戦後文学史』、二〇六頁
(25) 鳥羽耕史編「『人民文学』総目次」『言語文化研究』第十二巻、二〇〇五年、成田龍一「「断層」の時代——一九五〇年代前半の歴史像への試み」『思想』第九八〇号、二〇〇五年一二月など。
(26) 成田前掲「「断層」の時代」、九七—九九頁
(27) 同、一〇〇—一〇一頁
(28) 同、一〇一頁。成田も引用しているが、竹村民郎「戦後日本における文化運動と歴史意識——職場の歴史・個人の歴史をつくる運動に関連して」(『京都女子大学現代社会研究』第二号、二〇〇一年)では、次のような指摘を行なっている。「一九四〇〜五〇年代に目覚ましく進展した庶民の生活史を書く運動——生活記録・『人生雑誌』・職場の歴史・個人史など[…]全国的に高揚したこれらの運動は、戦後日本ではじめて登場した庶民や労働者の文章運動、歴史を書く運動であった」(一六頁)。
(29) 影山三郎『新聞投書論——民衆言論の一〇〇年』、現代ジャーナリズム出版会、一九六八年、天野正子「草の実会」、思想の科学研究会編『共同研究　集団——サークルの戦後思想史』、平凡社、一九七六年、天野正子『「つきあい」の戦後史——サークル・ネットワークの拓く地平』、吉川弘文館、二〇〇五年、および道場前掲『占領と平和』を参照。
(30) 反戦平和運動とこの時期の女性運動とのかかわりについては、道場前掲『占領と平和』第二部第三章を参照。また、運動の証言としては、女たちの現在を問う会編『銃後史ノート戦後篇6　高度成長の時代　女たちは』インパクト出版会、一九九二年に収録のいくつかの論文・インタビューを参照。なお、三輪泰史「一九五〇年代のサークル運動と労働者意識——東亜紡績泊工場「生活を記録する会」にそくして」(広川禎秀・山田敬男編『戦後社会運動史論』、大月書店、二〇〇六年)も、紡績工場の女工たちが「書く」ことを通じて自己と社会、仲間の関係性を発見していくプロセスを詳細に追っており、学ぶところが多い。「書く」という行為を実現すること自体容易なものではなかったことについても注意が必要である。天野前掲『「つきあい」の戦後史』は、山代巴が広島県で取り組んだ農村文化活動では、フィクシ

ョンを交えた「民話化」という方法を用いて女性たちが表現を獲得していったことを記している（六九―七四頁）し、三重県の東亜紡績で女工たちの生活記録運動の指導的立場にあった沢井余四郎は、生活記録を「文学ではない」ものとして割り切ることで「書く」行為を持続させたと証言している（沢井余四郎「生活を記録する会の運動」『文学』一九五九年一〇月号、七七―八二頁）。

（31）野間宏「詩誌「列島」発刊について」『列島』第一号、一九五二年三月、表紙裏（頁番号なし）

（32）吉本隆明「芸術運動とは何か――サークルの問題」『国民文化』第一号、一九五八年八月、一一頁

（33）増山太助「サークル活動における普及と達成の統一」『人民文学』一九五〇年一二月号、三六―三七頁

（34）「編集部から」『人民文学』一九五一年一月号、九六頁

（35）松本良雄「一つの提案」『人民文学』一九五一年三月号、九四―九五頁

（36）園部芳子「読者欄をわたしたちの手で」『人民文学』一九五一年六月号、九三頁

（37）藤井護「サークルの交流」『人民文学』一九五二年一月号、一一一頁

（38）野間宏「詩人集団について」『人民文学』一九五二年六月号、「詩人集団について（2）」『人民文学』一九五二年七月号

（39）佐藤泉『戦後批評のメタヒストリー――近代を記憶する場』、岩波書店、二〇〇五年、二一頁

（40）水溜真由美「一九五〇年代後半のサークル運動と小集団論」（『国語国文研究』第一二八号、二〇〇五年八月）では、「社会学」や「経営学」が「小集団」という社会学的術語を用いて研究を活性化させていった経過を詳細に追っている。学ぶところの多い論文であるが、その集団を「小集団」と定義するか「サークル」と定義するかの違いはメタレベルとオブジェクトレベルの相違であるばかりでなく、集団を過剰な要素を断ち切って操作可能な概念に封じ込めるか、つねに定義をはみ出す過剰性をもった「運動」の場としてとらえるかの相違でもあるように思われる。「サークル」定義の困難は、それが生命をもち独自の分化・進化（「進化」の語はここでは「進んでいる／遅れている」のバイナリーの系ではなく、環境に適応するために自ら変化することの意）を遂げるところにある。

(41) 岩上順一「文学サークル」、野間宏編集代表『岩波講座 文学8 日本文学の問題』、岩波書店、一九五四年、二六七―二六八頁

(42) 同、二七九頁

(43) 志村章子は、レッドパージによって首を切られた組合の活動家が、ガリ版印刷の技術をもって各地に散らばったことを記している。「「レッドパージは、労組や共産党に大打撃を与えたけど、ガリ版は逆に発展した一面もあった」と金子さんはとらえている。〝札つきの活動家〟として再就職がむずかしかった人々の中には、街の謄写版印刷業や筆耕業者に転じた人が多かった」(志村章子『ガリ版文化を歩く――謄写版の百年』、新宿書房、一九九五年、一五二頁)。ちなみにここに出てくる「金子さん」とは、日本機関紙協会に長年勤めた金子徳好氏のことである。金子氏はベトナム戦争に反対して八年にわたりゼッケンをつけて通勤したことで知られる。

(44) 清水幾太郎「サークル運動は何をつくりだすか――小集団の論理」『知性』一九五五年一一月号、三四頁。同誌はのち五六年七月号でも「サークル運動の新しい前進」という二五頁の特集を組み、黒田三郎・日高六郎・福田玲三・丸岡秀子による「サークル時評」の連載第一回(六頁)を掲載している。

(45) 水溜前掲「一九五〇年代後半のサークル運動と小集団論」では、「日本の小集団論はアメリカの小集団研究の枠組みを借用しながらも、その政策科学的な性格について厳しい批判を投げかけるものであった」と述べられている(六頁)。

(46) 大沢真一郎「サークル……その分類と分析」『第五回国民文化全国集会資料』、国民文化会議、一九六一年一月、一二頁

(47) 大沢真一郎「サークルの戦後史」、思想の科学研究会編『共同研究 集団』、一九七六年

(48) 佐々木元「この本の方法」、思想の科学研究会前掲『共同研究 集団』、一三頁

(49) 鶴見俊輔「なぜサークルを研究するか」、思想の科学研究会前掲『共同研究 集団』、三頁。鶴見にとってサークル研究とは、「昭和」の思想史を考える「タテ糸」が「転向」研究であるとした場合の「ヨコ糸」に相当するものとして構想されていたようである(天野正子「サークル「集団の会」」、同書所収、三四頁)。

(50) 鶴見俊輔は『詩集下丸子』第三集掲載の「一主婦」の詩「検挙にきたら」を高く評価している(「サークル詩の哲学」、一三頁)。

(51) 林尚男「サークル詩の諸問題」『文学』一九五三年一月号。林は、「さいきん、サークル詩、サークル運動のゆきづまりが意識されてきている」とし、「サークルの間で、詩論と新しい詩史がつよく求められている」と論じている(二三頁)。一九五二年暮れに作成されたと推測されるビラ「町や職場のことを詩集下丸子へかき送ろう」には「知らぬ間に「読書新聞」とか「詩学」「近代文学」などの雑誌にもかゝれていたのです」とある。

(52) 井之川前掲『詩があった!』、一二五頁(初出は「五〇年代労働者文化運動について――「五〇年問題」と日共の文化政策」『破防法研究』第二三号、一九七五年九月)

(53) 丸山照雄氏へのインタビューによる。二〇〇六年一一月三〇日。

(54) 井之川前掲『詩があった!』、一二四頁

(55) 井之川巨「なぜ「五〇年問題」なのか」『なんぶ』第二号、一九七五年一一月、一五頁

(56) 井之川巨「なぜ「人民文学」なのか」『なんぶ』第七号、一九七六年七月、三頁

(57) 浅田石二氏へのインタビューによる。二〇〇六年一〇月六日。井之川や浅田らは、七〇年代に『人民文学』を復刻しようと計画したことがあったという(同インタビュー)。

(58) 相川(丸山照雄)「伝統を守り二歩前進へ!」『下丸子通信』第三集、一九五三年九月、三頁

(59) 『人民』創刊号、一九四八年三月、九六頁

(60) 高橋須磨子『回顧の時限』私家版、一九七〇年。同書は高橋元弘・須磨子夫妻の出会いと生活が実名ではなく小説仕立てで描かれた作品であるが、北辰における元弘の組合活動やレッドパージ、その後の生活までが細かく書かれている一方で、『人民』や『下丸子』などのサークル、元弘の文学活動についてはまったく触れられていない。

(61) 高島青鐘の経歴については、井之川巨編『鋼鉄の火花は散らないか――江島寛・高島青鐘の詩と思想』一九七五年三月所収の年譜および追想を参照。

(62)『人民』第一三号、一九五一年八月、表紙裏
(63) 浜賀知彦「解題『人民』」『戦後東京南部の文学運動――関係雑誌細目』第七輯、東京南部文学運動研究会、二〇〇二年七月、二五頁。
(64) 鳥羽耕史『運動体・安部公房』、一葉社、二〇〇七年、二四頁。「世紀の会」については同書に詳述されている。
(65) 桂川寛・城戸昇(聞き手)「インタビュー・桂川寛氏に聞く　下丸子詩集前後の美術活動」『わが町あれこれ』第七号、一九九五年九月、四〇頁
(66) 桂川寛は「入党したときの業績の一つにしたいという気負いもあった」と回想しているが、政治的「前衛」の世界に足を踏み入れる際の、そのプレッシャーと期待とがないまぜになった感情がそこにあったといえるだろう(丸山照雄氏主宰「天晴塾」における桂川寛氏の講演、二〇〇七年四月一三日)。
(67) 鳥羽前掲『運動体・安倍公房』、二五頁
(68) 高橋元弘・高橋須磨子・望月新三郎・長田謹造・城戸昇(司会)「座談会・下丸子時代の安部公房――一九五一年芥川賞受賞前後」『わが町あれこれ』第六号、一九九五年六月、四〇頁
(69) 鳥羽前掲『運動体・安倍公房』、二七頁
(70) 柾木恭介『猫ばやしが聞こえる』、績文堂、二〇〇五年、二六二―二六三頁
(71) さらに、一九五五年、前年八月に亡くなった文化集団の江島寛の詩集が企画されたとき、浅田石二は安部公房からカンパ二〇〇〇円を受け取っている(浅田石二「風猿――旅の記憶(4)」、『眼』第二〇号、二〇〇七年四月、二〇頁)。
(72) 高橋元弘は「私が共産党から脱けたのは昭和二七年の終わり頃だけど、その頃には安部もいなかったよ」と回想しているので、五二年中には下丸子からは去ったようだ。
(73) 前掲桂川インタビュー、桂川講演、桂川寛『廃墟の前衛――回想の戦後美術』一葉社、二〇〇四年。また、浅田石二は安部公房からカフカについて聞かされたと回想している。「ある日の夜、それがどこの場所であったのか覚えはないのだが、カフカの作品について解説まじりの話をしたあと、彼はこれからの社会の進展について、あるいは映画やテ

レビなどの未来についてしゃべった。［…］安部公房は、フランツ・カフカという作家が、いかに遠い未来までをも見透して作品化していた新しい作家であるかを話したのである。それは、当時の下丸子に集まった〝抵抗詩人〟たちにとっては、まるで夢の中の話のような驚きをもたらすものであった」（浅田「風猿――旅の記憶（4）」、一七―一八頁）。

(74) 高橋元弘「パージ」『贋月報――安部公房全集サブ・ノート』3、一九九七年

(75) 丸山照雄氏へのインタビューによる。二〇〇六年一一月三〇日。

(76) 浅田石二・望月新三郎両氏へのインタビューにおける望月氏の発言。二〇〇七年一〇月八日。

(77) 入江光太郎氏へのインタビューによる。二〇〇七年一〇月二六日。

(78) 同

(79) 前掲浅田・望月両氏へのインタビューにおける浅田氏の発言。

(80) 城戸昇「ぼくの戦後史」（正・続）、『眼』第一号〜一四号、一九九〇年一二月〜二〇〇一年五月参照。

(81) 前掲入江氏インタビュー。

(82) 同。入江氏は「私は戦争中に熱河省で現地工作の仕事をしていたことがあり、そのころ毛沢東にかぶれていました。そこで「文化工作者」というものに憧れていましたが、戦後になって南部で活動をすることになったときも、文学をやろうと思っていたわけではなくて、「文化工作」を自覚的にやっていたわけです」と述べている。このころ氏は党中央の文化部直属党員であったが、南部での活動は「ボランティア工作者」だったという。吉野がこの時代の南部の文学運動においてどのような役割を果たしていたのかは詳らかではないが、南部文化集団の時期に吉野宅が「サークル誌の印刷や会合場所によく使われた」と城戸昇は語っている（城戸昇「大田文学地図落ち穂拾い②」『わが町あれこれ』第二号、一九九四年六月、四五頁）。

(83) 『下丸子通信』第一号、一九五三年七月、六頁

(84) 前掲浅田氏インタビュー、二〇〇六年一〇月六日。

(85) 同

(86)『詩集下丸子』第一集、一九五一年七月、二三―二四頁
(87)同、二七―二八頁
(88)同、三四―三五頁
(89)「(下丸子発)不安であつたが第一集を四百部出したところが部数に不足を感ずるほど反響のおきた事は下丸子文化集団に大きな確信を与えた」(「下丸子第二集めざして」『京浜文学新聞』第二号、一九五一年一一月、二頁)。
(90)『詩集下丸子』第二集、一九五一年一〇月、四―五頁
(91)田中政雄「甦る戦後文学サークル運動の青春の熱波」『わが町あれこれ』第二三号、一九九九年八月、三五頁
(92)『詩集下丸子』第二集、一九頁
(93)城戸昇『詩と状況・激動の五〇年代別冊付録　東京南部戦後サークル運動史年表――敗戦から六〇年安保まで』、文学同人・眼の会、一九九二年。
(94)浜賀知彦「解題『くらしのうた』」『戦後東京南部の文学運動――関係雑誌細目』第八輯、二〇〇三年二月、二四頁
(95)とりあえず、管見の限りでの参照資料を挙げておく(年代順)。まつい・しげお「俺もやれるという自信が持てた」『人民文学』一九五一年一一月号、林尚男「サークル詩の諸問題」『文学』一九五三年一月号、さとうひろし「「石つぶて」のこと」『なんぶ』第一号、一九七五年一〇月、松居りゅうじ『青春の遺書――日本で朝鮮戦争が始まっていた』新読書社、一九九五年、城戸昇「幻の抵抗詩誌『石ツブテ』発見とその効果」、『眼』第一二号、一九九九年九月、松居りゅうじ「朝鮮戦争と抵抗詩誌「石ツブテ」を語る」『社会文学』第二三号、二〇〇六年。民族解放東京南部文学戦線と『石ツブテ』については、入江公康「詩を撒く」(『現代思想』第三五巻一七号、二〇〇七年)に詳しい。
(96)前掲入江氏インタビュー。
(97)まつい・しげお「俺もやれるという自信が持てた」(前掲)、八二頁。
(98)松居りゅうじ氏へのインタビューによる。二〇〇七年九月二三日。林尚男「サークル詩の諸問題」では「その編集会議には、地域の政治組織からも編集委員の一人として正式に参加し、地域全体の政治情勢を討議し、その討議のなか

から何をうたうべきかを決定し、その決定にもとづき、作品はつくりあげられ、それらは、すべて無署名によって発表されていった」とある（二〇頁）。「政治組織から」の「編集委員」とは入江光太郎のことであろう。

(99) 前掲入江氏インタビュー。

(100) 前掲松居氏インタビュー。

(101) 『石ツブテ』第二号、四頁

(102) 前掲松居氏インタビュー。

(103) 井之川巨によれば、この詩にはひとつのトリックがあったという。加害米兵は黒人兵であり、被害少女は在日朝鮮人であった。この事実を隠し、『石ツブテ』では白人兵が「日本人」の少女を暴行したように表現した。そこでは「米兵」の類型化と朝鮮人の被害の隠蔽とが行なわれ、「日本人」によって事件が象徴的に搾取される構造があった。井之川前掲『詩があった！』、二〇一―二〇二頁。

(104) 前掲松居氏インタビュー。

(105) 浅田石二「お前らけだものに」『詩集下丸子』第三集、一九五二年五月、二四頁

(106) 井之川前掲「下丸子文化集団」、一八四頁、前掲浅田氏インタビュー（二〇〇六年一〇月六日）。井之川はこの年日本共産党に入党する。

(107) 浅田石二「追憶の中の井之川巨」『眼』第一九号、二〇〇六年四月、六二頁

(108) 高橋元博「ともに闘い傷ついた高島さん」、井之川編『鋼鉄の火花は散らないか』、三〇三頁。江島寛は「Tが脱落した直接の理由になったのは、個人の事情を考えない「あれもやれ、これもやれ」という実践のすすめ方や、「上からの押しつけ」にたえられないということであった」と書いている（「集団と個人」『人民文学』一九五二年一一月号、二〇頁）

(109) 井之川前掲「下丸子文化集団」、一八五―一八六頁。ちなみに「てらだたかしは北京メーデーに参加する予定で、下関まで行き密告者のためにパクられた」とのことである（一八六頁）。

(110) 浜賀知彦「解題『文学南部』」『戦後東京南部の文学運動――関係雑誌細目』第八輯、二〇〇三年二月、二九頁。
(111) 無署名(江島寛)「発刊にあたって」『文学南部』一九五二年一一月、一頁
(112) 志賀智之(井之川巨)「幻燈による寮工作」『文学南部』、七頁
(113) 江口前掲「集団と個人」、二二頁
(114) 井之川前掲『詩があった!』、七四頁
(115) 『下丸子通信』第四号は未発見であり、この存在は推測されているにすぎない(浜賀知彦「解題『下丸子通信』」「解題『南部文学通信』」『戦後東京南部の文学運動――関係雑誌細目』第九輯、二〇〇三年一〇月、一二―一三頁)。現存する『南部文学通信』第五号(『下丸子通信』からの通巻号を採用している)において「南部文化集団」、『南部文学通信』への改称が何も語られていないところを見ると、その前号(『南部文学通信』第四号?)でそれがなされていると考える方が適切であるように思われる。この集団の性格からして、『下丸子通信』第四号が存在し、そこで次号からタイトルが変わります、と予告して『南部文学通信』第五号ではいきなり何の断りもなく各サークルの報告が載っている、という形になることは考えがたく、第四号で『南部文学通信』に改題してその理由を説明していると見る方が適切ではないだろうか。
(116) 無記名「発刊のことば」『下丸子通信』第一号、一九五三年七月、二頁
(117) 無記名「壁詩について」、同、二頁
(118) 無記名「街頭へ詩を…壁詩をつくろお」、同、一頁
(119) 無記名「きめたこと一、二」、同、六頁
(120) 無記名「編集ぷらん」、同、六頁
(121) 無記名「編集あとがき」『下丸子通信』第二号、一九五三年八月、六頁
(122) 相川「伝統を守り二歩前進へ!」『下丸子通信』第三号、一九五三年九月、三頁
(123) 『京浜文学新聞』第三号、一九五一年一二月、二―三頁

(124) 巨「編集後記」『下丸子通信』第三号、六頁

(125) 前掲浅田氏インタビュー（二〇〇六年一〇月六日）。浅田は他方で、「協議会の形態を作ろうという発想は、赤木さんたち詩運動の影響だと思います」とも語っている（二〇〇七年一〇月二日の電話インタビュー）。

(126) 前掲浅田・望月両氏インタビュー（二〇〇七年一〇月八日）。

(127) 会議の内容については、詩運動常任編集委員会「一九五四年の課題と提案」および江島寛「全国詩活動家会議に参加して」（ともに『詩運動』第八号、一九五四年三月）参照。五四年三月には、同じく文化集団の小川銑（基地労働者）が全国編集委員となっている（城戸年表）。

(128) 城戸昇「東京南部戦後サークル運動史年表」より。

(129) 前掲浅田・望月両氏インタビュー（二〇〇七年一〇月八日）。

(130) 河守猛「これが国際空港です」『南部文学通信』第八号、一九五四年五月、四頁

(131) 平木国夫『羽田空港の歴史』、朝日選書、一九八三年

(132) 道場親信「軍事化・抵抗・ナショナリズム──砂川闘争五〇年から考える」『現代の理論』第六号、二〇〇六年一月。

(133) 無記名「編集メモ」『南部文学通信』第六号、一九五四年一月、八頁

(134) たとえば、町工場文芸友の会「油さしのうた──町工場労働者の生活と文化活動」『学習の友』一九五四年四月号（執筆は松居りゅうじ）、菅原克己「町工場の書き手たち──「油さし」の実例から」、野間宏・国分一太郎『文学サークル』、理論社、一九五六年一一月。

(135) 町工場文芸友の会前掲「油さしのうた」

(136) 菅原前掲「町工場の書き手たち」

(137) 無記名「たえず活動内容の検討を──三月総会の報告」『南部文学通信』第八号、一九五四年五月、七頁

(138) 同、七、五頁

(139) 苦地雄「編集者の発言」『南部文学通信』第八号、六頁

(140) この運動の経過については、城戸昇前掲『詩と状況・激動の五〇年代』に詳しく述べられている。
(141) 江島寛／木下航二「煙突の下で」『南部文学通信』第八号、八頁。かつて「京浜絵の会」のメンバーであった山城正秀は、九〇年代にある共産党の選挙祝賀会でマイクが回ってきたとき、ついこの歌が口をついて出てきたと記している（山城正秀「回想の糸口」『わが町あれこれ』第七号、一九九五年九月、五〇頁）。
(142) 木下航二「東京南部の片すみから」、木下航二編『原爆を許すまじ――世界の空へ』あゆみ出版、一九八五年、三八頁。「原爆を許すまじ」誕生のエピソードについては、同書所収の諸エッセイに詳しい。
(143) 浅田石二「〝うた〟をつくるまで」木下前掲『原爆を許すまじ』、三一頁。
(144) 望月新三郎「南部のうた」の頃」『ど』第六号、芸術集団〝ど〟、一九七〇年一一月。望月によれば、「作詩は南部文化集団のメンバー、志賀智之（本名井之川巨）、浅田石二、私、法政大学の学生などで、作品研究会には当時「ざりあの会」に属していた門倉訣、国鉄で〈民族独立行動隊〉を作詩した山岸一章などがいた」という（同、五七頁）。『南部のうた』第三号は原稿まで集まりながら、未刊に終わった（同、五六頁）。
(145) 城戸昇『南部作詩作曲の会と歌う詩創作運動』、私家版、一九八六年四月
(146) 浅田石二「映画『きちがい部落』讃」『突堤』第二一号、一九五八年四月。この間、『アサヒグラフ』一九五六年六月一七日号には、原水禁運動の高まりの中で、木下と二人で歌唱指導に当たる浅田の様子が写真で紹介されている。
(147) 無記名「編集後記」『南部文学通信』第九号、一九五四年一〇月、二一頁。
(148) 森道之輔「詩はどのようにひろまったか――国鉄・大井工場における八つのサークルの場合」、野間・国分編前掲『文学サークル』、藤島前掲『もしも美しいまつ毛の下に』、福田玲三「サークルの成長と停滞」、斎藤伸編『職場のサークル活動』三一新書、一九六一年。浜賀知彦「解題『たんぽぽ』」『戦後東京南部の文学運動――関係雑誌細目』第八輯、三一頁。
(149) 浜賀知彦「解題『いぶき』」『戦後東京南部の文学運動――関係雑誌細目』第九輯、二三頁
(150) 城戸昇「ぼくの戦後史（6）一九五二年五月一日・血のメーデー事件」『眼』一三号、二〇〇〇年七月、城戸昇

「［連載］わたしの戦後史Ⅰ　五年ごとに何かが起こる」『なんぶ』第二号（一九七五年一一月）、四頁、城戸昇「朝鮮戦争と日共の軍事方針——一兵士の立場から」『情況』一九七五年一一月、六四頁。城戸は福井時代には党籍をもっていたが、党に無断で上京したため「自然離党」の形になっていた。東京での中核自衛隊活動は、党員としての参加ではない。李徳全警護が城戸の最後の「Y」（軍事）活動になった。

(151) 城戸昇「サークル物語」『眼』第二〇号、二〇〇七年四月、四六頁

(152) 前掲『なんぶ』第二号、五—六頁

(153) 城戸前掲年表

(154) 前掲浅田氏インタビュー（二〇〇六年一〇月六日）。

(155) 前掲浅田・丸山両氏インタビュー（二〇〇六年一一月三〇日）。

(156) 城戸前掲年表。「京浜絵の会」については、ジェスティー・ジャスティン「版画と版画運動」（『現代思想』第三五巻一七号、二〇〇七年）を参照。城戸は「絵の会の活動といっても、デッサン会、スケッチ旅行、職場移動展、職美展、アンデパンダン展などへの作品出品が主で、職場地域にかかわらず何処の美術サークルも同じようなものだった。／美術運動として東急沿線美術家懇談会（成城・小林喜巳子アトリエ）への参加、小林喜巳子らの赤土会グループとの交流、版画運動を通じて原水爆禁止広島大会へ参加したが、品川の専売公社のグループが抜けてからジリ貧となり、一年そこそこで自然消滅してしまった」と振り返っている（城戸「大田文学地図落ち穂拾い②」『わが町あれこれ』第二号、一九九四年六月、四四頁）。

(157) 雲井薫「南部文化集団例会にオブザーバーとして出席して」『南部文学通信』第一一号、一九五五年三月

(158) 前掲浅田・丸山両氏インタビュー。

(159) 浜賀は「七月二〇日前後と推定」している（浜賀知彦『戦後東京南部の文学運動——関係雑誌細目』第三輯、一九九九年六月）。

(160) ＡＳＡ（浅田石二）「編集後記」『南部文学通信』、一二号、一九五五年七月、二二頁

(161) 浅田石二「文学サークルの勉強会──十人が一歩づつ進もう」『南部文学通信』第一二号、一頁
(162) 『江島寛詩集』、南部文化集団、一九五五年八月
(163) 井之川巨「愚劣にして必要だった七年の経験──中村温・批判」『新読書』、一九五九年三月、四一頁
(164) この間、城戸、酒井、山室達夫らは一九五六年六月に『うた』という詩雑誌を出している。酒井の呼びかけで結成された「南品川文芸友の会」が発行元だが、一号だけに終わった。浜賀は「うた」の詩人たちは再出発の『突堤』に作品を発表を集中することになる。『うた』が一号で収束したのは、こうした背景も考えられる」と推測している（浜賀知彦「解題『うた』」『戦後東京南部の文学運動──関係雑誌細目』第十輯、二〇〇四年一二月、一一頁）。
(165) 浅田石二「「突堤」発刊に当たつて」『突堤』第一三号、一九五六年四月、扉（頁番号なし）
(166) 井之川前掲「下丸子文化集団」、一八九頁。浅田も「当時、清算主義があったかもしれない」と回想している（前掲浅田氏インタビュー［二〇〇六年一〇月六日］）。
(167) 井之川巨「愛の伝書鳩」『突堤』第一三号、一九五六年四月、七頁
(168) 城戸昇「集団という名の電車」『突堤』第一五号、一九五六年一〇月、一一頁
(169) 浅田石二「追憶の中の井之川巨」『眼』第二〇号、二〇〇七年四月、六二頁。江島の死後、井之川同様自分自身も変わったと述べている（前掲浅田氏インタビュー［二〇〇六年一〇月六日］）。
(170) 井之川巨「詩ノートⅣ　江島寛覚え書」『突堤』第一六号、一九五七年三月、四頁。
(171) 井之川巨「遺稿・江島寛詩抄解説」『突堤』第一七号、一九五七年六月、六─七頁。
(172) 井之川巨「遺稿・江島寛詩抄（その3）解説」『突堤』第一九号、一九五七年一一月、二五頁。
(173) 浅田石二「江島寛の四周忌を迎える」『突堤』第二二号、一九五八年七月号、一三頁。
(174) 谷川雁「工作者の死体に萌えるもの」『文学』一九五八年六月
(175) 井之川巨「あとがき」、井之川編『鋼鉄の火花は散らないか』、三一六頁。高橋元弘は、病苦と貧困の中で母の死にも直面した高島と自分とが次第に行き来もなくなってしまったことを痛恨を込めて語りながら、「氏はそれから約五年、

どん底に目を光らせ、息をひそめて生きた」と記している（高橋元弘「ともに闘い傷ついた高島さん」『鋼鉄の火花は散らないか』、三〇四頁）。この高橋の手記を読むと、彼は最期のときまでつきあいがあったようである。
(176) 吉本隆明・武井昭夫『文学者の戦争責任』、淡路書房、一九五六年九月
(177) K「編集寸感」『突堤』第一八号、三五頁
(178) 井之川巨「集団はサークルではない」『突堤』第一八号、四三―四四頁。大沢真一郎は、こうした「仲良しサークル」的なあり方が招いた沈滞に対し、谷川雁の「サークル村創刊宣言」は強い衝撃を与えたと述べている（大沢真一郎「戦後サークル運動の到達点は何か――「サークル村」の展開過程に即して」『思想の科学』一九七一年四月増刊号、一四四頁）。
(179) 井之川巨「専問家と非専問家」『突堤』第一八号、四七―四八頁
(180) ちなみに、新日本文学会では一九六四年の規約改正で「進歩的・大衆的な文学芸術創造運動のための専門文学者の団体である」と自己規定し、地方会員の不評を買った。この規定は七二年に削除される（田所泉『新編「新日本文学」の運動』新日本文学会出版部、二〇〇〇年、一八―二一頁）。
(181) 無記名「サークル運動の質的転換をめざして――文化活動地方代表者会議開く」『国民文化』第三号、一九五九年二月、三―四頁
(182) 日本労働組合総評議会『これからの文化活動』、三一新書、一九五七年七月、二一〇―二一一頁、斎藤伸編『職場のサークル活動』三一新書、一九六一年七月、五四―五七頁
(183) 斎藤編前掲『職場のサークル活動』、一七三頁
(184) 井之川前掲「愚劣にして必要だった七年の経験」四〇頁
(185) 井之川巨「俗流共産主義者の文学通念――その斜視的批判」『突堤』第二〇号、一九五八年一月、五一頁
(186) 井之川巨「転向者の手紙」『突堤』第二一号、一九五八年四月、三六頁
(187) 井之川巨「転向者との対話」『突堤』第二一号、三九頁

(188) 井之川前掲『突堤』第二一号、三九頁
(189) 井之川巨「突堤・集団総まくり――二人の俺による対談の試み」『突堤』第二二号、一九五八年七月、二六頁
(190) 浅田石二「映画『きちがい部落』讃」『突堤』第二一号、三三頁
(191) 前掲浅田・望月両氏インタビュー(二〇〇七年一〇月八日)。
(192) 城戸昇「続 ぼくの戦後史(7):日本人には帰る処がある」『眼』第一四号、二〇〇一年五月、七〇―七一頁
(193) 城戸前掲年表には次のようにある。「1956.7.27 『大村文学』創刊(大村朝鮮文学会)/▼長崎県大村市・大村収容所の北朝鮮帰国希望者の文学組織/▼南部文学集団の浅田石二の斡旋で同集団印刷部の城戸昇が孔版印刷、製本は同集団の協力による/▼寄稿/「大村文学の創刊を喜ぶ」浅田石二/詩「鉄のひびき」浅田石二/詩「行ってらっしゃい! 金さん」荒井智子/▼激励の手紙/浅田石二、若松良子、荒井智子、森あや、石川肇、桜田健介[…]1957.12.24 『大村文学』二号(大村朝鮮文学会)/▼寄稿詩/「白い村」城戸昇(東京・南部文学集団)/「その炎はどこで燃えるか」増岡敏和(広島・われらのうたの会)/▼三号から朝鮮総連・日朝友好協会などが印刷経費を負担することになり、印刷は南部文学集団から離れる[…]1958.2.― 大村朝鮮文学会(大村収容所内)より『大村文学』に協力した南部文学集団へ「感謝祝旗」が贈られる」城戸は、このとき帰国した人々との音信はやがて途絶えてしまった、とし、「後年、彼らの暗い消息の噂ばかりが伝わってきて、やりきれない思いをした」と述べている(前掲「続ぼくの戦後史(7)」、七一頁。
(194) 大村収容所内朝鮮民主主義人民共和国公民自治会 大村朝鮮文学会「感謝状」『突堤』第二一号、三四頁
(195) 前掲浅田・望月両氏インタビュー(二〇〇七年一〇月八日)。
(196) 石川(望月)「編集後記」『突堤』第二四号、一九五九年五月、四七頁
(197) 井之川前掲「下丸子文化集団」、一九〇―一九一頁
(198) 大沢前掲「戦後サークル運動の到達点は何か」、一四五頁
(199) 「創刊宣言 さらに深く集団の意味を」『サークル村』第一号、一九五八年九月、三頁。この宣言および『サークル

村』の活動のサークル運動史における意味については、大沢真一郎「サークル村——戦後サークル運動の到達点とは何か」、前掲『共同研究　集団』参照。

(200) 井之川巨「死者よ、よみがえれ——同志江島寛への二十一年目の手紙」『詩があった！』六七—六八頁

(201) 城戸昇「ぼくの戦後史①ふりむけば夏——一九四五年」『眼』第一号、一九九〇年一二月、三〇頁

(202) 井之川前掲『詩があった！』、三二—三四頁

(203) 「考える会」事務局「「戦後資料室」の提案ほか」『なんぶ』第二号、一九七五年一一月

(204) 井之川巨「なぜ下丸子文化集団なのか」第一号（一九七五年一〇月）、「なぜ「五〇年問題」なのか」第二号（一九七五年一一月）、「なぜ「サークル」なのか」第四号（一九七六年一月）、「なぜ「人民文学」なのか」第七号（一九七六年七月）、「一言いっておきたい〝歴史〟」第一六号（一九七九年二月）、「いま、ぼくにとっての六〇年安保」第一八号（一九八〇年六月）。

(205) 城戸昇「〈戦後サークル運動史研究余録Ⅱ〉戦後史の要　六〇年安保」『なんぶ』第一八号、九頁。思想の科学研究会がサークル研究に乗り出した動機を、鶴見俊輔が次のように語っているのは、城戸と同じような感慨をもったからであろうか。「サークルを研究するこのサークルは、一九六〇年の安保闘争が敗北に終って、サークル運動が一時に下火になって行った時、戦後それまでのサークルの記録をつくろうと計画したところからはじまった」（鶴見俊輔「なぜサークルを研究するか」『共同研究　集団』、一九頁）。

(206) 望月前掲「「南部のうた」の頃」、六一頁

(207) 井之川巨「いま、ぼくにとっての六〇年安保」、四頁

(208) 井之川前掲『詩があった！』、一三〇、二四二頁

(209) 井之川巨『労働運動とサークル活動について』、三里塚闘争に連帯する会東京神奈川連絡会議、一九八三年、三三頁

(210) 城戸前掲『詩と状況・激動の五〇年代』（一九九二年七月）、『東京南部・戦後サークル運動史年表』（同）、『詩と真実・松川運動の十五年』（一九九一年一月）。

（211）入江は南部を去ったのち、名古屋で教師生活を送った。二〇〇七年現在は伊良湖岬美術館を営んでいる。一九九五年、吉野裕の訃報に接した入江は、「私の東京もこれで終ったという思い」だと城戸に書き送った（入江「吉野裕さんの冥福を祈っております」『わが町あれこれ』六号、一九九五年六月、六五頁）。入江は『京浜文学新聞』と『石ツブテ』に携わった約半年（五一年秋〜五二年春）を「今考えてみても、自分の一生の中でいちばん充実していた、輝いていた半年でした」と語っている（前掲入江氏インタビュー）。

第三章

（1）井之川巨『詩があった！——五〇年代の戦後文化運動から不戦六〇年の夜まで』、一葉社、二〇〇六年、一一五頁
（2）岩崎稔「労働と詩のあいだ」『現代思想』第三五巻一七号、二〇〇七年
（3）『東京南部サークル雑誌集成』（全三巻＋付録一＋別冊一、不二出版、二〇〇九年）に寄せた推薦文
（4）呉隆「闘う大衆とともに——新しい活動家をうむ海岸文学サークル」『人民文学』一九五一年九・一〇月合併号、七七頁
（5）鳥羽耕史『運動体・安部公房』、一葉社、二〇〇七年
（6）入江氏へのインタビューによる。
（7）城戸昇「日々断想」『眼』第八号、一九九六年によれば、吉野の部屋で南部文化集団の例会を何度か持ったことがあるという。
（8）前掲『東京南部サークル雑誌集成』への推薦文より。小関智弘『働きながら書く人のための文章教室』岩波新書、二〇〇四年、一三頁にも同様の記述あり。
（9）松川運動史編纂委員会編『松川運動全史』労働旬報社、一九六五年
（10）城戸昇『東京南部戦後サークル運動の記録Ⅱ　詩と真実・松川運動の十五年』、文学同人・眼の会、一九九一年、

五七頁
(11)『京浜文学新聞』第三号および城戸昇『東京南部戦後サークル運動の記録II　詩と真実・松川運動の十五年』
(12)前掲『東京南部サークル雑誌集成』付録に収録。
(13)同
(14)『人民文学』掲載の前書きとは異なる。
(15)前掲『東京南部サークル雑誌集成』付録に収録。
(16)佐藤氏へのインタビューによる。
(17)入江氏へのインタビューによる。
(18)高橋須磨子『回顧の時限』私家版、一九七〇年
(19)江島のサークル論については本書第七章を参照。
(20)「壁詩について」『下丸子通信』第一号
(21)江島「発刊のことば」『下丸子通信』第一号
(22)この点については、山本唯人「サークルと労働者文化――『油さし』『いぶき』『戸越』」(『現代思想』第三五巻一七号)も参照。
(23)「原爆を許すまじ」の誕生については、木下航二編『原爆を許すまじ――世界の空へ』、あゆみ出版、一九八五年を参照。
(24)城戸昇『南部作詩作曲の会と歌う詩創作運動』、私家版、一九八六年、一頁
(25)城戸昇『東京南部戦後サークル運動史年表――敗戦から六〇年安保まで』、文学同人・眼の会、一九九二年
(26)城戸昇「サークル物語」『眼』第二〇号、二〇〇七年
(27)山城正秀氏へのインタビューによる。
(28)版画運動についてはジェスティー・ジャスティン「版画と版画運動」(『現代思想』第三五巻一七号)に詳しいので

参照されたい。
(29) 城戸前掲『南部作詩作曲の会と歌う詩創作運動』、六頁
(30) 山城氏へのインタビューによる。
(31) 城戸前掲『東京南部戦後サークル史年表』
(32) 竹内氏へのインタビューによる。
(33) 扉、頁番号なし。
(34) 同
(35) たとえば第一九号ではシュルレアリズムをめぐって、二三号では芸術の大衆化をめぐって誌上論争が行なわれている。
(36) この点については本書第二章を参照。
(37) 以上、山室氏へのインタビューによる。
(38) 山室氏へのインタビューによる。
(39) 城戸昇「続 ぼくの戦後史(7) 日本人には帰る処がある」『眼』第一四号、二〇〇一年、七一頁
(40) 城戸前掲『東京南部戦後サークル運動史年表』
(41) 『突堤』第二一号、三三―三四頁
(42) 城戸昇「編集メモ」『わが町あれこれ』創刊号、一九九四年二月、三六頁
(43) 「詩人・政治・転向」『突堤』第二一号、三六頁

補章

(1) 城戸昇『東京南部戦後サークル運動の記録Ⅰ 詩と状況・激動の五〇年代――敗戦から六〇年安保闘争まで』、文

学同人・眼の会、一九九二年、一七四頁。文献によりその開始点は五九年中か六〇年になってからかは定まらないが、南部文学集団の解体後にその動機をもつに至ったことは確かである。

(2) 染谷孝哉『大田文学地図』、蒼海出版、一九七一年

(3) 井之川巨『詩と状況　おれが人間であることの記憶』、社会評論社、一九七四年

(4) 井之川巨編『鋼鉄の火花は散らないか――江島寛・高島青鐘の詩と思想』、社会評論社、一九七五年

(5) 井之川前掲『詩と状況　おれが人間であることの記憶』、三〇一頁

(6) 城戸昇『東京南部戦後サークル運動の記録Ⅰ　詩と状況・激動の五〇年代――敗戦から六〇年安保闘争まで』、『東京南部戦後サークル運動史年表――敗戦から六〇年安保まで』。発行元である「文学同人・眼の会」は旧南部文学集団のメンバーが一九九〇年に再結集した同人グループである。なお、『東京南部戦後サークル運動の記録Ⅰ　詩と状況・激動の五〇年代――敗戦から六〇年安保闘争まで』の約三分の二は『現代思想』第三五巻一七号に復刻されている。復刻に際し、原本の誤字・脱字・誤記等を訂正している。

(7) 城戸昇『東京南部戦後サークル運動の記録Ⅱ　詩と真実・松川運動の十五年』、文学同人・眼の会、一九九一年

(8) 吉野臥城の子、裕は、日文協東京南部支部で活動する一方、東京南部のサークル文化運動の中で人と人とを結び合わせたり、サークルの学習会のチューターをつとめるなど、サークルの助言者的役割を続けたキーパーソンの一人であり、城戸も親しかった。

(9) 浜賀知彦には『黒島伝治の軌跡』、青磁社、一九九〇年、『有島武郎序説』、東京図書の会、一九九四年の著作がある。

(10) 全号が国会図書館と神奈川県立近代文学館で閲覧可能である。

(11) その多くは、井之川巨『詩があった!』に収録されている。

(12) 井之川前掲『鋼鉄の火花は散らないか――江島寛・高島青鐘の詩と思想』、一五―一六頁。『なんぶ』には「なぜ下丸子文化集団なのか」(第一号、一九七五年一〇月)、「なぜ「五〇年問題」なのか」(第二号、同年一一月)、「なぜ「南

部」なのか」（第三号、同年一二月）、「なぜ「さーくる」なのか」（第四号、一九七六年一月）、「なぜ「人民文学」なのか」（第七号、同年七月）といった一連のエッセイが掲載されている。

(13) 道場親信「無数の「解放区」が異なる地図を作りだしていた時代」『東京南部サークル雑誌集成　解説・解題・回想・総目次・索引』、不二出版、二〇〇九年、「「原爆を許すまじ」と東京南部――五〇年代サークル文化運動の「ピーク」をめぐるレポート」『原爆文学研究』第八号、二〇〇九年、「サークル詩運動から見た『人民文学』――下丸子文化集団との関わりを中心に」『「人民文学」　解説・解題・回想・総目次・索引』、不二出版、二〇一一年、「工場街と詩――『詩集下丸子』の時代を読む」、西澤晃彦編『労働再審④　周縁労働力の移動と編成』、大月書店、二〇一一年、「江島寛――東京南部から東アジアを想像した工作者」、テッサ・モーリス－スズキ編『ひとびとの精神史2　朝鮮の戦争――一九五〇年代』、岩波書店、二〇一五年、道場親信・鳥羽耕史「文学雑誌『人民文学』の時代――元発行責任者・柴崎公三郎氏へのインタビュー」『和光大学現代人間学部紀要』第三号、二〇一〇年。

(14) 根津壮史「五〇年代前半〈横浜／ヨコハマ〉におけるサークル運動の展開――〝未完〟の民主主義革命とその可能性の探究」、中央大学大学院総合政策研究科提出修士論文、二〇一二年

(15) 不二出版より『東京南部サークル雑誌集成』として復刻されている。

第四章

(1) 道場親信・鳥羽耕史「文学雑誌『人民文学』の時代――元発行責任者・柴崎公三郎氏へのインタビュー」『和光大学現代人間学部紀要』第三号、二〇一〇年

(2) 「読者諸君に訴える」には、本誌が「非営利的な文学雑誌」であると謳われている。商業誌とは違うという意味であろうが、創刊当初から事業としての成功が想定されていなかったようにも見える。同号編集後記では、編集長の江馬修も「「人民文学」のような非営利的な雑誌」と述べている（六四頁）。

（3）増山太助「「五〇年問題」覚書」上・中・下の一・二、『運動史研究』第四〜六・八号、一九七九〜八一年

（4）日本共産党臨時指導部「文化闘争における当面の任務――全国文化工作者会議の報告と結語」一九五一年一月（国民文化会議編『戦後資料　文化』、日本評論社、一九七三年、三七三―三七五頁）。島田政雄「文学運動のあたらしい方向」（『人民文学』五一年三月号）は、ほぼこの内容を踏襲したものである。

（5）『人民文学』一九五三年一〇月号には酒井真右（群馬勤労者集団）が「人民文学全国編集委員の一人として」語っているので（「サークル指導を正しい軌道にのせよ」一四八頁）、実際に全国編集委員が置かれたことは確認できる。

（6）たとえば、一九五二年三月号では所沢市の本多延嘉という高校生が次のように書いている。「おとしだまをもらってさっそく「人民文学」一月号を購入いたしました。「ああ人民文学も成長したなあ」という感を受けた。「九十九里海区」なかなかよい。しかしどうもお説教くさい所がチラチラする。「日本人労働者」は第一部に比して第二部は偉大な感動を与えるはずなのに、第一部より感めいがうすいのは、お説教が多く、論文のぬきがきみたいで、リアルに写すことを忘れたためではないかと感じさせられた。書出しは一般によいのだが、ともすると闘争の場面になると精さいを欠きがちであるから「九十九里海区」もその点注意してもらいたいと思う。「兵士ラニー」は学生として感ずるところ大きかった」（同号一一〇頁）。この青年は、のちに新左翼運動の著名なリーダーの一人となる。

（7）『とけいだい』については鳥羽耕史氏、坪井秀人氏とともに調査中であり、いずれ成果を公表したい。

（8）松川運動史編纂委員会編『松川運動全史』、労働旬報社、一九六五年、および城戸昇『東京南部戦後サークル運動の記録II　詩と真実・松川運動の十五年』、文学同人・眼の会、一九九一年を参照。

（9）浜賀知彦「五〇年代の手ざわり」『現代思想』第三五巻一七号、二〇〇七年

（10）タイトルが統一されていないが、野間自身も明言しているとおり六月号の「詩人集団について（一）」と七月号の「詩人集団の活動（二）」は連続した原稿である。後者では「詩集をあむにあたつて協力を申し出た若い画家たちは、いまでは前進して大田区のサークル運動や人民芸術集団の結成へとつきすすみ、人民芸術運動の動きは大きくひろがつてきている」（六六頁）という形で安部・勅使河原・桂川による下丸子への文化オルグ活動も示唆されている。文京詩人

集団は五一年八月にベルリンで行われた世界青年平和友好祭に詩集を送ることを目標として活動していた。安部らもまた下丸子で詩集をベルリンに送るべくサークルの活動を援助した。彼らの下丸子での活動が、野間の文京での活動に大きな影響を受けていたことがこの一点からもわかるだろう。以上の点については鳥羽耕史『運動体・安部公房』、一葉社、二〇〇六年、二四頁に詳しい。なお、広島で詩サークル「われらの詩の会」の指導的メンバーであった峠三吉も、ベルリン平和友好祭へ送ることを目標として自らの『原爆詩集』を編集している。いずれも占領下という状況ではベルリンへ詩集を送り届けることはできなかった。

（11）下丸子文化集団の軌跡については、本書第二章を参照。なお、下丸子で「文化集団」を名乗ることになった背景には、安部公房経由の花田清輝的「綜合芸術」への志向があったのかもしれない。

（12）『石ツブテ』は全七号のうち二号分が未発見であるが、『東京南部サークル雑誌集成』において復刻されている（ただし、残念なことに白黒二色刷りである）。

（13）東京南部文芸工作者集団（文責　古川宏）「新しい人間像をどうえがくか——徳永直氏の論文にたいする意見」『人民文学』一九五二年一二月号。古川（本名・阿形宗宏）は五三年前半のうちに港区から豊島区に移住したらしく、五三年八月発行の『詩運動』第四号には、「北部詩話会」のメンバーとして池袋駅頭で行われた街頭詩展を報告している（「街頭詩展あれこれ」）。

（14）この点については、小林勝『断層地帯』（全五巻、書肆パトリア、一九五八年）において言及されている。

（15）大竹史郎「日本共産党の五一年綱領と軍事方針」『情況』一九七五年一一月号、五四頁。

（16）同

（17）野村正太郎「伊豆公夫さんのこと」赤木健介追悼集編纂委員会編『赤木健介追悼集』赤木健介追悼集編纂委員会、一九九三年、四三頁

（18）このとき、金親清が千葉から、岩倉政治が富山から立候補していた（五二年九月号「編集あとがき」）。

（19）同時期に書かれた林尚男「サークル詩の諸問題」（『文学』一九五三年一月号）では『石ツブテ』が取り上げられ、

論文前半では共感をもって紹介されていたように見えながら、後半では「個の集団がもつ、基本的な弱点は、やはり、この集団が街頭的であったためではないか」とし、「いまのサークルの共通した弱点になっているのではないか」とした上で、「実践（政治的実践）と創作を、サークル運動のなかで統一的にとらえることが出来ないという」問題があると指摘している（二三頁）。林は後述するように「実践と創作」論争の論者の一人であり、ここでも論争を継続していることがわかる。

(20) その他、主なものとして、日本ヒューマニズム詩集編集委員会編『日本ヒューマニズム詩集　一九五二年版』（三一書房、一九五二年九月）、野間宏編『日本抵抗詩集』（三一書房、一九五三年二月）、東京都学生文学懇談会・学園評論編集部編『日本学生詩集――ささやくように』（理論社、一九五三年四月）、平和のうたごえ編集委員会編『平和のうたごえ』第二集（ハト書房、一九五三年四月）、日本ヒューマニズム詩集編集委員会編『日本ヒューマニズム詩集　第二集』（三一書房、一九五三年一一月）などがある。

(21) 赤木健介「へたくそ詩論争について――加藤新五の説を批判する」『詩運動』第四号、一九五三年四月、二頁。赤木はここで「私は、過去の詩の「うまさ」を乗りこえるべきであると考え、現在の詩の「へたさ」は大衆路線の実践によって、新しい「うまさ」に発展してゆくと考えている」と述べているが、その方法を赤木が提示することはなかった点で主観的願望の表出にとどまった。

(22) 石垣りん子・岡亮太郎・鵜飼礼子・赤木健介・許南麒「座談会・職場と詩」『人民文学』一九五三年二月号における石垣りんの発言（八九頁）。この座談会は、論争渦中に行なわれている。

(23) 『人民文学』誌上を舞台とした「労働者作家」をめぐっては、当事者による座談会が行なわれており、この問題に絡む重要な論点が出されている（足柄定之・小林勝・春川鉄男・安部公房・野間宏「座談会・働くことと書くこと――明日の創造のために経験と抱負を語る」『文学の友』一九五四年五月号）。ただし、ここに登場している「労働者作家」・足柄も春川も職場についての話はしているものの、サークルについて話題に出していないところをみると、彼らはサークルを基盤にした作家ではなかったと推測される。この点、小説と詩の相違を考慮しないわけにはいかなくなる。池田雅人「夢を夢見る」(『現代思想』第三五巻一七号、二〇〇七年)は、労働者の書き手たちにとっての書くための「時間」の問題を論じている。
(24) 江口＝江島寛の生涯と作品、思想については本書第六章、第七章を参照。
(25) 春川前掲「『日本人労働者』の作者から」。春川の「日本人労働者」は『人民文学』一九五一年六月号・八月号・一二月号に掲載された。
(26) 高橋は、江口論文が掲載される直前の二号、つまり五二年九月号・一〇月号の二ヵ月にわたって野間および岩上順一と「最近の小説欄から」という合評座談に参加しており、直接名を出して批判することがはばかられたのかもしれない。同様に下丸子文化集団は「S文化集団」とされている。
(27) 安部と猪野については、安部公房(司会)・梅崎春生・新島繁・猪野謙二・西郷信綱「座談会・日本文学の中心課題は何か」(『人民文学』一九五二年九・一〇月合併号)での発言をさす。
(28) 詳しくは、本書第六章を参照。
(29) 関根は「一つ一つの作品が独立して力をもたない場合、これを内容別に分類し、モンタージュの方法により、全体を一つの作品として成立させる――という方法」を提案している(「サークルに対する詩人の責任」『列島』第四号、一九五三年三月、七頁)。本文でもふれている『人民文学』五三年二月号「労働者の詩について」所収の「コスモポリタニズムに対する斗い」でも、あまりはっきり述べられてはいないが、サークル詩を群として扱い、編集することで作品化できるという視点が示されている(四四―四五頁)。
(30) 「サークル運動の質的転換をめざして――文化活動地方代表者会議開く」『国民文化』第四号、一九五九年四月、四頁

第五章

(1) 城戸昇『東京南部戦後サークル運動の記録I　詩と状況・激動の五〇年代――敗戦から六〇年安保闘争まで』文学

同人・眼の会、一九九二年、および、『東京南部戦後サークル運動史年表――敗戦から六〇年安保まで』文学同人・眼の会、一九九二年

（2）城戸前掲『東京南部戦後サークル運動の記録Ⅰ　詩と状況・激動の五〇年代』、五五頁

（3）山岸一章「レッド・パージの証言」、霜多正次編『ドキュメント昭和五十年史5　占領下の日本』汐文社、一九七四年

（4）亀井文夫監督による記録映画『流血の記録　砂川』（一九五六年）では、全学連も平和委員会も（民同左派主体の）東京地評の労働者もひたすらこの歌を歌っていた。水溜真由美は炭鉱での「うたごえ運動」において「民独」が愛唱されていたことについて論じている（水溜真由美「一九五〇年代における炭鉱労働者のうたごえ運動」『北海道大学文学研究科紀要』第一二六号、二〇〇八）。このほか、東京南部関連では、一九五二年五月一日のいわゆる「血のメーデー」で逮捕された東京南部の活動家・入江光太郎は、獄中で雑誌の活字を紙に貼りつけて詩をつくった。これに間宮芳生が曲をつけて「民族解放の歌」と題した創作歌も製作されている。この歌は「民独」と同じ『青年歌集』第二篇（一九五三年刊）に収録されている。

（5）城戸前掲『東京南部戦後サークル運動の記録Ⅰ　詩と状況・激動の五〇年代』、八七頁

（6）村山輝吉「うたごえ運動はどう発展してきたか」『知性』増刊号、一九五六年、五〇頁

（7）三輪純永『グレート・ラブ――関鑑子の生涯』新日本出版社、二〇一三年、一九〇頁。井上頼豊によれば、運動には四つのピークがあったといい、「一つは一九五四年の「日本のうたごえ祭典」。「原爆を許すまじ」が広がった祭典である。二つは六〇年三池・安保闘争と結んだ「うたごえ」の高揚だ。三つは一九六九年から七二年にかけた歌劇「沖縄」の全国上映運動。そして四つは一九八四年の「日本のうたごえ祭典」である」。

（8）同年三月二〇日の「東京のうたごえ」プログラム、および七月一八日の「京浜のうたごえ」のチラシを道場親信・河西秀哉編『「うたごえ」運動資料集』（金沢文圃閣、近刊）では収録している。

（9）関鑑子「第四回世界青年学生平和友好祭各地のうたごえの成果を「日本のうたごえ」に高めるために」『音楽運動』

一九五三年第三・四号、一九五三年、二頁
(10) 同
(11) 無記名「第四回世界青年学生平和友好祭日本音楽祭典〝関東のうたごえ〟まで」『音楽運動』一九五三年第三・四号、五頁
(12) 同
(13) 水溜真由美によれば、「一九五三年における「日本のうたごえ」の開催の前後からうたごえ運動が急速に活発化している」という(水溜前掲「一九五〇年代における炭鉱労働者のうたごえ運動」、六四頁)。
(14) 同、六六頁。
(15) 『詩集下丸子』『石ツブテ』および『下丸子通信』『南部文学通信』『南部のうた』『突堤』はいずれも『東京南部サークル雑誌集成』として復刻されている。
(16) この会議の記録は『詩運動』第七号(五四年一月刊)に収録されている。城戸昇「「歌う詩を作って下さい」の呼びかけに応えて――南部作詩作曲の会と歌う詩創作運動③」『原詩人』第三四号、一九八八年、六一頁
(17) 関鑑子「うたう詩をつくって下さい」『詩運動』第七号、一九五四年、二五頁
(18) 木下航二『幸せの歌――木下航二作品集』、木下航二作品集製作委員会、一九八七年、一四七頁
(19) 同、一七五頁
(20) 荒井敬亮「歌を生み出した母体」、木下航二編『原爆を許すまじ――世界の空へ』あゆみ出版、一九八五年、四九頁
(21) 関鑑子「高まるうたごえとさしせまる任務」『音楽運動』一九五四年第三号、三頁
(22) 木下航二「東京南部の片すみから」、木下前掲『原爆を許すまじ』、四〇頁。
(23) 乗員たちの被曝線量は「最小で一・六シーベルト、最大で七・一シーベルト、平均で三・二四シーベルトという高線量被ばく」だったという(第五福竜丸平和協会編『第五福竜丸は航海中――ビキニ水爆被災事件と被ばく漁船六〇年

の記録』、現代企画室、二〇一四年、三四頁)。
(24) 道場親信「原水爆禁止運動と冷戦——日本における反核平和運動の軌跡」、酒井哲哉編『シリーズ日本の外交3 外交思想』岩波書店、二〇一三年
(25) 浅田石二「〝うた〟をつくるまで」、木下前掲『原爆を許すまじ』および、木下前掲「東京南部の片すみから」
(26) 木下前掲『原爆を許すまじ』
(27) 同
(28) この祭典の開催経過については、無記名「うたごえは原・水爆禁止運動と結合して発展した——「国鉄のうたごえ」に学ぶもの」『音楽運動』一九五四年第五号が詳しい。
(29) 浅田石二「〝うた〟をつくるまで」、木下前掲『原爆を許すまじ』、三四頁
(30) 加藤武昭「「原爆許すまじ」との出あい」、同、六二頁
(31) 日野三朗「歌が広まる時」、同、五八—五九頁
(32) 木下航二「東京南部の片すみから」、同、四三頁
(33) 藤本洋「広島で開かれた「国鉄のうたごえ」」、同、六三頁
(34) 城戸前掲『東京南部戦後サークル運動史年表——敗戦から六〇年安保まで』
(35) 無記名「一九五五年日本のうたごえのあゆみ」『一九五五年　日本のうたごえ』パンフレット、一九五五年
(36)『うたごえ新聞』第五号、一九五五年八月一五日。
(37) 木下航二「南部作詩作曲の会の活動」『うたごえ創作集』No.1、音楽センター、一九五五年
(38) 同じ月に南部文化集団の機関誌『南部文化通信』第九号には「「原爆許すまじ」作詩者と作曲者の手紙交換」が三ページにわたって掲載され、作曲にあたって浅田の詩にどのように手を加えたかが詳しく述べられている。
(39) 木下航二では「実は今でも職場で詩を書く人は沢山いるし、詩のサークルはずいぶん発展しています。専門詩人も多ぜいいます。しかし歌の方となかなか結びつかないのです。というのはよむ詩とうたう詩は出発点がちがうからで、

うたう詩ははじめから「うた」わなければならない。だから読む詩の専門家にはほとんどうたう詩は片手間仕事、力を落してやる仕事としか考えていません。中には書こうとして努力されている人もあるけれど、結果として出来上ったものは歌えないことが多いのです。だから私たちは専門詩人にはほとんど期待していません。ところがふだんうたっている仲間が書いてくると、うまくなくてもちゃんと歌になっている。しかも生き生きとした生活感情があふれている。専売の工場から生れた〝工場の中から〟や〝祖国の山河に〟電産から生れた〝しあわせの歌〟などがよい例です。こうした大衆の創造力、生活の豊かさというものに私たちは絶対の信頼をおいています。丁度民謡が――豊かな生活感情を生き生きとしたことばで表現した民謡が、名も知らぬ働らく人々の中から生れたように新しい「うたう詩」の書き手はこの働らく大衆の中から育ってくるでしょう。私たちはそれを助けなければなりません。」と語っている（木下航二「創作活動を高めるために」『知性』四月増刊号「日本のうたごえ」、一九五六）。これと小野十三郎の議論は対極に位置する。「詩の書き手はふえてきたが、見渡しても、「青年歌集」に収められている歌詞のような調子のものを詩として書いている人たちは極めて少ないのである。それは、時と場合によっての例外としてあるだけで、大方の詩は歌的なものから遠い生活記録の断片のようなかたちでほうりだされている。これが「うたごえ」を愛する人たちには、ときには作家にも現代詩の貧困としてうつらない。そして、これはいくらか、世間で、詩人とは流行歌謡の歌詞を作っている「作詞者」のことだとおもわれている事情に似ている。作詞者は「作詩者」とも書かれているから、詩を作る者、すなわち詩人としてとられることはやむをえないといえるが、事実として、作詞者の中には、ほんとうに詩人だとおもえる人は数えるほどもいないし、歌詞そのものの中にも、現代の詩はまだほんの稀薄にしか浸透していないのである。私たちが、自分の生活に即し、生活をたかめるための詩を必要としないなら、詩は、現在あるような流行歌謡の歌詞みたいなもので間に合うだろうが、詩の書き手がこんなにふえてきたということは、そういう流行歌の音楽と共にある詩にたいする批判が大衆の中から生れてきたことを意味するだろう。しかも「歌ごえ」の歌詞の性質は、眼にはんらんしている低俗な流行歌の歌詞の性質と決定的にちがうという証明はまだなされていないのである。したがつて、サークルなどで書かれている詩が、およそ歌的なものから遠く生活記録の断片みたいなものとなって現われているのには、それだけの理由

があるわけである。」（小野十三郎「うたごえと詩の創作を結びつけよう」『知性』四月増刊号「日本のうたごえ」、一九五六）

（40）城戸昇『南部作詩作曲の会と歌う詩創作運動――東京南部における一九五〇年代サークル詩運動の記録Ⅱ』私家版、一九八六年、一頁

（41）城戸前掲『東京南部戦後サークル運動の記録Ⅰ　詩と状況・激動の五〇年代』、一三六―一三七頁

（42）ちなみに第四篇には「原爆を許すまじ」も掲載されている。同歌集では同じ歌が複数回掲載されることは稀で、あれほどポピュラーだった「原爆を許すまじ」ですらこの一回しか掲載されていない。

（43）旅行記は『うたごえ新聞』第三一号、三三号、三五号（一九五六年九月～一〇月）に掲載。

（44）浅田石二氏へのインタビューによる（二〇〇六年一〇月六日）。

（45）関忠亮「大河となる歌ごころを――全国民的運動への飛躍を願って」井上頼豊編『うたごえよ翼ひろげて』、新日本出版社、一九七八年、二〇三―二〇四頁

第六章

（1）江島の伝記的記述については、佐藤信子「エアプレン星座――星野秀樹の作品、生涯、仲間たち」『イマジネーション』第二号、山梨文芸協会、二〇〇四年、および南部文化集団「江島寛年譜」『江島寛詩集』南部文化集団、一九五五年八月、井之川巨『詩があった！――五〇年代の戦後文化運動から不戦六十年の夜まで』一葉社、二〇〇六年、浅田石二氏へのインタビュー（二〇〇六年一〇月六日）、丸山照雄両氏へのインタビュー（二〇〇六年一一月三〇日）に基づく。

（2）前掲丸山氏インタビューによる。

（3）佐藤前掲「エアプレン星座」、一六五―一六六頁

（4）井之川巨編『鋼鉄の火花は散らないか――江島寛・高島青鐘の詩と思想』、社会評論社、一九七五年に収録。
（5）浅田石二「風猿――旅の記憶」『眼』第一六号、二〇〇三年四月、二三頁
（6）佐藤前掲「エアプレン星座」、一八五―一八八頁
（7）前掲浅田氏インタビュー。
（8）城戸昇『東京南部戦後サークル運動史年表』文学同人・眼の会、一九九二年（以下、「城戸年表」）。
（9）望月新三郎氏へのインタビューによる（二〇〇七年一〇月八日）。
（10）「五人を工場へ――北辰電機のレッド・パージ反対、実力入門を訴えるビラ詩」、井之川前掲『鋼鉄の火花は散らないか』一四―一五頁
（11）中川修一「巨済島」『詩集下丸子』第三号、一九五二年五月、二二頁
（12）入江光太郎氏へのインタビューによる（二〇〇七年一〇月二六日）。
（13）「占領目的違反」ということは、サンフランシスコ講和発効以後は合法ということになるはずだが、出していた彼らは「非合法」の気分のまま同年秋まで活動を継続した。
（14）無記名「手にもたなかつた石」『石ツブテ』第三号、一九五二年五月
（15）丸山照雄による江島の追悼詩「君の呼ぶ声がする――同志江島寛に捧げる」『南部文学通信』第一二号、一九五五年七月、四―五頁には、「詩人は「江島寛」だった／呼びなれた「星野」は調布局といなかのともだちだった／母やきょうだい　村の年よりも仲間も「秀樹」だった／K細胞の人たちは「岡田」以外に知らない／S細胞の人はなんと呼んだろう／／EあるいはP　署名された文章／K・Eと署名したカットを幾人の人が記憶しているだろう／中川というペンネーム／江口というペンネーム／小山台高やそのほか　僕の知らぬ名がどれほどあったろうか／ただひとりの君が／ただひとつの名を／自ら名のることのできる／その日を　思いうかべる眼をきみはとじた」とある。この詩は全文引用したいぐらい美しい友情の詩である。
（16）江島寛「突堤のうた」『下丸子通信』第三号、一九五三年九月、一―三頁

(17) 江島寛「夜学生のうた」『南部文化通信』第六号、一九五四年一月、一〇―一二頁
(18) 無記名「発刊にあたって」『文学南部』一九五二年一一月、一頁
(19) 中川修一「生きている茶ワン」『文学南部』、二―三頁
(20) 同、三頁
(21) 木田(江島寛)「「わからない」について」『下丸子通信』第一号、四頁
(22) 丸山照雄氏主宰「天晴塾」における桂川寛氏の講演、二〇〇七年四月一三日。
(23) 無記名「編集後記」『文学南部』裏表紙裏。
(24) 野間宏「実践と創作の環」『季刊理論』第一八号、一九五二年八月、江口寛「集団と個人」、野間宏「最近の創作論について――実践と創作の環」、林尚男「文化集団と創作」『人民文学』一九五二年一一月号
(25) 春川鉄男「『日本人労働者』の作者から」『人民文学』一九五一年八月号。春川の「日本人労働者」は『人民文学』一九五一年六月号、八月号、一二月号に掲載された。
(26) 野間前掲論文、二八頁
(27) 以上、江島「集団と個人」。『文学南部』でも江島は「それは、便所の落がき、ビラ、通信記事、スケッチ、かえ歌という、ありとあらゆる形式を、りっぱに生かしてゆくだろう。[…]これなくしては、われわれの「詩がかけない」という、悩みは根本的に解決できないし、集団のセクト主義を、打破することも、またできない」と書いている(「叢書(個人詩集)をだすことについて」、四頁)。『詩集下丸子』第四集には、「便所通信」と題された江口寛の短詩三篇が掲載されている。
(28) 野間前掲「最近の創作論について」、八一頁
(29) たとえば、「詩人集団について(1)」『人民文学』一九五一年六月号、「同(2)」『人民文学』一九五一年七月号
(30) 無記名「発刊のことば」『下丸子通信』第一号、一九五三年七月、二頁
(31) 江島寛「全国詩活動家会議へ出席して」『詩運動』第八号、一九五四年三月、二六―二七頁

(32) 佐藤前掲「エアプレン星座」、一九六頁
(33) 江島前掲「全国詩活動家会議へ出席して」には、「「はじめてかゝれた素朴な詩」が「沢山の人たちに感動をもってよまれた」という報告が各地から沢山だされていた。そんなとき、報告のなかでも「沢山の人たちに感動をもってよまれた」という事実が詩を圧倒してしまう。こんな風に天びんがビッコ《ママ》になるのは、はかりの方が狂っているからであって、シだサンだ否ゴだという論議は、［…］こういう場合まったく役にたゝない」と述べられている（二七頁）。
(34) 井之川巨「下丸子文化集団——一九五〇年代、労働者詩人の群像」、思想の科学研究会編『共同研究　集団——サークルの戦後思想史』、平凡社、一九七六年、一八九頁
(35) 井之川巨「遺稿　江島寛詩抄（その3）解説」『突堤』第一九号、一九五七年一二月、二四—二五頁
(36) 浅田石二「江島寛の四年忌を迎える」『突堤』第二二号、一九五八年七月、一三頁
(37) 谷川雁「創刊宣言　さらに深く集団の意味を」『サークル村』第一号、一九五八年九月、三頁

第七章

(1)『下丸子通信』第三号、一九五三年九月、一頁
(2) 同、第五連、二—三頁
(3) 和田春樹『朝鮮戦争全史』、岩波書店、二〇〇二年
(4) 江島寛「突堤のうた」、第二連、『下丸子通信』第三号、一—二頁
(5) 以上は、井之川編『鋼鉄の火花は散らないか——江島寛・高島青鐘の詩と思想』、社会評論社、一九七五年三月、佐藤信子「エアプレン星座——星野秀樹の作品、生涯、仲間たち」『イマジネーション』第二号、二〇〇四年六月、および浅田石二氏・丸山照雄氏へのインタビューに基づく。
(6) 記念s誌編集委員会編『身延　わが青春』山梨県立身延高等学校創立六十周年記念実行委員会、一九八二年一一月、

浅田・丸山氏インタヴューほか。

(7) 丸山照雄「未萌の詩人・星野秀樹のこと」、七八頁

(8) 記念誌編纂委員会編『身延　わが青春』、一九八二年

(9) 井之川巨編『鋼鉄の火花は散らないか――江島寛・高島青鐘の詩と思想』、社会評論社、一九七五年

(10) 同書所収

(11) 星野秀樹「京城」『彫像』第三号、一九四八年六月、三〇―三一頁

(12) 佐藤前掲「エアプレン星座」、一六八頁

(13) 佐藤前掲「エアプレン星座」

(14) 井之川前掲『鋼鉄の火花は散らないか』

(15) 『石ツブテ』第六号、一九五二年八月あるいは九月、八頁

(16) 『詩集下丸子』第三集、二一頁

(17) 江口寛「集団と個人」『人民文学』一九五二年一一月号、二三頁

(18) 毛沢東『文芸講話』、竹内好訳、岩波文庫、一九五六年

(19) 『下丸子通信』からの通巻号を採用、一九五四年一月

(20) 『南部文学通信』第八号、一九五四年五月、八頁

(21) 佐藤前掲「エアプレン星座」、一七八頁

東京南部文化運動年表

＊ 本年表は、城戸昇氏の労作『詩と状況・激動の五〇年代』（文学同人・眼の会、一九九二年七月）および『詩と状況・激動の五〇年代別冊付録　東京南部戦後サークル運動史年表』（文学同人・眼の会、一九九二年七月）をもとに、一部他の資料とインタビューにより増補・訂正・圧縮を加えて作成した。

1945年

8・14　大日本帝国無条件降伏
8・15　「玉音放送」
9・10　政治犯釈放
10・10　全国労働組合結成懇談会
12・30　新日本文学会結成

1946年

1・12　日本労働組合総同盟結成、
2・1　『新日本文学』創刊準備号発刊
2・21　日本民主主義文化連盟（文連）結成
2　東鉄詩話会結成
5・19　飯米獲得人民大会（食糧メーデー）。港区田中精機労組の松島松太郎、不敬罪で逮捕
6　国鉄詩人連盟結成
8・19　全日本産業別労働組合会議（産別会議）結成
8・25　京浜労働文化同盟（神奈川）結成
11・23　東京自立劇団協議会結成（渋谷公会堂）

1947年

3・22　東京職場美術協議会（職美協）結成（神田鉄道博物館）
6・1　東京地方文学サークル協議会結成（浅草公会堂）
11・1　『職場美術』創刊
11・8　関東地方職場スポーツ協議会結成（港区芝・中労委会館）
11・15　『文学サークル』創刊

1948年

2・13　産別民主化同盟結成
2　青共コーラス隊、中央合唱団として新発足

3　『人民』創刊（隔月刊の回覧誌）、北辰人民文学グループ＝高橋元弘・中島三郎・宮田徳蔵・出浦須磨子・脇田秀・大宮春人・下斗米義弥・鈴木栄一ほか、連絡先、大田区下丸子町三一二　北辰電機内
3・25　『勤労者文学』創刊（新日本文学会）
4・8　東宝争議始まる
7・3　東京勤労者演劇協同組合（労演）結成大会（千代田生命講堂）
7　中央音楽学院設立
9　『青年歌集』第一集発行

1949年

4・25　平和擁護日本大会開催
4・28　生活擁護大田区人民大会
5・28　北辰電機の企業整備・首切り始まる（一八八名）
5・30　東京都公安条例反対デモ、東交柳島支部労働者・橋本金二、警官により殺害（5・30事件）
5・30　行政機関職員定員法公布
6・11　東京都、失業対策事業の日当を二五〇円に決定
6・28　下丸子産業防衛人民大会（多摩川グランド）、一〇〇〇名参加
8・29　新日本文学会東京支部京浜班第一回総会（大森山王・吉野裕宅）
9　大井文学サークル結成
11　『京浜文学ニュース』創刊
11　『明瞳』創刊（明瞳同人会）、大田区大森・山本方

1950年

1・6　コミンフォルム、日本共産党を批判
1・12　日本共産党政治局、「所感」発表
6　音楽センター建設運動始まる
6・6　マッカーサー、共産党中央委員二四名公職追放
6・25　朝鮮戦争勃発
7・8　マッカーサー、警察予備隊創設指令
7・11－12　日本労働組合総評議会（総評）結成大会
7・16　『新京浜文学』創刊（新日本文学会東京支部京浜班）
10・17　東日本重工（旧三菱）下丸子工場で四五人のレッドパージ通告
10・23　東日本重工下丸子工場被解雇者の入門闘争、東日下丸子争議始まる
10・27　電業社（大田区糀谷）実力入門闘争、警視庁予備隊員六名による発砲

11・1 『人民文学』創刊（人民文学社）
11・5 『文学サークル』復刊（東京地方文学サークル協議会、編集長・呉隆）
11・12 国鉄大井工場における反レパ闘争、山岸一章が煙突の上で「民族独立行動隊の歌」を作詞（岡田和夫作曲）
12・6 松川事件第一審判決、全員有罪、死刑五名、無期懲役五名
12中旬 海岸文学サークル発足（品川区大井地域、呉隆・しぎあきら・犬塚真行・阿形宗宏ら）

1951年

1・1 詩誌『ありのざ』創刊（ありのざ同人会＝都立工芸高校の小田切清光・仙田茂治を中心に五木豊・石橋久明・佐藤貞夫・棚村洋祐・林弘三郎ら）、連絡先、品川区南品川五―四―六 小田切清光方
1 『かいがん』創刊
3・10 総評第二回大会、平和四原則採択、事務局長に高野実選出
3・23―27 日本共産党第四回全国協議会、軍事方針を決議
3 海岸文学サークル活動家、南部各地にサークルの根拠地を作るために文化工作者として地域に入る決定
春 このころ、安部公房、勅使河原宏、桂川寛ら、下丸子の文化工作に入る（八月ぐらいまで）
5 品川文化クラブ結成、海岸文学サークルが明治ゴム・大和電機・志村印刷・専売公社など一四社の労働者に呼びかけて組織、『かいがん』発行を受けつぐ
6・30 『文学サークル・ニュース』創刊（東京地方文学サークル協議会）
7・7 『詩集下丸子』創刊（下丸子文化集団）、北辰電機・東日本重工のレッドパージ反対闘争のなかで、安部公房・勅使河原宏・桂川寛ら文化オルグの協力をえて、北辰電人民文学サークルの高橋元弘・高島青鐘・田園調布郵便局の江口寛・東日本重工の寺田たかし・小山台高校の石川肇らによって創刊された地域詩サークル。連絡先・大田区調布鵜ノ木町北辰電機鵜ノ木寮 高橋元弘
7・30 安部公房、『壁』で芥川賞受賞
7 三田文芸懇話会『三田文芸』（港区麻布・三田地域文学サークル＝阿形宗宏）
8・1 東京南部地区「うたごえは平和の力」合唱祭
9・9 第一回京浜文化活動家会議、下丸子文化集団（大田）、海岸文学サークル（品川）、糀谷のサークル（大田）、

千代田詩人集団（千代田）、文京トロイカ（文京）、新日本文学会東京支部京浜班などが出席

10・5 『京浜文学新聞』創刊（京浜文学新聞社）、連絡先・大田区羽田一　羽田寮　入江光太郎

10・11 東大教養学部駒場祭（目黒区駒場）、全国サークル誌展

10・16–17 日本共産党第五回全国協議会、「新綱領」採択

10 長篇叙事詩「松川事件」共同制作委員会結成、下丸子・千代田・文京の各詩人集団と獄中の松川詩人集団とで共同制作

12・12–14 長篇叙事詩「松川事件」共同制作委員会代表六名が現地調査で仙台へ、下丸子文化集団から犬塚真行（民商下丸子・元海岸文学サークル）と京浜文学新聞社主宰の入江光太郎が参加

――この年に創刊したその他の南部サークル誌。『一〇ページ』（品川区・日本光学文学サークル）、『プレリュウド』（品川区・K工場）、『紙置台』（品川区光村印刷・光村文学サークル）、『らくがき集』（大田区野沢鉄工所・宇野沢サークル）、『ぶんたい』（大田区宇野沢鉄工所・ウノサワ労組文体部文化班）、『木靴』（大田区下丸子・東日本重工木靴サークル）、『らくがき』（大田区・芝浦合金らくがきサークル）、『いらくさ』（品川区荏原・荏原詩人集団）、『銀座文学』（中央区銀座・中央文学会）

1952年

1・1 詩集『くらしのうた』（下丸子どんぐり会）、連絡先・大田区下丸子鵜ノ木　高橋元弘

2・21 第二回反植民地デー、東京南部の蒲田で七〇〇名のデモ隊警官隊と激突、呑川派出所襲撃など（蒲田事件＝糀谷事件）

2・22 『石ツブテ』創刊（民族解放南部文学戦線＝古川宏・川上竜二（佐藤ひろし）・江島寛・前田吐実男・小川銑ら）、前日の反植民地デーの昂揚の中で生まれた非合法詩誌

2 『人民』第一三号（この号で終刊）

2 『微塵子』創刊（回覧誌・図書印刷詩サークル＝井之川巨ら）、連絡先・港区三田豊岡町図書印刷内

4・15 大田区石川啄木祭（大田労連講堂）、下丸子文化集団・京浜文学新聞社共催、野間宏の講演と座談会（八〇名参加）

4・17 矢口事件、目蒲線下丸子駅付近から東日本重工に向けて突然のデモ、矢口交番襲撃

5・1 「血のメーデー」事件、京浜文学新聞社の入江光太郎

も逮捕

5　『プゥフゥ』創刊（詩グループ＝上原一夫・丸山照雄・田代勇・井之川巨ら）、連絡先・大田区女塚四―一六 上原一夫

8・25　『京浜の虹』発行（理論社刊）、日電玉川（玉川文学）、東芝小向（小向文学）、鍛冶屋詩人会（鍛冶屋）、鶴鉄造船（あさやけ）など京浜工業地帯のサークル詩を中心に編集、『詩集下丸子』からも収録

10・5　第一次みんなつくる会（音楽センター作曲講座）はじまる

10・9　芝浦補給基地の黒人兵による婦女子暴行事件から「婦女子を守る会」できる（港区芝高浜町）、『石ツブテ』の活動家たちがこの事件をテーマに集団創作抗議詩「怒れ高浜」を書き、同誌第七号に掲載

10・19　『石ツブテ』第七号（この号で終刊）

10・20　魯迅祭（中労委会館）、菅井幸雄の指導により『石ツブテ』第七号の集団創作詩「怒れ高浜」朗読

11　『文学南部』発刊（この号のみ）

同年末　『油さし』創刊（町工場文芸友の会＝佐藤ひろし（川上竜二）・まつだ・あきら・前田富夫ほか）、連絡先・港区麻布新広尾町・五合科学内

――この年に創刊したその他の南部サークル誌。『港文芸通信』（港区麻布・港文化集団）、『砂丘』（大田区糀谷・せせらぎ社）、『うたごえ』（水道従組南部地区詩サークル）、『ぼくたちの未来のために』（東大駒場学生グループ・明日の会＝山本恒、小海永二、花崎皋平、入沢康夫ら）、『たんぽぽ詩集』（国鉄大崎被服工場・たんぽぽ詩の会）など

1953年

1・10　『文学』一月号（岩波書店）「現代詩」特集、野間宏「たたかいの詩」、林尚男「サークル詩の諸問題」（「石ツブテ」の紹介と論評）、その他、下丸子文化集団や千代田詩人集団などの論評

1・15　労働小説『革命工場』（プチロフ）――PD工場三菱下丸子』水岡道弥（東和社）

2・21　南部反植民地デー（芝公会堂）、大田区のメーデー被告畑喜一（入新井民主青年団）がメーデー事件のデッチ上げを訴える詩朗読

2　第二次みんなつくる会はじまる

2　「東京のうたごえ」「京浜のうたごえ」開催、中央合唱団、国鉄（国鉄大井工機を中心に）官庁労働者ら

3・1　『詩運動』創刊（詩運動社・赤木健介主宰）

3・10 『列島』第四号「特集・サークル詩の現状分析とその批判」で『詩集下丸子』『石ツブテ』を紹介
3 『たんぽぽ詩集』創刊（国鉄大井被服工場、たんぽぽ詩の会）
5 『詩集下丸子』第四号（この号で終刊）
6・13 内灘で座り込み闘争始まる
7・27 朝鮮戦争休戦
7・20 『下丸子通信』創刊（下丸子文化集団）、連絡先・大田区下丸子・下丸子書房気付
6 第二回京浜のうたごえ開催
8・15 『壁』創刊（文学会壁＝岸一夫、てらだ・たかし、藤田節子、能戸宗、東千冬、光明寺健、フクダススム、難波田節子、森慎之介、上杉正一郎、古山忠行、里悠介、松本桂、五月一太、遠藤昌子ほか）、連絡先・大田区入新井二―一二四　岸一夫方
8 『大崎文学』創刊（大崎文学会＝浅川則夫、丸山照雄、せい・はくさ、伊藤三千夫、江島寛、井之川巨、奥村清二、加藤護、近藤栄子、原和美、津田栄、大場創一、大野顕夫、白山恒一郎ほか）連絡先・品川区大崎立正大学内
9 江島寛、『詩運動』の全国編集委員になる
10 下丸子文化集団を南部文化集団に改称
11・28―29 全国詩活動者会議（人民文学・詩運動共催）、全国八〇余名参加、南部から下丸子文化集団の江島寛、いずみ会の大久保謙、綿引英雄が参加
11・29―30 日本のうたごえ第一回全国祭典「祖国の山河」（日比谷公会堂・神田共立講堂）
12・1 日本文学学校開校（日ソ図書館内）
12・10 『南部文学通信』創刊（『下丸子通信』から通巻五号）
12・22 松川事件控訴審判決、被告一七名有罪
――この年創刊したその他の南部サークル誌。『なかま』（大田区入新井・民主青年団入新井班＝小関智弘ほか）、『人と人』（目黒区上目黒・いづみ会）、『万緑』（東京計器同好会文化部・文芸部）、『ひろば』（大田区糀谷・糀谷文学友の会）、『めばえ』（品川区大井浜川・わかたけ青年会）、『白壁』（大田区大森）、『氾』（大田区馬込）、『北』（豊島区雑司ヶ谷・北部詩話会＝古川宏ら）、『おけら』（品川区国鉄大井工機部・電気職場詩サークル）、『民主雑誌クラブ』（大田区御園町）、『いずみ』（品川区東大崎・品川通信工業労組）、『たけのこ』（大田区北千束）、『歯車』（品川公共職業安定所内）、『機関紙文化』（港区新橋・日本機関紙印刷）など

1954年

1・1 『詩運動』一月号、関鑑子が「詩に音楽の翼を」と題して「歌う詩」創作協力を詩人に呼びかけ

1・5 『入新井文学』創刊（入新井文学会＝小関直彦、桑原登子、田村誠一郎、増永弘、青柳城夫、片桐キヨ、滝沢弘、杉本英雄、山崎勉、青柳武将、川口充久、長島としえ、小野一男、野村好子、小宅恒夫ほか）、連絡先・大田区入新井　小関直彦

1・21 『まつかわ』創刊（松川事件対策委員会）

3・1 ビキニ環礁で米水爆実験

3・1 『詩運動』全国編集委員に南部文化集団の小川銑就任

3 『戸越』創刊（戸越文学友の会＝黒木貞治、石川肇（望月新三郎）、岡田文夫、井之川巨、上田奈美夫、やしまそういち、中野道夫、花島哲夫、鈴牧斉、小森康美、緑川映三、せい・はくさ、小池利雄ほか）、連絡先・品川区東戸越五―三二一　黒木貞治方

4・1 『学習の友』四月号、港区・町工場文芸の会「油さしのうた」掲載

4・2 「煙突の下で」（江島寛作詩・木下航二作曲）

4・29 『臨港詩派』創刊（大田区池上本町・臨港詩派同人会＝浜賀知彦、結城良策、後藤典夫、藤田弘輝）

5・1 『いぶき』創刊（港区麻布・芝浦文芸友の会＝城戸昇、松川雅三、今竹正二郎、荒川寛人、赤松一平、松岡金之助、松本春好、谷川育介ほか芝浦職安の日雇労働者ら）

5・15 たんぽぽ詩の会と入新井青年会の交流会、たんぽぽ詩集の合評会

5 江島寛が都内の文学サークルに「ムサシノ事件被告作品集」の刊行を呼びかけ

6・4 近江絹糸人権スト始まる（12・04 全面解決）

7・31 京浜のうたごえ（芝公会堂）、国鉄大井工場コーラス、国鉄大崎被服工場コーラス、アンサンブル・トロイカ、歌う会青蛙、大井青年会合同コーラスほかが参加

8・6 第一回国鉄のうたごえ（広島・児童文化会館）、国鉄大井工場・大崎被服工場合同コーラス出演、南部文化集団の浅田石二と、わかたけコーラスの加藤武昭が参加、「原爆を許すまじ」の歌を発表

8・19 南部文化集団の江島寛死去、二一歳

8 『はまの子』創刊（大井文学友の会＝新堂敏夫、浅田石二、荒井敬亮、しまたかし、小川智司、畑中孝雄、佐川庄二、金子二三夫、中川一美、上野嘉子、村瀬不二雄、田原とよ江ほか）、連絡先・品川区大井北浜川一―八一　新堂敏夫方

8　『わかたけ歌集』発行（わかたけコーラス）

8　国鉄大崎被服工場の『たんぽぽ詩集』に影響を受け、国鉄大井工場各職場に詩サークルが誕生、『ともしび』（第一電車区）、『タケノコ』（第二電車区）、『わかば』（仕上）、『しいのみ』（製罐）、『かんかん虫』（塗装）、『おけら』（電機）

9・18　南部地域文学サークル懇談会（法政大学麻布校舎）、南部文化集団主催、参加サークル・港区＝いぶき（芝浦職安文芸友の会）、油さし（町工場文芸友の会）、解放区（法大第二社会学部文芸部）、暁鐘（前同）、ひとみ（中央労働学院）、ほのほ（国鉄品川機関区・炎文学集団）、品川区＝はまの子（大井文学友の会）、ありのざ（ありのざ同人会）、おけら（国鉄大井工場電機職場詩サークル）、たんぽぽ（国鉄大崎被服工場たんぽぽ詩の会）、めばえ（わかたけ青年会）、大崎文学（立正大学・大崎文学会）、大田区＝街の友（池上文学の集い）、壁（文学会壁）

10・2　南部文学サークル懇談会

10　ムサシノ事件被告作品集・詩集『五等メシのうた』発行（ムサシノ事件被告作品集刊行委員会編・刊）

10　南部作詩作曲の会発足

12・18　南部文学サークル懇談会（法政大学麻布校舎）、南部文化集団主催、参加サークル・油さし（町工場文芸友の会）、いぶき（芝浦職安文芸友の会）、解放区（法政大第二社会学部文芸部）、めばえ（わかたけ青年会）、はまの子（大井文学友の会）、大崎文学（うしの会）

——この年創刊したその他の南部サークル誌。『詩脈』（大田区千束町・詩脈同人会）、『ほのほ』（港区高浜町国鉄品川機関区分会・炎文学集団）、『仲間』（大田区馬込・仲間の会）、『映友』（大田区小林町・大田映画友の会）、『芝診之友』（港区あたご町・芝診之友の会＝稲垣元博、のざき・せいじほか）、『しばばし』（港区芝浦芝橋電気試験所・しばばし編集室）、『暁鐘』（港区麻布・法政大学第二社会学部文芸部）、『ぶらりひょうたん』（品川区五反田・緑の会城南支部ひょうたんクラブ）、『こっぺぱん』（港区飯倉・緑の会港支部）、『下界』（大田区新井宿・下界の会）、『あさなぎ』（大田区入新井・入新井青年会）、『地帯』（大田区御薗町・地帯の会）、『どんぐり』（工具職場詩サークル）、『えばら』（日本電興荏原支部）、『街の友』（大田区池上徳持町・池上文学の集い）、『トロイカだより』（大田区・アンサンブル・トロイカ）、『はち』（大田区・劇団未来座）、『造形』（品川区大井庚塚・造形詩の会）、『かると・ぶらんしゅ』（大田区雪ヶ谷・かると・ぶらんしゅくらぶ）、『解放区』（港区麻布・法政大学第二社会学部文芸部)、『うしし』(大田区女塚・うしの会)、『現代文芸』(大田区馬込・今日の会)、『明るい町』(大田区蓮沼・女塚平和会)、『ひとみ』(大田区入新井・大森女性の集いひとみの会=平林栄子、窪田節子、加藤北子、本田咲子、野田政子、平林正好)、『浮標』(港区芝浦・全港湾日本検数支部)など

1955年

1・1 『南部のうた』創刊(南部作詩作曲の会)、編集・木下航二、武島淳、石川はじめ、連絡先・大田区山王・木下航二

1・1 『南部の広場』創刊(大田区御薗町・南部の広場の会)、仲間の会(馬込)、地帯の会(御薗)、池上文学の集い(徳持)、ことばの会、嶺町図書館、矢口・蓮沼平和をまもる会ら

1・9 南部作詩作曲の会第一回作品発表と研究の集い(法政大学麻布校舎)

1・13 南部作詩作曲の会第二回作品発表会(港区法政大学麻布校舎)、メーデー歌の創作、メーデー歌集発行、大島の民謡発掘旅行の計画、作曲部会の設置などを決定

1・16 南部コーラスサークル協議会結成準備会発足

1・18−21 新日本文学会第七回大会、『人民文学』と統一

2・16 南部作詩作曲の会会報『ピース』創刊

2・23 南部作詩作曲の会第一回作曲部会(浅田石二宅)

2・28 京浜絵の会発足、連絡先・品川区金子町・仙田茂治方

2 日本文学協会京浜支部発足、連絡先・大田区山王 吉野裕方

3・1 『南風』創刊

3・13 南部作詩作曲の会第三回作品発表会(法政大学麻布校舎)

3・19−23 大島民謡採集旅行、南部作詩作曲の会の木下航二、井之川巨、望月新三郎、武島淳らと京浜絵の会の仙田茂治が参加、大島工作隊(畠山耕作、坪山蔵太、武田一ら)と交流

3 『ひろば』創刊(大田区矢口町・矢口電気親睦会)、南部文化集団の苦地雄を中心に組織

3 『たんぽぽ詩集』合本発行、回覧詩集第一号から第一〇号までの合本ガリ印刷

3 京浜絵の会のデッサン職場移動展はじまる(国鉄大井工場、桂製作所、大洋工機、田野井製作所ほか)

4・1 『うたごえ創作集』(音楽センター編・刊)、「南部作詩作曲の会の活動報告」掲載

4・18　『小市民的』創刊（目黒区向原・小市民文学集団＝玉田信義、藤井康博、浜田森生、森下恭子、牟田麗子、横山亀純、多喜治子、亀井敏夫ほか）
5・8　砂川闘争始まる
5・15　『版画集』第一集（京浜絵の会）、仙田茂治、山城正秀、さかいまさよし、城戸昇、中西夏之ら
5・23　京浜絵の会第一回総会（大森天祖神社社務所）
5・25　南部コーラスサークル協議会結成
5　『京浜絵の会ニュース』創刊（京浜絵の会）
6・29　東京南部平和と友情の祭典（港区芝公会堂）、南部文化集団のよびかけで南部の文学サークル隠し芸大会、ダンス、サークル誌交換、詩作品の発表ほか
6　生活記録集『つまづいてもころんでも』刊行（淡路書房）、『いぶき』連載生活記録「餓鬼道」（谷川育介）を収録
7・8　第一回原水爆禁止世界大会東京集会（田園コロシアム）
7・17　国民文化会議創立総会
7・27　日本共産党第六回全国協議会（六全協）
8・6－15　第一回原水爆禁止世界大会広島大会、南部代表として木下航二、浅田石二ほか参加
8　『江島寛遺稿詩集』発行（南部文化集団）
10・1－29　日本文学講座（大田区大森大鷲会館）、日本文学協会京浜支部・新日本文学会東京南部支部主催、南部文学集団・池上文学の集い・明瞳同人会後援
10・20　『けいひん文学新聞』創刊（新日本文学会東京南部支部）
10・23　文学懇談会（大森東電サービス）、新日本文学会東京南部支部が地域の文学サークル・同人会に呼びかけて開催
11・1　『生活と文学』創刊（新日本文学会・隔月刊）
11・20　『平和への願いをこめて――原水爆禁止世界大会東京南部代表報告記』（原水爆禁止世界大会南部準備会）発刊、連絡先・大田区入新井三－一八　東和企業組合内
12・19　『わらべ』創刊（品川区南品川・わらべ会＝秋山健二、三田宏樹、季舟豊、石川肇、浅田石二、豊田一成、和田竜二ほか）
――この年創刊したその他の南部サークル誌。『まつの木』（港区芝西久保巴町・松の木会）、『きまま』（大田区・きまま同人会）、『からみ』（大田区新井宿・からみ会）、『かたつむり』（品川区中延・読売新聞販売平塚橋出張所労組文化サークルおだんご会）、『青がえる』（港区麻布新広尾町・歌う会青蛙）、『磁針』（大田区・磁針同人会）、『ぼうふら』（港区麻布新広尾町・キャピタル電器労組文化部）、『たけの

こ』（品川地域青年会の西海省二、熊谷盤ら）、『蟻の塔』（品川区大井立会川・蟻の塔編集部）、『わだち』（大田区馬込東）

1956年

1　南部文化集団を改組して南部文学集団発足（品川区豊町・井之川巨宅）、連絡先・大田区大森六　城戸昇方

1・16　東京勤労者演劇協会（東京労演）結成

3　『中労文学』創刊（港区麻布新広尾町・中労文学会）

4・1　『樹木と果実』創刊（五味書店刊）

4・6　原水爆禁止大田区協議会結成（若葉婦人会館）、木下航二、浅田石二ら代表委員に選出

4・7　南部文学集団第一回日本近代文学研究会

4・8　『突堤』創刊（一三号）、『南部文学通信』を改題、通算一三号

5　音楽センター「うたう詩講座」開設（三ヵ月）、ここから「うたごえ作詩集団」が発足、後に「作詩と作曲の会」と改称、『作詩と作曲』（発行所・品川区大井・山岸一章）を創刊

6・1　『うた』創刊（南品川文芸友の会＝さかい・まさよし、大西文子、山室達夫、長畑喜一、松川雅三、古田進、城戸昇ほか、一号で終刊）、連絡先・品川区南品川　さかい・まさよし方

6・1　『みなと』創刊（港区白金三光町・芝浦文芸研究会＝松川雅三、雲井薫、野村譲、城戸昇）

6・15　『大田文学』創刊（大田区池上徳持町・大田文学社）、『街の友』改題

7・27　『大村文学』創刊（長崎県大村市大村収容所内・大村朝鮮文学会）創刊、南部文学集団の浅田石二の斡旋で同集団印刷部の城戸昇が孔版印刷、製本は同集団員の協力による

10・13　砂川町測量に警官隊出動、支援労組・学生と流血の激突、測量中止

10・15　『風車』創刊（日本電興労組荏原支部＝井之川巨（支部長）、石原慎二郎、島津謙、平山秀、石井昭二、斎藤隆、佐藤芳男ほか）、連絡先・品川区二葉町六　日本電興内

——この年創刊したその他の南部サークル誌。『めばえ』（品川区・陸王モーターサイクル労組）、『ひぐらし』（品川区五反田・ひぐらし会）、『白痴群』（港区高輪）、『砂漠』（品川区五反田）、『現代詩研究』（大田区大森）、『森林看守』（品川区平塚）、『ＳＥＴＴＥ』（大田区北千束）、『つどい』

（目黒区下目黒・東京学芸大詩の集い）、『塔影』（目黒区中目黒・塔影詩社）

1957年

7・21 播種文学同人会結成、須田勇、鈴木昭四郎、浜賀知彦、長谷川三喜子ほか

8・23 『播種文学ニュース』創刊（播種文学同人会）

11・15 『播種文学』創刊（播種文学会）、連絡先・港区麻布新広尾町　中央労働学院内

――この年創刊したその他の南部サークル誌。『河童』（大田区新井宿・酒亭・河童亭）、『向上』（品川区西戸越）、『草の実』（大田区南千束・緑の会大岡山支部）、『私達の生活』（日本電気三田労組青婦対策部）

1958年

2 大村朝鮮文学会より『大村文学』発行に努力した南部文学集団へ「感謝祝旗」贈呈

3 『大井詩人』（国鉄大井工場、大井詩人の会）創刊

6 南部のうたごえ（南部コーラスサークル協議会主催）

9・21－23 第三回国民文化全国集会、谷川雁、「全国サークル交流誌」提起

――この年創刊したその他の南部サークル誌。『部報』（大田区東京計器内・全金東京計器支部マンドリンクラブ）、『月刊創作』（品川区平塚）、『新生』（大田区大森・大森みどりの会）

1959年

5・26 『突堤』第二四号（この号で最後）

6 『塩分』創刊（大田区新井宿・塩分の会＝小関智弘、大里芳三、山辺林太郎、山崎勉、稜亜生、山本辰男、熊沢晶、小関治、及川雅史、杉浦保ほか）

7・8 南部文化集団の高島青鐘死去、四四歳

8・10 松川事件上告審判決、高裁判決を破棄・差戻し（63・9・19 被告全員無罪判決）

8・31 『国民文化』第六号「座談会・サークルの諸問題」

10・10 『文学』一〇月号、「特集・文化運動における創造と組織」

同年内 南部文学集団解散

――この年創刊したその他の南部サークル誌。『機関車文学』（品川区西五反田・機関車文学会）、『星座』（目黒区祐天寺）、『あゆみ』（大田区馬込・劇団十五人会後援会）

1960年以降

1960・6・10　『文学地図』準備号（大田文学談話会）

8・5　『文学地図』創刊（大田文学談話会）、連絡先・大田区大森　城戸昇

1969　文学同人『海』、阪本芳夫、望月新三郎、山室達夫、城戸昇、八木義之介ら（〜一九七一年）

1974・7・20　井之川巨『詩と状況　おれが人間であることの記憶』刊行、社会評論社

1975・3・31　井之川巨編『鋼鉄の火花は散らないか：江島寛・高島青鐘の詩と思想』刊行、社会評論社

3　東京南部の戦後史を考える会、研究会始まる

10・18　『なんぶ』創刊（東京南部の戦後史を考える会）、連絡先・品川区大崎　井之川巨（〜一九八〇年六月、二〇号で終刊）

1990・12・1　『眼』創刊（文学同人・眼の会＝浅田石二、天城俊介、井之川巨、川上竜二、城戸昇、さかいまさよし、望月新三郎、山室達夫、野中正信、江原茂雄ら）連絡先・港区芝　城戸昇

1992・7・1　城戸昇『東京南部・戦後サークル運動の記録Ⅰ　詩と状況・激動の五〇年代』および城戸昇編『東京南部戦後サークル運動史年表――敗戦から六〇年安保闘争まで』刊行、文学同人・眼の会

1994・2・10　『わが町あれこれ』創刊（わが町あれこれ社＝城戸昇）（〜二〇〇〇年一〇月、二七・二八合併号で終刊）

1997・12・10　『戦後東京南部の文学運動――関係雑誌細目』創刊（大田区池上・東京南部文学運動研究会＝浜賀知彦）

2005・3・27　井之川巨死去

8・15　井之川巨『詩があった！――五〇年代の戦後文化運動から不戦六十年の夜まで』刊行、一葉社

2007・3・16　城戸昇死去

2009・7・15　『東京南部サークル雑誌集成』全三巻＋別巻刊行、不二出版

2011・4・5　浜賀知彦死去

2011・6・13　丸山照雄死去

2011・10・17　桂川寛死去

2012・8・13　柴崎公三郎死去

あとがき

本書は著者の東京南部サークル文化運動研究を集大成したものである。この研究は単独ではなく、共同研究として始まった。その共同研究の進め方について記録しておくとともに、共同研究以後、どのような形で私自身の研究を続けてきたかについても報告しておきたい。

本書の骨格となるのは、共同研究の「報告書」といえる『現代思想』二〇〇七年一二月臨時増刊号（第三五巻一七号）「戦後民衆精神史」に掲載した本書と同名の論文、「下丸子文化集団とその時代——五〇年代東京南部サークル運動研究序説」である。この増刊号の刊行を中間地点として、さらに研究を重ね、継続的に論文を書いてきた。共同研究が始まったのが二〇〇三年の秋、まる一三年後に私なりの総括として本書を刊行できることはとても感慨深い。

実は二〇一二年に一度本書の企画が持ち上がったことがあったが、〝時期尚早〟という気持ちがあり、いったん〝凍結〟していたのだったが、その後いくつかの論文を書く中で、関係者へのインタビューや資料発掘を自分なりにやり尽くしたという認識に至り、まとめる潮時であろうと判断した。これに加えもう一つ、私の健康上の問題がある。二〇一六年初頭に重いがんが見つかり、自らの仕事をふりかえらないわけにはいかなくなった。

かねてよりこの研究の書籍化を提案して下さっていたみすず書房の鈴木英果さんに相談すると、すぐに企画を進めて下さっただけでなく、驚異的な速さで本の形になるところまで激励し、サポートし、最適な形で本が刊行されるところまで、編集していただいた。私としては当初、初出論文をいったん完全にバラバラにし、事項・情報を時系列順に整理し直そうかと考えていたのだが、それでは文章のリズムや躍動感が失われてしまう、と、初出論文の原型をできるだけ保ったまま重複を省いていくという現行案を提案していただいた。その視点から眺めてみると、たしかに読みやすい。この案で行くことにしたため、本の編集作業は一挙に進むことになった。

論文によっては初稿を大幅に改稿したものもあるため、初出論文の書誌情報を以下に掲げておく。

第一章　工場街に詩があった（初出、「工場街と詩――『詩集下丸子』の時代を読む」、西澤晃彦編『労働再審④　周縁労働力の移動と編成』、大月書店、二〇一一年九月）（＊）

第二章　下丸子文化集団とその時代――五〇年代東京南部サークル運動研究序説（初出、「下丸子文化集団とその時代――五〇年代東京南部サークル運動研究序説」『現代思想』第三五巻一七号、二〇〇七年一二月）

第三章　無数の「解放区」が作り出したもうひとつの地図――東京南部の「工作者」たち（初出、「無数の「解放区」が異なる地図を作りだしていた時代」『東京南部サークル雑誌集成　解説・解題・回想・総目次・索引』、不二出版、二〇〇九年七月）（＊）

補章　サークル運動の記憶と資料はいかに伝えられたか（初出、「東京南部のサークル文化運動――地域サークルと運動のネットワーク」、宇野田尚哉・川口隆行・坂口博・鳥羽耕史・中谷いずみ・道場親信編『「サークル誌の時代」を読む――戦後文化運動研究への招待』、影書房、二〇一六年一二月［刊行予定］）

第四章　全国誌と地域サークル――東京南部から見た『人民文学』（初出、「サークル詩運動から見た『人民文学』――下丸子文化集団との関わりを中心に」『「人民文学」　解説・解題・回想・総目次・索引』不二出版、二〇一一年八月）（＊）

第五章　東京南部における創作歌運動――「原爆を許すまじ」と「南部作詩作曲の会」（初出、「東京南部における創作歌運動――「南部作詩作曲の会」を中心に」、道場親信・河西秀哉編『「うたごえ」運動資料集』全六巻、金沢文圃閣、二〇一六年〜二〇一七年［刊行予定］）

第六章　工作者・江島寛（初出、「工作者・江島寛」『現代思想』第三五巻一七号、二〇〇七年一二月）

第七章　東京南部から東アジアを想像した工作者――江島寛再論（初出、「江島寛――東京南部から東アジアを想像した「工作者」」テッサ・モーリス－スズキ編『ひとびとの精神史2　朝鮮の戦争――一九五〇年代』岩波書店、二〇一五年八月）（＊＊）

東京南部文化運動年表（初出、シンポジウム「東京南部の青春――いま甦る一九五〇年代サークル運動

の世界」での配布資料、二〇〇九年一一月二三日）

（＊）は二〇〇九―一二年度科学研究費（基盤C、代表、課題番号21530576）「一九五〇年代地域サークル文化運動の歴史社会学的研究：活動基盤とネットワーク化」、（＊＊）は二〇一三―一五年度科学研究費（基盤C、代表、課題番号25380644）「一九六〇年代サークル文化運動の歴史社会学的研究：高度成長下での持続と衰退の諸要因」による研究成果である。

共同研究のなかで、サークル文化運動の研究のあり方についてもさまざまに学ぶことができた。その点について書き記しておきたい。

「サークル」とは人と人とのつながり――あるいは「つきあい」（天野正子『「つきあい」の戦後史』吉川弘文館、二〇〇五年）であるとはしばしばいわれることだが、サークルの世界に足を踏み込み、その体験を聞き、資料を提供していただき、さらに次の仲間を紹介していただくというプロセスは、まさに人びとの「群れ」に入っていく〝出会い〟の経験だった。そして下丸子をはじめとする東京南部のサークル文化運動の研究は、まさに〝サークル的方法〟によって進められたのである。その〝公式〟的な経過は、補章に記した通りなのだが、より〝非公式〟には、井之川巨氏に会った池上善彦氏が熱に浮かされたように「下丸子」「サークル」「詩が大事なんだよ」と周りの人びとに語りかけ続け、それに感応したり、何か誘われるものを感じた若手の――必ずしも研究者とは限らない――面々が集まって発足した、ゴールも見えなければ一体何をどうしていいかもわからない浮遊する群れが、発足当初の共同研究サークル「文化工作研究会（略称・文工研）」のありさまであった。

かくいう私自身、「詩が大事なんだよ」という池上氏の呼びかけにピンと来ず、「詩ですか？　どうせつまんないでしょ」などと冷ややかなことをいっていたのだから、ほんとうに先の読めない研究会だった。そこでともかくやってみようということで始めたのが、文工研のメンバーで東京南部を歩き、浜賀知彦さんが蒐集・所蔵していたサークル誌を――「門外不出」を浜賀さんが方針としていたため（現在は浜賀さんも亡くなり和光大学道場研究室で保管中）――ひとつひとつデジカメで撮影し、これをプリントアウトして事前に読み込み、例会ごとに声に出してみんなで読む、という素朴なやり方だった。ところがこの「群読」というやり方をくりかえすうちに、だんだんと当時の詩を書き、読んでいた空間の雰囲気が感じられるようになり、研究会メンバーのうちにも共通感覚が育ってきた。ある程度この作業が進んでくると、手分けをして当時の関係者を訪ねてインタビューを行なうようになり、二度の合宿を経て「戦後民衆精神史」の刊行に至った。「戦後民衆精神史」は本当の意味での共同研究の産物である。

「戦後民衆精神史」に至るまでに、私自身にとっては不可逆点ともいうべき出来事があった。二〇〇六年秋に浅田石二氏（「原爆を許すまじ」作詩者、下丸子文化集団～南部文学集団までずっと集団メンバー）にインタビューしたときのことである。この日は山梨県身延出身の三人、浅田石二・丸山照雄・江島寛の中学時代からの関わり合いについてお話をうかがっていたのだが、このお話の中で、江島の「工作者」としての優秀さや彼らの友情、そして江島の死の大きさを知った。さまざまなバラバラなエピソードがこれで撚り合わされていく印象を受けた。「これで書けますよ」と池上氏に告げたことを記憶している。感動的なのは、彼らが自らの歴史をつくり出し、時間の流れに抗って資料と記憶を継承しようとしてきたことである（補章参照）。それがなければ私たちの手元にこれだけの蓄積が伝わったかどうかわからない。そこにこそ「民衆精神史」の地下水脈があるということを痛感した。

この「戦後民衆精神史」の方法論は、その後も継続された。「声に出して読む」というステップは省略されたが、複数の研究者による共同研究として、資料の掘り起こしと順次関係者を紹介していただく形での聞き取りを重ねていく共同研究に、鳥羽耕史氏と継続的に取り組んできた（名古屋市役所文学サークル「とけいだい」、愛知県渥美町における杉浦明平グループの戦後史、「岐阜文学」を中心とした戦後岐阜の文学運動）。これから研究としてまとめていきたい。また個人としては、筑豊の上野英信に関する調査や、青森銀行文学サークル「大理石」などもこれからの作業である。

こうしたいくつもの共同研究ばかりでなく、新たな研究ネットワークが生まれた。ちょうど機が熟していたのか、「戦後民衆精神史」に前後していくつかのサークル誌の復刻が企画されていた。不二出版からは『サークル村』復刻（二〇〇六年）、『ヂンダレ』復刻（二〇〇八年）、日本図書センターからは『紡績女子工員生活記録集』復刻（二〇〇二年）が刊行され、これに続いて「戦後民衆精神史」で紹介された東京南部のサークル誌を復刻したいという不二出版から『東京南部サークル雑誌集成』復刻も刊行された（二〇〇九年）。かつて「不可能」といわれていた『人民文学』誌の復刻も浅田石二氏の紹介で元発行責任者柴崎公三郎さんのロングインタビューを大学紀要に載せることができ、これが機縁となって不二出版から刊行できた（二〇一一年）。これら一連の復刻作業に関わった研究者や、サークル文化運動に関心を持つ研究者が集まって、二〇〇八年から年一回（二〇〇八年のみ二回）のペースで「戦後文化運動合同研究会（略称・合同研）」が行なわれてきた。ここで出会った研究者が新たに『われらの詩』研究会を作り、峠三吉を中心とした戦後広島のサークル運動の研究が進んで復刻版が刊行されたり（二〇一三年、三人社）、さらに派生して『われらのうた』が作られたり、大阪の中心的な詩運動雑誌『山河』の復刻版が刊行されたり（二〇一五年）、と、このネットワークに関わる研究者たちの精力的な研究と努力の産物である。二〇一六年中には、この合同研究会の主要メンバーによる研究の現段階をまとめた共同論集『「サークル誌の時代」を読む――戦後文化運動研究への招待』も刊行の予定である（宇野田尚哉・川口隆行・坂口博・鳥羽耕史・中谷いずみ・道場親信編、影書房）。

こう見てくると、結果的に「無から有が生まれた」といってもいいぐらい、「戦後民衆精神史」刊行時と現在とでは研究状況は変わっている。その転換点に「戦後民衆精神史」が位置を占めているものといえよう。若手の研究者ばかりでなく、当時サークル運動に関わっていた方々まで、さまざまな人びとから反響が届いた。この新たなネットワークの広がりと研究状況の活性化こそ、第二段階を特徴づけるものである。

＊

本書が形をなすまでには、とてもたくさんの方々のお世話になった（以下、敬称略）。まず何よりも下丸子・東京南部の先輩たちへ――故井之川巨、故城戸昇、故浜賀知彦、故望月新三郎、故丸山照雄、故入江光太郎、浅田石二、山室達夫、山城正秀、松居りゅうじ、河野満。下丸子の労働者文化運動に火をつけた故桂川寛。『人民文学』に関連して柴崎公三郎、下田香。文工研の仲間たち――池上善彦、岩崎稔、ジェスティー・ジャスティン、山本唯人、入江公康、近藤真里子、田中葵、金ウネ、和田悠、相川陽一、若林千代。NYUのワークショップで好意的なコメントを下さったハリー・ハルトゥーニアン。合同研の仲間たち――鳥羽耕史、佐藤泉、水溜真由美、鷲谷花、坂口博、川口隆行、楠田剛士、茶園梨花、宇野田尚哉、黒川伊織、田代ゆき、友常勉、米谷匡史。『東京南部サークル雑誌集成』刊行を記念して、大田区嶺町で開催したシンポジウム「東京南部の青春」には、公民館に一三〇人以上の人が訪れて熱気の溢れる集まりになったが、ここでは成田龍一、白石嘉治のお二人にお世話になった。個人的に、大学院以来の友人である酒井隆史と渋谷望には物心両面で励ましてもらった。

他方、東京南部の研究を進める上で各地のサークルの状況について聞き取りができたことは大いにプラスになっている。筑豊に関しては、故うえだひろし、故村田久、上野朱。名古屋の「とけいだい」に関しては、齋藤孝、山田茂里夫、故伊藤幹彦、故田中太門、橋本辰生。岐阜の「岐阜文学」に関しては、大牧冨士夫、三嶋寛。渥美の杉浦明平グループに関しては、故山本道雄、故川口務、北山郁子、別所興一。元全銀連の高田佳利、志賀寛子、坂下克己。元青森銀行の本間伯治、中田純一氏とご遺族。そして各論文の初出発表にご尽力いただいた、大月書店の岩下結、元不二出版の大野康彦、越水治、岩波書店の山本賢。

最後に、改めて以下の方々に格別のお礼を申し上げたい。第一に池上善彦氏。彼が火をつけて回ることがなければ何も始まらなかった。その後の研究においてもたえず刺激的な対話を続けてきた。第二に浅田石二氏。長年にわたり下丸子文化集団、とりわけ江島寛について親切にお話をして下さった。第三に鳥羽耕史氏。一時期は互いのパートナーよりも長く週末を共に過ごすくらい、各地のフィールドワークを一緒に進めてきた。また研究上のサポートを重要なところで何度も彼から得ることがあった。私のサークル文化運動研究における無二の友人である。第四にみすず書房の鈴木英果氏。彼女の精力的な編集作業がなければ、これほど短期間に納得の行く本作りはできなかっただろう。最後に生活上のパートナーである松本麻里に。いま私の存在自体が彼女に支えられなければ成り立たない状況にある。感謝とともに、生命を一緒に積み重ねていくことを大切にしながらこれからを歩んでいきたい。

二〇一六年九月

道場親信

著者略歴

（みちば・ちかのぶ）

1967年生まれ．和光大学現代人間学部教授．専門は社会運動論・日本社会科学史．著書に『占領と平和――〈戦後〉という経験』（2005年，青土社），『抵抗の同時代史――軍事化とネオリベラリズムに抗して』（2008年，人文書院）．共著に『社会運動の社会学』（2004年，有斐閣），『戦後日本スタディーズ　2』（2009年，紀伊國屋書店），『読む人・書く人・編集する人――『思想の科学』50年と，それから』（2010年，思想の科学社），『〈つながる／つながらない〉の社会学――個人化する時代のコミュニティのかたち』（2014年，弘文堂），『ひとびとの精神史』第2巻・第6巻（2015年，岩波書店），『岩波講座 日本歴史』第19巻（2015年，岩波書店）ほか．近刊に『「うたごえ」運動資料集』（河西秀哉と共編，2016-17年，金沢文圃閣），『「サークル誌の時代」を読む――戦後文化運動研究への招待』（宇野田尚哉・川口隆行・坂口博・鳥羽耕史・中谷いずみと共編，2016年，影書房），『共同研究　思想の科学とサークルの戦後史』（天野正子と共編，2017年，有志舎）がある．2016年9月逝去．

道場親信
下丸子文化集団とその時代
一九五〇年代サークル文化運動の光芒

2016年10月14日　印刷
2016年10月25日　発行

発行所　株式会社 みすず書房
〒113-0033 東京都文京区本郷5丁目32-21
電話 03-3814-0131(営業) 03-3815-9181(編集)
http://www.msz.co.jp

本文組版　キャップス
本文印刷・製本所　中央精版印刷
扉・表紙・カバー印刷所　リヒトプランニング

Printed in Japan
ISBN 978-4-622-08559-1
[しもまるこぶんかしゅうだんとそのじだい]